COLLECTION
L'IMAGINAIRE

Jean Potocki

Manuscrit trouvé à Saragosse

Texte établi, présenté et préfacé par Roger Caillois

Gallimard

Le texte de cette édition est identique à celui qui fut publié en 1972 dans la collection « Folio » sous le titre *La duchesse d'Avila (Manuscrit trouvé à Saragosse).*

PRÉFACE

PAR ROGER CAILLOIS

DESTIN D'UN HOMME ET D'UN LIVRE : LE COMTE JEAN POTOCKI ET *MANUSCRIT TROUVÉ À SARAGOSSE*

Issu d'une illustre famille polonaise, contemporain et parfois acteur des plus graves événements, le comte Jean Potocki (1761-1815) acquit de son vivant une bizarre réputation d'excentrique et d'érudit. Il monte en ballon avec l'aéronaute Blanchard, exploit de moins de conséquence mais de plus de retentissement que de noter, le premier, le langage secret des princes tcherkesses lors de réunions liturgiques. Il fréquente les salons parisiens les plus avancés et se lie, plus tard, avec les Jacobins. Il fonde une imprimerie libre et se prononce contre la monarchie héréditaire, en même temps qu'il ridiculise les démocrates dans une saynète bouffonne. Il voyage depuis le Maroc jusqu'aux confins de la Mongolie. Il combat contre les Russes et devient conseiller privé du tsar Alexandre Ier. Il est l'un des fondateurs de l'archéologie slave et termine, avant de se suicider d'une manière affreuse, un long roman de la plus grande fantaisie qu'il laisse presque entièrement inédit. Il l'a écrit en français, comme toutes ses œuvres d'ailleurs. L'ouvrage demeure pratiquement inconnu. Il en est d'autant plus pillé. Il fait l'objet d'un procès retentissant à Paris. Le manuscrit original est perdu, mais la traduction polonaise, parue en 1847 et plusieurs fois rééditée, devient une sorte de classique dans cette littérature. Elle est alors peu lue, d'ailleurs comme beaucoup de classiques. Plus d'un siècle après, en 1958, à la suite du plus fortuit des hasards, l'œuvre qui est intitulée *Manuscrit trouvé à Saragosse*, est publiée (la première partie du moins), dans sa langue originale. On s'aperçoit qu'il s'agit pour le style et pour le contenu d'un véritable chef-d'œuvre. La littérature française s'en trouve soudain enrichie, comme la littérature fantastique mondiale, dont ce roman, indépendamment de ses autres mérites, constitue un des sommets. Il vaut la peine d'examiner de plus près la carrière d'un homme et la destinée d'une œuvre également hors série.

I

Jean Potocki est né le 8 mars 1761. Il fait de solides études secondaires à Genève et à Lausanne. Il voyage en Italie et en Sicile. Il s'intéresse alors aux mathématiques et aux sciences naturelles, mais bientôt c'est l'histoire qui retient son intérêt et qui fixe définitivement sa vocation. Cependant, il se dévoue quelques années au métier des armes. En 1779, de passage à Malte, il donne la chasse, sur les vaisseaux de l'Ordre, aux pirates barbaresques.

En 1780, commence à paraître l'*Histoire de la nation polonaise* entreprise par Naruszewicz. Il y manque, faute de sources et de documents, le premier tome, celui qui devrait traiter des origines. Potocki décide de rassembler le matériel nécessaire et de tirer de l'oubli ce passé inconnu, inaccessible peut-être, enseveli en tout cas sous les sédiments confus d'une histoire inextricable. Ce fut un labeur immense, obstiné, fécond. Cette persévérance aboutit à la publication de plusieurs ouvrages érudits qui sont à l'origine de la préhistoire slave et dont la publication s'échelonne entre 1789 et 1810.

Ses études savantes n'empêchent pas Potocki de céder à son goût des voyages. Il visite l'Italie et la Tunisie, plus tard la Turquie, la Grèce et l'Égypte, puis l'Illyrie et la Serbie. De 1785 à 1787, il séjourne à Paris, où réside, dans une aile du Palais-Royal, la mère de sa femme, la princesse Elizabeth Lubomirska, amie de la princesse de Lamballe et dont Marmontel disait qu'elle connaissait mieux la langue française que les trois quarts des membres de l'Institut. À la fois, il travaille dans les bibliothèques et fréquente le monde. Il discute philosophie dans le salon de Mme Helvétius et se lie vraisemblablement avec Volney, dont le pessimisme et le fatalisme le séduisent également. Il est désormais acquis à la philosophie des Lumières et y demeurera fidèle. Il aurait cependant fréquenté la confrérie des *Lanturlerus*, qui prône un spiritualisme syncrétique et qui réunit bizarrement le futur tsar Paul Ier et le futur martyr de la Révolution, Lepeletier de Saint-Fargeau. En tout cas, partisan décidé de Diderot, d'Holbach, Helvétius et La Mettrie, il est séduit par les idées progressistes alors en vogue. Il gagne les Pays-Bas en révolte contre le Stathouder. Il y assiste à l'écrasement des milices bourgeoises par l'armée prussienne. Potocki en conçoit une méfiance tenace à l'égard de la Prusse qu'il tient pour l'incarnation néfaste des forces réactionnaires. Son protégé Klaproth écrira après sa mort :

Né en Pologne, le comte Potocki devait, dans sa jeunesse, être sectateur de cette liberté, qui est toujours en péril quand on en parle trop.

C'était un sentiment honorable chez lui, comme il est chez tous ceux qui ne cherchent pas dans des déclamations libérales un moyen de parvenir. Un voyage qu'il fit en Hollande, en 1787, pendant la révolution contre le Stathouder, et le spectacle des fureurs populaires paraissent avoir singulièrement diminué son enthousiasme pour la liberté des peuples et le bonheur qu'elle verse sur le genre humain.

Il est possible que l'âge ait tempéré l'enthousiasme du jeune partisan des idées nouvelles, mais rien ne permet de supposer que son séjour à Amsterdam l'ait fait changer d'opinion. Il rentre précipitamment en Pologne afin de se faire élire à la Grande Diète comme député de Posnanie, province qu'il choisit parce que sa famille n'y possède pas de domaines. Il n'entend devoir son élection qu'à sa seule valeur. En fait, seuls les nobles ont droit de vote et le nom de Potocki est illustre dans tout le pays.

Il dénonce le danger prussien et adresse au roi Stanislas-Auguste un mémoire où il souligne l'importance des frontières occidentales et la nécessité d'y monter une garde vigilante. Il se prononce en faveur d'un impôt volontaire destiné à accroître les forces armées du pays et y consacre le cinquième de ses revenus personnels.

En même temps, à la Diète, il demande l'abolition du servage et la participation du Tiers État. Il fait partie de la Commission de l'Éducation nationale : on lui attribue l'enseignement obligatoire de l'histoire de l'Orient, même dans l'enseignement primaire. Il installe chez lui une *Imprimerie libre* (Wolny Drukarnia) où il édite des brochures libérales, anticléricales, révolutionnaires. Il prépare, sans toutefois le publier, une sorte de manuel de la guerre clandestine destiné aux francs-tireurs et partisans. Il dessine même leur futur uniforme, qu'il revêt à l'occasion. Il donne comme titre à l'opuscule la formule de senatus-consulte qui, à Rome, intronisait les dictateurs : « *Ne quid detrimenti respublica capiat.* »

En 1789, sur les presses de cette même *Imprimerie libre*, il réimprime également son *Voyage en Turquie et en Égypte fait en l'année 1784*, déjà publié à Paris en 1788, puis les deux volumes de son *Essai sur l'Histoire universelle* et *Recherches sur la Sarmatie.*

Un exploit l'a rendu célèbre. En juillet 1788, Stanislas-Auguste a invité à Varsovie l'aéronaute Jean-Pierre-François Blanchard. Ces premières ascensions sont fort dangereuses. Pilâtre de Rozier a été brûlé vif avec son passager en 1784. Mais l'Europe entière se passionne pour ces premières tentatives de conquête du ciel. Blanchard a ajouté à la nacelle de son ballon des voilures mobiles et une hélice verticale. Potocki y prend place avec un serviteur turc qui tient à l'y suivre, et un caniche. Le ballon tient l'air une heure environ, puis atterrit à Wola, non loin de Varsovie. Potocki avait eu le temps de faire des observations sur les vents. Des cavaliers vinrent chercher les aéronautes pour les ramener en triomphe à la capitale. Le roi fit frapper à l'Hôtel des Monnaies une médaille commémorative. Potocki est le héros du jour.

En 1791, il se rend au Maroc et en Espagne. Il s'est trouvé retenu à Tanger, que bombarde une escadre espagnole en représailles d'une incursion barbaresque sur les côtes d'Andalousie. Le sultan Moulay-Yésid l'avait reçu en même temps que l'ambassadeur de Suède. Potocki s'intéresse également aux mœurs de la rue et aux intrigues de la Cour. Il note chaque détail, examine leur raison d'être et leurs conséquences.

À son retour, il passe par la France. Le prince Alexandre Lubomirski l'introduit au club des Jacobins, où il prend la parole. On acclame le « citoyen-comte », qui apporte le salut des peuples émancipés aux révolutionnaires parisiens. Il est reçu par Condorcet et par La Fayette. Il se lie avec Talma. Il assiste à plusieurs séances de l'Assemblée législative. Dans l'ensemble, il apparaît cette fois comme un témoin tour à tour enthousiaste et inquiet du développement d'une transformation qu'il appelait de ses vœux quelques années auparavant. Il rentre en Pologne accompagné d'un ancien combattant de la guerre d'Indépendance américaine, nommé Mazzeï, agent à Paris de Stanislas-Auguste et qui fut vite réputé agent, en Pologne, des clubs parisiens.

De nouveau dans sa patrie et pendant qu'on imprime une partie de ses souvenirs et réflexions sous le titre de *Voyage dans l'empire du Maroc*, volume comme presque tous ses ouvrages tirés à cent exemplaires seulement, Potocki participe en qualité de capitaine du génie, sous les ordres de son frère Séverin, à une campagne malheureuse contre la confédération de Targowice, suscitée et appuyée par la Russie. Cette campagne dura deux mois. Il écrit à Stanislas-Auguste que ces brefs combats ne furent guère qu'un « hommage rendu aux lois de l'honneur militaire ». En août 1792, il retrouve sa femme au château de Lancut, chez la princesse Lubomirska. Le château est plein d'émigrés français auxquels se joindra bientôt l'évêque de Laon, Louis-Hector de Sabran. Ce sont fêtes, jeux et réceptions ininterrompues, promenades en gondole, bals et représentations théâtrales où hôtes et invités se partagent la distribution. On supplie Jean Potocki de renouveler le répertoire. Se rappelant les spectacles dont il fut témoin en Italie et qui y continuent la tradition de la *commedia dell'arte*, il écrit (en français, il va de soi) six canevas ou « parades » qu'il qualifie lui-même d'extravagances dramatiques et où il montre une verve bouffonne d'un ton étrangement moderne. L'une d'elles est une parodie quelque peu grivoise du théâtre que Mme de Genlis avait naguère composé pour le divertissement et l'édification des jeunes filles de qualité. Une autre, *Cassandre démocrate*, moque la phraséologie des orateurs révolutionnaires qui semblent avoir déçu Potocki, lors de son second séjour à Paris. L'année suivante, en 1793, il publie et dédie ces *Parades* à sa belle-sœur, née princesse Sapieha, qui en avait interprété les principaux rôles. Ces représentations ont eu beaucoup de succès. Le prince Henri de Prusse demande à l'auteur d'écrire une pièce pour la troupe française qu'il entretenait à sa résidence de Rheinsberg. Potocki compose une « comédie mêlée d'ariettes, en deux actes et en vers », *Les Bohémiens d'Andalousie* (1794). Elle n'ajoute rien à sa gloire.

Il n'y a là qu'amusettes et intermèdes sans conséquence qui le distraient à peine de ses travaux scientifiques. L'année suivante, Potocki publie à Hambourg le *Voyage dans quelques Parties de la Basse-Saxe pour la Recherche des Antiquités slaves ou vendes, fait en 1794 par le comte Jean Potocki.* À Vienne, en 1796, il donne un *Mémoire sur un nouveau Péryple* (sic) *du Pont-Euxin, ainsi que sur la plus ancienne Histoire des Peuples du Taurus, du Caucase et de la Scythie.* La même année, à Brunswick, en quatre volumes, il édite des *Fragments historiques et géographiques sur la Scythie, la Sarmatie et les Slaves.*

En 1797 et 1798, il voyage en Ukraine et dans le Caucase pour y rassembler sur place la documentation dont il a besoin pour son grand ouvrage. Celui-ci paraît en 1802, à Saint-Pétersbourg. C'est, dédiée à Alexandre Ier, une *Histoire primitive des Peuples de la Russie, avec une expo-*

sition complète de toutes les Notions locales, nationales et traditionnelles nécessaires à l'Intelligence du quatrième Livre. Le titre dit bien le propos essentiel de l'auteur qui est d'expliquer le présent par le passé et réciproquement. À la fois ethnographe, archéologue, géographe, philologue, Potocki compare la langue, les mœurs, les institutions des peuples qu'il a sous les yeux avec les données qu'il trouve dans les écrivains de l'Antiquité. Il a une mémoire surprenante. Témoin d'un usage étrange, il l'identifie aussitôt à telle coutume dont il a lu la description chez quelque auteur grec ou latin. Je donnerai un exemple d'une méthode qui devait, par la suite, rendre tant de service aux historiens des religions :

Vers les premiers jours de septembre, chaque prince tcherkesse quitte sa maison, se retire sur quelque montagne ou dans le fond d'une forêt, et il y bâtit une hutte de branchages. Ses gentilshommes affidés le suivent ; mais personne de la famille n'ose en approcher, pas même un frère. Là, tout le monde est masqué ; c'est-à-dire qu'on a le visage voilé et qu'on ne parle point tcherkesse, mais un certain jargon qui s'appelle chakobza. *Là se rendent les amis secrets du prince qui ont volé et rapiné avec lui, de quelque nation qu'ils soient, Misdjéghi, Ossète, etc. ; ils viennent aussi masqués, par la raison qu'ils pourraient rencontrer des gens avec lesquels ils seraient en rapport de vengeance et qui les assassineraient. Le prince seul les connaît tous, et il est le centre de tous les mystères. Cette mascarade dure six semaines, pendant lesquelles des petites bandes de masques se détachent pour aller voler dans les environs, et comme tout le monde est sur ses gardes, il y a nombre de tués et blessés, et même des princes, parce qu'ils ne se nomment point, sans quoi on les épargnerait. Je sais déjà plusieurs mots du jargon* chakobza, *et je compte compléter mon dictionnaire à Géorgievsk, où l'on m'a indiqué quelqu'un qui en a la clef. Dans le dialogue de* Lucien, *intitulé* Les Scythes, ou de l'Amitié, *il y a des choses qui ont un rapport évident avec cet usage tcherkesse et je suis bien fâché de n'avoir point mon* Lucien *avec moi*[1].

Quels que soient leurs mérites, les ouvrages de Potocki ne rencontrent pas le succès escompté. L'originalité en est méconnue et on feint de ne voir en lui qu'un grand seigneur touche-à-tout, égaré par caprice dans l'érudition. Son travail sur les antiquités slaves est refusé comme tome premier de l'œuvre de Naruszewicz. L'*Histoire primitive* est très vivement critiquée et Potocki n'entre pas pour le moment à l'Académie impériale des sciences, comme il en nourrissait l'espoir et l'ambition. Toutefois Alexandre Ier le nomme conseiller privé et le décore de l'ordre de St. Wladimir : faible et paradoxale consolation pour un homme qui a sacrifié à l'étude la carrière et les honneurs auxquels le destinaient sa naissance et ses talents.

En 1803, Potocki se rend en Italie où il séjourne jusqu'au printemps de l'année suivante. Il se consacre alors à déterminer la chronologie de l'Orient antique, cherchant à établir des correspondances entre les dates de l'histoire de l'Égypte, de la Bible, de l'histoire de l'Assyrie et de la plus ancienne histoire grecque. À Rome, il entre en relation avec le cardinal Borgia et avec l'égyptologue Jean Zoega, consul général de Danemark.

En 1804, Potocki publie à Pétersbourg un ouvrage sur la Crimée, *Histoire ancienne du Gouvernement de Kherson*, puis l'année suivante, une *Histoire ancienne du Gouvernement de Podolie* et une *Chronologie des deux premiers Livres de Manethon*[2]. Il désire étendre ses tableaux synoptiques

1. *Voyage dans les Steps* (sic) *d'Astrakhan et du Caucase*, etc., édité par Klaproth, Paris, 1829, pp. 168-169.

2. Il avait déjà publié, sur le même sujet, un premier mémoire intitulé : *Dynasties du second Livre de Manethon* (Florence, 1803)

à l'Extrême-Orient, en particulier à la Chine. Grâce à l'influence du prince Adam Czartoryski, ministre des Affaires étrangères du Tsar, il est nommé à la tête de la mission scientifique adjointe à l'ambassade du comte Golovkine. Partie en mai 1805, l'expédition ne réussit pas à parvenir à Pékin. Elle ne dépasse qu'à peine les frontières de la Chine.

À l'origine, elle devait compter 240 personnes. Les Chinois, qui avaient voulu limiter à 90 le nombre des participants, en acceptent à la fin 124. Ils imaginent recevoir des vassaux et demandent les neuf génuflexions de rigueur devant le Fils du Ciel. Après de longues et tortueuses négociations, l'Ambassade franchit enfin la frontière de Mongolie le 18 décembre, et par 28° de froid, se dirige vers Ourga, actuellement Oulan-Bator. Le thé gèle dans les tasses et les feux d'artifice ne réchauffent personne. Les querelles d'étiquette recommencent. Le Préfet chinois, qui devait escorter les Russes jusqu'à Pékin, demande à Golovkine de se découvrir devant les flambeaux qui représentent l'Empereur et ne reçoit les présents qu'on lui offre que comme le tribut d'un peuple soumis. La rupture ne tarde pas à se produire. Les Chinois renvoient aux Russes leurs cadeaux avec une lettre insolente. Les Russes refusent de les reprendre et les jettent hors du camp. Après onze jours de marche, l'Ambassade regagne le territoire sibérien, où les Chinois déposent les présents, qu'ils ne voulaient à aucun prix conserver.

Personnellement, Potocki n'a pas pris part à ces disputes, où chaque parti trouve l'autre extravagant, illogique, têtu et plein d'intolérables prétentions. Mais il analyse magistralement les causes des malentendus dans le rapport qu'il envoie à Czartoryski et qui fut retrouvé récemment dans les archives de la famille. Il déplore notamment la suffisance et le manque d'information de l'ambassadeur d'Alexandre. Il ne cesse de répéter à quel point il fut regrettable, dans le cas particulier, que les diplomates n'aient point lu les missionnaires. Surtout, il souligne l'importance de la différence des mentalités et des systèmes de gouvernement. Plus tard, il rédigera également un mémoire pour le Département asiatique de Pétersbourg, où il insiste sur l'avenir économique de la Sibérie. Il rapporte, en attendant, de nombreux objets, vases et bronzes qui devaient ensuite orner le château de Lancut.

Czartoryski abandonne bientôt le ministère. Privé de sa protection, Potocki quitte St-Pétersbourg et s'installe en Ukraine, près de Tulczyn où il aime à rencontrer le vieux poète Trembecki. En 1810, il publie à Pétersbourg des *Principes de Chronologie pour les Temps antérieurs aux Olympiades*[1], puis un *Atlas archéologique de la Russie européenne*; enfin, en 1811, une *Description de la nouvelle Machine pour battre la Monnaie.*

En 1812, il se retire dans sa propriété de Uladowka, en Podolie, d'où il ne sort que pour travailler dans la bibliothèque de Krzemieniec. Il est neurasthénique, en proie à de fréquentes dépressions nerveuses, souffrant en outre de très douloureuses névralgies. Dans ces accès de mélancolie, il lime la boule d'argent qui surmonte le couvercle de sa théière. Le 20 novembre 1815, elle est à la dimension voulue. Une tradition veut qu'il l'ait fait bénir par le chapelain de son domaine (dérision ou

1. Un autre ouvrage de Potocki sur le même thème, signalé par M. Kukulski, est intitule : *Principes de Chronologie pour les quatorze siècles qui ont précédé la première Olympiade vulgaire* (Krzemieniec, 1815).

concession, on ne sait). Il la glisse alors dans le canon de son pistolet et se fait sauter la cervelle. Les murs de la pièce en sont tout éclaboussés.

En 1818, Klaproth qui l'avait accompagné en Mongolie, fut appelé à contrôler une carte de l'Empire chinois, établie d'après les différentes cartes existantes. Il s'avisa qu'un archipel de la mer Jaune, dans la baie de Corée, n'était pas répertorié : une vingtaine d'îles du Liao Tung situées entre le 39e et le 40e degré de latitude Nord et entre le 120e et le 121e degré de longitude Est. Pour honorer la mémoire du savant qui fut son protecteur, il les nomma îles Potocki. Ultime disgrâce, la désignation n'a pas été retenue dans les atlas modernes*.

II

Telle est la carrière officielle du comte Jean Potocki. Au jour de son suicide, sa carrière secrète avait à peine commencé. Elle remonte sans doute à 1803. Avant de partir pour la Chine, en mai 1805, Potocki fit imprimer à Saint-Pétersbourg le début d'un roman mystérieux, qui demeura en épreuves. Une première série de feuillets se termine à la page 158, au bas de laquelle on lit : *Fin du premier Décaméron,* et au-dessous : *Copié à 100 exemplaires.* Le texte de la seconde série est brutalement coupé au milieu d'une phrase, à la fin de la page 48. La phrase

* Pour cette biographie sommaire de Jean Potocki, ma principale source est l'ouvrage d'Édouard Krakowski, *Le comte Jean Potocki,* Paris, 1963. J'ai profité largement des remarques et des suggestions de M. Leszek Kukulski qui a eu la grande amabilité de lire très attentivement le manuscrit et de me permettre, par ses observations, de rectifier maints détails contestables ou franchement inexacts. Je lui en exprime ma vive gratitude.

devait continuer sur la page 49, avec laquelle débutait la treizième feuille et qui ne fut sans doute jamais imprimée, non plus que les suivantes.

Il s'agit d'une suite de nouvelles réparties en « journées », à la manière des anciens *décamérons* ou *heptamérons,* et reliées entre elles à la faveur d'une intrigue assez lâche. Le texte est interrompu au cours du récit de la Treizième Journée.

De cet ouvrage, j'ai eu deux exemplaires entre les mains. Le premier est conservé à la Bibliothèque de Leningrad où il porte la cote 6.11.224. Il se compose des deux séries de feuillets reliées ensemble. Au dos de la reliure, figure un seul mot sur deux lignes : *Potockiana.* À l'intérieur du livre, au verso de la couverture, est collée une bande de papier avec l'indication manuscrite suivante :

> *Le comte Jean Potocki a fait imprimer ces feuilles à Pétersbourg en 1805, peu avant son départ pour la Mongolie (lors de l'envoi d'une Ambassade pour la Chine), sans titre ni fin, se réservant de le continuer ou non dans la suite, quand son imagination, à laquelle il a donné dans cet ouvrage une libre carrière, l'y inviterait.*

Le second exemplaire ne contient que la première série des feuillets. Il appartient à la Bibliothèque nationale de Paris. Relié en maroquin rouge, il porte sur la tranche l'indication : *Premier Décaméron.* La cote est 4° Y² 3 059. Le titre est écrit à l'encre, sur la page de garde : *Histoire* [*d'*] *Alphonse van Worden* [*ou*] [*tirée d'un*] *manuscrit trouvé à Saragosse*[1]. Au-dessous, au crayon, figure le nom de l'auteur : Potocki Jean. Le texte imprimé ne dépasse pas

1. Les mots placés entre crochets droits sont raturés à l'encre.

la page 156. Les deux dernières sont recopiées à l'encre. La seconde série de feuillets manque. Le texte comporte d'assez nombreuses corrections au crayon, la plupart strictement typographiques. D'autres proposent de véritables amendements de style. Sur la page de garde est collé un fragment de placard d'imprimerie, au dos duquel on déchiffre une note manuscrite sur laquelle j'aurai à revenir.

À son retour de Mongolie, en 1806, Potocki ne continue pas l'impression de son roman. Plusieurs exemplaires des épreuves circulent dans les salons littéraires de Pétersbourg. En 1809, Frédéric Adelung, ancien directeur de théâtre allemand de Pétersbourg, publie, de cette première partie, une traduction allemande à Leipzig, sous le titre : *Abendtheuer in der Sierra Morena, aus den Papieren des Grafen von X.X.X. I. Band.* La renommée de l'ouvrage ne cesse de croître. Il semble que Potocki laisse prendre copie de la suite du roman. Toujours est-il qu'une seconde partie de l'ouvrage est publiée à Paris, en 1813, par Gide fils, rue Colbert, n° 2, près la rue Vivienne, et H. Nicolle, rue de Seine, n° 12. Elle comprend quatre minces volumes de format in-12, sous le titre : *Avadoro, Histoire espagnole,* par M.L.C.J.P., c'est-à-dire par M. le Comte Jean Potocki. Elle rapporte, enchevêtrées, les aventures arrivées à un chef de Bohémiens et celles qui lui sont racontées. Elle fait suite pour l'essentiel au texte de Pétersbourg, dont elle reproduit les deux dernières Journées. En effet, comme le chef des Bohémiens apparaissait déjà dans celles-ci, le nouveau roman commence à son entrée en scène, c'est-à-dire à la Journée 12. Il reproduit ensuite totalement ou partiellement les Journées 15 à 18, 20, 26 à 29, 47 à 56 du texte définitif.

Publiées en trois volumes l'année suivante, dans le même format, par le même Gide fils, sis cette fois rue Saint-Marc, nº 20, *Les dix Journées de la Vie d'Alphonse van Worden* reproduisent le texte imprimé à Saint-Pétersbourg, à quelques aménagements près : il manque toutefois les Journées 12 et 13, qui venaient d'être réimprimées dans *Avadoro*, et la Journée 11, laissée de côté sans doute parce qu'elle contient seulement deux histoires connues, empruntées l'une à Philostrate, l'autre à Pline le Jeune[1]. En revanche, l'ouvrage se termine par un épisode encore inédit, l'*Histoire de Rébecca*, qui correspond à la Journée 14 du texte intégral.

On ignore si ces deux éditions parurent avec l'aveu, sur l'initiative ou sous la surveillance de l'auteur. En tout cas, le texte comporte de nombreuses bévues et se trouve amputé des intermèdes sensuels, si caractéristiques de l'œuvre. Le manuscrit original ne fut pas retrouvé, malgré les recherches entreprises par la comtesse Edling, à la prière de Pouchkine qui possédait les deux éditions parisiennes et qui en admirait fort le pittoresque et le fantastique. Pouchkine commença même de mettre en vers russes les *Dix Journées de la Vie d'Alphonse van Worden*. Il subsiste un court fragment, d'une cinquantaine de vers, de ce projet abandonné. Mickiewicz et Slowacki, de leur côté, connaissent l'œuvre et l'apprécient.

En 1822, Charles Nodier, sous ses initiales, publie à Paris, chez Samson et Nadau, un petit volume d'histoires de fantômes intitulé *Infernaliana*. Aux pages 95 à III, figurent les *Aventures de Thibaud de la Jacquière*, qui reproduisent, sans s'y référer le moins du monde, mais en le

1. Histoires d'Athénagore (Pline, *Lettres*, VII, 27) et de Ménippe (Philostrate, *Vit. Apoll.*, IV, 25).

résumant et en le simplifiant parfois, le texte de la Dixième Journée du roman de Potocki. Il est d'ailleurs à remarquer que Potocki donne la source du récit : les *Relations curieuses de Hapelius*, c'est-à-dire l'érudit Eberhard Werner Happel (1647-1690). En fait, l'épisode se trouve déjà dans *Les Histoires mémorables ou tragiques de ce temps* de François de Rosset (1619). La comparaison des textes ne laisse pas le moindre doute : c'est le récit de Potocki que Nodier a utilisé.

En 1829, un choix des ouvrages savants de Potocki est publié à Paris, en deux volumes, par les soins et avec les notes de Klaproth, « Membre des sociétés asiatiques de Paris, de Londres et de Bombay[1] », le même qui accompagna Potocki, en 1805, depuis Kazan jusqu'aux frontières de la Mongolie. Cette publication, qui contient une bibliographie des travaux érudits de Potocki, mentionne à la fin le *Manuscrit trouvé à Saragosse, Avadoro* et *Alphonse van Worden* avec l'appréciation suivante :

Outre ces ouvrages savants, le comte Jean Potocki a aussi écrit un roman très intéressant, dont seulement des parties ont été publiées ; il a pour sujet les aventures d'un gentilhomme espagnol descendant de la maison de Gomelez, et par conséquent d'extraction maure. L'auteur dépeint parfaitement dans cet ouvrage les mœurs des Espagnols, des Musulmans et des Siciliens ; les caractères y sont tracés avec une grande vérité ; en un mot, c'est un des livres les plus attrayants qu'on ait jamais écrits. Malheureusement, il n'en existe que quelques copies manuscrites. Celle qui fut envoyée à Paris pour y être publiée est restée entre les mains de la personne chargée de la revoir avant l'impression. Il faut espérer qu'une des cinq, que je connais en Russie et en Pologne,

1. *Voyage dans les Steps* (sic) *d'Astrakhan et du Caucase,* etc., Paris, 1829, t. I, p. 16.

verra tôt ou tard le jour, car c'est un livre qui, de même que Don Quixote *et* Gil Blas, *ne vieillira jamais*[1].

L'emprunt de Nodier dans *Infernaliana* ne fut pas le dernier. En 1834-1835, un polygraphe nommé Maurice Cousin publie, sous le pseudonyme de comte de Courchamps, des prétendus *Souvenirs de la Marquise de Créquy*. À titre d'échantillon des mémoires non moins apocryphes de Cagliostro, il transcrit textuellement (t. III, pp. 323-359), qu'il intitule *Le Paradis sur Terre*, l'*Histoire de Giulio Romati et de la Princesse de Mont-Salerne*, contenue dans la Treizième Journée du roman de Potocki. Courchamps ne s'arrête pas en si beau chemin. À partir d'octobre 1841, il publie dans le journal *La Presse* une série de feuilletons qu'il présente comme extraits des mémoires inédits de Cagliostro : le premier récit, *Le Val funeste*, n'est autre que la copie méticuleuse des *Dix Journées de la Vie d'Alphonse van Worden* ; le second, *Histoire de Don Benito d'Almusenar*, celle, non moins fidèle, de *Avadoro*. Le 13 octobre 1841, *Le National* dénonce le plagiat. Pour le prouver, ce journal avertit ses lecteurs qu'ils verront le lendemain le même feuilleton dans *Le National* et dans *La Presse*. Ce qui arrive, *La Presse* l'imprimant sur le manuscrit fourni par Courchamps et *Le National* sur le texte de l'édition parisienne signée M.L.C.J.P. Chacun peut constater que le texte de Courchamps suit mot à mot celui de Potocki, exception faite de quelques expressions, comme par exemple « bouches collées dans un baiser » ou « succubes » censurées, dit *Le National* du 4 février 1842, « pour ne pas alarmer la pudeur du

1. *Voyage dans les Steps* (sic) *d'Astrakhan et du Caucase*, etc., Paris, 1829, t. I, p. 16.

vicomte Delaunay ». Courchamps répond qu'il a eu les originaux entre les mains dès 1810 et qu'il les a prêtés à la fin de la même année à un noble polonais, le comte de Paç..., d'où les initiales M.L.C.J.P. De sorte qu'il peut affirmer : « Quelques-unes de ces anecdotes ont été *subrepticement* publiées il y a vingt ans. » Il prétend en un mot que c'est lui qu'on aurait pillé et fait remarquer que « le nom d'un comte Potocki n'a jamais figuré sur aucune de ces publications ». *La Presse*, qui payait cent francs par feuilleton à Courchamps pour un texte inédit, la preuve faite qu'il s'agit d'une escroquerie, lui intente un procès et réclame vingt-cinq mille francs de dommages-intérêts. À ce procès, qui fit beaucoup de bruit et où Courchamps est défendu par Berryer, Me Léon Duval, qui plaide pour *La Presse*, produit un exemplaire des épreuves imprimées à Pétersbourg en 1805, avec un dessin et une dédicace manuscrite de Potocki à son ami le général Sénovert.

Courchamps est confondu[1].

Dans *Le National*, le dénonciateur du plagiat de Courchamps avait été Stahl, grand ami de la famille Nodier. J'ai dit que sur l'exemplaire des épreuves de Pétersbourg que possède la Bibliothèque nationale, est collée une note manuscrite. Je la reproduis ci-dessous (les mots entre crochets sont raturés sur l'original) :

Ne peut-on supposer que [*le comte P.*] [*c'est Nodier q*] *que* [*le*] *c'est Nodier que Klaproth a voulu désigner, en 1829, comme la personne* [*entre les mains de qui le*] *chargée de revoir avant l'impression le* Manuscrit trouvé à Saragosse *et entre les mains de qui la copie manuscrite est restée. Et* [*ne serait-ce pas Nodier qu'avec le consen...*]

1. J.-M. Quérard : *Les Supercheries littéraires dévoilées*, t. I, Paris, 1847, s.v° Cagliostro, pp. 177-193.

n'est-il pas probable [*que détenteur*] *qu'ayant entre les mains* [*un man...*] *le travail du comte Jean Potocki, il ait songé à en tirer le meilleur parti possible littérairement et financièrement parlant. Mais il n'en est pas moins fort étonnant qu'il ait cru devoir garder le silence lors du scandaleux procès fait au comte de Courchamps qui* [deux mots raturés illisibles] *avait cru pouvoir publier dans le... le Journ.* La Presse *en 1841-1842, d'abord sous le litre de* Le Val funeste, *puis sous celui de l'*Hist. de don Benito d'Almusenar, *de prétendus extraits des* Mémoires inédits de Cagliostro *qui n'étaient que la reproduction d'*Avadoro *et des* Journées de la Vie d'Alphonse van Worden.

[*C'était là*]

Ce Val funeste *était un vol manifeste. Nodier, qui n'est m. qu'en 1844* [*q*] *aurait pu éclairer la justice à ce sujet et n'a pas soufflé mot.* [*Il* quatre mots raturés illisibles.]

L'exemplaire porte un cachet rouge avec la mention : *don n° 2693.* Ce numéro d'ordre correspond à un don fait le 6 août 1889 par Mme Bourgeois, née Barbier. Dans ce cas, l'accusateur de Nodier a toute chance d'être Ant.-Alex. Barbier, l'auteur du *Dictionnaire des Anonymes,* lequel précisément attribue à Potocki *Avadoro* et *Van Worden.*

En 1866, dans ses *Énigmes et Découvertes bibliographiques,* Paul Lacroix, contre toute évidence, conteste à Potocki cette paternité. Il est persuadé que Barbier s'est laissé égarer par un faux renseignement et que des « circonstances particulières » ont empêché Charles Nodier de revendiquer *Alphonse van Worden* et *Avadoro.* Pour lui, sur la foi du style, il n'a pas hésité à l'époque à attribuer à Nodier les deux ouvrages. Il a maintenant la preuve qu'il ne s'était pas trompé :

*Eh bien ! j'avais deviné juste, il y a seize ans. Charles Nodier est réellement le seul auteur d'*Avadoro *et des* Dix Journées de la Vie d'Alphonse van Worden : *le manuscrit autographe existe ; il est là sous mes yeux... Avis à l'éditeur futur des œuvres complètes de notre ami Charles Nodier.*

Reste que ce mystérieux manuscrit, sur lequel Lacroix ne donne aucun détail et qui, aujourd'hui, témoignerait terriblement contre Nodier, n'est peut-être aucunement de la main de celui-ci.

L'année suivante, Auguste Ladrague, bibliothécaire du comte Ouwarov, publie dans *Le Bibliophile belge* (Bruxelles, 1867, pp. 280-294) un article où, d'après la bibliographie russe de Storch et Adelung (St-Pétersbourg, 1810), il donne la description de l'édition de 1805 qui y figure sous le n° 508 et précise que le manuscrit comprend quatre tomes. Il suppose, lui aussi, que c'est Nodier qui s'est occupé de faire paraître *Avadoro* et *Alphonse van Worden.*

L'énigme demeure entière. De toute façon, une lourde présomption continue de peser sur le bibliothécaire de l'Arsenal.

Au moins le procès de 1842 a-t-il attiré l'attention sur l'œuvre de Potocki. En 1855, Washington Irving, dans son recueil *Wolfert's Roost and Other Stories,* introduit un récit, *The Grand Prior of Malta,* pure et simple traduction de l'*Histoire du Commandeur de Toralva,* telle qu'elle figure dans *Avadoro.* Dans le récit qui précède *The Grand Prior of Malta,* Washington Irving explique qu'il a d'abord entendu raconter l'histoire qui va suivre par le chevalier L... [1], mais qu'ayant perdu ses notes il a plus tard retrouvé un récit analogue dans des mémoires français publiés sous l'autorité du grand aventurier Cagliostro. Pendant

1. Le chevalier Landolini, rencontré par Irving à Malte, en 1805 ou 1806. Cf. Stanley T. Williams : *The Life of Washington Irving,* New York, 1935, I, 62 ; II, 325.

une journée de neige, à la campagne, il s'amusa, continue-t-il, à le traduire approximativement en anglais « pour un cercle de jeunes, autour de l'arbre de Noël ».

L'invocation de Cagliostro montre que c'est dans *La Presse* que Washington Irving a trouvé le texte dont il s'empare. Probablement, il n'a même jamais su qu'il s'appropriait, ce faisant, des pages écrites par un grand seigneur polonais mort depuis longtemps. Il convient de pardonner à Irving une traduction qu'il présente d'ailleurs comme telle, tout en laissant croire, il est vrai, qu'il s'agit d'une ruse d'écrivain pour accréditer une fiction. L'indulgence s'impose d'autant plus qu'il avait été lui-même victime d'un emprunt identique. En effet, un de ses *Contes du Voyageur* (1824), l'*Aventure d'un Étudiant allemand*, avait été traduit et adapté de la même manière par Petrus Borel, en 1843, sous le titre : *Gottfried Wolgang*[1]. Pour comble, cette fois aussi, l'emprunt avait été à demi avoué, à demi dissimulé par une ingénieuse et équivoque présentation.

Quelque temps après le procès de Courchamps, s'installe à Paris un émigré polonais, Edmund Chojecki, qui collabore à plusieurs journaux français sous le pseudonyme de Charles Edmond. Il eut entre les mains la copie intégrale du roman envoyée à Paris à un énigmatique destinataire. Il la traduisit en polonais. En 1947, à Lipsk (Leipzig), sa version paraît en six volumes sous le titre : *Rekopis Znaleziony w Saragossie*, qui traduit *Manuscrit trouvé à Saragosse*, titre qui semble avoir été préféré par Potocki et qui s'explique par l'*Avertissement*. Celui-ci, certainement postérieur à 1809, date de l'expédition française

1. Voir la préface à *L'Île fantôme et autres Contes*, par Washington Irving, traduits par R. Benayoun, Paris, 1951, p. 12.

en Espagne, apparaît dans l'édition parisienne des *Dix Journées*, en 1814. Dans une lettre, Potocki nomme son roman : *Journées espagnoles* ; Stanislas Potocki l'appelle : *Au Milieu des Pendus* ; Pierre Wiaziemski, Pouchkine et la comtesse Edling : *Les trois Pendus*, par allusion aux épisodes macabres des premières journées.

La traduction de Chojecki fut remise en vente en 1857, avec une autre page de titre et précédée d'une biographie de l'auteur. Elle fut rééditée en 1862, à Bruxelles, puis en 1917 par Lorentowicz dans sa collection *Les Muses*, enfin à Varsovie en 1950. M. Leszek Kukulski en procura une édition critique en 1956[1], accompagnée d'études et de notes. Après Bruckner, il compare la version polonaise au texte français et donne des exemples des nombreux changements introduits par le traducteur qui semble avoir pris avec l'original d'assez grandes libertés.

De toute façon, fidèle ou non, la traduction de Chojecki, en l'absence du texte français disparu, fournit aujourd'hui la seule version intégrale de l'œuvre. Peut-être de nouvelles recherches aboutiront-elles à retrouver une des copies que connaissait Klaproth. Dans ce cas, outre la publication en langue française qui va de soi, l'œuvre me paraît assez importante pour qu'une nouvelle traduction polonaise en soit tentée, plus exacte et plus respectueuse du texte de l'auteur que celle qui fait foi depuis plus d'un siècle.

*

L'ouvrage comprend un avertissement, soixante-six Journées (qui semblent n'avoir été que soixante lors

1. Une nouvelle édition, revue et corrigée, a paru en 1965.

d'une première rédaction) et une conclusion. Un cadre général réunit des récits qui s'enchevêtrent. L'inspiration de ceux-ci est fort diverse. Si l'on excepte les *Parades* — courts morceaux de circonstances — et la comédie de 1794, c'est la seule œuvre d'imagination écrite par cet homme de science, érudit et scrupuleux. Il semble y avoir travaillé une douzaine d'années, de 1803 à 1815. Il ne s'agit donc pas d'un caprice ou d'un divertissement sans lendemain. Pierre Wiaziemski raconte que la comtesse Potoka étant affligée d'une longue maladie, son mari prit l'habitude de lui lire les contes des *Mille et Une Nuits.* Quand il eut terminé, la comtesse réclama d'autres récits du même genre. Potocki alors aurait écrit chaque jour un nouveau chapitre qu'il lisait le soir à la convalescente. Ce n'est là qu'une légende, issue sans doute de la structure du roman. Dans cette œuvre complexe, entrent à la fois les connaissances d'un historien passionné de l'antiquité, les réflexions d'un philosophe, les souvenirs d'un voyageur prompt à fixer le détail pittoresque ou significatif. Elle ne peut pas avoir été écrite au jour le jour. L'expérience d'une vie s'y dissimule sous la variété et la fantaisie des épisodes.

Dans les premières Journées, le recours au fantastique constitue le caractère le plus remarquable de l'ouvrage. Cette partie de l'œuvre emprunte au roman noir son décor et ses revenants. Mais elle confère brusquement à une littérature souvent puérile une épaisseur, une portée nouvelles. Elle la situe à un autre niveau. Ces Journées, qui sont alors des *Nuits,* prolongent les féeries de Cazotte et annoncent les spectres d'Hoffmann. Elles doivent sans doute aussi quelque chose au *Vathek* de Beckford, paru pour la traduction anglaise à Londres en 1786, pour le texte original français à Paris l'année suivante et dont

Potocki a vraisemblablement eu connaissance lors de son séjour de 1791 à Paris et à Londres. Par de nombreux traits, elles appartiennent encore au XVIIIe siècle : les scènes galantes, le goût de l'occultisme, l'immoralité souriante et intelligente, le style enfin d'une élégante sécheresse, aisé, sobre et précis, sans bavure ni excès. Par d'autres particularités, ces mêmes pages anticipent sur le romantisme : elles donnent un avant-goût des frissons inédits qu'une sensibilité nouvelle va bientôt demander à la fascination de l'horrible et du macabre. L'œuvre marque ainsi une étape décisive dans l'évolution du genre.

Les récits publiés en 1804-1805 à Saint-Pétersbourg présentent cependant un caractère encore plus remarquable, qui tient, si je puis dire, à l'*organisation* du fantastique et qui constitue leur apport original. Comment ne pas sentir l'extrême singularité d'une structure romanesque fondée sur la répétition d'une même péripétie ? Car c'est toujours la même histoire qui est contée dans les différents récits emboîtés l'un dans l'autre que se font mutuellement les personnages du nouveau *Décaméron*, à mesure que leurs aventures les mettent en présence. La même situation est sans cesse reproduite et multipliée, comme si des miroirs maléfiques la reflétaient inlassablement. L'histoire, très variée dans l'anecdote, relate toujours les rencontres et les amours d'un voyageur avec deux sœurs qui l'entraînent dans leur lit commun soit seules, soit quelquefois avec leur mère. Puis viennent les apparitions, les squelettes, les châtiments surnaturels.

La nature un peu scabreuse de ces épisodes successifs est très édulcorée dans l'édition de 1814. Mais elle apparaît des plus nettes dans la version confidentielle de Saint-Pétersbourg. Il s'agit d'ailleurs de récits parfaitement discrets, comme savait les écrire le XVIIIe siècle, où les gestes les plus troubles sont voilés, mais non dissimulés. Les deux sœurs sont musulmanes, ce qui permet de mettre sur le compte des mœurs des harems qu'elles trouvent si naturel de partager le même homme, en même temps qu'elles prennent du plaisir entre elles. Leur nature véritable se révèle, peu à peu et elles apparaissent ce qu'elles sont, c'est-à-dire des créatures démoniaques, succubes ou entités astrologiques liées à la constellation des Gémeaux.

L'auteur a varié le thème avec une ingéniosité admirable. L'obsession produite chez ses personnages eux-mêmes, puis chez le lecteur, par la répétition d'aventures analogues distribuées dans le temps et dans l'espace, constitue un effet littéraire d'une efficacité d'autant plus soutenue qu'elle ajoute l'angoisse d'une duplication infinie à celle qui découle normalement d'une subite intervention surnaturelle dans l'existence jusqu'alors banale d'un héros interchangeable.

Le retour identique d'un même événement dans l'irréversible temps humain représente à lui seul un recours assez souvent employé par la littérature fantastique. Mais je ne connais guère de combinaisons aussi hardies, délibérées et systématiques des deux pôles de l'Inadmissible — l'irruption de l'insolite absolu et la répétition de l'unique par excellence — pour aboutir à ce comble d'épouvante, le prodige implacable, cyclique, qui s'attaque à la stabilité du monde avec ses propres armes, qui bientôt n'est plus un scandaleux miracle, mais la menace d'une loi impossible dont il convient désormais de redouter les effets récurrents, à la fois inconcevables et monotones. Ce qui ne peut pas arriver se produit : ce qui ne peut arriver qu'une fois se répète. Les deux se composent et inaugurent une espèce terrible de régularité.

Dans la suite du roman, le même thème revient, obsédant : ainsi dans l'*Histoire du terrible Pèlerin Hervas* (*Journées* 48-53), les deux sœurs qui accueillent si aimablement le héros sont d'évidents avatars des cousines d'Alphonse van Worden. D'autres épisodes font du *Manuscrit trouvé à Saragosse* une sorte de florilège de récits d'apparitions extraits des écrivains de l'Antiquité, des compilations du Moyen Âge ou du XVIe siècle, accessoirement du folklore des pays visités par Potocki. Cependant, l'atmosphère devient bientôt plus picaresque que surnaturelle. Les travestis jouent un grand rôle : les fantômes ne sont plus que des vivants déguisés. Tout s'explique à la fin. Quelque artifice ingénieux rend compte du prodige qui d'abord inspirait l'épouvante. Celle-ci le cède à la malice, le miracle à la mise en scène et le fantastique à l'illusionnisme.

Dans cette partie de l'ouvrage, Potocki utilise largement ses voyages et ses dons d'observation. L'action se déroule aussi bien en Égypte qu'à Rome ou au Mexique et, grâce à l'intervention du Juif errant, elle remonte sans peine le cours des temps.

Dans sa préface au *Manuscrit trouvé à Saragosse*, M. Leszek Kukulski, sans méconnaître les mérites de l'auteur dans le domaine du récit fantastique, voit surtout en lui le défenseur des Encyclopédistes contre Chateaubriand. Potocki a pu rencontrer ce dernier durant son séjour à Rome en 1803-1804, par l'entremise du Cardinal Borgia. En tout cas, il n'y a pas de doute que le *Manuscrit* développe à plusieurs reprises une philosophie de l'histoire qui s'oppose point par point à celle que défend *Le Génie du Christianisme*. L'ouvrage serait à prendre comme un traité polémique déguisé en roman. Potocki aurait eu l'intention de combattre les thèses de Chateaubriand, non pas tant d'un point de vue rationaliste qu'en montrant dans le christianisme un phénomène historique parmi d'autres, né à une époque et dans un milieu déterminés, à la faveur de circonstances qui en expliquent la nature et le succès.

Sous le voile de la fiction, Potocki esquisse en réalité un cours d'histoire comparée des religions. Sa vaste érudition lui permet de dégager de nombreuses similitudes entre les dogmes et les rites chrétiens et des croyances ou des pratiques plus anciennes. En particulier, avec une rare prescience, il devine l'importance des sectes ascétiques comme les Esséniens et les Sabéens : on sait combien la découverte des manuscrits de la mer Morte devait lui donner raison sur ce point. Au point de vue philosophique, Vélasquez et Hervas, l'omniscient impie, le père du pèlerin maudit, seraient les porte-parole de Potocki, disciple fidèle des matérialistes français du XVIIIe siècle. D'une façon analogue, M. Kukulski interprète de nombreux autres épisodes du roman comme autant d'apologues où l'auteur expose une morale rationnelle, exempte de préjugés et affranchie du sentiment désuet de l'honneur féodal.

Je ne suis pas sûr que le *Manuscrit* réponde à tant d'intention didactique. Je doute même que la préoccupation de combattre *Le Génie du Christianisme* ait pu jamais aboutir à une argumentation si voilée, si indirecte, comme indécelable, où rien ne semble faire allusion à l'ouvrage controversé. Je ne distingue pour ma part en Potocki ni un ennemi si précis de Chateaubriand, ni un champion si attentif de Diderot ou de La Mettrie. Que l'ouvrage soit d'inspiration libertine, il n'est guère possible de le contester. Potocki n'a pas renié ses maîtres. Il est assurément Encyclopédiste, mais il est d'abord encyclopédique. Il donne sous une forme plaisante, imagée, volontiers ironique, la somme, non pas des connaissances de son temps, mais des siennes propres, qui sont exceptionnellement étendues, et qui, dans le domaine de ses études personnelles, devancent celles de ses contemporains les plus informés.

D'où, en effet, une histoire des religions, une philosophie, une éthique, des relations concernant les terres lointaines et les civilisations disparues, des exemples divers des superstitions et des aberrations des hommes, de leurs travers, de leurs passions, de leur courage. L'auteur a beaucoup lu. Il a beaucoup voyagé. Il est perspicace et observateur. Sa mémoire est infaillible et son imagination hardie. Il a les qualités qu'il faut pour entreprendre une tâche démesurée, presque contradictoire.

Les mérites littéraires de l'œuvre sont éminents. L'ambition dont elle témoigne est plus rare encore. Il ne faut pas oublier que ces aventures imaginaires sont écrites par un homme âgé de plus de quarante ans, qui s'est consacré à la recherche érudite et que cet homme les rédige en même temps qu'il établit les tables de concordance entre les différentes civilisations en reculant jusqu'au plus lointain passé. Il mène de front les deux genres d'ouvrages jusqu'à la veille du geste fatal qui met fin à sa vie. Potocki était un homme entreprenant, ardent, impétueux, avide d'expérience et de savoir. Cette avidité, jointe aux déceptions que l'activité politique ne manqua pas de lui apporter, le précipita, je suppose, dans l'archéologie, qui ne le satisfit jamais complètement.

Vint un moment où il souhaita compenser une science fragmentaire, lointaine, indifférente, et tant d'hypothèses à la fois fragiles et vaines, par la peinture d'une vaste fresque agitée et foisonnante comme la vie elle-même. Il voulut tout dire : ce qu'il sentait, ce qu'il pensait, ce qu'il savait.

Qu'il ait inauguré sa longue composition par des évocations de spectres et de démons, demeure un mystère. La clef ne s'en trouve peut-être que dans l'horreur même de sa mort volontaire. Quelque chose en Potocki devait exiger pour sa *Comédie humaine* un lever de rideau aussi singulier, où apparitions et hallucinations, succubes et pendus, associent pour fasciner son héros les angoisses fraternelles de la luxure et de la damnation. Quels que soient l'intérêt et le mérite du reste de l'œuvre, c'est avec ce début qu'il me semble avoir doté d'un chef-d'œuvre la littérature française et la littérature fantastique de tous les temps, d'un des rares récits qui en renouvellent la puissance et en assurent la dignité. J'écris *dignité,* mais je pense à l'obscur efficace sans doute dévolu à ces effrois, à ces pressentiments. J'imagine une autre et plus secrète justification. J'évoque une dernière fois ces récurrences infinies qui s'obstinent à contester, à la façon d'un remords tenace, l'ordre rationnel si péniblement acquis et qui paraissait à Potocki une conquête décisive. Je présume alors que cette revanche des ténèbres, illusoire mais inquiétante, empêche utilement l'esprit de rigueur de succomber à la complaisance. Elle lui fait souvenir que l'abîme dont il est issu par miracle, demeure insondable et riche de forces indomptées.

R. C.

EXTRAIT DE LA PRÉFACE DE LA PREMIÈRE ÉDITION (1958)

Le principe qui veut qu'on choisisse pour établir un texte la dernière édition publiée du vivant de l'auteur aurait dû m'incliner à suivre pour celle-ci les *Dix Journées de la vie d'Alphonse van Worden* (1814). Dans le cas précis, des motifs très sérieux m'en dissuadaient. Le texte de Saint-Pétersbourg est supérieur à tout point de vue : il est plus correct et plus complet. De nombreuses bévues discréditent en effet la version parisienne, où, d'autre part, les intermèdes sensuels, si caractéristiques de l'œuvre, disparaissent presque complètement. Aussi ai-je reproduit l'édition de 1804-1805, complétée par l'*Histoire de Rébecca,* qui termine le texte publié par Gide fils en 1814. De cette manière, je pense procurer, dans sa version intégrale et authentique, toute la première partie de l'ouvrage[1].

Cette partie correspond franchement à l'inspiration la plus fantastique du recueil. *Avadoro* est plus picaresque que surnaturel. Ce n'est que par un artifice de distribu-

1. Par commodité, je lui ai donné le titre, qui n'est évidemment pas dans Potocki, de *Quatorze journées de la vie d'Alphonse van Worden* (1966).

tion, sinon de simple mise en page, qu'y figure l'*Histoire de Giulio Romati et de la Princesse de Mont-Salerne*[1]. Ce récit s'apparente pour le thème et l'atmosphère au cycle des deux sœurs diaboliques, et il était parfaitement à sa place dans la version primitive de Saint-Pétersbourg, ensuite répartie pour les besoins de la cause en deux œuvres présentées comme distinctes. L'équivoque constamment maintenue entre la princesse et sa dame d'honneur, qui fait qu'on ne sait jamais s'il s'agit d'une seule personne ou de deux, les splendides servantes que cette créature à la fois simple et double accueille dans ses lits symétriques, interdisent en effet d'apercevoir en cette aventure autre chose qu'une variante des épisodes précédents où les principaux rôles étaient réservés à Émina et à Zibeddé, cousines du héros.

Dans le même esprit, j'ai cru devoir extraire d'*Avadoro* l'*Histoire du terrible pèlerin Hervas*. Non seulement elle est avec celle de la princesse de Mont-Salerne le seul récit fantastique d'*Avadoro* (elle inclut l'*Histoire du Commandeur de Toralva*), mais les deux sœurs qui accueillent si aimablement le héros sont d'évidents avatars des mêmes succubes. C'est même à cette occasion que se trouvent le plus nettement définies les relations scabreuses de deux jeunes filles « plutôt inspirées par l'émulation que par la jalousie », de leur mère « plus savante et non moins passionnée » et d'un héros comblé et damné à la fois, qui partagent sur le même lit des voluptés concertées.

L'*Histoire de Léonore et de la duchesse d'Avila*, que je reproduis également, ne comporte aucun élément surna-

1. Ce récit, sous le titre *Le Paradis sur Terre*, est déjà donné textuellement par Courchamps à titre d'échantillon des mémoires de Cagliostro dans les *Souvenirs de la Marquise de Créquy*, Paris, 1834-1835, t. III, pp. 323-350.

turel, mais, par le thème, elle appartient clairement à la série précédente. Une femme s'invente une sœur en qui elle se déguise et qu'elle fait épouser à son prétendant, de sorte que celui-ci la connaît sous deux apparences entre lesquelles s'égare sa passion. Il y a là comme une contrepartie inattendue des épisodes accoutumés où les deux sœurs sont l'une et l'autre fort réelles et ont deux corps bien distincts. Cette fois, deux incarnations alternantes d'une personnalité unique finissent par se confondre pour le bonheur d'un amant jusqu'alors divisé. Il m'a paru que la série des variantes où Potocki a obstinément multiplié une situation analogue serait restée incomplète si elle n'avait pas compris cette dernière et inverse possibilité. En outre, par les travestis qu'elle met en scène, par le « surnaturel expliqué » à quoi elle recourt, elle offre une illustration fidèle de l'atmosphère d'*Avadoro.*

*

Le texte. Je dirai enfin quelques mots du texte édité ci-dessous. L'*Avertissement* ne figure pas dans l'édition de Saint-Pétersbourg. Je le tire de l'édition parisienne de 1814. Pour l'essentiel, je reproduis le texte imprimé à Saint-Pétersbourg en 1804-1805. Je n'ai pas tenu compte des corrections manuscrites de l'exemplaire de la Bibliothèque nationale, sauf pour les erreurs manifestes, typographiques ou autres. J'ai signalé ces dernières par une note en bas de page ou en recourant aux crochets droits. J'ai maintenu, pour l'essentiel, la graphie de 1804, à cela près que j'ai modernisé l'orthographe et la ponctuation chaque fois qu'il suffisait d'un simple amendement automatique. J'ai cependant poussé le scrupule jusqu'à conserver *hh* pour marquer le *j* espagnol, ainsi dans *cortehho* (pour *cortejo*), *Anduhhar* (pour *Andujar*) ou *fahha* (pour *faja*) Tout de même, pour ne pas trop déconcerter inutilement le lecteur, j'ai écrit *bolero* à la place de *volero* et *sergente general* à la place de *serhente heneral.* J'ai dû parfois rétablir un mot sauté. Il figure toujours dans le texte entre crochets droits.

J'ai naturellement conservé la distribution des récits entre les *Journées* comme elle est faite dans la version de 1804. Elle est légèrement différente de celle de 1814. Dans sa presque totalité, le texte présenté peut passer pour authentique et définitif. Il faut malheureusement faire exception pour les quelques parties empruntées aux éditions parisiennes. Celles-ci comprennent l'*Histoire de Rébecca* et les récits extraits d'*Avadoro.*

L'*Histoire de Rébecca* occupe la fin du tome III des *Dix Journées* (pp. 72 à 122).

Les récits d'*Avadoro* occupent dans l'édition parisienne de 1813 les pages suivantes :

— *Histoire du terrible Pélerin Hervas* (suivie de celle du *Commandeur de Toralva*) : tome III, de la page 207 à la fin ; tome IV, de la page 3 à la page 120 (sauf quelques lignes aux pages 69-70, qui marquent une coupure dans le récit).

— *Histoire de Léonore et de la Duchesse d'Avila :* tome IV, de la page 165 à la fin.

Le texte de 1813 est reproduit sans aucune modification, encore que son autorité ne soit pas absolue, car il a pu subir de la part de l'éditeur le même genre de remaniements que subirent, l'année suivante, les *Dix Journées.* Ce n'en est pas moins le seul texte actuellement disponible dans l'original français. Je crois devoir le donner en attendant mieux, afin de présenter dès maintenant une image plus complète du fantastique de Potocki. On me pardonnera, je l'espère, cette anticipation : il me semble que l'intérêt de l'œuvre la méritait amplement.

Il me reste à remercier chaleureusement M. St. Wedkiewicz, directeur du Centre polonais de Recherches scientifiques de Paris, qui a eu l'obligeance d'écrire de ma part à M. Leszek Kukulski, et le professeur Kukulski lui-même qui m'a fort aimablement instruit de l'état présent de ses travaux tendant à la reconstitution intégrale du texte original français de Potocki.

J'exprime également ma très vive gratitude à Mme Tatiana Beliaeva, chargée de la Bibliothèque de l'Unesco à Paris, et à M. Barasenkov, directeur de la *Gosudarstvennaja Publicnaja Biblioteca imeni Saltukova-Scedrina* de Leningrad. C'est grâce à leur compréhension que j'ai pu avoir en communication le volume contenant le jeu complet des feuillets imprimés en 1804-1805 à Pétersbourg. Sans ce texte, la présente édition serait demeurée approximative jusque dans la partie qu'elle propose aujourd'hui au public.

En 1814, les *Dix Journées*, dernière publication de l'auteur qui devait mourir l'année suivante, se terminaient sur le souhait que le lecteur connût les nouvelles aventures du héros. Je forme le même vœu pour la prochaine et première publication complète d'un ouvrage resté, par l'effet d'une rare conjuration de hasards exceptionnels, aux trois quarts inédit et à peu près totalement inconnu dans la langue où il fut écrit. Il est temps qu'après une attente d'un siècle et demi cette œuvre trouve dans la littérature française, comme dans la littérature fantastique européenne, la place enviable qu'il lui appartient d'occuper [1].

R. C.

1. Pour cette nouvelle édition, j'ai adopté la forme française du prénom de l'auteur, plus utilisée de son temps et par lui et pour lui (1966).

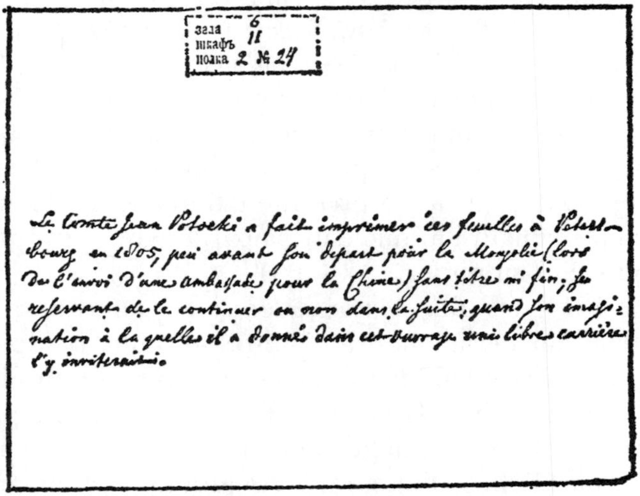

Le Comte Jean Potocki a fait imprimer ces feuilles à Petersbourg en 1805, peu avant son depart pour la Mongolie (lors de l'envoi d'une ambassade pour la Chine) sans titre ni fin; se reservant de le continuer ou non dans la suite, quand son imagination à la quelle il a donné dans cet ouvrage une libre carrière l'y inviterait.

Note manuscrite jointe à l'exemplaire
de la bibliothèque de Leningrad.

pression melancolique que rien ne peut effacer, et de plus je souffre beaucoup de mon bras. En disant cela Romati releva sa manche, et nous fit voir son bras, où l'on distinguoit la forme des dîges de la Princesse et comme des marques de brulure.

Ici j'interrompis le chef, pour lui dire que j'avois feuilleté chez le cabaliste les relations varices de Hapelius, et que j'y avois trouvé une histoire à peu près semblable.

„Cela peut-être (reprit le chef) peut-être Romati a-t-il pris son histoire dans ce livre.. Peut-être l'a-t-il in-„ventée. Toujours est-il sûr que son récit contribua beau-„coup à me donner le goût des voyages, et même un espoir „vague de trouver des avantures merveilleuses que je ne „trouvois jamais. Mais telle est la force des impressions „que nous recevons dans notre enfance, que cet espoir ex-„travaguant troubla longtems ma tête, et que je ne m'en „suis jamais bien guéri.“

„Monsieur Pandesouna (dis alors au chef Bohémien). Ne m'avez vous pas fait entendre, que depuis que vous vi-„viez dans ces montagnes, vous y aviez vu des choses que „l'on peut appeller merveilleuses?

„Cela est vrai (me répondit-il) j'ai vu des choses qui „m'ont rappellées l'histoire de Romati. . . .

En ce moment un Bohèmien vint nous interrompre. Puis l'on dina, et comme le chef avoit encore des occupations; je pris mon fusil et j'allai chasser. Je gravis quelques sommets, et ayant jetté les yeux sur la vallée

48

Dernière page des épreuves
imprimées à Saint-Pétersbourg.

I

Quatorze journées de la vie d'Alphonse van Worden

AVERTISSEMENT

Officier dans l'armée française, je me trouvai au siège de Saragosse. Quelques jours après la prise de la ville, m'étant avancé vers un lieu un peu écarté, j'aperçus une petite maisonnette assez bien bâtie, que je crus d'abord n'avoir encore été visitée par aucun Français.

J'eus la curiosité d'entrer. Je frappai à la porte, mais je vis qu'elle n'était pas fermée. Je la poussai et j'entrai. J'appelai, je cherchai, ne trouvai personne. Il me parut qu'on avait déjà enlevé tout ce qui avait quelque valeur ; il ne restait sur les tables et dans les meubles que des objets de peu d'importance. Seulement, j'aperçus par terre, dans un coin, plusieurs cahiers de papier écrits. Je jetai les yeux sur ce qu'ils contenaient. C'était un manuscrit espagnol ; je ne connaissais que fort peu cette langue, mais, cependant, j'en savais assez pour comprendre que ce livre pouvait être amusant : on y parlait de brigands, de revenants, de cabalistes, et rien n'était plus propre à me distraire des fatigues de la campagne que la lecture d'un roman bizarre. Persuadé que ce livre ne reviendrait plus à son légitime propriétaire, je n'hésitai point à m'en emparer.

Dans la suite, nous fûmes obligés de quitter Saragosse. M'étant trouvé par malheur éloigné du corps principal de l'armée, je fus pris avec mon détachement par les ennemis ; je crus que c'en était fait de moi. Arrivés à l'endroit où ils nous conduisaient, les Espagnols commencèrent à nous dépouiller de nos effets. Je ne demandai à conserver qu'un seul objet qui ne pouvait leur être utile, c'était le livre que j'avais trouvé. Ils firent d'abord quelque difficulté. Enfin ils demandèrent l'avis du capitaine qui, ayant jeté les yeux sur le livre, vint à moi et me remercia d'avoir conservé intact un ouvrage auquel il attachait un grand prix comme contenant l'histoire de l'un de ses aïeux. Je lui contai comment il m'était tombé dans les mains ; il m'emmena avec lui, et pendant le séjour un peu long que je fis dans sa maison, où je fus bien traité, je le priai de me traduire cet ouvrage en français. Je l'écrivis sous sa dictée.

PREMIÈRE PARTIE

PREMIÈRE JOURNÉE

Le comte d'Olavidez n'avait pas encore établi des colonies étrangères dans la Sierra Morena ; cette chaîne sourcilleuse qui sépare l'Andalousie d'avec la Manche, n'était alors habitée que par des contrebandiers, des bandits et quelques Bohémiens, qui passaient pour manger les voyageurs qu'ils avaient assassinés, et de là le proverbe espagnol : *Las Gitanas de Sierra Morena quieren carne de hombres.*

Ce n'est pas tout. Le voyageur qui se hasardait dans cette sauvage contrée s'y trouvait, disait-on, assailli par mille terreurs capables de glacer les plus hardis courages. Il entendait des voix lamentables se mêler au bruit des torrents et aux sifflements de la tempête, des lueurs trompeuses l'égaraient, et des mains invisibles le poussaient vers des abîmes sans fond.

À la vérité, quelques *ventas* ou auberges isolées se trouvaient éparses sur cette route désastreuse, mais des revenants, plus diables que les cabaretiers eux-mêmes, avaient forcé ceux-ci à leur céder la place et à se retirer en des pays où leur repos ne fût plus troublé que par les reproches de leur conscience, sortes de fantômes avec qui les aubergistes ont des accommodements ; celui de l'hôtellerie d'Anduhhar attestait saint Jacques de Compostelle de la vérité de ces récits merveilleux. Enfin il ajoutait que les archers de la Sainte-Hermandad avaient refusé de se charger d'aucune expédition pour la Sierra Morena, et que les voyageurs prenaient la route de Jaen ou celle de l'Estramadoure.

Je lui répondis que ce choix pouvait convenir à des voyageurs ordinaires, mais que, le roi Don Philippe Quinto ayant eu la grâce de m'honorer d'une commission de capitaine aux Gardes wallonnes, les lois sacrées de l'honneur me prescrivaient de me rendre à Madrid par le chemin le plus court, sans demander s'il était le plus dangereux.

— Mon jeune seigneur, reprit l'hôte, votre merced me permettra de lui [faire] observer que, si le roi l'a honoré d'une compagnie aux gardes avant que l'âge eût honoré du plus léger duvet le menton de votre merced, il serait expédient de faire des preuves de prudence ; or je dis que lorsque les démons s'emparent d'un pays...

Il en eût dit davantage, mais je piquai des deux et ne m'arrêtai que lorsque je me crus hors de la portée de ses remontrances : alors je me retournai et je le vis qui gesticulait encore et me montrait de loin la route de l'Estramadoure. Mon valet Lopez et Moschito mon zagal me regardaient d'un air piteux qui voulait dire à peu près la même chose. Je fis semblant de ne les point comprendre et m'enfonçai dans les bruyères, où depuis l'on a bâti la colonie appelée la Carlota.

À la place même où est aujourd'hui la maison de poste, il y avait alors un abri, fort connu des muletiers, qui l'appelaient « Los Alcornoques » — ou les chênes verts, parce que deux beaux arbres de cette espèce y ombrageaient une source abondante que recevait un abreuvoir de marbre. C'était la seule eau et le seul ombrage que l'on trouvât depuis Anduhhar jusqu'à l'auberge dite Venta Quemada. Cette auberge était bâtie au milieu d'un désert, mais grande et spacieuse. C'était proprement un ancien château des Mores que le marquis de Penna-Quemada avait fait réparer, et de là lui venait le nom de Venta Quemada. Le marquis l'avait affermée à un bourgeois de Murcie, qui y avait établi une hôtellerie, la plus considérable qu'il y eût sur cette route. Les voyageurs partaient donc le matin d'Anduhhar, dînaient à Los Alcornoques des provisions qu'ils avaient apportées, et puis ils couchaient à la Venta Quemada ; souvent même ils y passaient la journée du lendemain, pour s'y préparer au passage des montagnes et faire de nouvelles provisions ; tel était aussi le plan de mon voyage.

Mais comme nous approchions déjà des chênes verts, et que je parlais à Lopez du petit repas que nous comptions y faire, je m'aperçus que Moschito n'était point avec nous, non plus que la mule chargée de nos provisions. Lopez me dit que ce garçon était resté quelque cent pas en arrière, pour refaire quelque chose au bât de sa monture. Nous l'attendîmes, puis nous fîmes quelques pas en avant, puis nous nous arrêtâmes pour l'attendre encore, nous l'appelâmes, nous retournâmes sur nos pas pour le chercher ; le tout en vain. Moschito avait disparu et emportait avec lui nos plus chères espérances, c'est-à-dire tout notre dîner. J'étais le seul à jeun, car Lopez n'avait cessé de ronger un fromage du Toboso, dont il s'était muni, mais il n'en était pas plus gai et marmottait entre ses dents « que l'aubergiste d'Anduhhar l'avait bien dit, et que les démons avaient sûrement emporté l'infortuné Moschito ».

Lorsque nous fûmes arrivés à Los Alcornoques, je trouvai sur l'abreuvoir un panier rempli de feuilles de vigne ; il paraissait avoir été plein de fruits et oublié par quelque voyageur. J'y fouillai avec curiosité et j'eus le plaisir d'y découvrir quatre belles figues et une orange. J'offris deux figues à Lopez, mais il les refusa, disant qu'il pouvait attendre jusqu'au soir ; je mangeai donc la totalité des fruits, après quoi je voulus me désaltérer à la source voisine. Lopez m'en empêcha, alléguant que l'eau me ferait du mal après les fruits, et qu'il avait à m'offrir un reste de vin d'Alicante. J'acceptai son offre, mais à peine le vin fut-il dans mon estomac que je me sentis le cœur fort oppressé. Je vis la terre et le ciel tourner sur ma tête, et je me serais sûrement évanoui si Lopez ne se fût empressé à me secourir ; il me fit revenir de ma défaillance et me dit qu'elle ne devait point m'effrayer, n'étant qu'un effet de la fatigue et de l'inanition. Effectivement, non seulement je me trouvais rétabli, mais même dans un état de force et d'agitation qui avait quelque chose d'extraordinaire. La campagne me semblait émaillée des couleurs les plus vives ; les objets scintillaient à mes yeux comme les astres dans les nuits d'été, et je sentais battre mes artères, surtout aux tempes et à la gorge.

Lopez, voyant que mon incommodité n'avait point eu de suites, ne put s'empêcher de recommencer ses doléances :

— Hélas ! dit-il, pourquoi ne m'en suis-je pas rapporté à Fra Heronimo della Trinidad, moine, prédicateur, confesseur et l'oracle de notre famille. Il est beau-frère du beau-fils de la belle-sœur du beau-père de ma belle-mère, et, se trouvant ainsi le plus proche parent que nous ayons, rien ne se fait dans notre maison que par ses avis. Je n'ai pas voulu les suivre et j'en suis justement puni. Il m'avait bien dit que les officiers aux Gardes wallonnes étaient un peuple hérétique, ce que l'on reconnaît aisément à leurs cheveux blonds, à leurs yeux bleus et à leurs joues rouges, au lieu que les vieux chrétiens sont de la couleur de Notre-Dame d'Atocha, peinte par saint Luc.

J'arrêtai ce torrent d'impertinences, en ordonnant à Lopez de me donner mon fusil à deux coups et de rester auprès des chevaux, tandis que j'irais sur quelque rocher des environs pour tâcher de découvrir Moschito, ou du moins sa trace. À cette proposition, Lopez fondit en larmes et, se jetant à mes genoux, il me conjura, au nom de tous les saints, de ne pas le laisser seul en un lieu si plein de danger. Je m'offris à garder les chevaux, tandis qu'il irait à la découverte, mais ce parti lui parut encore bien plus effrayant. Cependant, je lui dis tant de bonnes raisons pour aller chercher Moschito qu'il me laissa partir. Puis il tira un rosaire de sa poche et se mit en prière auprès de l'abreuvoir.

Les sommets que je voulais gravir étaient plus éloignés qu'ils ne me l'avaient paru ; je fus près d'une heure à les atteindre et, lorsque j'y fus, je ne vis rien que la plaine déserte et sauvage : nulle trace d'hommes, d'animaux ou d'habitations, nulle route que le grand chemin que j'avais suivi, et personne n'y passait — partout le plus grand silence. Je l'interrompis par mes cris, que les échos répétèrent au loin. Enfin je repris le chemin de l'abreuvoir, j'y trouvai mon cheval attaché à un arbre, mais Lopez avait disparu.

J'avais deux partis à prendre : celui de retourner à Anduhhar et celui de continuer mon voyage. Le premier parti ne me vint seulement pas à l'esprit. Je m'élançai sur mon cheval et, le mettant tout de suite au plus grand trot, j'arrivai au bout de deux heures sur les bords du Guadalquivir, qui n'est point là ce fleuve tranquille et superbe dont le cours majestueux embrasse les murs de Séville. Le Guadalquivir, au sortir des montagnes, est un torrent sans rives ni fond, et toujours mugissant contre les rochers qui contiennent ses efforts.

La vallée de Los Hermanos commence à l'endroit où le Guadalquivir se répand dans la plaine ; elle était ainsi appelée parce que trois frères, moins unis encore par les liens du sang que par leur goût pour le brigandage, en avaient fait longtemps le théâtre de leurs exploits. Des trois frères, deux avaient été pris, et leurs corps se voyaient attachés à une potence à l'entrée de la vallée, mais l'aîné, appelé Zoto, s'était échappé des prisons de Cordoue, et l'on disait qu'il s'était retiré dans la chaîne des Alpuharras.

On racontait des choses bien étranges des deux frères qui avaient été pendus ; on n'en parlait pas comme de revenants, mais on prétendait que leurs corps, animés par je ne sais quels démons, se détachaient la nuit et quittaient le gibet pour aller désoler les vivants. Ce fait passait pour si certain qu'un théologien de Salamanque avait fait une dissertation dans laquelle il prouvait que les deux pendus étaient des espèces de vampires, et que l'un n'était pas plus incroyable que l'autre, ce que les plus incrédules lui accordaient sans peine. Il courait aussi un certain bruit, que ces deux hommes étaient innocents, et qu'ayant été injustement condamnés ils s'en vengeaient, avec la permission du ciel, sur les voyageurs et autres passants. Comme j'avais beaucoup entendu parler de tout cela à Cordoue, j'eus la curiosité de m'approcher de la potence. Le spectacle en était d'autant plus dégoûtant que les hideux cadavres, agités par le vent, faisaient des balancements extraordinaires, tandis que d'affreux vautours les tiraillaient pour arracher des lambeaux de leur chair ; j'en détournai la vue avec horreur et m'enfonçai dans le chemin des montagnes.

Il faut convenir que la vallée de Los Hermanos semblait très propre à favoriser les entreprises des bandits et leur servir de retraite. L'on y était arrêté tantôt par des roches détachées du haut des monts, tantôt par des arbres renversés par l'orage. En bien des endroits, le chemin traversait le lit du torrent ou passait devant des cavernes profondes, dont l'aspect malencontreux inspirait la défiance.

Au sortir de cette vallée, j'entrai dans une autre et je découvris la venta qui devait être mon gîte, mais, du plus loin que je l'aperçus, je n'en augurai rien de bon. Car je distinguai qu'il ne s'y trouvait ni fenêtres, ni volets ; les cheminées ne fumaient point ; je ne voyais point de mouvement dans les environs et je n'entendais pas les chiens avertir de mon arrivée. J'en conclus que ce cabaret était un de ceux que l'on avait abandonnés, comme me l'avait dit l'aubergiste d'Anduhhar.

Plus j'approchais de la venta, et plus le silence me semblait profond. Enfin j'arrivai et je vis un tronc à mettre des aumônes, accompagné d'une inscription ainsi conçue : « Messeigneurs les voyageurs, ayez la charité de prier pour l'âme de Gonzalez de Murcie, ci-devant cabaretier de la Venta Quemada. Sur toute chose, passez votre chemin et ne restez pas ici la nuit, sous quelque prétexte que ce soit. »

Je me décidai aussitôt à braver les dangers dont l'inscription me menaçait. Ce n'était pas que je fusse convaincu qu'il n'y a point de revenants ; mais on verra plus loin que toute mon éducation avait été dirigée du côté de l'honneur, et je le faisais consister à ne donner jamais aucune marque de crainte.

Comme le soleil ne faisait que de se coucher, je voulus profiter d'un reste de clarté et parcourir tous les recoins de cette demeure, moins pour me rassurer contre les puissances infernales qui en avaient pris possession que pour chercher quelque nourriture, car le peu que j'avais mangé à Los Alcornoques avait pu suspendre, mais non pas satisfaire le besoin impérieux que j'en ressentais. Je traversai beaucoup de chambres et de salles. La plupart étaient revêtues en mosaïque jusqu'à la hauteur d'un homme, et les plafonds étaient en cette belle menuiserie où les Maures mettaient leur magnificence. Je visitai les cuisines, les greniers et les caves ; celles-ci étaient creusées dans le rocher, quelques-unes communiquaient avec des routes souterraines qui paraissaient pénétrer fort avant dans la montagne ; mais je ne trouvai à manger nulle part. Enfin, comme le jour finissait tout à fait, j'allai prendre mon cheval que j'avais attaché dans la cour, je le menai dans une écurie où j'avais vu un peu de foin, et j'allai m'établir dans une chambre où il y avait un grabat, le seul que l'on eût laissé dans toute l'auberge. J'aurais bien voulu avoir une lumière, mais la faim qui me tourmentait avait cela de bon, c'est qu'elle m'empêchait de dormir.

Cependant, plus la nuit devenait noire, et plus mes réflexions étaient sombres. Tantôt je songeais à la disparition de mes deux domestiques, et tantôt aux moyens de pourvoir à ma nourriture. Je pensais que des voleurs, sortant à l'improviste de quelque buisson ou de quelque trappe souterraine, avaient attaqué successivement

Lopez et Moschito, lorsqu'ils se trouvaient seuls, et que je n'avais été épargné que parce que ma tenue militaire ne promettait pas une victoire aussi facile. Mon appétit m'occupait plus que tout le reste ; mais j'avais vu des chèvres sur la montagne ; elles devaient être gardées par un chevrier, et cet homme devait sans doute avoir une petite provision de pain pour le manger avec son lait. De plus, je comptais un peu sur mon fusil. Mais de retourner sur mes pas, et de m'exposer aux railleries de l'hôte d'Anduhhar, c'est là ce que j'étais bien décidé à ne point faire. Je l'étais au contraire bien fermement à continuer ma route.

Toutes ces sortes de réflexions étant épuisées, je ne pouvais m'empêcher de repasser dans mon esprit la fameuse histoire des faux-monnayeurs et quelques autres du même genre dont on avait bercé mon enfance. Je songeais aussi à l'inscription mise sur le tronc des aumônes. Je ne croyais pas que le diable eût tordu le cou à l'hôte, mais je ne comprenais rien à sa fin tragique.

Les heures se passaient ainsi dans un silence profond, lorsque le son inattendu d'une cloche me fit tressaillir de surprise. Elle sonna douze coups et, comme l'on sait, les revenants n'ont de pouvoir que depuis minuit jusqu'au premier chant du coq. Je dis que je fus surpris, et j'avais raison de l'être, car la cloche n'avait point sonné les autres heures ; enfin, son tintement me semblait avoir quelque chose de lugubre. Un instant après, la porte de la chambre s'ouvrit, et je vis entrer une figure toute noire, mais non pas effrayante, car c'était une belle négresse demi-nue, et tenant un flambeau dans chaque main.

La négresse vint à moi, me fit une profonde révérence, et me dit, en très bon espagnol :

— Seigneur cavalier, des dames étrangères qui passent la nuit dans cette hôtellerie vous prient de vouloir bien partager leur souper. Ayez la bonté de me suivre.

Je suivis la négresse de corridor en corridor, enfin dans une salle bien éclairée au milieu de laquelle était une table garnie de trois couverts et couverte de vases du Japon et de carafes de cristal de roche. Au fond de la salle était un lit magnifique. Beaucoup de négresses semblaient empressées à servir, mais elles se rangèrent avec respect, et je vis entrer deux dames dont le teint de lis et de roses contrastait parfaitement avec l'ébène de leurs soubrettes. Les deux dames se tenaient par la main ; elles étaient mises dans un goût bizarre, ou du moins il me parut tel, mais la vérité est qu'il est en usage dans plusieurs villes sur la côte de Barbarie, ainsi que je l'ai vu depuis, lorsque j'y ai voyagé. Voici donc quel était ce costume : il ne consistait, proprement, qu'en une chemise et un corset. La chemise était de toile jusqu'au-dessous de la ceinture, mais plus bas c'était une gaze de Méquinez, sorte d'étoffe qui serait tout à fait transparente si de larges rubans de soie, mêlés à son tissu, ne le rendaient plus propre à voiler des charmes qui gagnent à être devinés. Le corset richement brodé en perles et garni d'agrafes de diamants, couvrait le sein assez exactement ; il n'avait point de manches, celles de la chemise, aussi de gaze, étaient retroussées et nouées derrière le col. Leurs bras nus étaient ornés de bracelets, tant aux poignets qu'au-dessus du coude. Les pieds de ces dames qui, si elles eussent été des diablesses, auraient été fourchus ou garnis de griffes, n'étaient rien de tout cela, mais ils étaient à cru dans une petite mule brodée, et le bas de la jambe était orné d'un anneau de gros brillants.

Les deux inconnues s'avancèrent vers moi d'un air

aisé et affable. C'étaient deux beautés parfaites, l'une grande, svelte, éblouissante, l'autre touchante et timide. La majestueuse avait la taille admirable, et les traits de même. La cadette avait la taille ronde, les lèvres un peu avancées, les paupières à demi fermées, et le peu de prunelles qu'elles laissaient voir était caché par des cils d'une longueur extraordinaire. L'aînée m'adressa la parole en castillan et me dit :

— Seigneur cavalier, nous vous remercions de la bonté que vous avez eue d'accepter cette petite collation, je crois que vous devez en avoir besoin.

Elle dit ces derniers mots d'un air si malicieux que je la soupçonnai presque d'avoir fait enlever la mule chargée de nos provisions, mais elle les remplaçait si bien qu'il n'y avait pas moyen de lui en vouloir.

Nous nous mîmes à table, et la même dame, avançant vers moi un vase de Japon, me dit :

— Seigneur cavalier, vous trouverez ici une ollapodrida, composée de toutes sortes de viandes, une seule exceptée, car nous sommes fidèles, je veux dire musulmanes.

— Belle inconnue, lui répondis-je, il me semble que vous aviez bien dit. Sans doute vous êtes fidèles, c'est la religion de l'amour. Mais daignez satisfaire ma curiosité avant mon appétit, dites-moi qui vous êtes.

— Mangez toujours, Seigneur cavalier, reprit la belle Maure, ce n'est pas avec vous que nous garderons l'incognito. Je m'appelle Émina et ma sœur Zibeddé. Nous sommes établies à Tunis, mais notre famille est originaire de Grenade, et quelques-uns de nos parents sont restés en Espagne, où ils professent en secret la loi de leurs pères. Il y a huit jours que nous avons quitté Tunis, nous avons débarqué près de Malaga sur une plage déserte, puis nous avons passé dans les montagnes entre Sohha et Antequerra, puis nous sommes venues dans ce lieu solitaire pour y changer de costume et prendre tous les arrangements nécessaires à notre sûreté. Seigneur cavalier, vous voyez donc que notre voyage est un secret important que nous avons confié à votre loyauté.

J'assurai les belles qu'elles n'avaient aucune indiscrétion à redouter de ma part, et puis je me mis a manger, un peu goulûment à la vérité, mais pourtant avec de certaines grâces contraintes qu'un jeune homme a volontiers lorsqu'il se trouve seul de son sexe dans une société de femmes.

Lorsqu'on se fut aperçu que ma première faim était apaisée et que je m'en prenais à ce qu'on appelle en Espagne *las dolces*, la belle Émina ordonna aux négresses de me faire voir comment on dansait dans leur pays. Il parut que nul ordre ne pouvait leur être plus agréable. Elles obéirent avec une vivacité qui tenait de la licence. Je crois même qu'il eût été difficile de mettre fin à leur danse, mais je demandai à leurs maîtresses si elles dansaient quelquefois. Pour toute réponse, elles se levèrent et demandèrent des castagnettes. Leurs pas tenaient du boléro de Murcie et de la foffa que l'on danse dans les Algarves ; ceux qui ont été dans ces provinces pourront s'en faire une idée. Mais, pourtant, ils ne comprendront jamais tout le charme qu'y ajoutaient les grâces naturelles des deux Africaines, relevées par les draperies diaphanes dont elles étaient revêtues.

Je les contemplai quelque temps avec une sorte de sang-froid, enfin leurs mouvements pressés par une cadence plus vive, le bruit étourdissant de la musique mauresque, mes esprits soulevés par une nourriture soudaine, en moi, hors de moi, tout se réunissait pour troubler ma raison. Je ne savais plus si j'étais avec des femmes ou bien avec d'insidieux succubes. Je n'osais voir — je ne voulais pas regarder. Je mis ma main sur mes yeux et je me sentis défaillir.

Les deux sœurs se rapprochèrent de moi, chacune d'elles prit une de mes mains. Émina demanda si je me trouvais mal. Je la rassurai. Zibeddé me demanda ce que c'était qu'un médaillon qu'elle voyait dans mon sein et si c'était le portrait d'une maîtresse.

— C'est, lui répondis-je, un joyau que ma mère m'a donné et que j'ai promis de porter toujours ; il contient un morceau de la vraie croix.

À ces mots, je vis Zibeddé reculer et pâlir.

— Vous vous troublez, lui dis-je, cependant la croix ne peut épouvanter que l'esprit des ténèbres.

Émina répondit pour sa sœur :

— Seigneur cavalier, me dit-elle, vous savez que nous sommes musulmanes, et vous ne devez pas être surpris du chagrin que ma sœur vous a fait voir. Je le partage. Nous sommes bien fâchées de voir un chrétien en vous qui êtes notre plus proche parent. Ce discours vous étonne, mais votre mère n'était-elle pas une Gomélez ? Nous sommes de la même famille, qui n'est qu'une branche de celle des Abencerages ; mais mettons-nous sur ce sopha et je vous en apprendrai davantage.

Les négresses se retirèrent. Émina me plaça dans le coin du sopha et se mit à côté de moi, les jambes croisées sous elle. Zibeddé s'assit de l'autre côté, s'appuya sur mon coussin, et nous étions si près les uns des autres que leur haleine se confondait avec la mienne. Émina parut rêver un instant, puis, me regardant avec l'air du plus vif intérêt, elle prit ma main et me dit :

— Cher Alphonse, il est inutile de vous le cacher, ce

n'est pas le hasard qui nous amène ici. Nous vous y attendions ; si la crainte vous eût fait prendre une autre route, vous perdiez à jamais notre estime.

— Vous me flattez, Émina, lui répondis-je, et je ne vois pas quel intérêt vous pouvez prendre à ma valeur ?

— Nous prenons beaucoup d'intérêt à vous, reprit la belle Maure, mais peut-être en serez-vous moins flatté lorsque vous saurez que vous êtes à peu près le premier homme que nous ayons vu. Ce que je dis vous étonne, et vous semblez en douter. Je vous avais promis l'histoire de nos ancêtres, mais peut-être vaudra-t-il mieux que je commence par la nôtre.

HISTOIRE D'ÉMINA ET DE SA SŒUR ZIBEDDÉ

— Nous sommes filles de Gasir Gomélez, oncle maternel du dey de Tunis actuellement régnant, nous n'avons jamais eu de frère, nous n'avons point connu notre père, si bien que, renfermées dans les murs du sérail, nous n'avions aucune idée de votre sexe. Cependant, comme nous étions nées toutes les deux avec un extrême penchant pour la tendresse, nous nous sommes aimées l'une l'autre avec beaucoup de passion. Cet attachement avait commencé dès notre première enfance. Nous pleurions dès que l'on voulait nous séparer, même pour des instants. Si l'on grondait l'une, l'autre fondait en larmes. Nous passions les journées à jouer à la même table, et nous couchions dans le même lit.

» Ce sentiment si vif semblait croître avec nous, et il prit de nouvelles forces par une circonstance que je vais raconter. J'avais alors seize ans, et ma sœur quatorze.

Depuis longtemps, nous avions remarqué des livres que ma mère nous cachait avec soin. D'abord, nous y avions fait peu d'attention, étant déjà fort ennuyées des livres où l'on nous apprenait à lire ; mais la curiosité nous était venue avec l'âge. Nous saisîmes l'instant où l'armoire défendue se trouvait ouverte, et nous enlevâmes à la hâte un petit volume, qui se trouva être : *Les amours de Medgenoun et de Leïllé,* traduit du persan par Ben-Omri. Ce divin ouvrage, qui peint en traits de flammes tous les délices de l'amour, alluma nos jeunes têtes. Nous ne pouvions le bien comprendre, parce que nous n'avions point vu d'êtres de votre sexe, mais nous répétions ses expressions. Nous parlions le langage des amants ; enfin, nous voulûmes nous aimer à leur manière. Je pris le rôle de Medgenoun, ma sœur celui de Leïllé. D'abord, je lui déclarai ma passion par l'arrangement de quelques fleurs, sorte de chiffre mystérieux fort en usage dans toute l'Asie. Puis je fis parler mes regards, je me prosternai devant elle, je baisai la trace de ses pas, je conjurai les zéphirs de lui porter mes tendres plaintes, et du feu de mes soupirs je croyais embraser leur haleine.

» Zibeddé, fidèle aux leçons de son auteur, m'accorda un rendez-vous. Je me jetai à ses genoux, je baisai ses mains, je baignai ses pieds de mes larmes ; ma maîtresse faisait d'abord une douce résistance, puis me permettait de lui dérober quelques faveurs ; enfin, elle finissait par s'abandonner à mon ardeur impatiente. En vérité, nos âmes semblaient se confondre, et même j'ignore encore ce qui pourrait nous rendre plus heureuses que nous ne l'étions alors.

» Je ne sais plus combien de temps nous nous amusâmes de ces scènes passionnées, mais enfin nous leur fîmes succéder des sentiments plus tranquilles. Nous prîmes du goût pour l'étude des plantes, que nous étudiions dans les écrits du célèbre Averroès.

» Ma mère, qui croyait qu'on ne pouvait trop s'armer contre l'ennui des sérails, vit avec plaisir que nous aimions à nous occuper. Elle fit venir de La Mecque une sainte personne que l'on appelait Hazéréta, ou la sainte par excellence. Hazéréta nous enseigna la loi du prophète ; ses leçons étaient conçues dans ce langage si pur et si harmonieux que l'on parle dans la tribu des Koréïsch. Nous ne pouvions nous lasser de l'entendre, et nous savions par cœur presque tout le Coran. Ensuite ma mère nous instruisit elle-même de l'histoire de notre maison et mit entre nos mains un grand nombre de mémoires, dont les uns étaient en arabe, d'autres en espagnol. Ah ! cher Alphonse, combien votre loi nous y parut odieuse ; combien nous haïssions vos prêtres persécuteurs ! Mais que d'intérêt nous prenions au contraire à tant d'illustres infortunés, dont le sang coulait dans nos veines.

» Tantôt nous nous enflammions pour Saïd Gomélez, qui souffrit le martyre dans les prisons de l'Inquisition, tantôt pour son neveu Léïss, qui mena longtemps dans les montagnes une vie sauvage et peu différente de celle des animaux féroces. De pareils caractères nous firent aimer les hommes ; nous eussions voulu en voir, et souvent nous montions sur notre terrasse pour apercevoir de loin les gens qui s'embarquaient sur le lac de la golette, ou ceux qui allaient aux bains de Hamam-Nef. Si nous n'avions pas tout à fait oublié les leçons de l'amoureux Medgenoun, au moins nous ne les répétions plus ensemble. Il me parut même que ma tendresse pour ma sœur n'avait plus le caractère d'une passion, mais un nouvel incident me prouva le contraire.

» Un jour, ma mère nous amena une princesse du Tafilet, femme d'un certain âge ; nous la reçûmes de notre mieux. Lorsqu'elle fut partie, ma mère me dit qu'elle m'avait demandée en mariage pour son fils, et que ma sœur épouserait un Gomélez. Cette nouvelle fut pour nous un coup de foudre ; d'abord, nous en fûmes saisies au point de perdre l'usage de la parole. Ensuite, le malheur de vivre l'une sans l'autre se peignit à nos yeux avec tant de force que nous nous abandonnâmes au plus affreux désespoir. Nous arrachâmes nos cheveux, nous remplîmes le sérail de nos cris. Enfin, les démonstrations de notre douleur allèrent jusqu'à l'extravagance. Ma mère, effrayée, promit de ne point forcer nos inclinations ; elle nous assura qu'il nous serait permis de rester filles, ou d'épouser le même homme. Ces assurances nous calmèrent un peu.

» Quelque temps après, ma mère vint nous dire qu'elle avait parlé au chef de notre famille, et qu'il avait permis que nous eussions le même mari, à condition que ce serait un homme du sang des Gomélez.

» Nous ne répondîmes point d'abord, mais cette idée d'avoir un mari à nous deux nous riait tous les jours davantage. Nous n'avions jamais vu d'homme, ni jeune ni vieux, que de très loin, mais comme les jeunes femmes nous paraissaient plus agréables que les vieilles, nous voulions que notre époux fût jeune. Nous espérions aussi qu'il nous expliquerait quelques passages du livre de Ben-Omri, dont nous n'avions pas bien saisi le sens. »

Ici Zibeddé interrompit sa sœur et, me serrant dans ses bras, elle me dit :

— Cher Alphonse, que n'êtes-vous musulman ! Quel serait mon bonheur de vous voir dans les bras d'Émina, d'ajouter à vos délices, de m'unir à vos étreintes, car, enfin, cher Alphonse, dans notre maison comme dans celle du prophète, les fils d'une fille ont les mêmes droits que la branche masculine. Il ne tiendrait peut-être qu'à vous d'être le chef de notre maison, qui est prête à s'éteindre. Il ne faudrait, pour cela, qu'ouvrir les yeux aux saintes vérités de notre loi.

Ceci me parut ressembler si fort à une insinuation de Satan que je croyais déjà voir des cornes sur le joli front de Zibeddé. Je balbutiai quelques mots de religion. Les deux sœurs se reculèrent un peu. Émina prit une contenance plus sérieuse et continua en ces termes :

— Seigneur Alphonse, je vous ai trop parlé de ma sœur et de moi. Ce n'était pas mon intention, je ne m'étais mise ici que pour vous instruire de l'histoire des Gomélez, dont vous descendez par les femmes. Voici donc ce que j'avais à vous dire.

HISTOIRE DU CHÂTEAU DE CASSAR-GOMÉLEZ

— Le premier auteur de notre race fut Massoud Ben-Taher, frère de Yousouf Ben-Taher, qui est entré en Espagne à la tête des Arabes et a donné son nom à la montagne de Gebal-Taher, que vous prononcez Gibraltar. Massoud, qui avait beaucoup contribué au succès de leurs armes, obtint du calife de Bagdad le gouvernement de Grenade, où il resta jusqu'à la mort de son frère. Il y serait resté plus longtemps, car il était chéri des musulmans ainsi que des Mossarabes, c'est-à-dire des chrétiens restés sous la domination des Arabes, mais Massoud avait des ennemis dans Bagdad, qui le noircirent dans l'esprit du calife. Il sut que sa perte était résolue et prit le parti de s'éloigner. Massoud rassembla donc les siens et se retira dans les Alpuharras, qui sont, comme vous le savez, une continuation des montagnes de la Sierra Morena, et cette chaîne sépare le royaume de Grenade d'avec celui de Valence.

» Les Wisigoths, sur qui nous avons conquis l'Espagne, n'avaient point pénétré dans les Alpuharras. La plupart des vallées étaient désertes. Trois seulement étaient habitées par les descendants d'un ancien peuple de l'Espagne. On les appelait Turdules : ils ne reconnaissaient ni Mahomet, ni votre prophète nazaréen ; leurs opinions religieuses et leurs lois étaient contenues dans des chansons que les pères enseignaient à leurs enfants : ils avaient eu des livres qui s'étaient perdus.

» Massoud soumit les Turdules plutôt par la persuasion que par la force : il apprit leur langue et leur enseigna la loi musulmane. Les deux peuples se confondirent par des mariages : c'est à ce mélange et à l'air des montagnes que nous devons ce teint animé, que vous voyez à ma sœur et à moi, et qui distingue les filles des Gomélez. On voit chez les Maures beaucoup de femmes très blanches, mais elles sont toujours pâles.

» Massoud prit le titre de cheik et fit bâtir un château très fort qu'il appela Cassar-Gomélez. Plutôt juge que souverain de sa tribu, Massoud était, en tout temps, accessible et s'en faisait un devoir, mais, au dernier vendredi de chaque lune, il prenait congé de sa famille, s'enfermait dans un souterrain du château et y restait jusqu'au vendredi suivant. Ces disparitions donnèrent lieu à différentes conjectures : les uns disaient que notre cheik avait des entretiens avec le douzième Iman, qui doit paraître sur la terre à la fin des siècles. D'autres croyaient que l'Antéchrist était enchaîné dans notre cave. D'autres pensaient que les sept dormants y reposaient avec leur chien Caleb. Massoud ne s'embarrassa pas de ces bruits ; il continua de gouverner son petit peuple tant que ses forces le lui permirent. Enfin, il choisit l'homme le plus prudent de la tribu, le nomma son successeur, lui remit la clef du souterrain, et se retira dans un ermitage, où il vécut encore bien des années.

» Le nouveau cheik gouverna comme avait fait son prédécesseur et fit les mêmes disparitions au dernier vendredi de chaque lune. Tout subsista sur le même pied, jusqu'au temps où Cordoue eut ses califes particuliers, indépendants de ceux de Bagdad. Alors les montagnards des Alpuharras, qui avaient pris part à cette révolution, commencèrent à s'établir dans les plaines, où ils furent connus sous le nom d'Abencerages, tandis que l'on conserva le nom de Gomélez à ceux qui restèrent attachés au cheik de Cassar-Gomélez.

» Cependant, les Abencerages achetèrent les plus belles terres du royaume de Grenade et les plus belles maisons de la ville. Leur luxe fixa l'attention du public, on supposa que le souterrain du cheik renfermait un trésor immense, mais on ne put s'en assurer, car les Abencerages ne connaissaient pas eux-mêmes la source de leurs richesses.

» Enfin, ces beaux royaumes ayant attiré sur eux les vengeances célestes furent livrés aux mains des infidèles. Grenade fut prise, et huit jours après le célèbre Gonzalve de Cordoue vint dans les Alpuharras, à la tête de trois mille hommes. Hatem Gomélez était alors notre cheik, il alla au-devant de Gonzalve et lui offrit les clefs de son château ; l'Espagnol lui demanda celles du souterrain. Le cheik les lui donna aussi sans difficultés. Gonzalve voulut y descendre lui-même : il n'y trouva qu'un tombeau et des livres, se moqua hautement de tous les contes qu'on lui avait faits et se hâta de retourner à Valladolid, où le rappelaient l'amour et la galanterie.

» Ensuite la paix régna sur nos montagnes, jusqu'au temps où Charles monta sur le trône. Alors notre cheik était Séfi Gomélez. Cet homme, par des motifs que l'on n'a jamais bien sus, fit savoir au nouvel empereur qu'il lui révélerait un secret important s'il voulait envoyer dans les Alpuharras quelque seigneur en qui il eût confiance. Il ne se passa pas quinze jours que Don Ruïs de Tolède se présenta aux Gomélez de la part de Sa Majesté, mais il trouva que le cheik avait été assassiné la veille. Don Ruïs persécuta quelques individus, se lassa bientôt des persécutions, et retourna à la cour.

» Cependant, le secret des cheiks était resté au pouvoir de l'assassin de Séfi. Cet homme, qui s'appelait Billah Gomélez, rassembla les anciens de la tribu et leur prouva la nécessité de prendre de nouvelles précautions pour la garde d'un secret aussi important. Il fut décidé que l'on instruirait plusieurs membres de la famille Gomélez, mais que chacun d'eux ne serait initié qu'à une partie du mystère, et que même ce ne serait qu'après avoir donné des preuves éclatantes de courage, de prudence et de fidélité. »

Ici Zibeddé interrompit encore sa sœur et lui dit :

— Chère Émina, ne croyez-vous pas qu'Alphonse eût résisté à toutes les épreuves ? Ah ! qui peut en douter ! Cher Alphonse, que n'êtes-vous musulman ! D'immenses trésors seraient peut-être en votre pouvoir.

Ceci ressemblait encore tout à fait à l'esprit de ténèbres qui, n'ayant pu m'induire en tentation par la volupté, cherchait à me faire succomber par l'amour de l'or. Mais les deux beautés se rapprochèrent de moi, et il me semblait bien que je touchais des corps et non pas des esprits. Après un moment de silence, Émina reprit le fil de son histoire.

— Cher Alphonse, me dit-elle, vous savez assez les persécutions que nous avons essuyées sous le règne de Philippe, fils de Charles. On enlevait des enfants, on les faisait élever dans la loi chrétienne. On donnait à ceux-ci tous les biens de leurs parents qui étaient restés fidèles. Ce fut alors qu'un Gomélez fut reçu dans le Teket des Dervis de saint Dominique et parvint à la charge de Grand Inquisiteur.

Ici nous entendîmes le chant du coq, et Émina cessa de parler. Le coq chanta encore une fois. Un homme superstitieux eût pu s'attendre à voir les deux belles s'envoler par le tuyau de la cheminée. Elles ne le firent point, mais elles parurent rêveuses et préoccupées.

Émina fut la première à rompre le silence :

— Aimable Alphonse, me dit-elle, le jour est prêt à paraître, les heures que nous avons à passer ensemble sont trop précieuses pour les employer à conter des histoires. Nous ne pouvons être vos épouses, qu'autant que vous embrasserez notre sainte loi. Mais il vous est permis de nous voir en songe. Y consentez-vous ?

Je consentis à tout.

— Ce n'est pas assez, reprit Émina avec l'air de la plus grande dignité, ce n'est pas assez, cher Alphonse ; il faut encore que vous vous engagiez sur les lois sacrées de l'honneur à ne jamais trahir nos noms, notre existence, et tout ce que vous savez de nous. Osez-vous en prendre l'engagement solennel ?

Je promis tout ce qu'on voulut.

— Il suffit, dit Émina ; ma sœur, apportez la coupe consacrée par Massoud, notre premier chef.

Tandis que Zibeddé allait chercher le vase enchanté,

Émina s'était prosternée et récitait des prières en langue arabe. Zibeddé reparut, tenant une coupe qui me semble taillée d'une seule émeraude, elle y trempa ses lèvres. Émina en fit autant et m'ordonna d'avaler, d'un seul trait, le reste de la liqueur.

Je lui obéis.

Émina me remercia de ma docilité et m'embrassa d'un air fort tendre. Ensuite Zibeddé colla sa bouche sur la mienne et parut ne pouvoir l'en détacher. Enfin elles me quittèrent en me disant que je les reverrais, et qu'elles me conseillaient de m'endormir le plus tôt possible.

Tant d'événements bizarres, de récits merveilleux et de sentiments inattendus auraient sans doute eu de quoi me faire réfléchir toute la nuit ; mais, il faut en convenir, les songes que l'on m'avait promis m'occupaient plus que tout le reste. Je me hâtai de me déshabiller et de me mettre dans un lit que l'on avait préparé pour moi. Lorsque je fus couché, j'observai avec plaisir que mon lit était très large, et que des rêves n'ont pas besoin d'autant de place. Mais à peine avais-je eu le temps de faire cette réflexion qu'un sommeil irrésistible appesantit ma paupière, et tous les mensonges de la nuit s'emparèrent aussitôt de mes sens. Je les sentais égarés par de fantastiques prestiges ; ma pensée, emportée sur l'aile des désirs, malgré moi, me plaçait au milieu des sérails de l'Afrique et s'emparait des charmes renfermés dans leurs enceintes pour en composer mes chimériques jouissances. Je me sentais rêver, et j'avais cependant la conscience de ne point embrasser des songes. Je me perdais dans le vague des plus folles illusions, mais je me retrouvais toujours avec mes belles cousines. Je m'endormais sur leur sein, je me réveillais dans leurs bras. J'ignore combien de fois j'ai cru ressentir ces douces alternatives.

SECONDE JOURNÉE

Enfin, je me réveillai réellement ; le soleil brûlait mes paupières — je les ouvris avec peine. Je vis le ciel. Je vis que j'étais en plein air. Mais le sommeil appesantissait encore mes yeux. Je ne dormais plus, mais je n'étais pas encore éveillé. Des images de supplices se succédèrent les unes aux autres. J'en fus épouvanté. Je me soulevai en sursaut et me mis sur mon séant.

Où trouverai-je des termes pour exprimer l'horreur dont je fus alors saisi ? J'étais couché sous le gibet de Los Hermanos. Les cadavres des deux frères de Zoto n'étaient point pendus, ils étaient couchés à mes côtés. J'avais apparemment passé la nuit avec eux. Je reposais sur des morceaux de cordes, de débris de roues, des restes de carcasses humaines, et sur les affreux haillons que la pourriture en avait détachés.

Je crus encore n'être pas bien éveillé et faire un rêve pénible. Je refermai les yeux et je cherchai dans ma mémoire où j'avais été la veille... Alors je sentis que des griffes s'enfonçaient dans mes flancs. Je vis qu'un vautour s'était perché sur moi et dévorait un des compagnons de ma couche. La douleur que me causait l'impression de ses serres acheva de me réveiller. Je vis que mes habits étaient près de moi, et je me hâtai de les mettre. Lorsque je fus habillé, je voulus sortir de l'enceinte du gibet, mais je trouvai la porte clouée et j'essayai en vain de la rompre. Il me fallut donc grimper ces tristes murailles. J'y réussis et, m'appuyant sur une des colonnes de la potence, je me mis à considérer le pays des environs. Je m'y reconnus aisément. J'étais réellement à l'entrée de la vallée de Los Hermanos, et non loin des bords du Guadalquivir.

Comme je continuais à observer, je vis près du fleuve deux voyageurs, dont l'un apprêtait un déjeuner et l'autre tenait la bride de deux chevaux. Je fus si charmé de voir des hommes que mon premier mouvement fut de leur crier : « *Agour, Agour !* » Ce qui veut dire, en espagnol, « Bonjour », ou « Je vous salue ».

Les deux voyageurs qui virent les politesses qu'on leur faisait du haut de la potence, parurent un instant indécis, mais, tout à coup, ils montèrent sur leurs chevaux, les mirent au plus grand galop, et prirent le chemin des Alcornoques. Je leur criai de s'arrêter, ce fut en vain ; plus je criais, et plus ils donnaient de coups d'éperons à leurs montures. Lorsque je les eus perdus de vue, je songeai à quitter mon poste. Je sautai à terre et me fis un peu de mal.

Boitant tout bas, je gagnai les bords du Guadalquivir, et j'y trouvai le déjeuner que les deux voyageurs avaient abandonné ; rien ne pouvait me venir plus à propos, car je me sentais très épuisé. Il y avait du chocolat qui cuisait encore, du *sponhao* trempé dans du vin d'Alicante, du pain et des œufs. Je commençai par réparer mes forces, après quoi je me mis à réfléchir sur ce qui m'était arrivé pendant la nuit. Les souvenirs en étaient très confus, mais ce que je me rappelais bien, c'était d'avoir donné ma parole d'honneur d'en garder le secret et j'étais fortement résolu à la tenir. Ce point une fois décidé, il ne me restait qu'à voir ce que j'avais à faire pour l'instant, c'est-à-dire le chemin que j'avais à prendre, et il me parut que les lois de l'honneur m'obligeaient plus que jamais à passer par la Sierra Morena.

L'on sera peut-être surpris de me voir si occupé de ma gloire et si peu des événements de la veille ; mais cette façon de penser était encore un effet de l'éducation que j'avais reçue. C'est ce que l'on verra par la suite de mon récit. Pour le moment, j'en reviens à celui de mon voyage.

J'étais fort curieux de savoir ce que les diables avaient fait de mon cheval que j'avais laissé à la Venta Quemada ; et comme c'était d'ailleurs mon chemin, je me résolus à y passer. Il me fallut faire à pied toute la vallée de Los Hermanos et celle de la *venta*, ce qui ne laissa pas de me fatiguer et de me faire souhaiter beaucoup de retrouver mon cheval. Je le retrouvai, en effet ; il était dans la même écurie où je l'avais laissé, et paraissait fringant, bien soigné et étrillé de frais. Je ne savais qui pouvait avoir pris ce soin, mais j'avais vu tant de choses extraordinaires que celle-là de plus ne m'arrêta pas longtemps. Je me serais mis tout de suite en chemin si je n'eusse eu la curiosité de parcourir, encore une fois, l'intérieur de l'hôtellerie. Je retrouvai la chambre où j'avais couché, mais quelques recherches que j'en fisse, il me fut impossible de retrouver celle où j'avais vu les belles Africaines. Je me lassai donc de la chercher plus longtemps, je montai à cheval et continuai ma route.

Lorsque je m'étais éveillé sous le gibet de Los Hermanos, le soleil était déjà au milieu de sa course. J'avais mis plus de deux heures à venir à la *venta*. Si bien que lorsque j'eus encore fait une couple de lieues il me fallut songer à un gîte, mais, n'en voyant aucun, je continuai toujours à marcher. Enfin, j'aperçus au loin une chapelle gothique, avec une cabane qui paraissait être la demeure d'un ermite. Tout cela était éloigné du grand chemin, mais comme je commençais à avoir faim je n'hésitai pas à faire ce détour pour me procurer de la nourriture. Lorsque je fus arrivé, j'attachai mon cheval à un arbre. Puis je frappai à la porte de l'ermitage et j'en vis sortir un religieux de la figure la plus vénérable. Il m'embrassa avec une tendresse paternelle, puis il me dit :

— Entrez, mon fils ; hâtez-vous. Ne passez pas la nuit dehors, craignez le tentateur. Le Seigneur a retiré sa main de dessus nous.

Je remerciai l'ermite de la bonté qu'il me témoignait, et je lui dis que je ressentais un extrême besoin de manger.

Il me répondit :

— Songez à votre âme, ô ! mon fils. Passez dans la chapelle. Prosternez-vous devant la croix. Je songerai aux besoins de votre corps. Mais vous ferez un repas frugal, tel qu'on peut l'attendre d'un ermite.

Je passai à la chapelle, et je priai réellement, car je n'étais pas esprit fort, et j'ignorais même qu'il y en eût, tout cela était encore un effet de mon éducation.

L'ermite vint me chercher au bout d'un quart d'heure et me conduisit dans la cabane, où je trouvai un petit couvert assez propre. Il y avait d'excellentes olives, des cardes conservées dans du vinaigre, des oignons doux dans une sauce et du biscuit au lieu de pain. Il y avait aussi une petite bouteille de vin. L'ermite me dit qu'il n'en buvait jamais, mais qu'il en gardait chez lui pour le sacrifice de la messe. Alors je ne buvais pas plus de vin que l'ermite, mais le reste du souper me fit grand plaisir. Tandis que j'y faisais honneur, je vis entrer dans la cabane une figure plus effrayante que tout ce que j'avais vu jusqu'alors. C'était un homme qui paraissait jeune, mais d'une maigreur hideuse. Ses cheveux étaient hérissés, un de ses yeux était crevé, et il en sortait du sang. Sa langue pendait hors de sa bouche et laissait couler une écume baveuse. Il avait sur le corps un assez bon habit noir, mais c'était son seul vêtement, il n'avait même ni bas ni chemise.

L'affreux personnage ne dit rien à personne et alla s'accroupir dans un coin, où il resta aussi immobile qu'une statue, son œil unique fixé sur un crucifix qu'il tenait à la main. Lorsque j'eus achevé de souper, je demandai à l'ermite ce qu'était cet homme. L'ermite me répondit :

— Mon fils, cet homme est un possédé que j'exorcise, sa terrible histoire prouve bien la fatale puissance que l'ange des ténèbres usurpe dans cette malheureuse contrée ; le récit en peut être utile à votre salut, et je vais lui ordonner de le faire.

Alors, se tournant du côté du possédé, il lui dit :

— Pascheco, Pascheco, au nom de ton rédempteur, je t'ordonne de raconter ton histoire.

Pascheco poussa un horrible hurlement et commença en ces termes.

HISTOIRE DU DÉMONIAQUE PASCHECO

— Je suis né à Cordoue, mon père y vivait dans un état au-dessus de l'aisance. Ma mère est morte il y a trois ans.

Mon père parut d'abord la regretter beaucoup, mais, au bout de quelques mois, ayant eu occasion de faire un voyage à Séville, il y devint amoureux d'une jeune veuve, appelée Camille de Tormes. Cette personne ne jouissait pas d'une trop bonne réputation, et plusieurs des amis de mon père cherchèrent à le détacher de son commerce ; mais, en dépit des soins qu'ils voulurent bien en prendre, le mariage eut lieu, deux ans après la mort de ma mère. La noce se fit à Séville et, quelques jours après, mon père revint à Cordoue, avec Camille, sa nouvelle épouse, et une sœur de Camille qui s'appelait Inésille.

» Ma nouvelle belle-mère répondit parfaitement à la mauvaise opinion que l'on avait eue d'elle, et débuta dans la maison par vouloir m'inspirer de l'amour. Elle n'y réussit pas. Je devins pourtant amoureux, mais ce fut de sa sœur Inésille. Ma passion devint même bientôt si forte que j'allai me jeter aux pieds de mon père et lui demander la main de sa belle-sœur.

» Mon père me releva avec bonté, puis il me dit :

» — Mon fils, je vous défends de songer à ce mariage, et je vous le défends pour trois raisons. Premièrement : il serait contre la gravité que vous devinssiez en quelque façon le beau-frère de votre père. Secondement : les saints canons de l'Église n'approuvent point ces sortes de mariages. Troisièmement : je ne veux pas que vous épousiez Inésille.

» Mon père, m'ayant fait part de ces trois raisons, me tourna le dos et s'en alla.

» Je me retirai dans ma chambre, où je m'abandonnai au désespoir. Ma belle-mère, que mon père informa aussitôt de ce qui s'était passé, vint me trouver et me dit que j'avais tort de m'affliger ; que, si je ne pouvais devenir l'époux d'Inésille, je pouvais être son *cortehho*, c'est-à-dire son amant, et qu'elle en faisait son affaire ; mais en même temps elle me déclara l'amour qu'elle avait pour moi et fit valoir le sacrifice qu'elle faisait en me cédant à sa sœur. Je n'ouvris que trop mon oreille à des discours qui flattaient ma passion, mais Inésille était si modeste qu'il me semblait impossible qu'on pût jamais l'engager à répondre à mon amour.

» Dans ce temps-là, mon père se détermina à faire le voyage de Madrid, dans l'intention d'y briguer la place de corrégidor de Cordoue, et il conduisit avec lui sa femme et sa belle-sœur. Son absence ne devait être que de deux mois, mais ce temps me parut très long, parce que j'étais éloigné d'Inésille.

» Lorsque les deux mois furent à peu près passés, je reçus une lettre de mon père, dans laquelle il m'ordonnait d'aller à sa rencontre et de l'attendre à la Venta Quemada, à l'entrée de la Sierra Morena. Je ne me serais pas aisément déterminé à passer par la Sierra Morena quelques semaines auparavant, mais on venait précisément de pendre les deux frères de Zoto. Sa bande était dispersée, et les chemins passaient pour être assez sûrs.

» Je partis donc de Cordoue vers les dix heures du matin, et j'allai coucher à Anduhhar, chez un hôte des plus bavards qu'il y ait en Andalousie. Je commandai chez lui un souper abondant, j'en mangeai une partie et gardai le reste pour mon voyage.

» Le lendemain, je dînai à Los Alcornoques, de ce que j'avais réservé la veille, et j'arrivai le même soir à la Venta Quemada. Je n'y trouvai point mon père, mais, comme par sa lettre il m'ordonnait de l'attendre, je m'y déterminai d'autant plus volontiers que je me trouvais dans une hôtellerie spacieuse et commode. L'aubergiste qui la tenait alors était un certain Gonzalez de Murcie, assez bon homme, quoique hâbleur, qui ne manqua pas de me promettre un souper digne d'un grand d'Espagne. Tandis qu'il s'occupait du soin de le préparer, j'allai me promener sur les bords du Guadalquivir, et lorsque je revins à l'hôtellerie j'y trouvai un souper qui, effectivement, n'était point mauvais.

» Lorsque j'eus mangé, je dis à Gonzalez de faire mon lit. Alors je vis qu'il se troublait, il me tint quelques discours qui n'avaient pas trop de sens. Enfin il m'avoua que l'hôtellerie était obsédée par des revenants, que lui et sa famille passaient toutes les nuits dans une petite ferme, sur les bords du fleuve, et il ajouta que, si j'y voulais coucher aussi, il me ferait faire un lit auprès du sien.

» Cette proposition me parut très déplacée ; je lui dis qu'il n'avait qu'à s'aller coucher où il voudrait et qu'il eût à m'envoyer mes gens. Gonzalez m'obéit et se retira en hochant la tête et levant les épaules.

» Mes domestiques arrivèrent un instant après ; ils avaient aussi entendu parler de revenants et voulurent m'engager à passer la nuit à la ferme. Je reçus leurs conseils un peu brutalement et leur ordonnai de faire mon lit dans la chambre même où j'avais soupé. Ils m'obéirent quoique à regret et, lorsque le lit fut fait, ils me conjurèrent encore, les larmes aux yeux, de venir coucher à la ferme. Sérieusement impatienté de leurs remontrances, je me permis quelques démonstrations qui les mirent en fuite, et, comme je n'étais pas dans l'usage de me faire déshabiller par mes gens, je me passai facilement d'eux pour m'aller coucher : cependant, ils avaient été plus attentifs que je ne le méritais par mes façons à leur égard. Ils avaient laissé près de mon lit une bougie allumée, une autre de rechange, deux pistolets et quelques volumes dont la lecture pouvait me tenir éveillé, mais la vérité est que j'avais perdu le sommeil.

» Je passai une couple d'heures, tantôt à lire, tantôt à me retourner dans mon lit. Enfin j'entendis le son d'une cloche ou d'une horloge qui sonna minuit. J'en fus surpris, parce que je n'avais pas entendu sonner les autres heures. Bientôt la porte s'ouvrit, et je vis entrer ma belle-mère : elle était en déshabillé de nuit et tenait un bougeoir à la main. Elle s'approcha de moi, en marchant sur la pointe de ses pieds, et le doigt sur sa bouche, comme pour m'imposer silence. Puis elle posa son bougeoir sur ma table de nuit, s'assit sur mon lit, prit une de mes mains, et me parla en ces termes :

» — Mon cher Pascheco, voici le moment où je puis vous donner les plaisirs que je vous ai promis. Il y a une heure que nous sommes arrivés à ce cabaret. Votre père est allé coucher à la ferme, mais, comme j'ai su que vous étiez ici, j'ai obtenu la permission d'y passer la nuit avec ma sœur Inésille. Elle vous attend et se dispose à ne vous rien refuser ; mais il faut vous informer des conditions que j'ai mises à votre bonheur. Vous aimez Inésille, et je vous aime. Il ne faut pas que, de nous trois, deux soient heureux aux dépens du troisième. Je prétends qu'un seul lit nous serve cette nuit. Venez.

» Ma belle-mère ne me laissa pas le temps de lui répondre ; elle me prit par la main et me conduisit, de corridor en corridor, jusqu'à ce que nous fussions arrivés à une porte, où elle se mit à regarder par le trou de la serrure.

» Lorsqu'elle eut assez regardé, elle me dit :

» — Tout va bien, voyez vous-même.

» Je pris sa place à la serrure et je vis effectivement la charmante Inésille dans son lit ; mais qu'elle était loin de la modestie que je lui avais toujours vue. L'expression de ses yeux, sa respiration troublée, son teint animé, son attitude, tout en elle prouvait qu'elle attendait un amant.

» Camille, m'ayant laissé bien regarder, me dit :

» — Mon cher Pascheco, restez à cette porte, quand il en sera temps, je viendrai vous avertir.

» Lorsqu'elle fut entrée, je remis mon œil au trou de la serrure et je vis mille choses que j'ai de la peine à raconter. D'abord Camille se déshabilla, assez exactement, puis, se mettant dans le lit de sa sœur, elle lui dit :

» — Ma pauvre Inésille, est-il bien vrai que tu veuilles avoir un amant ? Pauvre enfant, tu ne sais pas le mal qu'il te fera. D'abord, il te terrassera, te foulera, et puis il t'écrasera, te déchirera.

» Lorsque Camille crut son élève assez endoctrinée, elle vint m'ouvrir la porte, me conduisit au lit de sa sœur et se coucha avec nous.

» Que vous dirai-je de cette nuit fatale ? J'y épuisai les délices et les crimes. Longtemps je combattis contre le sommeil et la nature pour prolonger d'autant mes infernales jouissances. Enfin je m'endormis et je m'éveillai le lendemain sous le gibet des frères de Zoto et couché entre leurs infâmes cadavres. »

L'ermite interrompit ici le démoniaque et me dit :

— Eh bien ! mon fils, que vous en semble ? Je crois que vous auriez été bien effrayé de vous trouver couché entre deux pendus ?

Je lui répondis :

— Mon père, vous m'offensez. Un gentilhomme ne doit jamais avoir peur, et moins encore lorsqu'il a l'honneur d'être capitaine aux Gardes wallonnes.

— Mais, mon fils, reprit l'ermite, avez-vous jamais ouï dire qu'une pareille aventure soit arrivée à quelqu'un ?

J'hésitai un instant, après quoi je lui répondis :

— Mon père, si cette aventure est arrivée au seigneur Pascheco, elle peut être arrivée à d'autres ; j'en jugerai encore mieux si vous voulez bien lui ordonner de continuer son histoire.

L'ermite se tourna du côté du possédé, et lui dit :

— Pascheco, Pascheco ! au nom de ton rédempteur, je t'ordonne de continuer ton histoire.

Pascheco poussa un affreux hurlement et continua en ces termes :

— J'étais à demi mort lorsque je quittai le gibet. Je me traînai sans savoir où. Enfin, je rencontrai des voyageurs qui eurent pitié de moi et me ramenèrent à la Venta Quemada. J'y trouvai le cabaretier et mes gens, fort en peine de moi. Je leur demandai si mon père avait couché à la ferme. Ils me répondirent que personne n'était venu.

» Je ne pus prendre sur moi de rester plus longtemps à la Venta, et je repris le chemin d'Anduhhar. Je n'y arrivai qu'après le soleil couché. L'auberge était pleine, on me fit un lit dans la cuisine et je m'y couchai, mais je ne pus dormir, car je ne pouvais éloigner de mon esprit les horreurs de la nuit précédente.

» J'avais laissé une chandelle allumée sur le foyer de la cuisine. Tout à coup, elle s'éteignit, et je sentis aussitôt comme un frisson mortel qui me glaça les veines.

» L'on tira ma couverture, puis j'entendis une petite voix qui disait :

» — Je suis Camille, ta belle-mère, j'ai froid, mon petit cœur, fais-moi place sous ta couverture.

» Puis une autre voix dit :

» — Moi, je suis Inésille. Laisse-moi entrer dans ton lit. J'ai froid, j'ai froid.

» Puis je sentis une main glacée qui me prenait sous

le menton. Je ramassai toutes mes forces pour dire tout haut :

» — Satan, retire-toi !

» Alors les petites voix me dirent :

» — Pourquoi nous chasses-tu ? N'es-tu pas notre petit mari ? Nous avons froid. Nous allons faire un peu de feu.

» En effet, je vis bientôt après de la flamme sur l'âtre de la cuisine. Elle devint plus claire, et j'aperçus non plus Inésille et Camille, mais les deux frères de Zoto, pendus dans la cheminée.

» Cette vision me mit hors de moi. Je sortis de mon lit. Je sautai par la fenêtre et me mis à courir dans la campagne. Un moment je pus me flatter d'avoir échappé à tant d'horreurs, mais je me retournai et je vis que j'étais suivi par les deux pendus. Je me mis encore à courir, et je vis que les pendus étaient restés en arrière. Mais ma joie ne fut pas de longue durée. Les détestables êtres se mirent à faire la roue et furent en un instant sur moi. Je courus encore ; enfin mes forces m'abandonnèrent.

» Alors je sentis qu'un des pendus me saisissait par la cheville du pied gauche. Je voulus m'en débarrasser, mais l'autre pendu me coupa le chemin. Il se présenta devant moi, faisant des yeux épouvantables et tirant une langue rouge comme du fer que l'on sortirait du feu. Je demandai grâce. Ce fut en vain. D'une main, il me saisit à la gorge et de l'autre il m'arracha l'œil qui me manque. À la place de mon œil, il entra sa langue brûlante. Il m'en lécha le cerveau et me fit rugir de douleur.

» Alors l'autre pendu, qui m'avait saisi la jambe gauche, voulut aussi jouer de la griffe. D'abord il commença par me chatouiller la plante du pied qu'il tenait. Puis le monstre en arracha la peau, en sépara tous les nerfs, les mit à nu et voulut jouer dessus comme sur un instrument de musique ; mais, comme je ne rendais pas un son qui lui fît plaisir, il enfonça son ergot dans mon jarret, pinça les tendons et se mit à les tordre, comme on fait pour accorder une harpe. Enfin il se mit à jouer sur ma jambe, dont il avait fait un psaltérion. J'entendis son rire diabolique. Tandis que la douleur m'arrachait des mugissements affreux, les hurlements de l'enfer y firent chorus. Mais, lorsque j'en vins à entendre les grincements des damnés, il me sembla que chacune de mes fibres était broyée sous leurs dents. Enfin, je perdis connaissance.

» Le lendemain, des pâtres me trouvèrent dans la campagne, et me portèrent à cet ermitage. J'y ai confessé mes péchés, et j'ai trouvé au pied de la croix quelque soulagement à mes maux. »

Ici le démoniaque poussa un affreux hurlement et se tut.

Alors l'ermite prit la parole et me dit :

— Jeune homme, vous voyez la puissance de Satan, priez et pleurez. Mais il est tard. Il faut nous séparer. Je ne vous propose pas de coucher dans ma cellule, car Pascheco fait pendant la nuit des cris qui pourraient vous incommoder. Allez vous coucher dans la chapelle. Vous y serez sous la protection de la croix, qui triomphe des démons.

Je répondis à l'ermite que je coucherais où il voudrait. Nous portâmes à la chapelle un petit lit de sangles. Je m'y couchai et l'ermite me souhaita le bonsoir.

Lorsque je me trouvai seul, le récit de Pascheco me revint à l'esprit. J'y trouvais beaucoup de conformité avec mes propres aventures, et j'y réfléchissais encore lorsque j'entendis sonner minuit. Je ne savais pas si c'était l'ermite qui sonnait, ou si j'aurais encore affaire à des revenants. Alors j'entendis gratter à ma porte. J'y allai et je demandai :

— Qui va là ?

Une petite voix me répondit :

— Nous avons froid, ouvrez-nous, ce sont vos petites femmes.

— Oui-da, maudits pendus, leur répondis-je, retournez à votre gibet et laissez-moi dormir.

Alors la petite voix me dit :

— Tu te moques de nous parce que tu es dans une chapelle, mais viens un peu dehors.

— J'y vais à l'instant, leur répondis-je aussitôt.

J'allai chercher mon épée et je voulus sortir, mais je trouvai que la porte était fermée. Je le dis aux revenants, qui ne répondirent point. J'allai me coucher et je dormis jusqu'au jour.

TROISIÈME JOURNÉE

Je fus réveillé par l'ermite, qui parut très content de me voir sain et sauf. Il m'embrassa, me baigna les joues de ses larmes, et me dit :

— Mon fils, il s'est passé cette nuit d'étranges choses. Dis-moi vrai, as-tu couché à la Venta Quemada ? Les démons se sont-ils emparés de toi ? Il y a encore du remède. Viens au pied de l'autel. Confesse tes fautes. Fais pénitence.

L'ermite se répandit en exhortations pareilles. Puis il se tut pour attendre ma réponse. Alors je lui dis :

— Mon père, je me suis confessé en partant de Cadix. Depuis lors, je ne crois pas avoir commis aucun péché mortel, si ce n'est peut-être en songe. Il est véritable que j'ai couché à la Venta Quemada. Mais si j'y ai vu quelque chose, j'ai de bonnes raisons pour n'en point parler.

Cette réponse parut surprendre l'ermite. Il m'accusa d'être possédé du démon de l'orgueil et voulut me persuader qu'une confession générale m'était nécessaire ; mais voyant que mon obstination était invincible, il quitta un peu son ton apostolique et, prenant un air plus naturel, il me dit :

— Mon enfant, votre courage m'étonne. Dites-moi qui vous êtes ? L'éducation que vous avez reçue ? Et si vous croyez aux revenants ou si vous n'y croyez pas ? Ne vous refusez pas à contenter ma curiosité.

Je lui répondis :

— Mon père, le désir que vous montrez de me connaître ne peut que me faire honneur, et je vous en suis obligé comme je le dois. Permettez que je me lève, j'irai vous trouver à l'ermitage, où je vous informerai de tout ce que vous voudrez savoir sur mon compte.

L'ermite m'embrassa encore et se retira.

Lorsque je fus habillé, j'allai le trouver. Il réchauffait du lait de chèvre, qu'il me présenta avec du sucre et du pain ; lui-même mangea quelques racines cuites à l'eau.

Quand nous eûmes fini de déjeuner, l'ermite se tourna du côté du démoniaque, et lui dit :

— Pascheco ! Pascheco ! Au nom de ton rédempteur, je t'ordonne d'aller conduire mes chèvres sur la montagne.

Pascheco poussa un affreux hurlement et se retira. Alors je commençai mon histoire, que je lui contai en ces termes.

HISTOIRE D'ALPHONSE VAN WORDEN

— Je suis issu d'une famille très ancienne, mais qui n'a eu que peu d'illustration et moins encore de biens. Tout notre patrimoine n'a jamais consisté qu'en un fief noble, appelé Worden, relevant du cercle de Bourgogne, et situé au milieu des Ardennes.

» Mon père, ayant un frère aîné, dut se contenter

d'une très mince légitime, qui suffisait cependant pour l'entretenir honorablement à l'armée. Il fit toute la guerre de Succession, et, à la paix, le roi Philippe V lui donna le grade de lieutenant-colonel aux Gardes wallonnes.

» Il régnait alors dans l'armée espagnole un certain point d'honneur, poussé jusqu'à la plus excessive délicatesse ; et mon père enchérissait encore sur cet excès, et véritablement l'on ne peut l'en blâmer, puisque l'honneur est proprement l'âme et la vie d'un militaire. Il ne se faisait pas dans Madrid un seul duel dont mon père ne réglât le cérémonial, et dès qu'il disait que les réparations étaient suffisantes, chacun se tenait pour satisfait. Si par hasard quelqu'un ne s'en montrait pas content, il avait aussitôt affaire avec mon père lui-même, qui ne manquait pas de soutenir à la pointe de l'épée la valeur de chacune de ses décisions. De plus, mon père avait un livre blanc, dans lequel il inscrivait l'histoire de chaque duel, avec toutes ses circonstances, ce qui lui donnait réellement un grand avantage, pour pouvoir prononcer avec justice, dans tous les cas embarrassants.

» Presque uniquement occupé de son tribunal de sang, mon père s'était fait voir peu sensible aux charmes de l'amour, mais enfin son cœur fut touché par les attraits d'une demoiselle, encore assez jeune, appelée Uraque de Gomélez, fille de l'oidor de Grenade, et du sang des anciens rois du pays. Des amis communs eurent bientôt rapproché les parties intéressées, et le mariage fut conclu.

» Mon père jugea à propos d'inviter à ses noces tous les gens avec qui il s'était battu, s'entend ceux qu'il n'avait pas tués. Il s'en trouva cent vingt-deux à table, treize absents de Madrid, et trente-trois avec qui il s'était battu à l'armée, dont il n'avait pas de nouvelles. Ma mère m'a dit souvent que cette fête avait été extraordinairement gaie et que l'on y avait vu régner la plus grande cordialité, ce que je n'ai pas de peine à croire, car mon père avait au fond un excellent cœur, et il était fort aimé de tout le monde.

» De son côté, mon père était très attaché à l'Espagne, et jamais il ne l'eût quittée ; mais, deux mois après son mariage, il reçut une lettre, signée par le magistrat de la ville de Bouillon. On lui annonçait que son frère était mort sans enfants, et que le fief lui était échu. Cette nouvelle jeta mon père dans le plus grand trouble, et ma mère m'a conté qu'il était alors si distrait que l'on ne pouvait en tirer une parole. Enfin, il ouvrit sa chronique des duels, choisit les douze hommes de Madrid qui en avaient eu le plus, les invita à se rendre chez lui et leur tint ce discours :

» — Mes chers frères d'armes, vous savez assez combien de fois j'ai mis votre conscience en repos, dans les cas où l'honneur semblait compromis. Aujourd'hui, je me vois moi-même obligé de m'en rapporter à vos lumières, parce que je crains que mon propre jugement ne se trouve en défaut, ou plutôt je crains qu'il ne soit obscurci par quelque sentiment de partialité. Voici la lettre que m'écrivent les magistrats de Bouillon, dont le témoignage est respectable, bien qu'ils ne soient pas gentilshommes. Dites-moi si l'honneur m'oblige à habiter le château de mes pères, ou si je dois continuer à servir le roi Don Philippe, qui m'a comblé de ses bienfaits, et qui vient dernièrement de m'élever au rang de brigadier général. Je laisse la lettre sur la table et je me retire. Je reviendrai dans une demi-heure savoir ce que vous aurez décidé.

» Après avoir ainsi parlé, mon père sortit en effet. Il rentra au bout d'une demi-heure et alla aux voix. Il s'en trouva cinq pour rester au service, et sept pour aller vivre dans les Ardennes. Mon père se rangea sans murmure à l'avis du plus grand nombre.

» Ma mère aurait bien voulu rester en Espagne, mais elle était si attachée à son époux qu'il ne put même s'apercevoir de la répugnance qu'elle avait à s'expatrier. Enfin l'on ne s'occupa plus que des préparatifs du voyage et de quelques personnes qui devaient en être, afin de représenter l'Espagne au milieu des Ardennes. Quoique je ne fusse pas encore au monde, mon père, qui ne doutait pas que j'y vinsse, songea qu'il était temps de me donner un maître en fait d'armes. Pour cela, il jeta les yeux sur Garcias Hierro, le meilleur prévôt de salle qu'il y eût à Madrid. Ce jeune homme, las de recevoir tous les jours des bourrades à la place de la Cévada, se détermina facilement à venir. D'un autre côté, ma mère, ne voulant point partir sans un aumônier, fit choix d'Innigo Velez, théologien gradué à Cuenza. Il devait aussi m'instruire dans la religion catholique et la langue castillane. Tous ces arrangements pour mon éducation furent pris un an et demi avant ma naissance.

» Lorsque mon père fut prêt à partir, il alla prendre congé du roi et, selon l'usage de la cour d'Espagne, il mit un genou en terre pour lui baiser la main, mais en le faisant il eut le cœur si serré qu'il tomba en défaillance, et l'on fut obligé de l'emporter chez lui. Le lendemain, il alla prendre congé de Don Fernand de Lara, alors premier ministre. Ce seigneur le reçut avec une distinction extraordinaire et lui apprit que le roi lui accordait une pension de douze mille réales, avec le grade de *sergente général*, qui revient à celui de maréchal de camp. Mon père eût donné une partie de son sang pour la satisfaction de se jeter encore une fois aux pieds de son maître, mais, comme il avait déjà pris congé, il se contenta d'exprimer dans une lettre une partie des sentiments dont son cœur était plein. Enfin il quitta Madrid en répandant bien des larmes.

» Mon père choisit la route de Catalogne pour revoir encore une fois les pays où il avait fait la guerre et prendre congé de quelques-uns de ses anciens camarades qui avaient des commandements sur cette frontière. Ensuite il entra en France par Perpignan.

» Son voyage jusqu'à Lyon ne fut troublé par aucun événement fâcheux, mais, comme il était parti de cette ville avec des chevaux de poste, il fut devancé par une chaise, qui, étant plus légère, arriva la première au relais. Mon père, qui arriva un instant après, vit que l'on mettait déjà les chevaux à la chaise. Aussitôt il prit son épée et, s'approchant du voyageur, il lui demanda la permission de l'entretenir un instant en particulier. Le voyageur, qui était un colonel français, voyant à mon père un uniforme d'officier général, prit aussi son épée pour lui faire honneur. Ils entrèrent dans une auberge qui était vis-à-vis de la poste et demandèrent une chambre. Lorsqu'ils furent seuls, mon père dit à l'autre voyageur :

» — Seigneur cavalier, votre chaise a devancé mon carrosse, pour arriver à la poste avant moi. Ce procédé, qui, en lui-même, n'est point une insulte, a cependant quelque chose de désobligeant dont je crois devoir vous demander raison.

» Le colonel, très surpris, rejeta toute la faute sur les postillons et assura qu'il n'y en avait aucune de sa part.

» — Seigneur cavalier, reprit mon père, je ne prétends

pas non plus faire de ceci une affaire sérieuse et je me contenterai du premier sang.

» En disant cela, il tira son épée.

» — Attendez encore un instant, dit le Français. Il me semble que ce ne sont point mes postillons qui ont devancé les vôtres, mais que ce sont les vôtres qui, allant plus lentement, sont restés en arrière.

» Mon père, après avoir un peu réfléchi, dit au colonel :

» — Seigneur cavalier, je crois que vous avez raison et, si vous m'eussiez fait cette observation plus tôt et avant que j'eusse tiré l'épée, je pense que nous ne nous serions pas battus, mais vous sentez bien qu'au point où en sont les choses il faut un peu de sang.

» Le colonel, qui sans doute trouva cette dernière raison assez bonne, tira aussi son épée. Le combat ne fut pas long. Mon père, se sentant blessé, baissa aussitôt la pointe de son épée et fit beaucoup d'excuses au colonel de la peine qu'il lui avait donnée ; celui-ci y répondit par des offres de services, donna l'adresse où on le trouverait à Paris, remonta dans sa chaise et partit.

» Mon père jugea d'abord sa blessure très légère, mais il en était si couvert qu'un nouveau coup ne pouvait guère porter que sur une ancienne cicatrice. En effet, le coup d'épée du colonel avait rouvert un ancien coup de mousquet dont la balle était restée. Le plomb fit de nouveaux efforts pour se faire jour, sortit enfin après un pansement de deux mois, et l'on se remit en route.

» Mon père étant arrivé à Paris, son premier soin fut de rendre ses devoirs au colonel, qui s'appelait le marquis d'Urfé. C'était un des hommes de la cour dont on faisait le plus de cas. Il reçut mon père avec une extrême obligeance, et lui offrit de le présenter au ministre, ainsi que dans les meilleures maisons. Mon père le remercia et le pria seulement de le présenter au duc de Tavannes, qui était alors le doyen des maréchaux, parce qu'il voulut être informé de tout ce qui regardait le tribunal du point d'honneur, dont il s'était fait toujours les plus hautes idées, et dont il avait souvent parlé en Espagne comme d'une institution très sage, et qu'il aurait bien voulu voir introduire dans le royaume. Le maréchal reçut mon père avec beaucoup de politesse et le recommanda au chevalier de Bélièvre, premier exempt de messeigneurs les maréchaux et rapporteur de leur tribunal.

» Comme le chevalier venait souvent chez mon père, il eut connaissance de sa chronique des duels. Cet ouvrage lui parut unique en son genre, et il demanda la permission de le communiquer à messeigneurs les maréchaux, qui en jugèrent comme leur premier exempt et firent demander à mon père la faveur d'en faire une copie, qui serait gardée au greffe de leur tribunal. Nulle proposition ne pouvait flatter davantage mon père, et il en ressentit une joie inexprimable.

» De pareils témoignages d'estime rendaient le séjour de Paris très agréable à mon père, mais ma mère en jugeait autrement. Elle s'était fait une loi non seulement de ne point apprendre le français, mais même de ne pas écouter lorsqu'on parlait cette langue. Son confesseur Innigo Velez ne cessait de faire d'amères plaisanteries sur les libertés de l'Église gallicane, et Garcias Hierro terminait toutes les conversations par décider que les Français étaient des Gavaches.

» Enfin on quitta Paris, l'on arriva au bout de quatre jours à Bouillon. Mon père s'y fit reconnaître du magistrat et alla prendre possession de son fief.

» Le toit de nos pères, privé de la présence de ses maîtres, l'était aussi d'une partie de ses tuiles, si bien qu'il pleuvait dans les chambres autant que dans la cour, avec la différence que le pavé de la cour séchait très promptement, au lieu que l'eau avait fait dans les chambres des mares qui ne séchaient jamais. Cette inondation domestique ne déplut pas à mon père, parce qu'elle lui rappelait le siège de Lérida, où il avait passé trois semaines les jambes dans l'eau.

» Cependant, son premier soin fut de placer à sec le lit de son épouse. Il y avait dans le salon de compagnie une cheminée à la flamande, autour de laquelle quinze personnes pouvaient se chauffer à l'aise, et le manteau de la cheminée y formait comme un toit soutenu par deux colonnes de chaque côté. L'on boucha le tuyau de cette cheminée et, sous son manteau, l'on put placer le lit de ma mère, avec sa table de nuit et une chaise et, comme l'âtre était élevé d'un pied au-dessus, il formait une sorte d'île assez inabordable.

» Mon père s'établit de l'autre côté du salon, sur deux tables jointes par des planches, et de son lit à celui de ma mère, on pratiqua une jetée, fortifiée dans le milieu par une sorte de batardeau construit de coffres et de caisses. Cet ouvrage fut achevé le jour même de notre arrivée au château, et je suis venu au monde neuf mois après, jour pour jour.

» Tandis que l'on travaillait avec beaucoup d'activité aux réparations les plus nécessaires, mon père reçut une lettre qui le combla de joie. Elle était signée par le maréchal de Tavannes, et ce seigneur lui demandait son opinion sur une affaire d'honneur qui alors occupait le tribunal. Cette faveur authentique parut à mon père d'une telle conséquence qu'il la voulut célébrer en donnant une fête à tout le voisinage. Mais nous n'avions pas de voisins, si bien que la fête se borna à un fandango exécuté par le maître d'armes et la Signora Frasca, première camériste de ma mère.

» Mon père, en répondant à la lettre du maréchal, demanda qu'on voulût bien, dans la suite, lui communiquer les extraits des procédures portées au tribunal. Cette grâce lui fut accordée, et, tous les premiers de chaque mois, il en recevait un pli, qui suffisait, pendant plus de quatre semaines aux entretiens et menus devis, dans les soirées d'hiver autour de la grande cheminée, et pendant l'été sur deux bancs qui étaient devant la porte du château.

» Pendant toute la grossesse de ma mère, mon père lui parla toujours du fils qu'elle aurait, et il songea à me donner un parrain. Ma mère penchait pour le maréchal de Tavannes, ou pour le marquis d'Urfé. Mon père convenait que ce serait beaucoup d'honneur pour nous, mais il craignit que ces deux seigneurs ne crussent lui faire trop d'honneur et, par une délicatesse bien placée, il se décida pour le chevalier de Bélièvre qui, de son côté, accepta avec estime et reconnaissance.

» Enfin, je vins au monde. À trois ans, je tenais déjà un petit fleuret, et à six je pouvais tirer un coup de pistolet sans cligner les yeux... J'avais environ sept ans lorsque nous eûmes la visite de mon parrain. Ce gentilhomme s'était marié à Tournai, et il y exerçait la charge de lieutenant de la connétablie et rapporteur du point d'honneur. Ce sont des emplois dont l'institution remonte au temps des jugements par champions et, dans la suite, ils ont été réunis au tribunal des maréchaux de France.

» Mme de Bélièvre était d'une santé très délicate, et son mari la menait aux eaux de Spa. Tous deux me prirent en une extrême affection et, comme ils n'avaient point d'enfants, ils conjurèrent mon père de leur confier mon éducation qui, aussi bien, n'aurait pu être soignée dans une contrée aussi solitaire que l'était celle du château de Worden. Mon père y consentit, déterminé surtout par la charge de rapporteur du point d'honneur, qui lui promettait que, dans la maison de Bélièvre, je ne manquerais pas d'être imbu de bonne heure de tous les principes qui devaient un jour déterminer ma conduite.

» Il fut d'abord question de me faire accompagner par Garcias Hierro, parce que mon père jugeait que la plus noble manière de se battre était à l'épée, et le poignard dans la main gauche. Genre d'escrime tout à fait inconnu en France. Mais, comme mon père avait pris l'habitude de tirer tous les matins à la muraille avec Hierro, et que cet exercice était devenu nécessaire à sa santé, il ne crut pas devoir s'en priver.

» Il fut aussi question d'envoyer avec moi le théologien Innigo Velez, mais, comme ma mère ne savait toujours que l'espagnol, il était bien naturel qu'elle ne pût se passer d'un confesseur qui sût cette langue. Si bien que je n'eus pas auprès de moi les deux hommes qui, avant ma naissance, avaient été destinés à faire mon éducation. Cependant on me donna un valet de chambre espagnol, pour m'entretenir dans l'usage de la langue espagnole.

» Je partis pour Spa avec mon parrain ; nous y passâmes deux mois ; nous fîmes un voyage en Hollande et nous arrivâmes à Tournai vers la fin de l'automne. Le chevalier de Bélièvre répondit parfaitement à la confiance que mon père avait eue en lui et, pendant six ans, il ne négligea rien de ce qui pouvait contribuer à faire un jour de moi un excellent officier. Au bout de ce temps, Mme de Bélièvre vint à mourir ; son mari quitta la Flandre pour venir s'établir à Paris, et je fus rappelé dans la maison paternelle.

» Après un voyage que la saison avancée rendit assez fâcheux, j'arrivai au château environ deux heures après le soleil couché, et j'en trouvai les habitants rassemblés autour de la grande cheminée. Mon père, bien que charmé de me voir, ne s'abandonna point à des démonstrations qui eussent pu compromettre ce que vous autres, Espagnols, appelez la Gravedad. Ma mère me baigna de ses larmes. Le théologien Innigo Velez me donna sa bénédiction, et le spadassin Hierro me présenta un fleuret. Nous fîmes un assaut dont je me tirai d'une manière au-dessus de mon âge. Mon père était trop connaisseur pour ne pas s'en apercevoir, et sa gravité fit place à la plus vive tendresse. On servit à souper, et l'on y fut très gai.

» Après souper, l'on se remit autour de la cheminée, et mon père dit au théologien :

» — Révérend Don Innigo, vous me feriez plaisir d'aller chercher votre gros volume dans lequel il y a tant d'histoires merveilleuses, et de nous en lire quelqu'une.

» Le théologien monta dans sa chambre, et en revint avec un in-folio relié en parchemin blanc, que le temps avait rendu jaune. Il l'ouvrit au hasard et y lut ce qui suit.

HISTOIRE DE TRIVULCE DE RAVENNE

» Il y avait une fois, dans une ville d'Italie appelée Ravenne, un jeune homme appelé Trivulce. Il était beau, riche, et rempli d'une haute opinion de lui-même. Les jeunes filles de Ravenne se mettaient aux fenêtres pour le voir passer, mais aucune ne lui plaisait. Ou, s'il prenait quelquefois un peu de goût pour l'une ou pour l'autre, il ne le lui témoignait pas, dans la crainte de lui faire trop d'honneur ; enfin, tout cet orgueil ne put tenir contre les charmes de la jeune et belle Nina Dei Gieraci. Trivulce daigna lui déclarer son amour. Nina répondit que le seigneur Trivulce lui faisait bien de l'honneur, mais que, depuis son enfance, elle aimait son cousin Thebaldo Dei Gieraci, et que sûrement elle n'aimerait jamais que lui.

» À cette réponse inattendue, Trivulce sortit en donnant des marques de la plus extrême fureur.

» Huit jours après, qui était un dimanche, comme tous les citoyens de Ravenne allaient à l'église métropolitaine de Saint-Pierre, Trivulce distingua dans la foule Thebaldo, donnant le bras à sa cousine. Il mit son manteau sur son nez et les suivit. Lorsque l'on fut entré dans l'église, où il n'est point permis de cacher son visage dans son manteau, les deux amants se seraient facilement aperçus que Trivulce les suivait, mais ils n'étaient occupés que de leur amour, et ils y songeaient plus qu'à la messe, ce qui est un grand péché.

» Cependant Trivulce s'était assis dans un banc derrière eux. Il entendait tous leurs discours et il en nourrissait sa rage. Alors un prêtre monta en chaire et dit :

» — Mes frères, je suis ici pour publier les bans de Thebaldo et de Nina Dei Gieraci, quelqu'un fait-il opposition à leur mariage ?

» — J'y fais opposition ! s'écria Trivulce, et en même temps il donna vingt coups de poignard aux deux amants. On voulut l'arrêter, mais il donna encore des coups de poignard, sortit de l'église, puis de la ville, et gagna l'État de Venise.

» Trivulce était orgueilleux, gâté par la fortune, mais son âme était sensible. Les remords vengèrent ses victimes, et il traîna de ville en ville une existence déplorable. Au bout de quelques années, ses parents arrangèrent son affaire, et il revint à Ravenne, mais ce n'était plus ce même Trivulce, rayonnant de bonheur et fier de ses avantages. Il était si changé que sa nourrice elle-même ne le reconnut point.

» Dès le premier jour de son arrivée, Trivulce demanda où était le tombeau de Nina. On lui dit qu'elle était enterrée avec son cousin dans l'église de Saint-Pierre, tout auprès de la place où ils avaient été assassinés. Trivulce y alla en tremblant et, lorsqu'il fut auprès du tombeau, il l'embrassa et versa un torrent de larmes.

» Quelle que fût la douleur qu'éprouva dans ce moment le malheureux assassin, il sentit que les pleurs l'avaient soulagé. C'est pourquoi il donna sa bourse au sacristain, et obtint de lui de pouvoir entrer dans l'église toutes les fois qu'il le voudrait. Si bien qu'il finit par y venir tous les soirs, et le sacristain qui s'y était accoutumé y faisait peu d'attention.

» Un soir, Trivulce, qui n'avait pas dormi la nuit précédente, s'endormit auprès du tombeau et, lorsqu'il se réveilla, il trouva que l'église était fermée. Il prit aisément le parti d'y passer la nuit, parce qu'il aimait à entretenir sa tristesse et nourrir sa mélancolie. Il entendait successivement sonner les heures, et il aurait voulu être à celle de sa mort.

» Enfin minuit sonna. Alors la porte de la sacristie s'ouvrit, et Trivulce vit entrer le sacristain, tenant sa lanterne dans une main et un balai dans l'autre. Mais ce sacristain n'était qu'un squelette. Il avait un peu de peau sur le visage et, comme des yeux fort creux, mais son surplis qui collait sur ses os faisait assez voir qu'il n'avait pas de chair du tout.

» L'affreux sacristain posa sa lanterne sur le maître-autel et alluma les cierges comme pour vêpres. Ensuite il se mit à balayer l'église et épousseter les bancs. Il passa même plusieurs fois près de Trivulce, mais il ne parut point l'apercevoir.

» Enfin il alla à la porte de la sacristie et sonna la petite cloche qui y est toujours. Alors les tombeaux s'ouvrirent, les morts y parurent enveloppés de leurs linceuls, et entonnèrent des litanies sur un ton fort mélancolique.

» Après qu'ils eurent ainsi psalmodié pendant quelque temps, un mort, revêtu d'un surplis et d'une étole, monta sur la chaire et dit :

» — Mes frères, je suis ici pour publier les bans de Thebaldo et de Nina Dei Gieraci ; damné Trivulce, y faites-vous opposition ?

» Mon père interrompit ici le théologien et, se tournant vers moi, il me dit :

» — Mon fils Alphonse, à la place de Trivulce, auriez-vous eu peur ?

» Je lui répondis :

» — Mon cher père, il me semble que j'aurais eu grand-peur.

» Alors mon père se leva, furieux, sauta sur son épée et voulut me la passer au travers du corps. On se mit au-devant de lui, et enfin on l'apaisa un peu. Cependant, lorsqu'il eut repris sa place, il me lança un regard terrible et me dit :

» — Fils indigne de moi, ta lâcheté déshonore en quelque façon le régiment des Gardes wallonnes, où j'avais l'intention de te faire entrer.

» Après ces durs reproches, qui manquèrent à me faire mourir de honte, il se fit un grand silence. Garcias le rompit le premier et, s'adressant à mon père, il lui dit :

» — Monseigneur, si j'osais dire mon avis à Votre Excellence, ce serait de prouver à Monsieur votre fils qu'il n'y a point de revenants, ni de spectres, ni de morts qui chantent des litanies, et qu'il ne peut y en avoir. De cette manière-là, il n'en aurait sûrement pas peur.

» — Monsieur Hierro, répondit mon père avec un peu d'aigreur, vous oubliez que j'ai eu l'honneur de vous montrer hier une histoire de revenants, écrite de la propre main de mon bisaïeul.

» — Monseigneur, reprit Garcias, je ne donne pas un démenti au bisaïeul de Votre Excellence.

» — Qu'appelez-vous, dit mon père, je ne donne pas un démenti ? Savez-vous que cette expression suppose la possibilité d'un démenti donné par vous à mon bisaïeul ?

» — Monseigneur, dit encore Garcias, je sais bien que je suis trop peu de chose pour que Monseigneur votre bisaïeul voulût tirer aucune satisfaction de moi.

» Alors mon père, prenant un air encore plus terrible, dit :

» — Hierro, que le ciel vous préserve de faire des excuses, car elles supposeraient une offense.

» — Enfin, dit Garcias, il ne me reste plus qu'à me soumettre au châtiment qu'il plaira à Votre Excellence de m'infliger au nom de son bisaïeul, seulement, pour l'honneur de ma profession, je voudrais que cette peine me fût administrée par notre aumônier, pour que je pusse la considérer comme pénitence ecclésiastique.

» — Cette idée n'est point mauvaise, dit alors mon

père, d'un ton plus tranquille. Je me rappelle avoir écrit autrefois un petit traité sur les satisfactions admissibles dans les cas où le duel ne pouvait avoir lieu. Laissez-moi y réfléchir.

» Mon père parut d'abord s'occuper de cet objet, mais de réflexion en réflexion, il finit par s'endormir dans son fauteuil. Ma mère dormait déjà, ainsi que le théologien, et Garcias ne tarda pas à suivre leur exemple. Alors je crus devoir me retirer, et c'est ainsi que s'est passée la première journée de mon retour à la maison paternelle.

» Le lendemain, je fis des armes avec Garcias. J'allai à la chasse. On soupa, et lorsqu'on fut levé de table mon père pria encore le théologien d'aller chercher son gros volume. Le révérend obéit, l'ouvrit au hasard, et lut ce que je vais raconter.

HISTOIRE DE LANDULPHE DE FERRARE

» Dans une ville d'Italie appelée Ferrare, il y avait un jeune homme appelé Landulphe. C'était un libertin sans religion et en horreur à toutes les bonnes âmes qu'il y avait dans ce pays. Ce méchant aimait passionnément le commerce des courtisanes, et il avait fait le tour de toutes celles de la ville, mais aucune ne lui plut autant que Blanca de Rossi, parce qu'elle surpassait toutes les autres en impureté.

» Blanca était non seulement libertine, intéressée, dépravée, mais elle voulait encore que ses amants fissent pour elle des actions qui les déshonoraient, et elle exigea de Landulphe qu'il la conduisît tous les soirs chez lui, et la fît souper avec sa mère et sa sœur. Landulphe alla aussitôt chez sa mère et lui en fit la proposition, comme de la chose du monde la plus convenable. La bonne mère fondit en larmes et conjura son fils d'avoir égard à la réputation de sa sœur. Landulphe fut sourd à ses prières et promit seulement de tenir la chose aussi secrète qu'il pourrait, puis il alla chez Blanca et la conduisit chez lui.

» La mère et la sœur de Landulphe reçurent la courtisane mieux qu'elle ne méritait. Mais celle-ci voyant leur bonté en redoubla d'insolence ; elle tint à souper des propos très libres, et donna à la sœur de son amant des leçons dont elle se serait bien passée. Enfin elle lui signifia, ainsi qu'à sa mère, qu'elles feraient bien de s'en aller parce qu'elle voulait rester seule avec Landulphe.

» Le lendemain, la courtisane raconta cette histoire dans toute la ville, et pendant plusieurs jours on ne parla pas d'autre chose. Si bien que le bruit public en informa bientôt Odoardo Zampi, frère de la mère de Landulphe. Odoardo était un homme que l'on n'offensait point impunément. Il crut l'être dans la personne de sa sœur, et fit, dès le même jour, assassiner l'infâme Blanca. Landulphe étant allé voir sa maîtresse, la trouva poignardée et nageant dans son sang. Il apprit bientôt que c'était son oncle qui avait fait le coup. Il courut chez lui pour l'en punir, mais il le trouva environné des plus braves de la ville, qui se moquèrent de son ressentiment.

» Landulphe, ne sachant sur qui exercer sa fureur, courut chez sa mère, avec l'intention de l'accabler d'outrages. La pauvre femme était avec sa fille, et allait se mettre à table. Lorsqu'elle vit entrer son fils, elle lui demanda si Blanca viendrait souper.

» — Puisse-t-elle venir, dit Landulphe, et te mener en enfer, avec ton frère et toute la famille des Zampi.

» La pauvre mère tomba à genoux et dit :

» — Oh ! mon Dieu ! pardonnez-lui ses blasphèmes.

» Dans ce moment, la porte s'ouvrit avec fracas, et l'on vit entrer un spectre hâve, déchiré de coups de poignard, et conservant néanmoins avec Blanca une affreuse ressemblance.

» La mère et la sœur de Landulphe se mirent en prière, et Dieu leur fit la grâce de pouvoir soutenir ce spectacle sans expirer d'horreur.

» Le fantôme s'avança à pas lents et s'assit à table comme pour souper. Landulphe, avec un courage que le démon seul pouvait inspirer, osa prendre un plat et l'offrir. Le fantôme ouvrit la bouche si grande que sa tête parut se partager en deux, et il en sortit une flamme rougeâtre. Ensuite il avança une main toute brûlée, prit un morceau, l'avala, et on l'entendit tomber sous la table. Il engloutit ainsi tout le plat, et tous les morceaux tombèrent sous la table. Lorsque le plat fut vide, le fantôme, fixant Landulphe avec des yeux épouvantables, lui dit :

» — Landulphe, quand je soupe ici, j'y couche. Allons, mets-toi au lit. »

» Ici mon père interrompit l'aumônier et, se tournant de mon côté, il me dit :

» — Mon fils Alphonse, à la place de Landulphe, auriez-vous eu peur ?

» Je lui répondis :

» — Mon cher père, je vous assure que je n'aurais pas eu la plus légère frayeur.

» Mon père parut satisfait de cette réponse et fut très gai pendant tout le reste de la veillée.

» Nos jours se passaient ainsi sans que rien en altérât l'uniformité. Si ce n'est que, dans la belle saison, au lieu de se mettre autour de la cheminée, on s'asseyait sur des bancs qui étaient près de la porte. Six ans entiers se sont écoulés dans cette douce tranquillité, et à présent il me semble que ce soit autant de semaines.

» Lorsque j'eus achevé ma dix-septième année, mon père songea à me faire entrer au régiment des Gardes wallonnes, et en écrivit à ceux de ses anciens camarades sur lesquels il comptait le plus. Ces dignes et respectables militaires réunirent en ma faveur tout ce qu'ils avaient de crédit et obtinrent une commission de capitaine. Quand mon père en reçut la nouvelle, il éprouva un saisissement si vif que l'on craignit pour ses jours. Mais il se rétablit promptement, et il ne songea plus qu'aux préparatifs de mon départ. Il voulut que j'allasse par mer, afin d'entrer en Espagne par Cadix, et me présenter d'abord à Don Henri de Sa, commandant de la province, et qui avait le plus contribué à mon avancement.

» Lorsque la chaise de poste fut déjà tout attelée dans la cour du château, mon père me conduisit dans sa chambre et, après en avoir fermé la porte, il me dit :

» — Mon cher Alphonse, je vais vous confier un secret que je tiens de mon père, et que vous ne confierez qu'à votre fils lorsque vous l'en croirez digne.

» Comme je ne doutais pas qu'il ne s'agît de quelque trésor caché, je répondis que je n'avais jamais regardé l'or que comme un moyen de venir au secours des malheureux.

» Mais mon père me répondit :

» — Non, mon cher Alphonse, il ne s'agit ici ni d'or ni d'argent. Je veux vous enseigner une botte secrète, avec laquelle, en parant au contre et marquant la flanconade, vous êtes sûr de désarmer votre ennemi.

» Alors il prit des fleurets, me montra la botte en question, me donna sa bénédiction et me conduisit à ma voiture. Je baisai encore la main de ma mère et je partis.

» J'allai en poste jusqu'à Flessingue, où je trouvai un vaisseau qui me porta à Cadix. Don Henri de Sa me reçut comme si j'eusse été son propre fil ; il s'occupa de mon équipage et me recommanda deux domestiques dont l'un s'appelait Lopez et l'autre Moschito. De Cadix, j'ai été à Séville, et de Séville à Cordoue, puis je suis venu à Anduhhar, où j'ai pris le chemin de la Sierra Morena. J'ai eu le malheur d'être séparé de mes domestiques près de l'abreuvoir de Los Alcornoques. Cependant, je suis arrivé le même jour à la Venta Quemada, et, hier au soir, dans votre ermitage.

— Mon cher enfant, me dit l'ermite, votre histoire m'a vivement intéressé, et je vous suis très obligé d'avoir bien voulu me la raconter. Je vois bien à présent que, de la manière dont vous avez été élevé, la peur est un sentiment qui vous doit être tout à fait étranger. Mais, puisque vous avez couché à la Venta Quemada, je crains bien que vous ne soyez exposé aux obsessions des deux pendus, et que vous n'ayez le triste sort du démoniaque.

— Mon père, répondis-je à l'anachorète, j'ai beaucoup réfléchi cette nuit au récit du seigneur Pascheco. Bien qu'il ait le diable au corps, il n'en est pas moins gentilhomme et, à ce titre, je le crois incapable de manquer à ce que l'on doit à la vérité. Mais Innigo Velez, aumônier de notre château, m'a dit que, bien qu'il y ait eu des possédés dans les premiers siècles de l'Église, il n'y en avait plus à présent, et son témoignage me paraît d'autant plus respectable que mon père m'a ordonné de croire Innigo sur toutes les matières qui ont rapport à notre religion.

— Mais, dit l'ermite, n'avez-vous pas vu la mine affreuse du possédé, et comme les démons l'ont rendu borgne ?

Je lui répondis :

— Mon père, le seigneur Pascheco peut avoir perdu l'œil d'une autre manière. Au reste, je m'en rapporte sur toutes ces choses à ceux qui en savent plus que moi. Il me suffit de n'avoir peur ni des revenants, ni des vampires. Cependant, si vous voulez me donner quelque sainte relique pour me préserver de leurs entreprises, je vous promets de la porter avec foi et vénération.

L'ermite me parut sourire un peu de cette naïveté, puis il me dit :

— Je vois, mon cher enfant, que vous avez encore de la foi, mais je crains que vous n'y persistiez pas. Ces Gomélez, de qui vous descendez par les femmes, sont tous nouveaux chrétiens. Quelques-uns même sont, à ce que l'on dit, musulmans au fond du cœur. S'ils vous offraient une fortune immense pour changer de religion, l'accepteriez-vous ?

— Non, assurément, lui répondis-je. Il me semble que de renoncer à sa religion, ou d'abandonner ses drapeaux, sont deux choses également déshonorantes.

Ici l'ermite parut encore sourire, puis il me dit :

— Je vois avec chagrin que vos vertus reposent sur un point d'honneur beaucoup trop exagéré, et je vous avertis que vous ne trouverez plus Madrid aussi ferraillant qu'il était au temps de votre père. De plus, les vertus ont d'autres principes plus sûrs. Mais je ne veux pas vous arrêter davantage, car vous avez une forte journée à faire avant que d'arriver à la Venta del Pegnon, ou cabaret du rocher. L'hôte y est resté, en dépit des voleurs, parce qu'il compte sur la protection d'une bande de Bohémiens campés dans les environs. Après-demain, vous arriverez à la Venta de Cardegnas, où vous serez déjà hors de la Sierra Morena. J'ai mis quelques provisions dans les poches de votre selle.

Ayant dit ces choses, l'ermite m'embrassa tendrement, mais il ne me donna point de relique pour me préserver des démons. Je ne voulus plus lui en parler et je montai à cheval.

Chemin faisant, je me mis à réfléchir sur les maximes que je venais d'entendre, ne pouvant concevoir qu'il y eût pour les vertus des bases plus solides que le point d'honneur, qui me semblait comprendre, à lui seul, toutes les vertus. J'étais encore occupé de ces réflexions lorsqu'un cavalier, sortant tout à coup de derrière un rocher, me coupa le chemin et dit :

— Vous appelez-vous Alphonse ?

Je répondis que oui.

— Si cela est, dit le cavalier, je vous arrête, de la part du roi et de la très sainte Inquisition. Rendez-moi votre épée.

J'obéis sans réplique. Alors le cavalier donna un coup de sifflet et, de tous les côtés, je vis des gens armés fondre sur moi. Ils m'attachèrent les mains derrière le dos et nous primes dans les montagnes un chemin de traverse qui, au bout d'une heure, nous conduisit à un château très fort. Le pont-levis se baissa et nous entrâmes. Comme nous étions encore sous le donjon, l'on ouvrit une petite porte de côté et l'on me jeta dans un cachot, sans se donner seulement la peine de défaire les liens qui me tenaient garrotté.

Le cachot était tout à fait obscur et, n'ayant pas les

mains libres pour les mettre devant moi, j'aurais eu de la peine à y marcher sans donner du nez contre les murailles. C'est pourquoi je m'assis à la place où je me trouvais et, comme on l'imagine aisément, je me mis à réfléchir sur ce qui pouvait avoir donné lieu à mon emprisonnement. Ma première, et ma seule idée, fut que l'Inquisition s'était emparée de mes belles cousines et que les négresses avaient dit tout ce qui s'était passé à la Venta Quemada. Dans la supposition que je fusse interrogé sur le compte des belles Africaines, je n'avais que le choix, ou de les trahir, et de manquer à ma parole d'honneur, ou de nier que je les connusse, ce qui m'aurait embarqué dans une suite de honteux mensonges. Après m'être un peu consulté sur le parti que j'avais à prendre, je me décidai pour le silence le plus absolu, et je pris une ferme résolution de ne rien répondre à tous les interrogatoires.

Ce doute une fois éclairci dans mon esprit, je me mis à rêver aux événements des deux jours précédents. Je ne doutai pas que mes cousines fussent des femmes en chair et en os. J'en étais averti par je ne sais quel sentiment, plus fort que tout ce qu'on m'avait dit sur la puissance des démons. Quant au tour que l'on m'avait joué de me mettre sous la potence, j'en étais fort indigné.

Cependant, les heures se passaient. Je commençais d'avoir faim et, comme j'avais entendu dire que les cachots étaient quelquefois garnis de pain et d'une cruche d'eau, je me mis à chercher avec les jambes et les pieds si je ne trouverais pas quelque chose de semblable. Effectivement, je sentis bientôt un corps étranger qui se trouva être la moitié d'un pain. La difficulté était de la porter à ma bouche. Je me couchai à côté du pain, et je voulus le saisir avec les dents, mais il m'échappait et glissait, faute de résistance. Je le poussai tant que je l'appuyai contre le mur ; alors je pus manger, parce que le pain était coupé par le milieu. S'il avait été entier, je n'aurais pu y mordre. Je trouvai aussi une cruche, mais il me fut impossible de boire. À peine avais-je humecté mon gosier que toute l'eau se versa. Je poussai plus loin mes recherches : je trouvai de la paille dans un coin, et je m'y couchai. Mes mains étaient artistement nouées, c'est-à-dire très fort mais sans me faire du mal. Si bien que je n'eus pas de peine à m'endormir.

QUATRIÈME JOURNÉE

Il me semble que j'avais dormi plusieurs heures, lorsque l'on vint me réveiller. Je vis entrer un moine de saint Dominique, suivi de plusieurs hommes de très mauvaise mine. Quelques-uns portaient des flambeaux, d'autres des instruments qui m'étaient tout à fait inconnus et que je jugeai devoir servir à des tortures. Je me rappelai mes résolutions et je m'y raffermis. Je songeai à mon père. Il n'avait jamais eu la torture ; mais n'avait-il pas souffert entre les mains des chirurgiens mille opérations douloureuses ? Je savais qu'il les avait souffertes sans proférer une seule plainte. Je résolus de l'imiter, de ne pas proférer une parole, et s'il était possible, de ne pas laisser échapper un soupir. L'inquisiteur se fit donner un fauteuil, s'assit auprès de moi, prit un air doux et patelin, et me tint à peu près ce discours :

— Mon cher, mon doux enfant, rends grâces au ciel qui t'a conduit dans ce cachot. Mais, dis-moi, pourquoi y es-tu ? Quelles fautes as-tu commise ? Confesse-toi, répands tes larmes dans mon sein. Tu ne me réponds pas ? Hélas ! mon enfant, tu as tort. Nous n'interrogeons point, c'est notre méthode. Nous laissons au coupable le soin de s'accuser lui-même. Cette confession, quoiqu'un peu forcée, n'est pas sans quelque mérite, surtout lorsque le coupable dénonce ses complices. Tu ne réponds pas ? Tant pis pour toi. Allons, il faut te mettre sur les voies. Connais-tu deux princesses de Tunis ? Ou plutôt deux infâmes sorcières, vampires exécrables et démons incarnés ? Tu ne dis rien. Que l'on fasse venir ces deux Infantes de la cour de Lucifer.

Ici l'on amena mes deux cousines, qui avaient, comme moi, les mains liées derrière le dos. Puis l'inquisiteur continua en ces termes :

— Eh bien ! mon cher fils, les reconnais-tu ? Tu ne dis rien encore. Mon cher fils, ne t'effraie point de ce que je vais te dire. On va te faire un peu de mal. Tu vois ces deux planches. On y mettra tes jambes, on les serrera avec une corde. Ensuite on mettra entre tes jambes les coins que tu vois ici, et on les enfoncera à coups de marteau. D'abord, tes pieds enfleront. Ensuite, le sang jaillira de tes orteils, et les ongles des autres doigts tomberont tous. Ensuite la plante de tes pieds crèvera, et l'on en verra sortir une graisse mêlée de chairs écrasées. Cela te fera beaucoup de mal. Tu ne réponds rien ; aussi tout cela n'est-il encore que la question ordinaire. Cependant, tu t'évanouiras. Voici des flacons, remplis de divers esprits, avec lesquels on te fera revenir. Lorsque tu auras repris tes sens, on ôtera ces coins, et l'on mettra ceux-ci, qui sont beaucoup plus gros. Au premier coup, tes genoux et tes chevilles se briseront. Au second, tes jambes se fendront dans leur longueur. La moelle en sortira et coulera sur cette paille, mêlée avec ton sang. Tu ne veux pas parler ?... Allons, qu'on lui serre les pouces.

Les bourreaux prirent mes jambes et les attachèrent entre les planches.

— Tu ne veux pas parler ?... Placez les coins... Tu ne veux pas parler ?... Levez les marteaux.

En ce moment, on entendit une décharge d'armes à feu. Émina s'écria :

— Ô ! Mahomet ! nous sommes sauvés. Zoto est venu à notre secours.

Zoto entra avec sa troupe, mit les bourreaux à la porte et attacha l'inquisiteur à un anneau qu'il y avait dans la muraille du cachot. Puis il nous dégarrotta, les deux Mauresques et moi. Le premier usage qu'elles firent de la liberté de leurs bras fut de se jeter dans les miens. On nous sépara. Zoto me dit de monter à cheval et de prendre les devants, m'assurant qu'il suivrait bientôt avec les deux dames.

L'avant-garde avec laquelle je partis était de quatre cavaliers. À la pointe du jour, nous arrivâmes en un lieu fort désert, où nous trouvâmes un relais. Ensuite nous suivîmes de hauts sommets et des crêtes de montagnes chenues.

Vers les quatre heures, nous arrivâmes à de certains creux de rocher où nous devions passer la nuit, mais je me félicitai bien d'y être venu pendant qu'il faisait encore jour, car la vue en était admirable et devait surtout me paraître telle à moi qui n'avais vu que les Ardennes et la Zélande. J'avais à mes pieds cette belle Vega de Grenada, que les Grenadins appellent, par contrevérité, *la Nuestra Vegilla.* Je la voyais tout entière, avec ses six villes, ses quarante villages. Le cours tortueux du Hénil, les torrents qui se précipitaient du haut des Alpuharras, des bosquets, de frais ombrages, des édifices, des jardins et une immense quantité de *quintas* ou métairies. Charmé de voir que mon œil pouvait à la fois embrasser tant de beaux objets, je m'abandonnai à la contemplation. Je sentis que je devenais amant de la nature. J'oubliai mes cousines ; cependant, elles arrivèrent bientôt dans des litières portées sur des chevaux. Elles prirent place sur des carreaux dans la grotte et, lorsqu'elles furent un peu reposées, je leur dis :

— Mesdames, je ne me plains point de la nuit que j'ai passée à la Venta Quemada, mais je vous avoue qu'elle a fini d'une manière qui m'a infiniment déplu.

Émina me répondit :

— Mon Alphonse, ne nous accusez que de la belle partie de vos songes. Mais de quoi vous plaignez-vous ? N'avez-vous pas eu une occasion de faire preuve d'un courage plus qu'humain ?

— Comment, lui répondis-je, quelqu'un douterait-il de mon courage ? Si je savais le trouver, je me battrais avec lui sur un manteau ou le mouchoir en bouche.

Émina me répondit :

— Je ne sais ce que vous voulez dire avec votre mouchoir et votre manteau. Il y a des choses que je ne puis vous dire. Il y en a que je ne sais pas moi-même. Je ne fais rien que par les ordres du chef de notre famille, successeur du cheik Massoud, et qui sait tout le secret du Cassar-Gomélez. Tout ce que je puis vous dire, c'est que vous êtes notre très proche parent. L'oidor de Grenade, père de votre mère, avait eu un fils qui fut trouvé digne d'être initié. Il embrassa la religion musulmane, et épousa les quatre filles du dey de Tunis, alors régnant. La cadette seule eut des enfants et elle est notre mère. Peu de temps après la naissance de Zibeddé, mon père et ses trois autres femmes moururent dans une contagion qui, à cette époque, désola toute la côte de Barbarie...

Mais laissons là toutes ces choses que peut-être vous saurez un jour. Parlons de vous, de la reconnaissance que nous vous devons, ou plutôt de notre admiration pour vos vertus. Avec quelle indifférence vous avez regardé les apprêts du supplice ! Quel respect religieux pour votre parole ! Oui, Alphonse, vous surpassez tous les héros de notre race, et nous sommes devenues votre bien.

Zibeddé, qui laissait volontiers parler sa sœur lorsque la conversation était sérieuse, reprenait ses droits lorsqu'elle prenait le ton du sentiment. Enfin, je fus flatté, caressé, content de moi-même et des autres. Puis arrivèrent les négresses ; on donna le souper, et Zoto nous servit lui-même, avec les marques du plus profond respect. Ensuite les négresses firent pour mes cousines un assez bon lit, dans une espèce de grotte. J'allai me coucher dans une autre, et nous goûtâmes tous un repos dont nous avions besoin.

CINQUIÈME JOURNÉE

Le lendemain, la caravane fut sur pied de bonne heure. Nous descendîmes les montagnes et tournâmes dans de creux vallons, ou plutôt dans des précipices qui semblaient atteindre aux entrailles de la terre. Ils coupaient la chaîne des monts sur tant de directions différentes qu'il était impossible de s'y orienter ni de savoir de quel côté l'on allait.

Nous marchâmes ainsi pendant six heures, et nous arrivâmes aux ruines d'une ville abandonnée et déserte. Là, Zoto nous fit mettre pied à terre et, me conduisant à un puits, il me dit :

— Seigneur Alphonse, faites-moi la grâce de regarder dans ce puits et de me dire ce que vous en pensez.

Je lui répondis que j'y voyais de l'eau, et que je pensais que c'était un puits.

— Eh bien ! reprit Zoto, vous vous trompez, car c'est l'entrée de mon palais.

Ayant ainsi parlé, il mit la tête dans le puits et cria d'une certaine manière. Alors je vis d'abord des planches qui sortirent d'un côté du puits, et qui furent posées à quelques pieds au-dessus de l'eau. Ensuite, un homme armé sortit de la même ouverture, et puis un autre. Ils grimpèrent hors du puits et, lorsqu'ils furent dehors, Zoto me dit :

— Seigneur Alphonse, j'ai l'honneur de vous présenter mes deux frères, Cicio et Momo. Vous avez peut-être vu leurs corps attachés à une certaine potence, mais ils ne s'en portent pas moins bien, et vous seront toujours dévoués, étant, ainsi que moi, au service et à la solde du grand cheik des Gomélez.

Je lui répondis que j'étais charmé de voir les frères d'un homme qui semblait m'avoir rendu un service important.

Il fallut se résoudre à descendre dans le puits. On apporta une échelle de corde, dont les deux sœurs se servirent avec plus d'aisance que je ne l'avais espéré. Je descendis après elles. Lorsque nous fûmes arrivés aux planches, nous trouvâmes une petite porte latérale, où l'on ne pouvait passer qu'en se baissant beaucoup. Mais, tout de suite après, nous nous trouvâmes sur un bel escalier, taillé dans le roc, éclairé par des lampes. Nous descendîmes plus de deux cents marches. Enfin, nous entrâmes dans une demeure souterraine, composée d'une quantité de salles et de chambres. Les pièces que l'on habitait étaient tapissées en liège, ce qui les garantissait de l'humidité. J'ai vu, depuis, à Cintra, près de Lisbonne, un couvent, taillé dans le roc, dont les cellules étaient ainsi tapissées, et que l'on appelle, à cause de cela, le couvent de liège. De plus, de bons feux, bien disposés, donnaient une température très agréable au souterrain de Zoto. Les chevaux qui servaient à sa cavalerie étaient dispersés dans les environs. Cependant, en un besoin, on pouvait aussi les retirer dans le sein de la terre, par une ouverture qui donnait sur un vallon voisin, et il y avait une machine faite exprès pour les hisser, mais on s'en servait rarement.

— Toutes ces merveilles, me dit Émina, sont l'ouvrage des Gomélez. Ils creusèrent ce rocher dans le temps qu'ils étaient les maîtres du pays, c'est-à-dire qu'ils achevèrent de le creuser, car les idolâtres, qui habitaient les Alpuharras à leur arrivée, en avaient déjà fort avancé le travail. Les savants prétendent qu'en ce lieu même étaient les mines d'or natif de la Bétique, et d'anciennes prophéties annoncent que toute la contrée doit retourner un jour au pouvoir des Gomélez. Qu'en dites-vous, Alphonse ? Ce serait un joli patrimoine.

Ce discours d'Émina me parut très déplacé. Je le lui témoignai, puis, changeant de propos, je lui demandai quels étaient ses projets pour l'avenir.

Émina me répondit qu'après ce qui s'était passé elles ne pouvaient plus rester en Espagne, mais qu'elles voulaient se reposer un peu jusqu'à ce que l'on eût préparé leur embarquement.

On nous donna un dîner très abondant, surtout en venaison, et beaucoup de confitures sèches. Les trois frères nous servaient avec le plus grand empressement. J'observai à mes cousines qu'il était impossible de trouver des pendus plus honnêtes. Émina en convint et, s'adressant à Zoto, elle lui dit :

— Vous et vos frères, vous devez avoir eu des aventures bien étranges ; vous nous feriez beaucoup de plaisir de nous les raconter.

Zoto, après s'être fait un peu presser, prit place auprès de nous et commença en ces termes.

— Je suis né dans la ville de Bénévent, capitale du duché de ce nom. Mon père, qui s'appelait Zoto comme moi, était un armurier, habile dans sa profession. Mais comme il y en avait deux autres dans la ville, qui avaient même plus de réputation, son état ne suffisait qu'à peine à l'entretenir avec sa femme et ses trois enfants, à savoir mes deux frères et moi.

» Trois ans après que mon père se fut marié, une sœur cadette de ma mère épousa un marchand d'huile, appelé Lunardo, qui lui donna pour présent de noces des boucles d'oreilles en or, avec une chaîne du même métal à mettre autour du cou. Ma mère, en revenant de la noce, parut plongée dans une sombre mélancolie. Son mari voulut en savoir le motif ; elle se défendit longtemps de le lui dire, enfin elle avoua qu'elle se mourait d'envie d'avoir des pendants d'oreilles et un collier comme sa sœur. Mon père ne répondit rien. Il avait un fusil de chasse du plus beau travail, avec les pistolets de même façon, ainsi que le couteau de chasse. Le fusil tirait quatre coups sans être rechargé. Mon père y avait travaillé quatre ans. Il l'estimait trois cents onces d'or de Naples. Il alla chez un amateur, vendit toute la garniture pour quatre-vingts onces. Puis il alla acheter des bijoux tels que sa femme en avait désiré et les lui apporta. Ma mère alla dès le même jour les montrer à la femme de Lunardo, et même ses boucles d'oreilles furent trouvées un peu plus riches que celles de sa sœur, ce qui lui fit un extrême plaisir.

» Mais, huit jours après, la femme de Lunardo vint chez ma mère pour lui rendre sa visite. Elle avait les cheveux tressés tournés en limaçon et rattachés par une aiguille d'or, dont la tête était une rose de filigrane, enrichie d'un petit rubis. Cette rose d'or enfonça une cruelle épine dans le cœur de ma mère. Elle retomba dans sa mélancolie et n'en sortit que lorsque mon père lui eut promis une aiguille pareille à celle de sa sœur. Cependant, comme mon père n'avait ni argent ni moyen de s'en procurer, et qu'une pareille aiguille coûtait quarante-cinq onces, il devint bientôt aussi mélancolique que ma mère l'avait été quelques jours auparavant.

» Sur ces entrefaites, mon père reçut la visite d'un brave du pays, appelé Grillo Monaldi, qui vint chez lui pour faire nettoyer ses pistolets. Monaldi, s'apercevant de la tristesse de mon père, lui en demanda la raison, et mon père ne la lui cacha point. Monaldi, après un moment de réflexion, lui parla en ces termes :

» — Monsieur Zoto, je vous suis plus redevable que vous ne le pensez. L'autre jour, on a, par hasard, trouvé mon poignard dans le corps d'un homme assassiné sur le chemin de Naples. La justice a fait porter ce poignard chez tous les armuriers, et vous avez généreusement attesté que vous ne le connaissiez point. Cependant, c'était une arme que vous aviez faite et vendue à moi-même. Si vous eussiez dit la vérité, vous pouviez me causer quelque embarras. Voici donc les quarante-cinq onces dont vous avez besoin, et, de plus, ma bourse vous sera toujours ouverte.

» Mon père accepta avec reconnaissance, alla acheter une aiguille d'or, enrichie d'un rubis, et la porta à ma mère, qui ne manqua pas, dès le jour même, de s'en parer aux yeux de son orgueilleuse sœur.

» Ma mère, de retour chez elle, ne douta point de revoir Mme Lunardo ornée de quelque nouveau bijou. Mais celle-ci formait bien d'autres projets. Elle voulait aller à l'église suivie d'un laquais de louage en livrée, et elle en avait fait la proposition à son mari. Lunardo, qui était très avare, avait bien consenti à faire l'acquisition de quelque morceau d'or qui, au fond, lui semblait aussi en sûreté sur la tête de sa femme que dans sa propre cassette. Mais il n'en fut pas de même lorsqu'on lui proposa de donner une once d'or à un drôle, seulement pour se tenir une demi-heure derrière le banc de sa femme. Cependant, les persécutions de Mme Lunardo furent si violentes et si souvent répétées, qu'il se détermina enfin à la suivre lui-même en habit de livrée. Mme Lunardo trouva que son mari était, pour cet emploi, aussi bon qu'un autre et, dès le dimanche suivant, elle voulut paraître à la paroisse suivie de ce laquais d'espèce nouvelle. Les voisins rirent un peu de cette mascarade, mais ma tante n'attribua leurs plaisanteries qu'à l'envie qui les dévorait.

» Lorsqu'elle fut proche de l'église, les mendiants firent une grande huée et lui crièrent dans leur jargon :

» — *Mira Lunardu che fa lu criadu de sua mugiera.*

» Cependant, comme les gueux ne poussent la hardiesse que jusqu'à un certain point, Mme Lunardo entra librement dans l'église, où on lui rendit toutes sortes d'honneurs. On lui présenta l'eau bénite et on la plaça dans un banc, tandis que ma mère était debout et confondue avec les femmes de la dernière classe du peuple.

» Ma mère, de retour au logis, prit aussitôt un habit bleu de mon père et se mit à en orner les manches d'un reste de bandoulière jaune qui avait appartenu à la giberne d'un miquelet. Mon père, surpris, demanda ce qu'elle faisait. Ma mère lui raconta toute l'histoire de sa sœur, et comme son mari avait eu la complaisance de la suivre en habit de livrée. Mon père l'assura qu'il n'aurait jamais cette complaisance. Mais, le dimanche suivant, il donna une once d'or à un laquais de louage, qui suivit ma mère à l'église, où elle joua un rôle encore plus beau que Mme Lunardo n'avait fait le dimanche précédent.

» Ce même jour, tout de suite après la messe, Monaldi vint chez mon père et lui tint ce discours :

» — Mon cher Zoto, je suis informé de la rivalité d'extravagances qui existe entre votre femme et sa sœur. Si vous n'y remédiez, vous serez malheureux toute votre vie. Vous n'avez donc que deux partis à prendre : l'un de corriger votre femme, l'autre d'embrasser un état qui vous mette à même de satisfaire son goût de la dépense. Si vous prenez le premier parti, je vous offre une baguette de coudrier, dont je me suis servi avec ma défunte femme tant qu'elle a vécu. On a d'autres baguettes de coudrier qu'on prend par les deux bouts, elles tournent dans la main et servent à découvrir les sources ou même les trésors. Cette baguette-ci n'a point les mêmes propriétés. Mais si vous la prenez par un bout et que vous appliquiez l'autre sur les épaules de votre épouse, je vous assure que vous la corrigerez aisément de tous ses caprices.

» Si, au contraire, vous prenez le parti de satisfaire à toutes les fantaisies de votre femme, je vous offre l'amitié des plus braves gens de toute l'Italie. Ils se rassemblent volontiers à Bénévent, parce que c'est une ville frontière. Je pense que vous m'entendez, ainsi faites vos réflexions.

» Après avoir ainsi parlé, Monaldi laissa sa baguette de coudrier sur l'établi de mon père et s'en alla.

» Pendant ce temps-là, ma mère était allée après la messe montrer son laquais de louage au Corso et chez quelques-unes de ses amies. Enfin, elle rentra toute triomphante, mais mon père la reçut tout autrement qu'elle ne s'y attendait. De sa main gauche, il saisit son bras gauche et, prenant la baguette de coudrier de la main droite, il commença de mettre à exécution les conseils de Monaldi. Sa femme s'évanouit. Mon père maudit la baguette, demanda pardon, l'obtint et la paix se trouva rétablie.

» Quelques jours après, mon père alla trouver Monaldi pour lui dire que le bois de coudrier n'avait point fait un bon effet, et qu'il se recommandait aux braves dont il lui avait parlé. Monaldi lui répondit :

» — Monsieur Zoto, il est assez surprenant que, n'ayant pas le cœur d'infliger la moindre punition à votre femme, vous ayez celui d'attendre les gens au coin d'un bois. Cependant tout cela est possible, et le cœur humain recèle bien d'autres contradictions. Je veux bien vous présenter à mes amis, mais il faut auparavant que vous ayez commis au moins un assassinat. Tous les soirs, lorsque vous aurez fini votre ouvrage, prenez une épée de longueur, mettez un poignard à votre ceinture, et promenez-vous d'un air un peu fier vers le portail de la Madone, peut-être quelqu'un viendra-t-il vous employer. Adieu. Puisse le ciel bénir vos entreprises.

» Mon père fit ce que Monaldi lui avait conseillé et, bientôt, il s'aperçut que divers cavaliers de sa trempe et les sbires le saluaient d'un air d'intelligence. Au bout de quinze jours de cet exercice, mon père fut, un soir, accosté par un homme bien mis, qui lui dit :

» — Monsieur Zoto, voici cent onces que je vous donne. Dans une demi-heure, vous verrez passer deux jeunes gens qui auront des plumes blanches à leurs chapeaux. Vous vous approcherez d'eux, avec l'air de vouloir leur faire une confidence et vous direz à mi-voix : « Qui de vous est le marquis Feltri ? » L'un d'eux dira : « C'est moi. » Vous lui donnerez un coup de poignard dans le cœur. L'autre jeune homme, qui est un lâche, s'enfuira. Alors vous achèverez Feltri. Lorsque le coup sera fait, n'allez pas vous réfugier dans une église. Retournez tranquillement chez vous, et je vous suivrai de près.

» Mon père suivit ponctuellement les instructions qu'on lui avait données et, lorsqu'il fut de retour chez lui, il vit arriver l'inconnu dont il avait servi le ressentiment. Celui-ci lui dit :

» — Monsieur Zoto, je suis très sensible à ce que vous avez fait pour moi. Voici encore une bourse de cent onces, que je vous prie d'accepter, et en voici encore une autre de même valeur que vous présenterez au premier homme de justice qui viendra chez vous.

» Après avoir ainsi parlé, l'inconnu se retira.

» Bientôt après, le chef des sbires se présenta chez mon père, qui lui donna aussitôt les cent onces destinées à la justice, et celui-ci invita mon père à venir faire chez lui un souper d'amis. Ils se rendirent à un logement adossé à la prison publique, et ils y trouvèrent pour convives le Barigel et le confesseur des prisonniers. Mon père était un peu ému, et ainsi qu'on l'est d'ordinaire après un premier assassinat. L'ecclésiastique remarquant son trouble lui dit :

» — Monsieur Zoto, point de tristesse. Les messes de la cathédrale sont à douze taris la pièce. On dit que le marquis Feltri a été assassiné. Faites dire une vingtaine de messes pour le repos de son âme, et l'on vous donnera par-dessus le marché une absolution générale.

» Après cela, il ne fut plus question de ce qui s'était passé, et le souper fut assez gai.

» Le lendemain, Monaldi vint chez mon père et lui fit compliment sur la manière dont il s'était montré. Mon père voulut lui rendre les quarante-cinq onces qu'il en avait reçues, mais Monaldi lui dit :

» — Zoto, vous offensez ma délicatesse Si vous me reparlez encore de cet argent, je croirai que vous me reprochez de n'en avoir pas fait assez. Ma bourse est à votre service et mon amitié vous est acquise. Je ne vous cacherai plus que je suis moi-même le chef de la troupe dont je vous ai parlé. Elle est composée de gens d'honneur et d'une exacte probité. Si vous voulez en être, dites que vous allez à Brescia pour y acheter des canons de fusils, et venez nous joindre à Capoue. Logez-vous à la *Croce d'oro*, et ne vous embarrassez pas du reste.

» Mon père partit au bout de trois jours et fit une campagne aussi honorable que lucrative.

» Quoique le climat de Bénévent soit très doux, mon père, qui n'était pas encore fait au métier, ne voulut pas travailler dans la mauvaise saison. Il passa son quartier d'hiver dans le sein de sa famille, et son épouse eut un laquais le dimanche, des agrafes d'or à son corset noir, et un crochet d'or où pendaient ses clefs.

» Vers le printemps, il arriva que mon père fut appelé dans la rue par un domestique inconnu, qui lui dit de le suivre à la porte de la ville. Là, il trouva un seigneur d'un certain âge et quatre hommes à cheval. Le seigneur lui dit :

» — Monsieur Zoto, voici une bourse de cinquante sequins. Je vous prie de vouloir bien me suivre dans un château voisin, et de permettre que l'on vous bande les yeux.

» Mon père consentit à tout et, après une assez longue traite et plusieurs détours, ils arrivèrent au château du vieux seigneur. On le fit monter et on lui ôta son bandeau. Alors il vit une femme masquée, attachée dans un fauteuil, et ayant un bâillon dans la bouche. Le vieux seigneur lui dit :

» — Monsieur Zoto, voici encore cent sequins. Ayez la complaisance de poignarder ma femme.

» Mais mon père répondit :

» — Monsieur, vous vous êtes mépris sur mon compte. J'attends les gens au coin d'une rue ou je les attaque dans un bois, ainsi qu'il convient à un homme d'honneur, mais je ne me charge point de l'office d'un bourreau.

» Après avoir ainsi parlé, mon père jeta les deux bourses aux pieds du vindicatif époux. Celui-ci n'insista pas davantage, fit encore bander les yeux à mon père, et ordonna à ses gens de le conduire aux portes de la ville. Cette action noble et généreuse fit beaucoup d'honneur à mon père, mais ensuite il en fit une autre, qui fut encore plus généralement approuvée.

» Il y avait, à Bénévent, deux hommes de qualité, dont l'un s'appelait le comte Montalto et l'autre le marquis Serra. Le comte Montalto fit appeler mon père et lui promit cinq cents sequins pour assassiner Serra. Mon père s'en chargea, mais il demanda du temps, parce qu'il savait que le marquis était fort sur ses gardes.

» Deux jours après, le marquis Serra fit appeler mon père, dans un lieu écarté, et lui dit :

» — Zoto, voici une bourse de cinq cents sequins. Elle est à vous, donnez-moi votre parole d'honneur de poignarder Montalto.

» Mon père prit la bourse et lui dit :

» — Monsieur le marquis, je vous donne ma parole d'honneur de tuer Montalto. Mais il faut que je vous avoue que je lui ai aussi donné parole de vous faire périr.

» Le marquis dit en riant :

» — J'espère bien que vous ne le ferez pas.

» Mon père répondit très sérieusement :

» — Pardonnez-moi, monsieur le marquis, je l'ai promis et je le ferai.

» Le marquis sauta en arrière et tira son épée. Mais mon père tira un pistolet de sa ceinture et cassa la tête au marquis. Ensuite il se rendit chez Montalto et lui annonça que son ennemi n'était plus. Le comte l'embrassa et lui remit les cinq cents sequins. Alors mon père avoua, d'un air un peu confus, que le marquis, avant de mourir, lui avait donné cinq cents sequins pour l'assassiner. Le comte dit qu'il était charmé d'avoir prévenu son ennemi.

» — Monsieur le comte, lui répondit mon père, cela ne vous servira de rien, car j'ai donné ma parole.

» En même temps, il lui donna un coup de poignard. Le comte, en tombant, poussa un cri qui attira ses domestiques. Mon père se débarrassa d'eux à coups de poignard et gagna les montagnes, où il trouva la troupe de Monaldi. Tous les braves qui la composaient vantèrent à l'envi un attachement aussi religieux à sa parole. Je vous assure que ce trait est encore, pour ainsi dire, dans la bouche de tout le monde et que, pendant longtemps, on en parlera dans Bénévent. »

Comme, Zoto en était à cet endroit de l'histoire de son père, un de ses frères vint lui dire qu'on demandait des ordres au sujet de l'embarquement. Il nous quitta donc, en nous demandant la permission de reprendre le lendemain le fil de son récit. Mais ce qu'il avait dit me donnait beaucoup à penser. Il n'avait cessé de vanter l'honneur, la délicatesse, l'exacte probité de gens à qui l'on aurait fait grâce de les pendre. L'abus de ces mots, dont il se servait avec tant de confiance, brouillait toutes mes idées.

Émina, s'apercevant de ma rêverie, m'en demanda le sujet. Je lui répondis que l'histoire du père de Zoto me rappelait ce que j'avais entendu dire, il y avait deux jours, à un certain ermite, à savoir qu'il y avait pour les vertus des bases plus sûres que le point d'honneur. Émina me répondit ;

— Mon cher Alphonse, respectez cet ermite, et croyez ce qu'il vous dit. Vous le retrouverez plus d'une fois dans le cours de votre vie.

Puis les deux sœurs se levèrent et se retirèrent avec les négresses dans l'intérieur de l'appartement, c'est-à-dire dans la partie du souterrain qui leur était destinée. Elles revinrent pour le souper, et puis chacun s'alla coucher.

Mais, lorsque tout fut tranquille dans la caverne, je vis entrer Émina, tenant, comme Psyché, une lampe d'une main et conduisant de l'autre sa petite sœur, qui était plus jolie que l'amour. Mon lit était fait de façon qu'elles purent s'y asseoir toutes les deux. Puis Émina me dit :

— Cher Alphonse, je t'ai dit que nous étions à toi. Que le grand cheik nous le pardonne si nous prévenons un peu sa permission.

Je lui répondis :

— Belle Émina, pardonnez-moi vous-même. Si c'est encore là une épreuve où vous mettiez ma vertu, j'ai peur qu'elle ne s'en tire pas trop bien.

— L'on y a pourvu, répondit la belle Africaine et, mettant ma main sur sa hanche, elle me fit sentir une ceinture, qui n'était point celle de Vénus, bien qu'elle tînt à l'art et au génie de l'époux de cette déesse. La ceinture était fermée par un cadenas dont la clef n'était pas au pouvoir de mes cousines, ou du moins elles me l'assurèrent.

Le centre de toute pruderie ainsi mis à couvert, l'on

ne songea point à m'en disputer les surfaces. Zibeddé se rappela le rôle d'amante qu'elle avait autrefois étudié avec sa sœur. Celle-ci voyait dans mes bras l'objet de ses feintes amours et livrait ses sens à cette douce contemplation. La cadette, souple, vive, brûlante, dévorait par le tact et pénétrait par ses caresses. Nos moments furent encore emplis par je ne sais quoi, — par des projets sur lesquels on ne s'expliquait pas, par tout ce doux babil de jeunes gens qui sont entre le souvenir récent et l'espoir d'un bonheur prochain.

Enfin le sommeil vint appesantir les belles paupières de mes cousines, et elles se retirèrent dans leur appartement. Lorsque je me trouvai seul, je pensai qu'il me serait bien désagréable de me réveiller encore sous le gibet. Je ne fis que rire de cette idée, mais néanmoins elle m'occupa jusqu'au moment où je m'endormis.

SIXIÈME JOURNÉE

Je fus réveillé par Zoto, qui me dit que j'avais dormi très longtemps et que le dîner était prêt. Je m'habillai à la hâte et j'allai trouver mes cousines, qui m'attendaient dans la salle à manger. Leurs yeux me caressaient encore, et elles semblaient occupées de la veille plus que du dîner qu'on leur servait. Lorsque l'on eut ôté la table, Zoto prit place auprès de nous et reprit en ces termes le récit de son histoire.

SUITE DE L'HISTOIRE DE ZOTO

— Lorsque mon père alla joindre la troupe de [Monaldil] [1], je pouvais avoir sept ans, et je me rappelle qu'on nous mena en prison, ma mère, mes deux frères et moi. Mais ce ne fut que pour la forme ; comme mon père n'avait pas oublié la part des gens de loi, ils furent aisément convaincus que nous n'avions aucune relation avec lui.

1. 1804 : *Zoto.*

» Le chef des sbires eut un soin tout particulier de nous pendant notre détention et, même, il en abrégea le terme. Ma mère, au sortir de la prison, fut très bien reçue par les voisines et tout le quartier, car, dans le midi de l'Italie, les bandits sont les héros du peuple, comme les contrebandiers le sont en Espagne. Nous avions notre part dans l'estime universelle et, moi en particulier, j'étais regardé comme le prince des polissons de notre rue.

» Vers ce temps, Monaldi fut tué dans une affaire, et mon père, qui prit le commandement de la troupe, voulut débuter par une action d'éclat. Il alla se poster sur le chemin de Salerne, pour y attendre une remise d'argent qu'envoyait le vice-roi de Sicile. L'entreprise réussit, mais mon père y fut blessé d'un coup de mousquet dans les reins, qui le rendit incapable de servir plus longtemps. Le moment où il prit congé de la troupe fut extraordinairement touchant. L'on assure même que plusieurs bandits y pleurèrent ; ce que j'aurais de la peine à croire, si moi-même je n'avais pleuré une fois en ma vie, et ce fut après avoir poignardé ma maîtresse, ainsi que je vous le dirai en son lieu.

» La troupe ne tarda pas à se dissoudre ; quelques-uns de nos braves allèrent se faire pendre en Toscane, les autres furent joindre Testa-Lunga, qui commençait à acquérir quelque réputation en Sicile. Mon père lui-même passa le détroit et se rendit à Messine, où il demanda un asile aux Augustins del Monte. Il mit son petit pécule entre les mains de ces pères, fit une pénitence publique, et s'établit sous le portail de leur église, où il menait une vie fort douce, ayant la liberté de se promener dans les jardins et les cours du couvent. Les moines lui donnaient la soupe, et il faisait chercher une couple de plats à une gargote voisine. Le frater de la maison pansait encore ses blessures par-dessus le marché.

» Je suppose qu'alors mon père nous faisait tenir de fortes remises, car l'abondance régnait dans notre maison. Ma mère prit part aux plaisirs du carnaval et, dans le carême, elle fit une crèche, ou *présépe*, représentée par des petites poupées, des châteaux de sucre et autres enfantillages de cette espèce, qui sont fort en vogue dans tout le royaume de Naples et forment un objet de luxe pour le bourgeois. Ma tante Lunardo eut aussi un *présépe*, mais il n'approchait pas du nôtre.

» Autant que je me rappelle ma mère, il me semble qu'elle était très bonne, et souvent nous l'avons vue pleurer sur les dangers auxquels s'exposait son époux, mais quelques triomphes remportés sur sa sœur ou sur ses voisines séchaient bien vite ses larmes. La satisfaction que lui donna sa belle crèche fut le dernier plaisir de ce genre qu'elle put goûter. Je ne sais comment elle gagna une pleurésie, dont elle mourut au bout de quelques jours.

» À sa mort, nous n'aurions su que devenir si le Barigel ne nous eût retirés chez lui. Nous y passâmes quelques jours, après quoi l'on nous remit à un muletier, qui nous fit traverser toute la Calabre et arriver le quatorzième jour à Messine. Mon père était déjà informé de la mort de son épouse. Il nous reçut avec beaucoup de tendresse, nous fit donner une natte auprès de la sienne, et nous présenta aux moines qui nous mirent au nombre des enfants de chœur. Nous servions la messe, nous mouchions les cierges, nous allumions les lampes et, à cela près, nous étions d'aussi fieffés polissons que nous l'avions été à Bénévent. Lorsque nous avions mangé la soupe des moines, mon père nous donnait un tari à chacun, dont nous achetions des châtaignes et des craquelins, après quoi nous allions jouer sur le port et ne revenions plus qu'à la nuit. Enfin nous étions d'heureux polissons, lorsqu'un événement, qu'aujourd'hui même je ne puis me rappeler sans un mouvement de rage, décida du sort de ma vie entière.

» Un certain dimanche, comme l'on allait chanter vêpres, je revins au portail de l'église, chargé de marrons que j'avais achetés pour mes frères et pour moi, et j'en faisais les dividendes lorsque je vis arriver une voiture superbe, attelée de six chevaux et précédée de deux chevaux de même couleur qui couraient en liberté, sorte de luxe que je n'ai vu qu'en Sicile. La voiture s'ouvrit et j'en vis sortir d'abord un gentilhomme *braciere*, qui donna le bras à une belle dame, ensuite un abbé et enfin un petit garçon de mon âge, d'une figure charmante et magnifiquement habillé à la hongroise, ainsi que l'on habillait les enfants assez communément. La petite hongreline était de velours bleu, brodée en or et garnie de zibelines ; elle lui descendait à la moitié des jambes et couvrait même une partie de ses bottines, qui étaient en maroquin jaune. Son bonnet, également garni de zibelines, était aussi en velours bleu et surmonté d'une houppe de perles qui tombait sur une épaule. Sa ceinture était en glands et cordons d'or, et son petit sabre enrichi de pierreries. Enfin, il avait à la main un livre de prières monté en or.

» Je fus si émerveillé de voir un si bel habit à un garçon de mon âge que, ne sachant trop ce que je faisais, j'allai à lui et lui offris deux châtaignes que j'avais à la main, mais l'indigne garnement, au lieu de répondre à la petite amitié que je lui faisais, me donna de son livre de prières par le nez, et cela de toute la force de son bras. J'eus l'œil gauche presque poché et, un fermoir du livre étant entré dans une de mes narines, la déchira de façon que je fus en un instant couvert de sang. Il me semble qu'alors j'entendis le petit seigneur pousser des cris affreux, mais j'avais, pour ainsi dire, perdu connaissance. Lorsque je la repris, je me trouvais près de la fontaine du jardin, entouré de mon père et de mes frères qui me lavaient le visage et cherchaient à arrêter l'hémorragie.

» Cependant, comme j'étais encore tout en sang, nous vîmes revenir le petit seigneur, suivi de son abbé, du gentilhomme *braciere* et de deux valets de pied, dont l'un portait un paquet de verges. Le gentilhomme expliqua en peu de mots que Mme la princesse de Rocca Fiorita exigeait que je fusse fouetté jusqu'au sang en réparation de la frayeur que je lui avais causée, ainsi qu'à son *Principino*, et, tout de suite, les valets de pied mirent la sentence à exécution. Mon père, qui craignait de perdre son asile, n'osa d'abord rien dire, mais, voyant que l'on me déchirait impitoyablement, il n'y put tenir et, s'adressant au gentilhomme, avec tout l'accent d'une fureur étouffée, il lui dit :

» — Faites finir ceci, ou rappelez-vous que j'en ai assassiné qui en valaient dix de votre sorte.

» Le gentilhomme, considérant que ces paroles renfermaient un grand sens, ordonna que l'on mît fin à mon supplice, mais, comme j'étais encore couché sur le ventre, le *Principino* s'approcha de moi et me donna un coup de pied dans le visage en me disant :

» — *Managia la tua facia de banditu.*

» Cette dernière insulte mit le comble à ma rage. Je puis dire que, depuis ce moment, je n'ai plus été enfant, ou du moins que je n'ai plus goûté les douces joies de cet âge et, longtemps après, je ne pouvais, de sang-froid, voir un homme richement habillé.

» Il faut que la vengeance soit le péché originel de notre pays, car, bien que je n'eusse alors que huit ans, la nuit comme le jour, je ne songeai plus qu'à punir le *Principino*. Je me réveillais en sursaut, rêvant que je le tenais aux cheveux et le rouais de coups, et, le jour, je pensais à lui faire du mal de loin, car je me doutais bien qu'on ne me laisserait pas approcher. De plus, je voulais m'enfuir après avoir fait le coup. Enfin, je me décidai à lui lancer une pierre dans le visage, sorte d'exercice que j'entendais déjà assez bien ; cependant, pour m'y entretenir, je choisis un but contre lequel je m'exerçais presque toute la journée.

» Une fois, mon père me demanda ce que je faisais. Je lui répondis que mon intention était d'écraser le visage du *Principino* et puis de m'enfuir et de me faire bandit. Mon père parut ne pas croire à ce que je disais, mais il me sourit d'une manière qui me confirma dans mon projet.

» Enfin arriva le dimanche qui devait être le jour de la vengeance. Le carrosse parut, l'on descendit. J'étais fort ému, cependant je me remis. Mon petit ennemi me démêla dans la foule et me tira la langue. Je tenais ma pierre, je la lançais et il tomba à la renverse.

» Aussitôt je me mis à courir et ne m'arrêtai qu'à l'autre bout de la ville. Là, je rencontrai un petit ramoneur de ma connaissance qui me demanda où j'allais. Je lui racontai mon histoire, et il me conduisit aussitôt à son maître. Celui-ci, qui manquait de garçons et ne savait où en prendre pour un métier aussi rude, me reçut avec plaisir. Il me dit que personne ne me reconnaîtrait lorsque j'aurais le visage barbouillé de suie, et que de grimper dans les cheminées était une science souvent très utile. En cela, il ne m'a point trompé. J'ai souvent dû la vie au talent que j'acquis alors.

» La poussière des cheminées et l'odeur de la suie m'incommodèrent d'abord, mais je m'y accoutumai, car j'étais dans l'âge où l'on se fait à tout. Il y avait environ six mois que j'exerçais ma profession lorsque m'arriva l'aventure que je vais rapporter.

» J'étais sur un toit et je prêtais l'oreille pour savoir par quel tuyau sortirait la voix du maître. Il me parut l'entendre crier dans la cheminée la plus voisine de moi. J'y descendis, mais je trouvai que, sous le toit, le tuyau se séparait en deux. Là, j'aurais dû appeler, mais je ne le fis point, et je me décidai étourdiment pour une des deux ouvertures. Je m'y laissai glisser et je me trouvai dans un beau salon, mais le premier objet que j'y aperçus fut mon *Principino*, en chemise et jouant au volant.

» Quoique ce petit sot eût sans doute vu d'autres ramoneurs, il s'avisa de me prendre pour le diable. Il se mit à genoux et me pria de ne point l'emporter et promettant d'être bien sage. Les protestations m'auraient peut-être touché, mais j'avais à la main mon petit balai de ramoneur et la tentation d'en faire usage était devenue trop forte ; de plus, je m'étais bien vengé du coup que le *Principino* m'avait donné avec son livre de prières, et en partie des coups de verges, mais j'avais encore sur le cœur le coup de pied qu'il m'avait donné au visage en me disant :

» — *Managia la tua facia de banditu.*

» Enfin, un Napolitain aime à se venger plutôt un peu plus qu'un peu moins.

» Je détachai donc une poignée de verges de mon balai. Puis je déchirai la chemise du *Principino* et, quand son dos fut à nu, je le déchirai aussi, ou du moins je l'accommodai assez mal, mais, ce qu'il y avait de plus singulier, c'est que la peur l'empêchait de crier.

» Lorsque je crus en avoir fait assez, je me débarbouillai le visage et lui dis :

» — *Ciucio maledetto io no zuno lu diavolu, io zuno lu piciolu banditu delli Augustini.*

» Alors le *Principino* retrouva l'usage de la voix et se mit à crier au secours, mais je n'attendis pas que l'on vînt, et je remontai par où j'étais descendu.

» Lorsque je fus sur le toit, j'entendis encore la voix du maître qui m'appelait, mais je ne jugeai pas à propos de répondre. Je me mis à courir de toit en toit, et j'arrivai à celui d'une écurie, devant laquelle était un chariot de foin. Je me jetai du toit sur le chariot et du chariot à terre. Puis j'arrivai tout courant au portail des Augustins, où je racontai à mon père tout ce qui venait de m'arriver. Mon père m'écouta avec beaucoup d'intérêt, puis il me dit :

» — *Zoto, Zoto ! Già vegio che tu sarai banditu.*

» Ensuite, se tournant vers un homme qui était à côté de lui, il lui dit :

» — *Padron Lettereo prendete lo chiutosto vui.*

» — *Lettereo* est un nom de baptême particulier à Messine. Il provient d'une lettre que la Vierge doit avoir écrite aux habitants de cette ville, et qu'elle doit avoir datée *l'an 1452 de la naissance de mon fils*. Les Messinois ont autant de dévotion à cette lettre que les Napolitains au sang de saint Janvier. Je vous fais ce détail, parce que, un an et demi après, j'ai fait à *la Madonna della lettera* une prière que j'ai cru être la dernière de ma vie.

» Or donc *Padron Lettereo* était capitaine d'une pinque armée, soi-disant pour la pêche du corail, mais, au fond, contrebandier et même forban, selon que l'occasion s'en présentait. Ce qui lui arrivait rarement, parce qu'il ne portait pas de canons et qu'il lui fallait surprendre des bâtiments en des plages désertes.

» L'on savait tout cela à Messine, mais Lettereo faisait la contrebande pour le compte des principaux marchands de la ville. Les commis de la douane y avaient leur part et, d'ailleurs, le patron passait pour être très libéral de *coltellade,* ce qui en imposait à ceux qui auraient voulu lui faire de la peine. Enfin, il avait une figure véritablement imposante, sa taille et sa carrure auraient déjà suffi à le faire remarquer, mais tout le reste de son extérieur y répondait si bien que les gens d'un caractère timide ne le voyaient point sans ressentir un mouvement de frayeur. Son visage, d'un brun déjà très foncé, était encore obscurci par un coup de poudre à canon qui lui avait laissé beaucoup de marques, et sa peau bise était chamarrée de divers dessins tout particuliers. Les matelots de la Méditerranée ont presque tous l'usage de se faire picoter sur les bras et la poitrine des chiffres, des profils de galères, des croix et autres ornements pareils. Mais Lettereo avait enchéri sur cet usage. Il avait gravé sur l'une de ses joues un crucifix, et, sur l'autre, une madone, desquelles images l'on ne voyait pourtant que le haut, car le bas en était caché dans une barbe épaisse que le rasoir ne touchait jamais et que les ciseaux seuls contenaient dans de certaines bornes. Ajoutez à cela des anneaux d'or aux oreilles, un bonnet rouge, une ceinture de même couleur, une veste sans manches, des culottes de matelot, les bras et les pieds nus et les poches pleines d'or. Tel était le Patron.

» L'on prétend que, dans sa jeunesse, il avait eu des bonnes fortunes du plus haut parage. Alors encore, il était la coqueluche des femmes de son état et la terreur de leurs époux.

» Enfin, pour achever de vous faire connaître Lettereo, je vous dirai qu'il avait été l'ami intime d'un homme d'un vrai mérite qui, depuis, a fait parler de lui sous le nom du capitaine Pepo. Ils avaient servi ensemble dans les corsaires de Malte. Ensuite Pepo était entré au service de son roi, tandis que Lettereo, à qui l'honneur était moins cher que l'argent, avait pris le parti de s'enrichir par toutes sortes de voies et, en même temps, il était devenu l'irréconciliable ennemi de son ancien camarade.

» Mon père qui, dans son asile, n'avait rien à faire qu'à panser sa blessure dont il n'espérait plus l'entière guérison, entrait volontiers en conversation avec les héros de son acabit. C'était là ce qui l'avait lié avec Lettereo et, en me recommandant à lui, il avait lieu d'espérer que je ne serais pas refusé. Il ne se trompa point. Lettereo fut même sensible à cette marque de confiance. Il promit à mon père que mon noviciat serait moins rude que ne l'est d'ordinaire celui d'un mousse de vaisseau, et il l'assura que, puisque j'avais été ramoneur, il ne me faudrait pas deux jours pour apprendre à monter dans les manœuvres.

» Pour moi, j'étais enchanté, car mon nouvel état me paraissait plus noble que de gratter les cheminées. J'embrassai mon père et mes frères et pris gaiement avec Lettereo le chemin de son navire. Lorsque nous fûmes à bord, le Patron rassembla son équipage, composé de vingt hommes dont les figures répondaient assez bien à la sienne. Il me présenta à ces messieurs et leur tint ce discours :

» — *Anime managie quista criadura e lu filiu de Zotu, se uno de vui a outri li mette la mano sopra io li mangio l'anima.*

» Cette recommandation eut tout l'effet qu'elle devait avoir. On voulut même que je mangeasse à la gamelle commune, mais, comme je vis deux mousses de mon âge qui servaient les matelots et mangeaient leurs restes, je fis comme eux. On me laissa faire et l'on m'en aima davantage. Mais, lorsque l'on vit ensuite comme je montais l'antenne, chacun s'empressa à me combler de témoignages d'estime. L'antenne tient lieu de la vergue dans les voiles latines, mais il est beaucoup moins dangereux de se tenir sur les vergues, car elles sont toujours dans une position horizontale.

» Nous mîmes à la voile et arrivâmes le troisième jour au détroit de Saint-Boniface, qui sépare la Sardaigne d'avec la Corse. Nous y trouvâmes plus de soixante barques, occupées de la pêche du corail. Nous nous mîmes aussi à pêcher, ou plutôt nous en faisions le semblant. Mais moi, en mon particulier, j'en tirai beaucoup d'instruction, car, en quatre jours, je nageais et plongeais comme le plus hardi de mes camarades.

» Au bout de huit jours, notre petite flottille fut dispersée par une grégalade — c'est le nom que, dans la Méditerranée, l'on donne à un coup de vent de nord-est. Chacun se sauva comme il put. Pour nous, nous arrivâmes à un ancrage connu sous le nom de la rade de Saint-Pierre. C'est une plage déserte, sur la côte de Sardaigne. Nous y trouvâmes une polacre vénitienne, qui semblait avoir beaucoup souffert de la tempête. Notre patron forma aussitôt des projets sur ce navire et jeta l'ancre tout proche de lui. Puis il mit une partie de son équipage à fond de cale, afin de paraître avoir peu de monde. Ce qui était presque une précaution superflue, car les bâtiments latins en ont toujours plus que les autres.

» Lettereo, ne cessant d'observer l'équipage vénitien, vit qu'il n'était composé que du capitaine, du contremaître, de six matelots et d'un mousse. Il observa de plus que la voile de hune était déchirée et qu'on la descendait pour la raccommoder, car les navires marchands n'ont pas de voiles de rechange. Muni de ces observations, il mit huit fusils et autant de sabres dans la chaloupe, couvrit le tout d'une toile goudronnée et se résolut à attendre le moment favorable.

» Lorsque le temps se fut remis au beau, les matelots ne manquèrent pas de monter sur le hunier pour déferler la voile, mais, comme ils ne s'y prenaient pas bien, le contremaître monta aussi et fut suivi du capitaine. Alors Lettereo fit mettre la chaloupe à la mer, s'y glissa avec sept matelots et aborda par l'arrière de la polacre. Le capitaine, qui était sur la vergue, leur cria :

» — *A larga ladron, a larga !*

» Mais Lettereo le coucha en joue, avec menace de tuer le premier qui voudrait descendre. Le capitaine, qui paraissait un homme déterminé, se jeta dans les haubans pour descendre. Lettereo le tira au vol. Il tomba dans la mer et on ne le revit plus. Les matelots demandèrent grâce. Lettereo laissa quatre hommes pour les tenir en arrêt, et, avec les trois autres, il se mit à parcourir l'intérieur du vaisseau. Dans la chambre du capitaine, il trouva un baril, de ceux où l'on met les olives, mais, comme il était un peu pesant et cerclé avec soin, il jugea qu'il y trouverait peut-être d'autres objets, il l'ouvrit et fut agréablement surpris d'y trouver plusieurs sacs d'or. Il n'en demanda pas davantage et sonna la retraite. Le détachement revint à bord, et nous mîmes à la voile. Comme nous rangions l'arrière du vénitien, nous lui criâmes encore, par raillerie :

» — *Viva San Marco !*

» Cinq jours après, nous arrivâmes à Livourne. Aussitôt, le Patron se rendit chez le consul de Naples, avec deux de ses gens, et y fit sa déclaration : « Comme quoi son équipage avait pris querelle avec celui d'une polacre vénitienne, et comme quoi le capitaine vénitien avait malheureusement été poussé par un matelot et était tombé dans la mer. » Une partie du baril d'olives fut employée à donner à ce récit l'air de la plus grande vraisemblance.

» Lettereo, qui avait un goût décidé pour la piraterie, aurait sans doute tenté d'autres entreprises de ce genre, mais on lui proposa, à Livourne, un nouveau commerce auquel il donna la préférence. Un Juif, appelé Nathan Levi, ayant observé que le pape et le roi de Naples gagnaient beaucoup sur leurs monnaies de cuivre, voulut aussi prendre part à ce gain. C'est pourquoi il fit fabriquer des monnaies pareilles dans une ville d'Angleterre appelée Birmingham. Lorsqu'il en eut une certaine quantité, il établit un de ses commis à la Flariola, hameau de pêcheurs situé sur la frontière des deux États, et Lettereo se chargea du soin d'y transporter et débarquer la marchandise.

» Le profit fut considérable et, pendant plus d'un an, nous ne fîmes qu'aller et venir, toujours chargés de nos monnaies romaines et napolitaines. Peut-être même eussions-nous pu continuer longtemps nos voyages, mais Lettereo, qui avait du génie pour les spéculations, proposa aussi au Juif de faire fabriquer des monnaies d'or et d'argent. Celui-ci suivit son conseil et établit à Livourne même une petite manufacture de sequins et de scudi. Notre profit excita la jalousie des puissances. Un jour que Lettereo était à Livourne, et prêt à mettre à la voile, on vint lui dire que le capitaine Pepo avait ordre du roi de Naples de l'enlever, mais qu'il ne pouvait se mettre en mer qu'à la fin du mois. Ce faux avis n'était qu'une ruse de Pepo, qui tenait déjà la mer depuis quatre jours. Lettereo en fut la dupe. Le vent était favorable, il crut pouvoir faire encore un voyage et mit à la voile.

» Le lendemain, à la pointe du jour, nous nous trouvâmes au milieu de l'escadrille de Pepo, composée de deux galiotes et de deux scampavies. Nous étions entourés, il n'y avait nul moyen d'échapper. Lettereo avait la mort dans les yeux. Il mit toutes les voiles dehors et gouverna sur la capitane. Pepo était sur le pont et donnait des ordres pour l'abordage. Lettereo prit un fusil, le coucha en joue et lui cassa un bras. Tout cela fut l'affaire de quelques secondes.

» Bientôt après, les quatre bâtiments mirent le cap sur nous, et nous entendions de tous côtés : « *Mayna Ladro, Mayna can Senzafede.* » Lettereo mit à l'orse, en sorte que notre bande rasait la surface de l'eau. Puis, s'adressant à l'équipage, il nous dit :

» — *Anime managie, io in galera non ci vado. Pregate per me la santissima Madonna della lettera.*

» Nous nous mîmes tous à genoux. Lettereo mit des boulets de canon dans sa poche. Nous crûmes qu'il voulait se jeter à la mer. Mais le malin pirate ne s'y prit pas ainsi. Il y avait un gros tonneau, plein de cuivre, amarré sur le vent. Lettereo s'arma d'une hache et coupa l'amarre. Aussitôt, le tonneau roula sur l'autre bande, et, comme nous penchions déjà beaucoup, il nous fit chavirer tout à fait. D'abord, nous autres qui étions à genoux, nous tombâmes tous sur les voiles et, lorsque le navire s'engouffra, celles-ci, par leur élasticité, nous rejetèrent heureusement à plusieurs toises de l'autre côté.

» Pepo nous repêcha tous, à l'exception du capitaine, d'un matelot et d'un mousse. À mesure que l'on nous tirait de l'eau, l'on nous garrottait et l'on nous jetait dans le gavon de la capitane. Quatre jours après, nous abordâmes à Messine. Pepo fit avertir la justice [qu'il avait] [1] à lui remettre des sujets dignes de son attention. Notre débarquement ne manque pas d'une certaine pompe. C'était précisément l'heure du Corso, où toute la noblesse se promène sur ce que l'on appelle la Marine. Nous marchions gravement, précédés et suivis par des sbires.

» Le *Principino* se trouva au nombre des spectateurs. Il me reconnut aussitôt qu'il m'eut aperçu et s'écria :

» — *Ecco lu piciolu banditu delli Augustini.*

» En même temps, il me sauta aux yeux, me saisit par les cheveux et m'égratigna le visage. Comme j'avais les mains liées derrière le dos, j'avais de la peine à me défendre.

» Cependant, me rappelant un tour que j'avais vu faire à Livourne à des matelots anglais, je débarrassai ma tête et j'en donnai un grand coup dans l'estomac du *Principino*. Il tomba à la renverse. Puis, se levant furieux, il tira un petit couteau de sa poche et voulut m'en frapper. Je l'évitai et, lui donnant un croc-en-jambe, je le fis tomber lui-même fort rudement, et même, en tombant, il se blessa avec le couteau qu'il tenait en main. La princesse, qui arriva sur ces entrefaites, voulut encore me faire battre par ses gens. Mais les sbires s'y opposèrent et nous conduisirent en prison.

» Le procès de notre équipage ne fut pas long ; ils furent condamnés à recevoir l'estrapade et puis à passer

1. 1804 : *que nous avions.*

le reste de leurs jours aux galères. Quant au mousse, qui était échappé, et à moi, nous fûmes relâchés comme n'ayant pas l'âge compétent. Dès que la liberté nous fut rendue, j'allai au couvent des Augustins. Mais je n'y trouvai plus mon père. Le frère portier me dit qu'il était mort et que mes frères étaient mousses sur un navire espagnol. Je demandai à parler au frère prieur. Je fus introduit et contai ma petite histoire, sans oublier le coup de tête et le croc-en-jambe donnés au *Principino*. Sa Révérence m'écouta avec beaucoup de bonté, puis elle me dit :

» — Mon enfant, votre père en mourant a laissé au couvent une somme considérable. C'était un bien mal acquis auquel vous n'avez aucun droit. Il est dans les mains de Dieu et doit être employé à l'entretien de ses serviteurs. Cependant nous avons osé en détourner quelques écus, que nous avons donnés au capitaine espagnol qui s'est chargé de vos frères. Quant à vous, on ne peut plus vous donner asile dans ce couvent, par égard pour Mme la princesse de Rocca Fiorita, notre illustre bienfaitrice. Mais, mon enfant, vous irez à la ferme que nous avons au pied de l'Etna, et vous y passerez doucement les années de votre enfance.

» Après m'avoir dit ces choses, le prieur appela un frère lai et lui donna des ordres relatifs à mon sort.

» Le lendemain, je partis avec le frère lai. Nous arrivâmes à la ferme, et je fus installé. De temps à autre, l'on m'envoyait à la ville pour des commissions qui avaient rapport à l'économie. Dans ces petits voyages, je fis tout mon possible pour éviter le *Principino*. Cependant, une fois que j'achetais des marrons dans la rue, il vint à passer, me reconnut et me fit rudement fustiger par ses laquais. Quelque temps après, je m'introduisis chez lui à la faveur d'un déguisement et, sans doute, il m'eût été facile de l'assassiner, et je me repens tous les jours de ne l'avoir point fait. Mais alors je n'étais point encore familiarisé avec les procédés de ce genre, et je me contentai de le maltraiter. Pendant les premières années de ma jeunesse, il ne s'est point passé six mois, ni même quatre, sans que j'eusse quelque rencontre avec ce maudit *Principino* qui, souvent, avait sur moi l'avantage du nombre. Enfin j'atteignis quinze ans, et j'étais alors un enfant pour l'âge et la raison, mais j'étais presque un homme pour la force et le courage, ce qui ne doit point surprendre si l'on considère que l'air de la mer et ensuite celui des montagnes avaient fortifié mon tempérament.

» J'avais donc quinze ans lorsque je vis pour la première fois le brave et digne Testa-Lunga, le plus honnête et vertueux bandit qu'il y ait eu en Sicile. Demain, si vous le permettez, je vous ferai connaître cet homme, dont la mémoire vivra éternellement dans mon cœur. Pour l'instant, je suis obligé de vous quitter, le gouvernement de ma caverne exige des soins attentifs auxquels je ne puis me refuser. »

Zoto nous quitta, et chacun de nous fit sur son récit des réflexions analogues à son propre caractère. J'avouai ne pouvoir refuser une sorte d'estime à des hommes aussi courageux que ceux qu'il me dépeignait. Émina soutenait que le courage ne mérite notre estime qu'autant qu'on l'emploie à faire respecter la vertu. Zibeddé dit qu'un petit bandit de seize ans pouvait bien inspirer de l'amour.

Nous soupâmes, et puis chacun fut se coucher. Les deux sœurs vinrent encore me surprendre. Émina me dit :

— Mon Alphonse, seriez-vous capable de nous faire un sacrifice ? Il s'agit de votre intérêt plus que du nôtre.

— Ma belle cousine, lui répondis-je, tous ces préambules ne sont point nécessaires. Dites-moi naturellement ce que vous désirez.

— Cher Alphonse, reprit Émina. Nous sommes choquées, glacées par ce joyau que vous portez au cou, et que vous appelez un morceau de la vraie croix.

— Oh ! pour ce joyau, dis-je aussitôt, ne me le demandez pas. J'ai promis à ma mère de ne le point quitter et je tiens toutes mes promesses. Ce ne serait pas à vous d'en douter.

Mes cousines ne répondirent pas, furent un peu boudeuses, se radoucirent, et la nuit se passa à peu près comme la précédente. C'est-à-dire que les ceintures ne furent point dérangées.

SEPTIÈME JOURNÉE

Le lendemain matin, je me réveillai de meilleure heure que la veille. J'allai voir mes cousines. Émina lisait le Coran, Zibeddé essayait des perles et des châles. J'interrompis ces graves occupations par de douces caresses, qui tenaient presque autant de l'amitié que de l'amour. Puis nous dînâmes. Après le dîner, Zoto vint reprendre le fil de son histoire, ce qu'il fit en ces termes.

SUITE DE L'HISTOIRE DE ZOTO

— J'avais promis de vous parler de Testa-Lunga. Je vais vous tenir parole. Mon ami était un paisible habitant de Val-Castera, petit bourg au pied de l'Etna. Il avait une femme charmante. Le jeune prince de Val-Castera, visitant un jour ses domaines, vit cette femme, qui était venue le complimenter, avec les autres femmes des notables. Le présomptueux jeune homme, loin d'être sensible à l'hommage que ses vassaux lui offraient par les mains de la beauté, ne fut occupé que des charmes de Mme Testa-Lunga. Il lui expliqua sans détour l'effet qu'elle faisait sur ses sens et mit la main dans son corset. Le mari se trouvait dans cet instant derrière sa femme. Il tira un couteau de sa poche et l'enfonça dans le cœur du jeune prince. Je crois qu'à sa place tout homme d'honneur en eût fait autant.

» Testa-Lunga, après avoir fait ce coup, se retira dans une église, où il resta jusqu'à la nuit. Mais, jugeant qu'il lui fallait prendre d'autres mesures pour l'avenir, il se résolut à joindre quelques bandits qui s'étaient depuis peu réfugiés sur les sommets de l'Etna. Il y alla, et les bandits le reconnurent pour leur chef.

» L'Etna avait alors vomi une prodigieuse quantité de lave, et ce fut au milieu des torrents enflammés que Testa-Lunga fortifia sa troupe, dans de ces repaires dont les chemins n'étaient connus que de lui. Lorsqu'il eut ainsi pourvu à sa sûreté, ce brave chef s'adressa au vice-roi et lui demanda sa grâce et celle de ses compagnons. Le gouvernement refusa, dans la crainte, à ce que j'imagine, de compromettre l'autorité. Alors Testa-Lunga entra en pourparlers avec les principaux fermiers des terres voisines. Il leur dit :

» — Volons en commun, je viendrai, et je demanderai, vous me donnerez ce que vous voudrez, et vous n'en serez pas moins à couvert devant vos maîtres.

» C'était toujours voler, mais Testa-Lunga partageait le tout entre ses compagnons et ne gardait pour lui que l'absolu nécessaire. Au contraire, s'il traversait un village, il faisait tout payer au double, si bien qu'il devint en peu de temps l'idole du peuple des Deux-Siciles.

» Je vous ai déjà dit que plusieurs bandits de la troupe de mon père avaient été joindre Testa-Lunga qui, pendant quelques années, se tint au midi de l'Etna, pour faire des courses dans le Val di Noto et le Val di Mazara.

Mais à l'époque dont je vous parle, c'est-à-dire lorsque j'eus atteint quinze ans, la troupe revint au Val Demoni, et un beau jour nous les vîmes arriver à la ferme des moines.

» Tout ce que vous pouvez imaginer de leste et de brillant n'approcherait pas encore des hommes de Testa-Lunga. Des habits de miquelets, les cheveux dans une résille de soie, une ceinture de pistolets et de poignards. Une épée de longueur, et un fusil de même, tel était à peu près leur équipage de guerre. Ils furent trois jours à manger nos poules et boire notre vin. Le quatrième, on vint leur annoncer qu'un détachement des dragons de Syracuse s'avançait, avec l'intention de les envelopper. Cette nouvelle les fit rire de tout leur cœur. Ils se mirent en embuscade dans un chemin creux, attaquèrent le détachement et le dispersèrent. Ils étaient un contre dix, mais chacun d'eux portait plus de dix bouches à feu, et toutes de la meilleure qualité.

» Après la victoire, les bandits revinrent à la ferme, et moi, qui de loin les avait vus combattre, j'en fus si enthousiasmé que je me jetai aux pieds du chef pour le conjurer de me recevoir dans sa troupe. Testa-Lunga demanda qui j'étais. Je répondis que j'étais le fils du bandit Zoto. À ce nom chéri, tous ceux qui avaient servi sous mon père poussèrent un cri de joie. Puis l'un d'eux, me prenant dans ses bras, me posa sur la table et dit :

» — Mes camarades, le lieutenant de Testa-Lunga a été tué dans le combat ; nous sommes embarrassés à le remplacer. Que le petit Zoto soit notre lieutenant. Ne voyez-vous pas que l'on donne des régiments aux fils des ducs et des princes ? Faisons pour le fils du brave Zoto ce que l'on fait pour eux. Je réponds qu'il se rendra digne de cet honneur.

» Ce discours mérita de grands applaudissements à l'orateur, et je fus proclamé à l'unanimité.

» Mon grade, d'abord, n'était qu'une plaisanterie, et chaque bandit éclatait de rire en m'appelant : « *Signor tenente* ». Mais il leur fallut changer le ton. Non seulement j'étais toujours le premier à l'attaque et le dernier à couvrir la retraite, mais aucun d'eux n'en savait autant que moi lorsqu'il s'agissait d'épier les mouvements de l'ennemi ou d'assurer le repos de la troupe. Tantôt je gravissais le sommet des rochers pour découvrir plus de pays et faire les signaux convenus, et tantôt je passais des journées entières tout au milieu des ennemis, ne descendant d'un arbre que pour grimper sur un autre. Souvent même, il m'est arrivé de passer les nuits sur les plus hauts châtaigniers de l'Etna. Et, lorsque je ne pouvais plus résister au sommeil, je m'attachais aux branches avec une courroie. Tout cela ne m'était pas bien difficile, puisque j'avais été mousse et ramoneur.

» J'en fis tant enfin que la sûreté commune me fut entièrement confiée. Testa-Lunga m'aimait comme son fils, mais, si je l'ose dire, j'acquis une renommée qui surpassait presque la sienne, et les exploits du petit Zoto devinrent en Sicile le sujet de tous les entretiens. Tant de gloire ne me rendit pas insensible aux douces distractions que m'inspirait mon âge. Je vous ai déjà dit que, chez nous, les bandits étaient les héros du peuple, et vous jugez bien que les bergères de l'Etna ne m'auraient pas disputé leur cœur, mais le mien était destiné à se rendre à des charmes plus délicats, et l'amour lui réservait une conquête plus flatteuse.

» J'étais lieutenant depuis deux ans, et j'en avais dix-sept finis lorsque notre troupe fut obligée de retourner vers le sud, parce qu'une nouvelle éruption de volcan avait détruit nos retraites ordinaires. Au bout de quatre jours, nous arrivâmes à un château, appelé Rocca-Fiorita, fief et manoir en chef du *Principino*, mon ennemi.

» Je ne pensais plus guère aux injures que j'en avais reçues, mais le nom du lieu me rendit toute ma rancune. Ceci ne doit point vous surprendre : dans nos climats, les cœurs sont implacables. Si le *Principino* eût été dans son château, je crois que je l'aurais mis à feu et à sang. Je me contentai d'y faire tout le dégât que je pus, et mes camarades, qui connaissaient mes motifs, me secondaient de leur mieux. Les domestiques du château, qui avaient d'abord voulu nous résister, ne résistèrent point au bon vin de leur maître, que nous répandions à grands flots. Ils furent des nôtres. Enfin, nous fîmes de Rocca-Fiorita un véritable pays de cocagne.

» Cette vie dura cinq jours. Le sixième, nos espions m'avertirent que nous allions être attaqués par tout le régiment de Syracuse, et que le *Principino* viendrait ensuite avec sa mère et plusieurs dames de Messine. Je fis retirer ma troupe, mais je fus curieux de rester, et je m'établis sur le sommet d'un chêne touffu qui était à l'extrémité du jardin. Cependant, j'avais eu la précaution de faire un trou dans la muraille du jardin pour faciliter mon évasion.

» Enfin je vis arriver le régiment, qui campa devant la porte du château, après avoir placé des postes tout autour. Puis arriva une file de litières, dans lesquelles étaient les dames, et dans la dernière était le *Principino* lui-même, couché sur une pile de coussins. Il descendit avec peine, soutenu par deux écuyers, se fit précéder par une compagnie de soldats, et lorsqu'il sut que personne de nous n'était resté dans le château, il y entra avec les dames et quelques gentilshommes de sa suite.

» Il y avait au pied de mon arbre une source d'eau fraîche, une table de marbre et des bancs. C'était la partie du jardin la plus ornée. Je supposai que la société ne tarderait pas à s'y rendre, et je me résolus [à] l'attendre pour la voir de plus près. Effectivement, au bout d'une demi-heure, je vis venir une jeune personne à peu près de mon âge. Les anges n'ont pas plus de beauté, et l'impression qu'elle fit sur moi fut si forte et si subite que je serais peut-être tombé du haut de mon arbre si je n'y eusse été attaché par ma ceinture, ce que je faisais quelquefois pour me reposer avec plus de sûreté.

» La jeune personne avait les yeux baissés et l'air de la mélancolie la plus profonde. Elle s'assit sur un banc, s'appuya sur la table de marbre et versa beaucoup de larmes. Sans trop savoir ce que je faisais, je me laissai couler en bas de mon arbre et me plaçai de manière que je pouvais la voir sans être moi-même aperçu. Alors je vis le *Principino* qui s'avançait, tenant un bouquet à la main. Il y avait près de trois ans que je ne l'avais vu. Il s'était formé. Sa figure était belle, pourtant assez fade.

» Lorsque la jeune personne le vit, sa physionomie exprima le mépris d'une manière dont je lui sus bon gré. Cependant le *Principino* l'aborda, d'un air content de lui-même, et lui dit :

» — Ma chère promise, voici un bouquet que je vous donnerai si vous me promettez de ne jamais plus me parler de ce petit gueux de Zoto.

» La demoiselle répondit :

» — Monsieur le prince, il me semble que vous avez tort de mettre des conditions à vos faveurs, et puis, quand je ne vous parlerais pas du charmant Zoto, toute la maison vous en entretiendrait. Votre nourrice elle-même ne vous a-t-elle pas dit qu'elle n'avait jamais vu un aussi joli garçon, et pourtant vous étiez là.

» Le *Principino*, fort piqué, répliqua :

» — Mademoiselle Sylvia, souvenez-vous que vous êtes ma promise.

» Sylvia ne répondit point et fondit en larmes.

» Alors le *Principino*, furieux, lui dit :

» — Méprisable créature, puisque tu es amoureuse d'un bandit, voilà ce que tu mérites.

» En même temps, il lui donna un soufflet.

» Alors la demoiselle s'écria :

» — Zoto, que n'es-tu ici pour punir ce lâche !

» Elle n'avait pas achevé ces mots que je parus et je dis au prince :

» — Tu dois me reconnaître. Je suis bandit et je pourrais t'assassiner. Mais je respecte Mademoiselle qui a daigné m'appeler à son secours, et je veux bien me battre à la manière de vous autres, nobles.

» J'avais sur moi deux poignards et quatre pistolets. J'en fis deux parts, je les mis à dix pas l'une de l'autre, et je laissai le choix au *Principino*. Mais le malheureux était tombé évanoui sur un banc :

Sylvia prit alors la parole et me dit :

» — Brave Zoto, je suis noble et pauvre. Je devais demain épouser le prince, ou bien être mise au couvent. Je ne ferai ni l'un ni l'autre. Je veux être à toi pour la vie.

» Et elle se jeta dans mes bras.

» Vous pensez bien que je ne me fis pas prier. Cependant, il fallait empêcher le prince de troubler notre retraite. Je pris un poignard et, me servant d'une pierre en guise de marteau, je lui clouai la main contre le banc sur lequel il était assis. Il poussa un cri et retomba évanoui. Nous sortîmes par le trou que j'avais fait dans le mur du jardin, et nous regagnâmes le sommet des monts.

» Mes camarades avaient tous des maîtresses ; ils furent charmés que j'en eusse fait une, et leurs belles jurèrent d'obéir en tout à la mienne.

» J'avais passé quatre mois avec Sylvia, lorsque je fus obligé de la quitter pour reconnaître les changements que la dernière éruption avait faits dans le nord. Je trouvai dans ce voyage à la nature des charmes qu'auparavant je n'avais pas aperçus. Je remarquai des gazons, des grottes, des ombrages, en des lieux où je n'aurais auparavant vu que des embuscades ou des postes de défense. Enfin Sylvia avait attendri mon cœur de brigand. Mais il ne tarda pas à reprendre toute sa férocité.

» Je reviens à mon voyage au nord de la montagne. Je m'exprime ainsi parce que les Siciliens, lorsqu'ils parlent de l'Etna, disent toujours « *Il monte* » — ou le mont par excellence. Je dirigeai d'abord ma marche sur ce que nous appelons la tour du Philosophe, mais je ne pus y parvenir. Un gouffre, qui s'était ouvert sur les flancs du volcan, avait vomi un torrent de lave qui, se divisant un peu au-dessus de la tour et se rejoignant un mille au-dessous, y formait une île tout à fait inabordable.

» Je sentis tout de suite l'importance de cette position, et, de plus, nous avions, dans la tour même, un dépôt de châtaignes que je ne voulais pas perdre. À force de chercher, je retrouvai un conduit souterrain où j'avais passé d'autres fois, et qui me conduisit jusqu'au pied, ou plutôt dans la tour elle-même. Aussitôt, je résolus de placer dans cette île tout notre peuple femelle. J'y fis construire des huttes de feuillage. J'en ornai une autant que je le pus. Puis je retournai au sud, d'où je ramenai toute la colonie, qui fut enchantée de son nouvel asile.

» À présent, lorsque je reporte ma mémoire au temps que j'ai passé dans cet heureux séjour, je l'y retrouve comme isolé, au milieu des cruelles agitations qui ont assailli ma vie. Nous étions séparés des hommes par des torrents de flammes. Celles de l'amour embrasaient nos sens. Tout y obéissait à mes ordres et tout était soumis à ma chère Sylvia. Enfin, pour mettre le comble à mon bonheur, mes deux frères me vinrent trouver. Tous les deux avaient eu des aventures intéressantes, et j'ose vous assurer que, si quelque jour vous voulez en entendre le récit, il vous donnera plus de satisfaction que celui que je vous fais.

» Il est peu d'hommes qui ne puissent compter de beaux jours, mais je ne sais s'il y en a qui peuvent compter de belles années. Mon bonheur à moi ne dura pas un an entier. Les braves de la troupe étaient très honnêtes entre eux. Nul n'aurait osé jeter les yeux sur la maîtresse de son camarade, et moins encore sur la mienne. La jalousie était donc bannie de notre île, ou plutôt elle n'en était qu'exilée pour un temps, car cette furie ne retrouve que trop aisément le chemin des lieux qu'habite l'amour.

» Un jeune bandit appelé Antonino devint amoureux de Sylvia et, sa passion étant très forte, il ne pouvait la cacher. Je l'apercevais moi-même, mais, le voyant fort triste, je jugeais que ma maîtresse n'y répondait pas et j'étais tranquille. Seulement, j'aurais voulu guérir Antonino, que j'aimais à cause de sa valeur. Il y avait dans la troupe un autre bandit appelé Moro, que je détestais, au contraire, à cause de sa lâcheté et, si Testa-Lunga m'en avait cru, il l'aurait dès longtemps chassé.

» Moro sut gagner la confiance du jeune Antonino, et lui promit de servir son amour. Il sut aussi se faire écouter de Sylvia et lui fit accroire que j'avais une maîtresse dans un village voisin. Sylvia craignit de s'expliquer avec moi. Elle eut un air contraint que j'attribuai à un changement dans le sentiment qu'elle me portait. En même temps, Antonino, instruit par Moro, redoubla d'assiduités auprès de Sylvia, et il prit un air de satisfaction qui me fit supposer qu'elle le rendait heureux.

» Je n'étais pas exercé à démêler des trames de ce genre. Je poignardai Sylvia et Antonino. Celui-ci, qui ne mourut pas sur-le-champ, me dévoila la trahison de Moro. J'allai chercher le scélérat, mon poignard sanglant à la main. Il en fut effrayé, tomba à genoux, et m'avoua [que] le prince de Rocca-Fiorita l'avait payé pour me faire périr ainsi que Sylvia, et qu'enfin il ne s'était joint à notre troupe que dans l'intention d'accomplir ce dessein. Je le poignardai. Puis j'allai à Messine, et m'étant introduit chez le prince à la faveur d'un déguisement je l'envoyai dans l'autre monde, joindre son confident et mes deux autres victimes. Telle fut la fin de mon bonheur, et même de ma gloire. Mon courage tourna en une entière indifférence pour la vie et, comme j'avais la même indifférence pour la sûreté de mes camarades, je perdis bientôt leur confiance. Enfin je puis vous assurer que, depuis lors, je suis devenu un brigand des plus ordinaires.

» Peu de temps après, Testa-Lunga mourut d'une pleurésie, et toute sa troupe se dispersa. Mes frères, qui connaissaient bien l'Espagne, me persuadèrent d'y aller. Je me mis à la tête de douze hommes. J'allai dans la baie de Taormine, et m'y tins caché pendant trois jours. Le quatrième, nous nous emparâmes d'un senau sur lequel nous arrivâmes aux côtes d'Andalousie.

» Quoiqu'il y ait en Espagne plusieurs chaînes de montagnes, qui pouvaient nous offrir des retraites avantageuses, je donnai la préférence à la Sierra Morena, et je n'eus point lieu de m'en repentir. J'enlevai deux convois de piastres, et fis d'autres coups importants.

» Enfin mes succès donnèrent de l'ombrage à la cour. Le gouverneur de Cadix eut ordre de nous avoir, morts ou vifs, et fit marcher plusieurs régiments. D'un autre côté, le grand cheik des Gomélez me proposa d'entrer à son service et m'offrit une retraite dans cette caverne. J'acceptai sans balancer.

» L'audience de Grenade ne voulut point en avoir le démenti. Voyant qu'on ne pouvait nous trouver, elle fit saisir deux pâtres de la vallée et les fit pendre sous le nom des deux frères de Zoto. Je connaissais ces deux hommes, et je sais qu'ils ont commis plusieurs meurtres. On dit pourtant qu'ils sont irrités d'avoir été pendus à notre place, et que, la nuit, ils se détachent du gibet pour commettre mille désordres. Je n'en ai pas été témoin et je ne sais que vous dire. Cependant, il est véritable qu'il m'est arrivé plusieurs fois de passer près du gibet pendant la nuit et lorsqu'il y avait clair de lune ; j'ai bien vu que les deux pendus n'y étaient point et, le matin, ils y étaient de nouveau.

» Voilà, mes chers maîtres, le récit que vous m'avez demandé. Je crois que mes deux frères, dont la vie n'a pas été aussi sauvage, auraient eu des choses plus intéressantes à vous dire, mais ils n'en auront pas le temps, car notre embarquement est prêt, et j'ai des ordres positifs pour qu'il ait lieu demain matin. »

Zoto se retira, et la belle Émina dit avec l'accent de la douleur :

— Cet homme avait bien raison, le temps du bonheur tient bien peu de place dans la vie humaine. Nous avons passé ici trois jours que nous ne retrouverons peut-être jamais.

Le souper ne fut point gai et je me hâtai de souhaiter le bonsoir à mes cousines. J'espérais les revoir dans ma chambre à coucher et réussir mieux à dissiper leur mélancolie.

Elles y vinrent aussi plus tôt que de coutume, et, pour comble de plaisir, elles avaient leurs ceintures dans leurs mains. Cet emblème n'était pas difficile à comprendre. Cependant Émina prit la peine de me l'expliquer. Elle me dit :

— Cher Alphonse, vous n'avez point mis de borne à votre dévouement pour nous, nous ne voulons point en mettre à notre reconnaissance. Peut-être allons-nous être séparés pour toujours. Ce serait, pour d'autres femmes, un motif d'être sévères, mais nous voulons vivre dans votre souvenir et, si les femmes que vous verrez à Madrid l'emportent sur nous pour les charmes de l'esprit et de la figure, elles n'auront du moins pas l'avantage de vous paraître plus tendres ou plus passionnées. Cependant, mon Alphonse, il faut encore que vous nous renouveliez le serment que vous avez déjà fait de ne point nous trahir, et jurez encore de ne pas croire le mal que l'on vous dira de nous.

Je ne pus m'empêcher de rire un peu de la dernière clause, mais je promis ce qu'on voulut et j'en fus récompensé par les plus douces caresses. Puis Émina me dit encore :

— Mon cher Alphonse, cette relique qui est à votre cou nous gêne. Ne pouvez-vous la quitter un instant ?

Je refusai, mais Zibeddé avait des ciseaux à la main, elle les passa derrière mon cou et coupa le ruban. Émina se saisit de la relique et la jeta dans une fente du rocher.

— Vous la reprendrez demain, me dit-elle. En attendant, mettez à votre cou cette tresse tissue de mes cheveux et de ceux de ma sœur, et le talisman qui y est attaché préserve aussi de l'inconstance, du moins si quelque chose peut en préserver les amants.

Puis Émina tira une épingle d'or qui retenait sa chevelure et s'en servit pour fermer exactement les rideaux de mon lit.

Je ferai comme elle, et je jetterai un rideau sur le reste de cette scène. Il suffira de savoir que mes charmantes amies devinrent mes épouses. Il est sans doute des cas où la violence ne peut sans crime répandre le sang innocent. Mais il en est d'autres où tant de cruauté sert l'innocence en la faisant paraître dans tout son jour. Ce fut aussi ce qui nous arriva, et j'en conclus que mes cousines n'avaient pas une part bien réelle à mes songes de la Venta Quemada.

Cependant nos sens se calmèrent, et nous étions assez tranquilles lorsqu'une cloche fatale vint à sonner minuit. Je ne pus me défendre d'un certain saisissement, et je dis à mes cousines que je craignais que nous ne fussions menacés de quelque événement sinistre ;

— Je le crains comme vous, dit Émina, et le danger en est prochain, mais écoutez bien ce que je vous dis : ne croyez pas le mal qu'on vous dira de nous. N'en croyez pas même à vos yeux.

En cet instant, les rideaux de mon lit s'ouvrirent avec fracas, et je vis un homme d'une taille majestueuse, habillé à la mauresque. Il tenait l'Alcoran d'une main et un sabre dans l'autre. Mes cousines se jetèrent à ses pieds et lui dirent :

— Puissant cheik des Gomélez, pardonnez-nous !

Le cheik répondit d'une voix terrible :

— *Adonde estan las fahhas ?* (Où sont vos ceintures ?)

Puis, se tournant vers moi, il me dit :

— Malheureux Nazaréen, tu as déshonoré le sang des Gomélez. Il faut te faire Mahométan ou mourir.

J'entendis un affreux hurlement, et j'aperçus le démoniaque Pascheco qui me faisait des signes dans le fond de la chambre. Mes cousines l'aperçurent aussi. Elles se levèrent avec fureur, saisirent Pascheco et l'entraînèrent hors de la chambre.

— Malheureux Nazaréen, reprit encore le cheik des Gomélez, avale d'un trait le breuvage contenu dans cette coupe, ou tu périras d'une mort honteuse, et ton corps, suspendu entre ceux des frères de Zoto, y sera la proie des vautours et le jouet des esprits des ténèbres, qui s'en serviront dans leurs infernales métamorphoses.

Il me parut qu'en pareille occasion l'honneur me commandait le suicide. Je m'écriai avec douleur :

— Oh ! mon père, à ma place, vous eussiez fait comme moi.

Puis je pris la coupe et la vidai d'un trait. Je sentis un malaise affreux et tombai sans connaissance.

HUITIÈME JOURNÉE

Puisque j'ai l'honneur de vous raconter mon histoire, vous jugez bien que je ne suis point mort du poison que j'avais cru prendre. Je tombai seulement en défaillance et j'ignore combien de temps j'y suis resté. Tout ce que j'en sais, c'est que je me suis réveillé sous le gibet de Los Hermanos et, pour cette fois, je me réveillai avec une sorte de plaisir, car au moins j'avais la satisfaction de voir que je n'étais point mort. Je ne me réveillai pas non plus entre les deux pendus : j'étais à leur gauche, et je vis à leur droite un autre homme que je pris aussi pour un pendu, parce qu'il paraissait sans vie et qu'il avait une corde au cou. Cependant, je reconnus qu'il dormait et je le réveillai. L'inconnu, voyant où il était, se mit à rire et dit :

— Il faut convenir que, dans l'étude de la cabale, on est sujet à de fâcheuses méprises. Les mauvais génies savent prendre tant de formes que l'on ne sait à qui l'on a affaire. Mais, ajouta-t-il, pourquoi ai-je une corde au cou ? Je croyais y avoir une tresse de cheveux.

Puis il m'aperçut et me dit :

— Ah ! vous, vous êtes bien jeune pour un cabaliste Mais vous avez aussi une corde au cou.

Effectivement, j'en avais une. Je me rappelai qu'Émina avait passé à mon cou une tresse tissue de ses cheveux et de ceux de sa sœur, et je ne savais qu'en penser.

Le cabaliste me fixa quelques instants, et puis il me dit :

— Non, vous n'êtes pas des nôtres. Vous vous appelez Alphonse, votre mère était une Gomélez ; vous êtes capitaine aux Gardes wallonnes, brave, mais encore un peu simple. N'importe, il faut sortir d'ici, et puis nous verrons ce qu'il y aura à faire.

La porte du gibet se trouvait ouverte. Nous en sortîmes, et je revis encore la vallée maudite de Los Hermanos. Le cabaliste me demanda où je voulais aller. Je lui répondis que j'étais décidé à suivre le chemin de Madrid.

— Bon, me dit-il, je vais aussi de ce côté-là, mais commençons d'abord par prendre quelque nourriture.

Il tira de sa poche une tasse de vermeil, un pot rempli d'une sorte d'opiat et un flacon de cristal qui contenait une liqueur jaunâtre. Il mit dans la tasse une cuillerée d'opiat, versa dedans quelques gouttes de liqueur et me dit d'avaler le tout. Je ne me le fis point répéter, car le besoin me faisait défaillir. L'élixir était merveilleux. Je m'en sentis tellement restauré que je n'hésitai point à me mettre en marche à pied, ce qui, sans cela, m'eût paru difficile.

Le soleil était déjà assez haut lorsque nous aperçûmes la malencontreuse Venta Quemada. Le cabaliste s'arrêta et dit :

— Voici un cabaret où l'on m'a joué cette nuit un tour bien cruel. Il faut pourtant que nous y entrions. J'y ai laissé de certaines provisions qui nous feront du bien.

Nous entrâmes en effet dans la désastreuse venta et nous trouvâmes dans la salle à manger une table couverte et garnie d'un pâté de perdrix et de deux bouteilles de vin. Le cabaliste paraissait avoir bon appétit, et son exemple m'encouragea, sans cela je ne sais si j'aurais pu prendre sur moi de manger, car tout ce que j'avais vu depuis quelques jours bouleversait tellement mes esprits que je ne savais plus ce que je faisais, et, si quelqu'un l'eût entrepris, il serait parvenu à me faire douter de ma propre existence.

Lorsque nous eûmes achevé de dîner, nous nous mîmes à parcourir les chambres et nous arrivâmes à celle où j'avais couché le jour de mon départ d'Anduhhar. Je reconnus mon malheureux grabat et, m'y étant assis, je me mis à réfléchir sur tout ce qui m'était arrivé, et surtout aux événements de la caverne. Je me rappelai qu'Émina m'avait averti de ne pas croire le mal qu'on me dirait d'elle.

J'étais occupé de ces réflexions, lorsque le cabaliste me fit remarquer quelque chose de brillant entre les ais mal joints du plancher. J'y regardai de plus près, et je vis que c'était la relique que les deux sœurs avaient ôtée de mon cou. J'avais vu qu'elles l'avaient jetée dans une fente du rocher de la caverne, et je la retrouvais dans une fente du plancher. Je me mis à imaginer que je n'étais réellement pas sorti de ce malheureux cabaret, et que l'ermite, l'inquisiteur et les frères de Zoto étaient autant de fantômes produits par des fascinations magiques. Cependant, à l'aide de mon épée, je retirai la relique et je la remis à mon cou.

Le cabaliste se prit à rire et me dit :

— Ceci vous appartient donc, Seigneur cavalier. Si vous avez couché ici, je ne suis point surpris que vous

vous soyez réveillé sous le gibet. N'importe, il faut nous remettre en marche, nous arriverons bien ce soir à l'ermitage.

Nous nous remîmes en route, et nous n'étions pas encore à moitié chemin lorsque nous rencontrâmes l'ermite, qui paraissait avoir bien de la peine à marcher. Du plus loin qu'il nous aperçut, il s'écria :

— Ah ! mon jeune ami, je vous cherchais, revenez à mon ermitage. Arrachez votre âme des griffes de Satan, mais soutenez-moi. J'ai fait pour vous de cruels efforts.

Nous nous reposâmes, et puis nous continuâmes à marcher, et le vieillard put nous suivre en s'appuyant tantôt sur l'un, tantôt sur l'autre. Enfin nous arrivâmes à l'ermitage.

La première chose que j'y vis fut Pascheco, étendu dans le milieu de la chambre. Il semblait à l'agonie ou, du moins, il avait la poitrine déchirée par ce râle affreux, dernier pronostic d'une mort prochaine. Je voulus lui parler, mais il ne me reconnut pas. L'ermite prit de l'eau bénite et en aspergea le démoniaque en lui disant :

— Pascheco, Pascheco, au nom de ton rédempteur, je t'ordonne de nous dire ce qui t'est arrivé cette nuit.

Pascheco frémit, fit entendre un long hurlement, et commença en ces termes.

RÉCIT DE PASCHECO

— Mon père, vous étiez dans la chapelle, et vous y chantiez des litanies, lorsque j'entendis frapper à cette porte et des bêlements qui ressemblaient parfaitement à ceux de notre chèvre blanche. Je crus donc que c'était elle, et je pensai qu'ayant oublié de la traire la pauvre bête venait me le rappeler. Je le crus d'autant plus aisément que la même chose était réellement arrivée quelques jours auparavant. Je sortis donc de votre cabane, et je vis effectivement votre chèvre blanche qui me tournait le dos et me montrait ses pis gonflés. Je voulus la saisir pour lui rendre le service qu'elle me demandait, mais elle s'échappa de mes mains et, toujours s'arrêtant et m'échappant toujours, elle me conduisit au bord du précipice qui est près de votre ermitage.

» Lorsque nous y fûmes arrivés, la chèvre blanche se changea en un bouc noir. Cette métamorphose me fit grand-peur et je voulus fuir du côté de notre demeure, mais le bouc noir me coupa le chemin, et puis, se dressant sur ses pieds de derrière et me regardant avec des yeux enflammés, il me causa une telle frayeur que mes sens en furent glacés.

» Alors le bouc maudit se mit à me donner des coups de corne, en me ramenant vers le précipice. Lorsque j'y fus, il s'arrêta pour jouir de mes mortelles angoisses. Enfin, il me précipita. Je me croyais en poudre, mais le bouc fut au fond du précipice avant moi et me reçut sur son dos sans que je me fisse du mal.

» De nouvelles frayeurs ne tardèrent pas à m'assaillir, car, dès que ce maudit bouc m'eut senti sur son dos, il se mit à galoper d'une étrange manière. Il ne faisait qu'un bond d'une montagne à l'autre, franchissant les plus profondes vallées comme si elles n'eussent été que des fossés. Enfin il se secoua, et je tombai je ne sais comment dans le fond d'une caverne. Là, je vis le jeune cavalier qui, ces jours derniers, a couché dans notre ermitage. Il était sur son lit et avait auprès de lui deux filles très belles, habillées à la mauresque. Ces deux jeunes personnes, après lui avoir fait quelques caresses, ôtèrent de son cou une relique qui y était et, dès ce moment, elles perdirent leur beauté à mes yeux, et je reconnus en elles les deux pendus de la vallée de Los Hermanos. Mais le jeune cavalier, les prenant toujours pour des personnes charmantes, leur prodigua les noms les plus tendres. Alors l'un des pendus ôta la corde qu'il avait à son cou et la mit au cou du cavalier, qui lui en témoigna sa reconnaissance par de nouvelles caresses. Enfin ils fermèrent leurs rideaux et je ne sais ce qu'ils firent alors, mais je pense que c'était quelque affreux péché.

» Je voulais crier, mais je ne pus proférer aucun son ; cela dura quelque temps. Enfin une cloche sonna minuit, et bientôt après je vis entrer un démon qui avait des cornes de feu et une queue enflammée que quelques petits diables portaient derrière lui.

» Ce démon tenait un livre dans une main et une fourche dans l'autre. Il menaça le cavalier de le tuer s'il n'embrassait pas la religion de Mahomet. Alors, voyant le danger où se trouvait l'âme d'un chrétien, je fis un effort, et il me semble que j'étais parvenu à me faire entendre. Mais, au même instant, les deux pendus sautèrent sur moi et m'entraînèrent hors de la caverne où je trouvai le bouc noir. L'un des deux pendus se mit à cheval sur le bouc, et l'autre sur mon cou, et puis ils nous forcèrent à galoper par monts et par vaux.

» Le pendu que je portais sur mon cou me pressait les flancs à coups de talons. Mais, trouvant que je n'allais pas encore à son gré, tout en courant, il ramassa deux scorpions, les attacha à ses pieds en manière d'éperons et se mit à me déchirer les côtes avec la plus étrange barbarie. Enfin nous arrivâmes à la porte de l'ermitage, où ils me quittèrent. Ce matin, mon père, vous m'y avez trouvé sans connaissance. Je me crus sauvé lorsque je me vis dans vos bras, mais le venin des scorpions a pénétré dans mon sang ; il me déchire les entrailles ; je n'y survivrai point. »

Ici le démoniaque poussa un affreux hurlement et se tut.

Alors l'ermite prit la parole et me dit :

— Mon fils, vous l'avez entendu. Se peut-il que vous ayez été en conjonction charnelle avec deux démons ? Venez, confessez-vous, avouez votre coulpe. La clémence divine est sans bornes. Vous ne répondez pas ? Seriez-vous tombé dans l'endurcissement ?

Après avoir donné quelques instants à la réflexion, je répondis :

— Mon père, ce gentilhomme démoniaque a vu d'autres choses que moi. L'un de nous a eu les yeux fascinés, et peut-être avons-nous mal vu tous les deux. Mais voici un gentilhomme cabaliste qui a aussi couché à la Venta Quemada. S'il veut nous conter son aventure, peut-être y trouverons-nous de nouvelles lumières sur la nature des événements qui nous occupent depuis quelques jours.

— Seigneur Alphonse, répondit le cabaliste, les gens qui, comme moi, s'occupent des sciences occultes, ne peuvent pas tout dire. Je tâcherai cependant de contenter votre curiosité, autant que cela sera en mon pouvoir, mais ce ne sera pas ce soir. S'il vous plaît, soupons et allons nous coucher ; demain, nos sens seront plus rassis.

L'anachorète nous servit un souper frugal, après lequel chacun ne songea plus qu'à se coucher. Le cabaliste prétendit avoir des raisons pour passer la nuit auprès du démoniaque, et je fus, comme l'autre fois, renvoyé à la chapelle. Mon lit de mousse y était encore. Je m'y couchai. L'ermite me souhaita le bonsoir et m'avertit que, pour plus de sûreté, il fermerait la porte en s'en allant.

Lorsque je me vis seul, je songeai au récit de Pascheco. Il était certain que je l'avais vu dans la caverne. Il l'était aussi que j'avais vu mes cousines sauter sur lui et l'entraîner hors de la chambre ; mais Émina m'avait averti de ne point mal penser d'elle ou de sa sœur. Enfin, les démons qui s'étaient emparés de Pascheco pouvaient aussi troubler ses sens, et l'assaillir de toutes sortes de visions. Enfin, je cherchais encore des motifs pour justifier et aimer mes cousines, lorsque j'entendis sonner minuit...

Bientôt après, j'entendis frapper à la porte et comme les bêlements d'une chèvre. Je pris mon épée, j'allai à la porte et je dis d'une voix forte :

— Si tu et le diable, tâche d'ouvrir cette porte, car l'ermite l'a fermée.

La chèvre se tut.

J'allai me coucher et dormis jusqu'au lendemain.

NEUVIÈME JOURNÉE

L'ermite vint m'éveiller, s'assit sur mon lit et me dit :

— Mon enfant, de nouvelles obsessions ont cette nuit assailli mon malheureux ermitage. Les solitaires de la Thébaïde n'ont pas été plus exposés à la malice de Satan. Je ne sais non plus que penser de l'homme qui est venu avec toi, et qui se dit cabaliste. Il a entrepris de guérir Pascheco, et lui a fait réellement beaucoup de bien, mais il ne s'est point servi des exorcismes prescrits par le rituel de notre sainte Église. Viens dans ma cabane, nous déjeunerons, et puis nous lui demanderons son histoire, qu'il nous a promise hier au soir.

Je me levai et suivis l'ermite. Je trouvai, en effet, que l'état de Pascheco était devenu plus supportable, et sa figure moins hideuse. Il était toujours borgne, mais sa langue était rentrée dans sa bouche. Il n'écumait plus, et son œil unique paraissait moins hagard. J'en fis compliment au cabaliste, qui me répondit que ce n'était là qu'un très faible échantillon de son savoir-faire. Ensuite, l'ermite apporta le déjeuner, qui consistait en lait bien chaud et châtaignes.

Tandis que nous déjeunions, nous vîmes entrer un

homme sec et hâve, dont toute la figure avait quelque chose d'effrayant, sans que l'on pût dire précisément ce que c'était en lui qui inspirait ainsi l'épouvante... L'inconnu se mit à genoux devant moi et ôta son chapeau. Alors je vis qu'il avait un bandeau sur le front. Il me présenta son chapeau de l'air dont on demande l'aumône. J'y jetai une pièce d'or. L'extraordinaire mendiant me remercia et ajouta :

— Seigneur Alphonse, votre bienfait ne sera pas perdu. Je vous avertis qu'une lettre importante vous attend à Puerto-Lapiche. N'entrez pas en Castille sans l'avoir lue.

Après m'avoir donné cet avis, l'inconnu se mit à genoux devant l'ermite, qui remplit son chapeau de châtaignes. Puis il se mit à genoux devant le cabaliste, mais, se relevant aussitôt, il lui dit :

— Je ne veux rien de toi. Si tu dis ici qui je suis, tu t'en repentiras.

Puis il sortit de la cabane.

Lorsque le mendiant fut sorti, le cabaliste se prit à rire et nous dit :

— Pour vous faire voir le peu de cas que je fais des menaces de cet homme, je vous dirai d'abord qui il est : c'est le Juif errant, dont peut-être vous avez entendu parier. Depuis environ mille sept cents ans, il ne s'est ni assis, ni couché, ni reposé, ni endormi. Tout en marchant, il mangera vos châtaignes et, d'ici à demain matin, il aura fait soixante lieues. Pour l'ordinaire, il parcourt en tous sens les vastes déserts de l'Afrique. Il s'y nourrit de fruits sauvages, et les animaux féroces ne peuvent lui faire de mal, à cause du signe sacré du Thau imprimé sur son front, et qu'il voile avec un bandeau, comme vous l'avez vu. Il ne paraît guère dans nos contrées, à moins d'y être forcé par les opérations de quelque cabaliste. Au reste, je vous assure que ce n'est pas moi qui l'ai fait venir, car je le déteste. Cependant je conviens qu'il est informé de beaucoup de choses, et je ne vous conseille point, seigneur Alphonse, de négliger l'avis qu'il vous a donné.

— Seigneur cabaliste, lui répondis-je, le Juif m'a dit qu'il y avait à Puerto-Lapiche une lettre pour moi. J'espère y être après-demain, et je ne manquerai pas de la demander.

— Il n'est pas nécessaire d'attendre si longtemps, reprit le cabaliste, et il faudrait que j'eusse bien peu de crédit dans le monde des génies pour ne pas vous faire avoir cette lettre plus tôt.

Alors il se retourna du côté de son épaule droite, et prononça quelques mots d'un ton impératif. Au bout de cinq minutes, nous vîmes tomber sur la table une grosse lettre à mon adresse. Je l'ouvris et j'y lus ce qui suit :

Seigneur Alphonse,

C'est de la part de notre roi Don Ferdinand quarto que je vous fais parvenir l'ordre de ne point entrer encore en Castille. N'attribuez cette rigueur qu'au malheur que vous avez eu de mécontenter le saint tribunal, chargé de conserver la pureté de la foi dans les Espagnes. Ne diminuez point de zèle pour le service du roi. Vous trouverez ci-joint un congé de trois mois. Passez ce temps sur les frontières de la Castille et de l'Andalousie, sans trop vous faire voir dans aucune de ces deux provinces. L'on a eu soin de tranquilliser votre respectable père, et de lui faire voir cette affaire sous un point de vue qui ne lui fasse pas trop de peine.

Votre affectionné,
DON SANCHE DE TOR DE PENNAS,
ministre de la Guerre.

Cette lettre était accompagnée d'un congé de trois mois en bonne forme et revêtu de tous les seings et cachets accoutumés.

Nous fîmes compliment au cabaliste sur la célérité de ses courriers. Puis nous le priâmes de tenir sa promesse et de nous conter ce qui lui était arrivé la nuit dernière à la Venta Quemada. Il nous répondit comme la veille qu'il y aurait bien des choses dans son récit que nous ne pourrions comprendre, mais, après avoir réfléchi un instant, il commença en ces termes.

HISTOIRE DU CABALISTE

— On m'appelle, en Espagne, Don Pedre de Uzeda, et c'est sous ce nom que je possède un joli château à une lieue d'ici. Mais mon véritable nom est Rabi Sadok Ben Mamoun, et je suis juif. Cet aveu est, en Espagne, un peu dangereux à faire, mais outre que je m'en fie à votre probité, je vous avertis qu'il ne serait pas très aisé de me nuire. L'influence des astres sur ma destinée commença à se manifester dès l'instant de ma naissance, et mon père, qui tira mon horoscope, fut comblé de joie lorsqu'il vit que j'étais venu au monde précisément à l'entrée du soleil dans le signe de la Vierge. Il avait, à la vérité, employé tout son art pour que cela arrivât ainsi, mais il n'avait pas espéré autant de précision dans le succès. Je n'ai pas besoin de vous dire que mon père, Mamoun, était le premier astrologue de son temps. Mais la science des constellations était une des moindres qu'il possédât, car il avait poussé celle de la cabale jusqu'à un degré où nul rabbin n'était parvenu avant lui.

» Quatre ans après que je fus venu au monde, mon

père eut une fille, qui naquit sous le signe des Gémeaux. Malgré cette différence, notre éducation fut la même. Je n'avais pas encore atteint douze ans et ma sœur huit, que nous savions déjà l'hébreu, le chaldéen, le syro-chaldéen, le samaritain, le copte, l'abyssin et plusieurs autres langues mortes ou mourantes. De plus, nous pouvions, sans le secours d'un crayon, combiner toutes les lettres d'un mot de toutes les manières indiquées par les règles de la cabale.

» Ce fut aussi à la fin de ma douzième année que l'on nous boucla tous les deux, avec beaucoup d'exactitude, et pour que rien ne démentît la pruderie du signe sous lequel j'étais né l'on ne nous donna à manger que des animaux vierges, avec l'attention de ne me faire manger que des mâles et des femelles à ma sœur.

» Lorsque j'eus atteint l'âge de seize ans, mon père commença à nous initier aux mystères de la cabale Séfiroth. D'abord il mit entre nos mains le *Sepher Zoohâr,* ou livre lumineux, appelé ainsi parce que l'on n'y comprend rien du tout, tant la clarté qu'il répand éblouit les yeux de l'entendement. Ensuite nous étudiâmes le *Siphra Dzaniutha,* ou livre occulte, dont le passage le plus clair peut passer pour une énigme. Enfin nous en vînmes au *Hadra Raba* et *Hadra Sutha,* c'est-à-dire au grand et petit Sanhedrin. Ce sont des dialogues dans lesquels Rabbi-Siméon, fils de Johaï, auteur des deux autres ouvrages, rabaissant son style à celui de la conversation, feint d'instruire ses amis des choses les plus simples, et leur révèle cependant les plus étonnants mystères, ou plutôt toutes ces révélations nous viennent directement du prophète Élie, lequel furtivement quitta le séjour céleste et assista à cette assemblée sous le nom du Rabbin Abba. Peut-être vous imaginez-vous, vous autres, avoir acquis quelque idée de tous ces divins écrits par la traduction latine que l'on a imprimée avec l'original chaldéen en l'année 1684, dans une petite ville de l'Allemagne appelée Francfort ? Mais nous nous rions de la présomption de ceux qui imaginent que, pour lire, il suffise de l'organe matériel de la vue. Cela pourrait suffire, en effet, pour de certaines langues modernes, mais dans l'hébreu, chaque lettre est un nombre, chaque mot une combinaison savante, chaque phrase une formule épouvantable qui, bien prononcée, avec toutes les aspirations, les accents convenables, pourrait abîmer les monts et dessécher les fleuves. Vous savez assez qu'Adunaï créa le monde par la parole, ensuite il se fit parole lui-même. La parole frappe l'air et l'esprit, elle agit sur les sens et sur l'âme. Quoique profane, vous pouvez aisément en conclure qu'elle doit être le véritable intermédiaire entre la matière et les intelligences de tous les ordres. Tout ce que je puis vous en dire, c'est que tous les jours nous acquérions non seulement de nouvelles connaissances, mais un pouvoir nouveau et, si nous n'osions pas en faire usage, au moins nous avions le plaisir de sentir nos forces et d'en avoir la conviction intérieure. Mais nos félicités cabalistiques furent bientôt interrompues par le plus funeste de tous les événements.

» Tous les jours, nous remarquions, ma sœur et moi, que notre père Mamoun perdait de ses forces. Il semblait un esprit pur, qui aurait revêtu une forme humaine seulement pour être perceptible aux sens grossiers des êtres sublunaires. Un jour, enfin, il nous fit appeler dans son cabinet. Son air était si vénérable et divin que, par un mouvement involontaire, nous nous mîmes tous deux à genoux. Il nous y laissa et, nous montrant une horloge de sable, il nous dit :

» — Avant que ce sable se soit écoulé, je ne serai plus. Ne perdez aucune de mes paroles. Mon fils, je m'adresse d'abord à vous ; je vous ai destiné des épouses célestes, filles de Salomon et de la reine de Saba. Leur naissance ne les destinait qu'à être de simples mortelles. Mais Salomon avait révélé à la reine le grand nom de celui qui est. La reine le proféra à l'instant même de ses couches. Les génies du grand orient accoururent et reçurent les deux jumelles, avant qu'elles eussent touché le séjour impur que l'on nomme terre. Ils les portèrent dans la sphère des filles d'Élohim, où elles reçurent le don de l'immortalité, avec le pouvoir de le communiquer à celui qu'elles choisiraient pour leur époux commun. Ce sont ces deux épouses ineffables que leur père a eues en vue dans son *Schir haschirim*, ou Cantique des cantiques. Étudiez ce divin Épithalame de neuf en neuf versets. Pour vous, ma fille, je vous destine un hymen encore plus beau. Les deux Thamims, ceux que les Grecs ont connus sous le nom de Dioscures, les Phéniciens sous celui de Kabires ; en un mot, les Gémeaux célestes. Ils seront vos époux — que dis-je ? votre cœur sensible, je crains qu'un mortel... — Le sable s'écoule. Je meurs.

» Après ces mots, mon père s'évanouit, et nous ne trouvâmes à la place où il avait été qu'un peu de cendres brillantes et légères. Je recueillis ces restes précieux. Je les enfermai dans une urne et je les plaçai dans le tabernacle intérieur de notre maison, sous les ailes des chérubins.

» Vous jugez bien que l'espoir de jouir de l'immortalité et de posséder deux épouses célestes me donna une nouvelle ardeur pour les sciences cabalistiques, mais je fus des années avant que d'oser m'élever à une telle hauteur, et je me contentai de soumettre à mes conjurations quelques génies du dix-huitième ordre. Cependant, m'enhardissant peu à peu, j'essayai l'année passée un travail sur les premiers versets du *Schir haschirim*. À peine en avais-je composé une ligne qu'un bruit affreux se fit entendre, et mon château sembla s'écrouler sur ses fondements. Tout cela ne m'effraya point ; au contraire, j'en conclus que mon opération était bien faite. Je passai à la seconde ligne ; lorsqu'elle fut achevée, une lampe que j'avais sur ma table sauta sur le parquet, y fit quelques bonds et alla se placer devant un grand miroir qui était au fond de ma chambre. Je regardai dans le miroir et je vis le bout de deux pieds de femme très jolis. Puis deux autres petits pieds. J'osai me flatter que ces pieds charmants appartenaient aux célestes filles de Salomon, mais je ne crus pas devoir pousser plus loin mes opérations.

» Je les repris la nuit suivante, et je vis les quatre petits pieds jusqu'à la cheville. Puis, la nuit d'après, je vis les jambes jusqu'aux genoux, mais le soleil sortit du signe de la Vierge, et je fus obligé de discontinuer.

» Lorsque le soleil fut entré dans le signe des Gémeaux, ma sœur fit des opérations semblables aux miennes et eut une vision non moins extraordinaire, que je ne vous dirai point pour la raison qu'elle ne fait rien à mon histoire.

» Cette année-ci, je me préparais à recommencer, lorsque j'appris qu'un fameux adepte devait passer par Cordoue. Une discussion que j'eus à son sujet avec ma sœur m'engagea à l'aller voir à son passage. Je partis un peu tard et n'arrivai ce jour-là qu'à la Venta Quemada. Je trouvai ce cabaret abandonné par la peur des revenants, mais, comme je ne les crains pas, je m'établis dans la chambre à manger, et j'ordonnai au petit Nemraël de m'apporter à souper. Ce Nemraël est un petit génie d'une nature très abjecte, que j'emploie à des commissions pareilles, et c'est lui qui est allé chercher votre lettre à Puerto-Lapiche. Il alla à Anduhhar, où couchait un prieur de bénédictins, s'empara sans façons de son souper, et me l'apporta. Il consistait dans ce pâté de perdrix que vous avez trouvé le lendemain matin. Quant à moi, j'étais fatigué et j'y touchai à peine. Je renvoyai Nemraël chez ma sœur, et j'allai me coucher.

» Au milieu de la nuit, je fus réveillé par une cloche qui sonna douze coups. Après ce prélude, je m'attendais à voir quelque revenant, et je me préparais même à l'écarter, parce que en général ils sont incommodes et fâcheux. J'étais dans ces dispositions, lorsque je vis une forte clarté sur une table qui était au milieu de la chambre, et puis il y parut un petit rabbin bleu de ciel, qui s'agitait devant un pupitre comme les rabbins font quand ils prient. Il n'avait pas plus d'un pied de haut, et non seulement son habit était bleu, mais même son visage, sa barbe, son pupitre et son livre. Je reconnus bientôt que ce n'était pas là un revenant, mais un génie du vingt-septième ordre. Je ne savais pas son nom, et je ne le connaissais pas du tout. Cependant je me servis d'une formule qui a quelque pouvoir sur tous les esprits en général. Alors le petit rabbin bleu de ciel se tourna de mon côté et me dit :

» — Tu as commencé tes opérations à rebours, et voilà pourquoi les filles de Salomon se sont montrées à toi les pieds les premiers. Commence par les derniers versets, et cherche d'abord le nom des deux beautés célestes.

» Après avoir ainsi parlé, le petit rabbin disparut. Ce qu'il m'avait dit était contre toutes les règles de la cabale. Cependant j'eus la faiblesse de suivre son avis. Je me mis après le dernier verset du *Shir haschirim*, et, cherchant les noms des deux immortelles, je trouvai Émina et Zibeddé. J'en fus très surpris, cependant je commençai les évocations. Alors la terre s'agita sous mes pieds d'une façon épouvantable ; je crus voir les cieux s'écrouler sur ma tête, et je tombai sans connaissance.

» Lorsque je revins à moi, je me trouvai dans un séjour tout éclatant de lumière, dans les bras de quelques jeunes gens plus beaux que des anges. L'un d'eux me dit :

» — Fils d'Adam, reprends tes esprits. Tu es ici dans la demeure de ceux qui ne sont point morts. Nous sommes gouvernés par le patriarche Henoch, qui a marché devant Élohim, et qui a été enlevé de dessus la terre. Le prophète Élie est notre grand prêtre, et son chariot sera toujours à ton service, quand tu voudras te promener dans quelque planète. Quant à nous, nous sommes des Egrégors, nés du commerce des fils d'Élohim avec les filles des hommes. Tu verras aussi parmi nous quelques Nephelims, mais en petit nombre. Viens, nous allons te présenter à notre souverain.

» Je les suivis et j'arrivai au pied du trône sur lequel siégeait Henoch ; je ne pus jamais soutenir le feu qui sortait de ses yeux, et je n'osais élever les miens plus haut que sa barbe, qui ressemblait assez à cette lumière pâle que nous voyons autour de la lune dans les nuits humides. Je craignis que mon oreille ne pût soutenir le son de sa voix, mais sa voix était plus douce que celle des orgues célestes. Cependant, il l'adoucit encore pour me dire :

» — Fils d'Adam, l'on va t'amener tes épouses.

» Aussitôt je vis entrer le prophète Élie, tenant les mains de deux beautés dont les appas ne sauraient être conçus par les mortels. C'étaient des charmes si délicats que leurs âmes se voyaient à travers, et l'on apercevait distinctement le feu des passions, lorsqu'il se glissait dans leurs veines et se mêlait à leur sang. Derrière elles, deux Nephelims portaient un trépied, d'un métal aussi supérieur à l'or que celui-ci est plus précieux que le plomb. On plaça mes deux mains dans celles des filles de Salomon, et l'on mit à mon cou une tresse tissue de leurs cheveux. Une flamme vive et pure sortant alors du trépied consuma en un instant tout ce que j'avais de mortel. Nous fûmes conduits à une couche resplendissante de gloire et embrasée d'amour. On ouvrit une grande fenêtre qui communiquait avec le troisième ciel, et les concerts des anges achevèrent de mettre le comble à mon ravissement... Mais, vous le dirai-je, le lendemain, je me réveillai sous le gibet de Los Hermanos, et couché auprès de leurs deux infâmes cadavres, aussi bien que le cavalier que voilà. J'en conclus que j'ai eu affaire à des esprits très malins et dont la nature ne m'est pas bien connue. Je crains même beaucoup que toute cette aventure ne me nuise auprès des véritables filles de Salomon, dont je n'ai vu que le bout des pieds.

— Malheureux aveugle, dit l'ermite, et que regrettes-tu ? Tout n'est qu'illusion dans ton art funeste. Les maudits succubes qui t'ont joué ont fait éprouver les plus affreux tourments à l'infortuné Pascheco, et sans doute un sort pareil attend ce jeune cavalier, qui, par un endurcissement funeste, ne veut point nous avouer ses fautes. Alphonse, mon fils Alphonse, repens-toi, il en est encore temps.

Cette obstination de l'ermite à me demander des aveux que je ne voulais point lui faire, me déplut beaucoup. J'y répondis assez froidement en lui disant que je respectais ses saintes exhortations, mais que je ne me conduisais que par les lois de l'honneur. Ensuite, on parla d'autre chose.

Le cabaliste me dit :

— Seigneur Alphonse, puisque vous êtes poursuivi par l'Inquisition et que le roi vous ordonne de passer trois mois dans ce désert, je vous offre mon château, vous y verrez ma sœur Rébecca, qui est presque aussi belle que savante. Oui, venez, vous descendez des Gomélez, et ce sang a droit de nous intéresser.

Je regardai l'ermite pour lire dans ses yeux ce qu'il pensait de cette proposition. Le cabaliste parut deviner ma pensée et, s'adressant à l'ermite, il lui dit :

— Mon père, je vous connais plus que vous ne pensez. Vous pouvez beaucoup par la foi. Mes voies ne sont pas aussi saintes, mais elles ne sont pas diaboliques. Venez aussi chez moi avec Pascheco, dont j'achèverai la guérison.

L'ermite, avant de répondre, se mit en prière, puis, après un instant de méditation, il vint à nous d'un air riant et dit qu'il était prêt à nous suivre. Le cabaliste se tourna du côté de son épaule droite et ordonna qu'on lui amenât des chevaux. Un instant après, on en vit deux à la porte de l'ermitage, avec deux mules sur lesquelles se mirent l'ermite et le possédé. Bien que le château fût à une journée, à ce que nous avait dit Ben Mamoun, nous y fûmes en moins d'une heure.

Pendant le voyage, Ben Mamoun m'avait beaucoup parlé de sa savante sœur, et je m'attendais à voir une Médée à la noire chevelure, une baguette à la main, et marmottant quelques mots de grimoire, mais cette idée était tout à fait fausse. L'aimable Rébecca qui nous reçut à la porte du château était la plus aimable et touchante blonde qu'il soit possible d'imaginer ; ses beaux cheveux dorés tombaient sans art sur ses épaules. Une robe blanche la couvrait négligemment, mais elle était fermée par des agrafes d'un prix inestimable. Son extérieur annonçait une personne qui ne s'occupait jamais de sa parure, mais en s'en occupant davantage il eût été difficile de mieux réussir.

Rébecca sauta au cou de son frère et lui dit :

— Combien vous m'avez inquiétée ! J'ai toujours eu de vos nouvelles, hors la première nuit. Que vous était-il donc arrivé ?

— Je vous conterai tout cela, répondit Ben Mamoun. Pour le moment, ne songez qu'à bien recevoir les hôtes que je vous amène : celui-ci est l'ermite de la vallée, et ce jeune homme est un Gomélez.

Rébecca regarda l'ermite avec assez d'indifférence, mais lorsqu'elle eut jeté les yeux sur moi elle parut rougir et dit d'un air assez triste :

— J'espère pour votre bonheur que vous n'êtes pas des nôtres.

Nous entrâmes, et le pont-levis fut aussitôt fermé sur nous. Le château était assez vaste, et tout y paraissait dans le plus grand ordre. Cependant nous n'y vîmes que deux domestiques, à savoir un jeune mulâtre et une mulâtresse du même âge. Ben Mamoun nous conduisit d'abord à sa bibliothèque ; c'était une petite rotonde qui servait aussi de salle à manger. Le mulâtre vint mettre la nappe, apporta une olla-podrida et quatre couverts, car la belle Rébecca ne se mit point à table avec nous. L'ermite mangea plus qu'à l'ordinaire et parut aussi s'humaniser davantage. Pascheco, toujours borgne, ne semblait d'ailleurs plus se ressentir de sa possession. Seulement il était sérieux et silencieux. Ben Mamoun mangea avec assez d'appétit, mais il avait l'air préoccupé et nous avoua que son aventure de la veille lui avait donné beaucoup à penser. Dès que nous fûmes sortis de table, il nous dit :

— Mes chers hôtes, voilà des livres pour vous amuser, et mon nègre sera empressé de vous servir en toutes choses, mais permettez-moi de me retirer avec ma sœur pour un travail important. Vous ne nous reverrez que demain, à l'heure du dîner.

Ben Mamoun se retira effectivement, et nous laissa, pour ainsi dire, les maîtres de la maison.

L'ermite prit dans la bibliothèque une légende des Pères du désert et ordonna à Pascheco de lui en lire quelques chapitres. Moi, je passai sur la terrasse dont la vue se portait vers un précipice au fond duquel roulait un torrent qu'on ne voyait pas, mais qu'on entendait mugir. Quelque triste que parût ce paysage, ce fut avec un extrême plaisir que je me mis à le considérer, ou plutôt à me livrer aux sentiments que m'inspirait sa vue. Ce n'était pas de la mélancolie, c'était presque un anéantissement de toutes mes facultés, produit par les cruelles agitations auxquelles j'avais été livré depuis quelques jours. À force de réfléchir à ce qui m'était arrivé et de n'y rien comprendre, je n'osais plus y penser, crainte d'en perdre la raison. L'espoir de passer quelques jours tranquille dans le château d'Uzeda était pour le moment ce qui me flattait le plus. De la terrasse, je revins à la bibliothèque. Puis le jeune mulâtre nous servit une petite collation de fruits secs et de viandes froides, parmi lesquelles il ne se trouvait point de viandes impures. Ensuite, nous nous séparâmes. L'ermite et Pascheco furent conduits dans une chambre, et moi dans une autre.

Je me couchai et m'endormis, mais bientôt après je fus réveillé par la belle Rébecca, qui me dit :

— Seigneur Alphonse, pardonnez-moi d'oser interrompre votre sommeil. Je viens de chez mon frère. Nous avons fait les plus épouvantables conjurations pour connaître les deux esprits auxquels il a eu affaire dans la venta, mais nous n'avons point réussi. Nous croyons qu'il a été joué par des Baalims, sur lesquels nous n'avons point de pouvoir. Cependant le séjour d'Énoch est réellement tel qu'il l'a vu. Tout cela est d'une grande conséquence pour nous, et je vous conjure de nous dire ce que vous en savez.

Après avoir ainsi parlé, Rébecca s'assit sur mon lit, mais elle s'y assit pour s'asseoir, et semblait uniquement occupée des éclaircissements qu'elle me demandait. Cependant elle ne les obtint point, et je me contentai de lui dire que j'avais engagé ma parole d'honneur de ne jamais en parler.

— Mais, seigneur Alphonse, reprit Rébecca, comment pouvez-vous imaginer qu'une parole d'honneur donnée à deux démons puisse vous engager ? Or nous savons que ce sont deux démons femelles et que leurs noms sont Émina et Zibeddé. Mais nous ne connaissons pas bien la nature de ces démons, parce que, dans notre science comme dans toutes les autres, on ne peut pas tout savoir.

Je me tins toujours sur la négative et priai la belle de n'en plus parler. Alors elle me regarda avec une sorte de bienveillance et me dit :

— Que vous êtes heureux d'avoir des principes de vertu, d'après lesquels vous dirigez toutes vos actions, et demeurez tranquille dans le chemin de votre conscience ! Combien notre sort est différent ! Nous avons voulu voir ce qui n'est point accordé aux yeux des hommes, et savoir ce que leur raison ne peut comprendre. Je n'étais point faite pour ces sublimes connaissances. Que m'importe un vain empire sur les démons ! Je me serais bien contentée de régner sur le cœur d'un époux. Mon père l'a voulu, je dois subir ma destinée.

En disant ces mots, Rébecca tira son mouchoir et parut cacher quelques larmes, puis elle ajouta :

— Seigneur Alphonse, permettez-moi de revenir demain à la même heure et de faire encore quelques efforts pour vaincre votre obstination, ou, comme vous l'appelez, ce grand attachement à votre parole. Bientôt le soleil entrera dans le signe de la Vierge, alors il ne sera plus temps et il arrivera ce qui pourra.

En me disant adieu, Rébecca serra ma main avec l'expression de l'amitié et parut retourner avec peine à ses opérations cabalistiques.

DIXIÈME JOURNÉE

Je me réveillai plus matin qu'à l'ordinaire, et j'allai sur la terrasse pour y respirer plus à mon aise, avant que le soleil eût embrasé l'atmosphère. L'air était calme. Le torrent lui-même semblait mugir avec moins de fureur et laissait entendre les concerts des oiseaux. La paix des éléments passa jusqu'à mon âme, *et je pus réfléchir avec quelque tranquillité sur ce qui m'était arrivé depuis mon départ de Cadix. Quelques mots échappés à Don Emmanuel de Sa, gouverneur de cette ville et que je ne me rappelai qu'alors, me firent juger qu'il entrait aussi dans la mystérieuse existence des Gomélez, et qu'il savait aussi une partie de leur secret. C'était lui qui m'avait donné mes deux valets, Lopez et Moschito, et je supposai que c'était par son ordre qu'ils m'avaient quitté à l'entrée de la vallée désastreuse de Los Hermanos. Mes cousines m'avaient souvent fait entendre que l'on voulait m'éprouver. Je pensai que l'on m'avait donné à la venta une boisson pour m'endormir et que, pendant mon sommeil, l'on m'avait transporté sous le gibet. Pascheco pouvait être devenu borgne par un tout autre accident que par sa liaison amoureuse avec les deux pendus, et son effroyable histoire pouvait être un conte. L'ermite, cherchant toujours à surprendre mon secret sous les formes de la confession, me paraissait être un agent des Gomélez, qui voulait éprouver ma discrétion*[1]. Il me parut enfin que je commençais à voir plus clair dans mon histoire, et à l'expliquer sans avoir recours aux êtres surnaturels, lorsque j'entendis au loin une musique fort gaie dont les sons semblaient tourner la montagne. Ils devinrent bientôt plus distincts, et j'aperçus une troupe joyeuse de Bohémiens qui s'avançaient en cadence, chantant et s'accompagnant de leurs sonahhas et cascarras. Ils établirent leur petit camp volant près de la terrasse et me donnèrent la facilité de remarquer l'air d'élégance répandu sur leurs habits et leur train. Je supposai que c'étaient là ces mêmes Bohémiens voleurs, sous la protection desquels s'était mis l'aubergiste de la Venta de Cardegnas, à ce que m'avait dit l'ermite, mais ils me paraissaient trop galants pour des brigands. Tandis que je les examinais, ils dressaient leurs tentes, mettaient leurs olles sur le feu, suspendaient les berceaux de leurs enfants aux branches des arbres voisins. Et, lorsque tous ces apprêts furent finis, ils se livrèrent de nouveaux aux plaisirs attachés à leur vie vagabonde, dont le plus grand à leurs yeux est la fainéantise.

Le pavillon du chef était distingué des autres non seulement par le bâton à grosse pomme d'argent qui était planté à l'entrée, mais encore parce qu'il était bien conditionné, et même orné d'une riche frange, ce que l'on ne voit pas communément aux tentes des Bohé-

1. Le passage entre astérisques a été repris par l'éditeur des *Dix Journées* et transposé sous une forme légèrement différente à la fin de l'*Histoire de Rébecca* (voir ci-dessous p. 271).

miens. Mais quelle ne fut pas ma surprise en voyant le pavillon s'ouvrir et mes deux cousines en sortir, dans cet élégant costume que l'on appelle en Espagne à la Hitana Mahha. Elles s'avancèrent jusqu'au pied de la terrasse, mais sans paraître m'apercevoir. Puis elles appelèrent leurs compagnes, et se mirant à danser ce *pollo*, si connu sur les paroles :

Quando me Paco me azze
Las Palmas para vaylar
Me se puene el corpecito
Como hecho de marzapan, etc.

Si la tendre Émina et la gentille Zibeddé m'avaient fait tourner la tête revêtues de leurs simarres mauresques, elles ne me ravirent pas moins dans ce nouveau costume. Seulement, je leur trouvais un air malin et moqueur qui, véritablement, n'allait pas mal à des diseuses de bonne aventure, mais qui semblait présager qu'elles songeaient à me jouer quelque nouveau tour en se présentant à moi sous cette forme nouvelle et inattendue.

Le château du cabaliste était soigneusement fermé, lui seul en gardait les clefs, et je ne pouvais joindre les Bohémiennes. Mais, en passant par un souterrain qui aboutissait au torrent et était fermé par une grille de fer, je pouvais les considérer de près, et même leur parler, sans être aperçu par les habitants du château. Je me rendis donc à cette porte secrète, où je ne me trouvai séparé des danseuses que par le lit du torrent. Mais ce n'étaient point mes cousines. Elles me parurent même avoir un air assez commun et conforme à leur état.

Honteux de ma méprise, je repris à pas lents le chemin de la terrasse. Lorsque j'y fus, je regardai encore, et je reconnus mes cousines. Elles parurent aussi me reconnaître, firent de grands éclats de rire et se retirèrent dans leurs tentes.

J'étais indigné.

« Oh ! ciel ! me dis-je en moi-même, serait-il possible que ces deux êtres si aimables et si aimants ne fussent que des esprits lutins, accoutumés à se jouer des mortels en prenant toutes sortes de formes, des sorcières peut-être, ou, ce qu'il y aurait de plus exécrable, des vampires à qui le ciel aurait permis d'animer les corps hideux des pendus de la vallée ? » Il me semblait bien que tout ceci pouvait s'expliquer naturellement, mais maintenant je ne sais plus qu'en croire.

Tout en faisant ces réflexions, je rentrai dans la bibliothèque, où je trouvai sur la table un gros volume, écrit en caractères gothiques, dont le titre était : *Relations curieuses de Hapelius.* Le volume était ouvert, et la page paraissait avoir été pliée à dessein sur le commencement d'un chapitre, où je lus l'histoire suivante :

HISTOIRE DE THIBAUD DE LA JACQUIÈRE

» Il y avait une fois à Lyon de France, ville située sur le Rhône, un très riche marchand, appelé Jacques de La Jacquière, c'est-à-dire pourtant qu'il ne prit le nom de La Jacquière que lorsqu'il eut quitté le commerce et fut devenu prévôt de la cité, qui est une charge que les Lyonnais ne donnent qu'à des hommes qui ont une grande fortune et une renommée sans tache. Tel était aussi le bon prévôt de La Jacquière, charitable envers les pauvres et bienfaisant envers les moines et autres religieux, qui sont les véritables pauvres, selon le Seigneur.

» Mais tel n'était point le fils unique du prévôt, Messire Thibaud de La Jacquière, guidon des hommes d'armes du roi. Gentil soudard et friand de la lame, grand pipeur de fillettes, rafleur de dés, casseur de vitres, briseur de lanternes, jureur et sacreur. Arrêtant maintes fois le bourgeois dans la rue pour troquer son vieux manteau contre un tout neuf, et son feutre usé contre un meilleur. Si bien qu'il n'était bruit que de Messire Thibaud, tant à Paris, qu'à Blois, Fontainebleau, et autres séjours du roi. Or donc, il advint que notre bon Sire de sainte mémoire François Ier fut enfin marri des déportements du jeune sousdrille, et le renvoya à Lyon, afin d'y faire pénitence, dans la maison de son père, le bon prévôt de La Jacquière, qui demeurait pour lors au coin de la place de Bellecour, à l'entrée de la rue Saint-Ramond.

» Le jeune Thibaud fut reçu dans la maison paternelle avec autant de joie que s'il y fût arrivé chargé de toutes les indulgences de Rome. Non seulement on tua pour lui le veau gras, mais le bon prévôt donna à ses amis un banquet qui coûta plus d'écus d'or qu'il ne s'y trouva de convives. On fit plus. On but à la santé du jeune gars, et chacun lui souhaita sagesse et résipiscence. Mais ces vœux charitables lui déplurent. Il prit sur la table une tasse d'or, la remplit de vin, et dit : « Sacre mort du grand diable, je lui veux dans ce vin bailler mon sang et mon âme, si jamais je deviens plus homme de bien que je ne suis. » Ces affreuses paroles firent dresser les cheveux à la tête des convives. Ils se signèrent, et quelques-uns se levèrent de table.

» Messire Thibaud se leva aussi, et alla prendre l'air sur la place de Bellecour, où il trouva deux de ses anciens camarades et grivois de même étoffe. Il les embrassa, les conduisit chez lui et leur fit apporter maint flacon, sans plus s'embarrasser de son père et de tous les convives.

» Ce que Thibaud avait fait le jour de son arrivée, il le fit le lendemain, et tous les jours d'après. Si bien que le bon prévôt en eut le cœur navré. Il songea à se recommander à son patron, M. saint Jacques, et porta devant son image un cierge de dix livres ; mais, comme le prévôt voulait placer le cierge sur l'autel, il le fit tomber, et renversa une lampe d'argent qui brûlait devant le saint. Le prévôt ayant fait fondre ce cierge pour une autre occasion, mais n'ayant rien de plus à cœur que la conversion de son fils, il en fit l'offrande avec joie. Cependant, lorsqu'il vit le cierge tombé et la lampe renversée, il en tira un mauvais présage et s'en retourna tristement chez lui.

» En ce même jour, Messire Thibaud festoya encore ses amis. Ils sablèrent maint flacon et puis, comme la nuit était déjà avancée, et bien noire, ils sortirent pour prendre l'air sur la place de Bellecour. Et lorsqu'ils y furent ils se prirent tous les trois sous les bras et se promenèrent ainsi, d'un air faraud, à la manière des grivois, qui s'imaginent par là attirer les regards des jeunes filles. Cependant, pour cette fois, ils n'y gagnaient rien, car il ne passait ni fille ni femme, et l'on ne pouvait pas non plus les apercevoir des fenêtres, parce que la nuit était sombre, comme je l'ai déjà dit. Si bien donc que le jeune Thibaud, grossissant sa voix et jurant son juron coutumier, dit : « Sacre mort du grand diable. Je lui baille mon sang et mon âme, que si la grande diablesse sa fille venait à passer, je la prierais d'amour tant je me sens échauffé par le vin. »

» Ce propos déplut aux deux amis de Thibaud, qui n'étaient pas d'aussi grands pécheurs que lui. Et l'un d'eux lui dit :

» — Messire notre ami, songez que le diable est l'éternel ennemi des hommes, et qu'il leur fait assez de mal sans qu'on l'y invite et que l'on invoque son nom.

» À cela, Thibaud répondit :

» — Comme je l'ai dit, je le ferai.

» Sur ces entrefaites, les trois ribauds virent sortir d'une rue voisine une jeune dame voilée, d'une taille accorte, et qui annonçait la première jeunesse. Un petit nègre courait après elle. Il fit un faux pas, tomba sur le nez, et cassa sa lanterne. La jeune personne parut fort effrayée et ne savait quel parti prendre. Alors Messire Thibaud s'approcha d'elle le plus poliment qu'il put et lui offrit son bras pour la reconduire chez elle. La pauvre Dariolette accepta, après quelques façons, et Messire Thibaud se retournant vers ses amis leur dit à demi-voix :

» — Adonc, vous voyez que celui que j'ai invoqué ne m'a pas fait attendre. Par ainsi, je vous souhaite le bonsoir.

» Les deux amis comprirent ce qu'il voulait et prirent congé de lui en riant et lui souhaitant liesse et joie.

» Thibaud donna donc le bras à la belle, et le petit nègre, dont la lanterne s'était éteinte, marchait devant eux. La jeune dame paraissait d'abord si troublée qu'elle ne se soutenait qu'avec peine, mais elle se rassura peu à peu, et s'appuya plus franchement sur le bras du cavalier ; quelquefois même elle faisait des faux pas et lui serrait le bras en voulant s'empêcher de choir ; alors le cavalier, voulant la retenir, pressait son bras contre son cœur, ce qu'il faisait pourtant avec beaucoup de discrétion pour ne pas effaroucher le gibier.

» Ainsi ils marchèrent et marchèrent si longtemps qu'à la fin il semblait à Thibaud qu'ils s'étaient égarés dans les rues de Lyon. Mais il en fut bien aise, car il lui parut qu'il en aurait d'autant meilleur marché de la belle fourvoyée. Cependant, voulant d'abord savoir avec qui il avait affaire, il la pria de vouloir bien s'asseoir sur un banc de pierre que l'on entrevoyait auprès d'une porte. Elle y consentit et il s'assit auprès d'elle. Ensuite il prit une de ses mains d'un air galant et lui dit avec beaucoup d'esprit :

» — Belle étoile errante, puisque mon étoile a fait que je vous ai rencontrée dans la nuit, faites-moi la faveur de me dire qui vous êtes et où vous demeurez.

» La jeune personne parut d'abord très intimidée, se rassura peu à peu, et répondit en ces termes :

HISTOIRE DE LA GENTE DARIOLETTE DU CHÂTEL DE SOMBRE

— Mon nom est Orlandine, au moins c'est ainsi que m'appelaient le peu de personnes qui habitaient avec moi le châtel de Sombre, dans les Pyrénées. Là, je n'ai vu d'être humain que ma gouvernante qui était sourde, une servante qui bégayait si fort qu'on eût pu l'appeler muette, et un vieux portier qui était aveugle.

» Ce portier n'avait pas beaucoup à faire, car il n'ouvrait la porte qu'une fois par an, et cela à un monsieur qui ne venait chez nous que pour me prendre par le menton et pour parler à ma duègne en langue biscayenne que je ne sais point. Heureusement, je savais parler lorsqu'on m'enferma au châtel de Sombre, car je ne l'aurais sûrement pas appris des deux compagnes de ma prison. Pour ce qui est du portier aveugle, je ne le voyais qu'au moment où il venait nous passer notre dîner à travers les grilles de la seule fenêtre que nous eussions. À la vérité, ma sourde gouvernante me criait souvent aux oreilles je ne sais quelles leçons de morale, mais je les entendais aussi peu que si j'eusse été aussi sourde qu'elle, car elle me parlait des devoirs du mariage et ne me disait pas ce que c'était qu'un mariage. Elle parlait de même de beaucoup de choses qu'elle ne voulait pas m'expliquer. Souvent aussi, ma servante bègue s'efforçait de me conter quelque histoire, qu'elle m'assurait être fort drôle, mais, ne pouvant jamais aller jusqu'à la seconde phrase, elle était obligée d'y renoncer et s'en allait en me bégayant des excuses dont elle se tirait aussi mal que de son histoire.

» Je vous ai dit que nous n'avions qu'une seule fenêtre, c'est-à-dire qu'il n'y en avait qu'une qui donnât dans la cour du châtel. Les autres avaient la vue sur une autre cour, qui, étant plantée de quelques arbres, pouvait passer pour un jardin et n'avait d'ailleurs aucune autre issue que celle qui conduisait à ma chambre. J'y cultivai quelques fleurs, et ce fut mon seul amusement. Je dis mal, j'en avais encore un, et tout aussi innocent : c'était un grand miroir où j'allais me contempler dès que j'étais levée, et même au saut du lit. Ma gouvernante, déshabillée comme moi, venait s'y mirer aussi, et je m'amusais à comparer ma figure à la sienne. Je me livrais aussi à cet amusement avant de me coucher, et lorsque ma gouvernante était déjà endormie. Quelquefois, je m'imaginais voir dans mon miroir une compagne de mon âge qui répondait à mes gestes et partageait mes sentiments. Plus je me livrais à cette illusion et plus le jeu me plaisait.

» Je vous ai dit qu'il y avait un monsieur qui venait tous les ans, une fois, pour me prendre par le menton et parler basque avec ma gouvernante. Un jour, ce monsieur, au lieu de me prendre par le menton, me prit par la main et me conduisit à un carrosse à soupentes, où il m'enferma avec ma gouvernante. On peut bien dire enferma, car le carrosse ne recevait de jour que par en haut. Nous n'en sortîmes que le troisième jour, ou plutôt que la troisième nuit, au moins la soirée était-elle fort avancée. Un homme ouvrit la portière et nous dit :

» — Vous voici sur la place de Bellecour, à l'entrée de la rue Saint-Ramond, et voici la maison du prévôt de La Jacquière. Où voulez-vous qu'on vous mène ?

» — Entrez dans la première porte cochère après celle du prévôt, répondit ma gouvernante. »

Ici, le jeune Thibaud devint fort attentif, car il était réellement le voisin d'un gentilhomme, nommé le Sire de Sombre, qui passait pour être d'un caractère jaloux, et ledit Sire de Sombre s'était maintes fois vanté devant Thibaud de montrer un jour qu'on pouvait avoir femme fidèle, et qu'il faisait nourrir en son châtel une Dariolette qui deviendrait sa femme et prouverait son dire. Mais le jeune Thibaud ne savait pas qu'elle fût à Lyon et se réjouit bien de l'avoir en sa main.

Cependant, Orlandine continua en ces termes :

— Nous entrâmes donc dans une porte cochère, et l'on me fit monter en de grandes et belles chambres, et puis de là, par un escalier tournant, en une tourelle d'où il me sembla qu'on aurait découvert toute la ville de Lyon, s'il eût fait jour, mais le jour même on n'y eût rien vu, car les fenêtres étaient bouchées avec du drap vert très fort. Au revenant, la tourelle était éclairée par un beau lustre de cristal, monté en émail. Ma duègne, m'ayant assise en un siège, me donna son chapelet pour m'amuser et sortit en fermant la porte sur elle à double et triple tour.

» Lorsque je me vis seule, je jetai mon chapelet, je pris des ciseaux que j'avais à ma ceinture et je fis une ouverture dans le drap vert qui bouchait la fenêtre. Alors je vis une autre fenêtre fort près de moi et, par cette fenêtre, une chambre fort éclairée où soupaient trois jeunes cavaliers et trois jeunes filles, plus beaux, plus gais que tout ce que l'on peut imaginer. Ils chantaient, riaient, buvaient, s'embrassaient. Quelquefois même, ils se prenaient par le menton, mais c'était d'un tout autre air que le monsieur du châtel de Sombre qui, pourtant, n'y venait que pour cela. De plus, ces cavaliers et ces demoiselles se déshabillaient toujours un peu plus, comme je faisais le soir devant mon grand miroir et, en vérité, cela leur allait aussi bien et non pas comme à ma vieille duègne. »

Ici, Messire Thibaud vit bien qu'il s'agissait d'un souper qu'il avait fait la veille avec ses deux amis. Il passa son bras autour de la taille souple et ronde d'Orlandine et la serra contre son cœur.

— Oui, lui dit-elle, voilà justement comme faisaient ces jeunes cavaliers. En vérité, il me semblait qu'ils s'aimaient tous beaucoup. Cependant ne voilà-t-il pas qu'un de ces jeunes gars dit qu'il aimait mieux que les autres. Non, c'est moi, c'est moi, dirent les deux autres. — C'est lui. — C'est l'autre, dirent les jeunes filles. Alors, celui qui s'était vanté d'aimer le mieux s'avisa, pour prouver son dire, d'une singulière invention. »

Ici, Thibaud, qui se rappela ce qui s'était passé au souper, faillit à étouffer de rire.

— Eh bien ! dit-il, belle Orlandine, quelle était cette invention dont s'avisa le jeune homme ?

— Ah ! reprit Orlandine, ne riez pas, monsieur, je vous assure que c'était une très belle invention, et j'y étais fort attentive lorsque j'entendis ouvrir la porte. Je me remis aussitôt à mon chapelet et ma duègne entra.

» La duègne me prit encore par la main, sans me rien dire et me fit entrer dans un carrosse, qui n'était pas fermé comme le premier, et j'aurais bien pu voir la ville dans celui-là, mais il était nuit close et je vis seulement que nous allions bien loin, bien loin, si bien que nous arrivâmes enfin dans la campagne tout au bout de la ville. Nous nous arrêtâmes dans la dernière maison du faubourg. Ce n'était qu'une cabane pour l'apparence, et même elle est couverte de chaume, mais bien jolie au-dedans, comme vous le verrez si le petit nègre en sait le chemin, car je vois qu'il a trouvé de la lumière et rallume sa lanterne.

Orlandine termina ici son histoire. Messire Thibaud baisa sa main et lui dit :

— Belle fourvoyée, faites-moi la faveur de me dire si vous habitez toute seule cette jolie maison.

— Toute seule, reprit la belle, avec ce petit nègre et ma gouvernante. Mais je ne pense pas qu'elle puisse revenir ce soir au logis. Le monsieur qui me prenait par le menton m'a fait dire de venir le trouver chez une de ses sœurs avec ma gouvernante, mais qu'il ne pouvait envoyer son carrosse, qui était allé chercher un prêtre. Nous y allions donc à pied. Quelqu'un nous a arrêtées pour me dire qu'il me trouvait jolie. Ma duègne, qui est sourde, a cru qu'il me disait des injures et lui en a répondu. D'autres gens sont survenus et se sont mêlés de la querelle. J'ai eu peur et je me suis mise à courir. Le petit nègre a couru après moi. Il est tombé. Sa lanterne s'est brisée et c'est alors, beau Sire, que, pour mon bonheur, je vous ai rencontré.

Messire Thibaud, charmé de la naïveté de ce récit, allait répondre quelque galanterie, lorsque le petit nègre rapporta sa lanterne allumée, dont la lumière, venant à donner sur le visage de Thibaud, Orlandine s'écria :

— Que vois-je ! C'est le même cavalier qui s'avisa de la belle invention.

— C'est moi-même, dit Thibaud, et je vous assure que ce que j'ai fait alors n'est rien auprès de ce que pourrait attendre de moi une accorte et honnête demoiselle. Car celles avec qui j'étais n'étaient rien moins que cela.

— Vous aviez bien l'air de les aimer, toutes les trois, dit Orlandine.

— C'est que je n'en aimais aucune, dit Thibaud.

Si bien dit-il, si bien dit-elle, que tout en marchant et devisant ils arrivèrent au bout du faubourg, à une chaumière isolée, dont le petit nègre ouvrit la porte avec une clef qu'il avait à sa ceinture.

Certes, l'intérieur de la maison n'était pas d'une chaumière. On y voyait de belles tentures de Flandres à personnages [si] bien ouvrés et pourtraits qu'ils semblaient vivants. Des lustres à bras en argent fin et massif. De riches cabinets en ivoire et ébène. Des fauteuils en velours de Gênes, garnis de franges d'or et un lit en moire de Venise. Mais tout cela n'occupait guère Messire Thibaud. Il ne voyait qu'Orlandine, et eût bien voulu en être à la fin de l'aventure.

Sur ce, le petit nègre vint couvrir la table, et Thibaud s'aperçut que ce n'était pas un enfant, comme il l'avait cru d'abord, mais comme un vieux nain tout noir et d'une figure affreuse. Cependant, le petit homme apporta quelque chose qui n'était point laid. C'était un bassin de vermeil dans lequel fumaient quatre perdrix, appétissantes et bien apprêtées et, sous le bras, il avait un flacon d'hypocras. Thibaud n'eut pas plus tôt bu et mangé qu'il lui sembla qu'un feu liquide circulait dans ses veines. Pour Orlandine, elle mangeait peu et regardait beaucoup son convive, tantôt d'un regard tendre et naïf, et tantôt avec des yeux si pleins de malice que le jeune homme en était presque embarrassé.

Enfin, le petit nègre vint ôter la table. Alors Orlandine prit Thibaud par la main et lui dit :

— Beau cavalier, à quoi voulez-vous que nous passions cette soirée ?

Thibaud ne sut que répondre.

— Il me vient une idée, dit encore Orlandine. Voici un grand miroir. Allons y faire des mines, comme j'en faisais au châtel de Sombre. Je m'y amusais à voir que ma gouvernante était faite autrement que moi. À présent, je veux savoir si je ne suis pas autrement faite que vous.

Orlandine plaça leurs chaises devant le miroir, après quoi elle délaça la fraise de Thibaud et lui dit :

— Vous avez le col fait à peu près comme le mien. Les épaules aussi, mais pour la poitrine, quelle différence ! La mienne était comme cela l'an passé, mais j'ai tant engraissé que je ne me reconnais plus. Ôtez donc votre ceinture. Défaites votre pourpoint. Pourquoi toutes ces aiguillettes ?...

Thibaud, ne se possédant plus, porta Orlandine sur le lit de moire de Venise et se crut le plus heureux des hommes...

Mais bientôt il changea de pensée, car il sentit comme des griffes qui s'enfonçaient dans son dos :

— Orlandine, Orlandine, s'écria-t-il, que veut dire ceci ?

Orlandine n'était plus. Thibaud ne vit à sa place qu'un horrible assemblage de formes inconnues et hideuses.

— Je ne suis point Orlandine, dit le monstre d'une voix épouvantable, je suis Belzébuth.

Thibaud voulut invoquer le nom de Jésus, mais Satan qui le devina lui saisit la gorge avec les dents et l'empêcha de prononcer ce saint nom.

Le lendemain matin, des paysans qui allaient vendre leurs légumes au marché de Lyon entendirent des gémissements dans une masure abandonnée, qui était près du chemin et servait de voirie. Ils y allèrent et trouvèrent Thibaud couché sur une charogne à demi pourrie. Ils le prirent et le placèrent en travers sur leurs paniers, et ils le portèrent ainsi chez le prévôt de Lyon... Le malheureux La Jacquière reconnut son fils.

Le jeune homme fut mis dans un lit. Bientôt, il parut reprendre un peu ses sens et, d'une voix faible et presque inintelligible, il dit :

— Ouvrez à ce saint ermite, ouvrez à ce saint ermite.

D'abord, on ne le comprit pas. Enfin on ouvrit la porte et l'on vit entrer un vénérable religieux qui demanda qu'on le laissât seul avec Thibaud. Il fut obéi et l'on ferma la porte sur eux. Longtemps on entendit les exhortations de l'ermite auxquelles Thibaud répondait d'une voix forte :

— Oui, mon père, je me repens et j'espère en la miséricorde divine.

Enfin, comme l'on n'entendait plus rien, l'on crut devoir entrer. L'ermite avait disparu, et Thibaud fut trouvé mort avec un crucifix entre les mains.

Je n'eus pas plus tôt achevé cette histoire que le cabaliste entra et sembla vouloir lire dans mes yeux l'impression que m'avait faite cette lecture. La vérité est qu'elle m'en avait fait beaucoup, mais je ne voulus pas le lui témoigner et je me retirai chez moi. Là, je réfléchis sur tout ce qui m'était arrivé, et j'en vins presque à croire que des démons avaient, pour me tromper, animé des corps de pendus et que j'étais un second La Jacquière. On sonna pour le dîner, le cabaliste ne s'y trouva point. Tout le monde me parut préoccupé, parce que je l'étais moi-même.

Après le dîner[1], je retournai à la terrasse. Les Bohé-

1. Dans les *Dix Journées de la Vie d'Alphonse van Worden,* ici commencent deux pages de transition qui servent à introduire directement l'*Histoire de Rébecca,* les Journées 12 et 13 étant transportées dans *Avadoro,* et la journée 11 n'ayant trouvé place dans aucune des éditions parisiennes. Voici le texte de ces deux pages

Après le dîner, la jeune Israélite me prit à part et me dit :

— Alphonse, vous avez regardé ce matin très attentivement les Bohémiens qui dansaient au pied de celle terrasse. Leur avez-vous trouvé quelque ressemblance frappante avec d'autres personnes ?

Je la priai de ne point me faire de questions sur ce sujet. Elle me répondit :

— Estimable étranger, je le vois, votre réserve ne se dément jamais. Heureux qui peut trouver un confident tel que vous ! Nos secrets sont de nature à n'être connus que de gens qui ne vous ressemblent guère, mais nous avons besoin de vous. Mon frère vous prie de passer dans le camp des Bohémiens et d'y rester même quelques jours. Il pense que vous y trouverez des informations sur les aventures de la venta ; elles doivent vous intéresser autant que lui. Voici les clefs d'une grille qui est au pied de la terrasse et qui vous ouvrira le chemin de la campagne, du côte où les Bohémiens ont placé leur camp. Ne vous refusez pas à nous rendre ce service : observez les filles du chef et tâchez de répandre quelque jour sur un mystère qui trouble les nôtres et va peut-être décider nos destins. Ah ! que n'ai-je eu la vie de la plus simple mortelle ! J'eusse été plus à ma place que dans ces sphères [éthérées][a] où l'on m'a transportée malgré moi.

Après ce discours, Rébecca s'éloigna. Elle paraissait émue. Je m'habillai à la hâte ; je jetai ma cape sur mes épaules, je pris mon épée et, passant par la grille de la terrasse, je m'avançai dans la campagne vers les tentes des Bohémiens.

Je vis de loin le chef de la bande. Il était assis entre deux jeunes filles, qui me parurent avoir quelque ressemblance avec mes cousines, mais elles entrèrent dans la tente avant que j'eusse le temps de les examiner. Le vieux chef s'avança vers moi et me dit d'un air malin :

— Savez-vous bien, Seigneur cavalier, que vous êtes au milieu d'une troupe de gens dont on dit du mal dans ce pays ? N'avez-vous pas quelque peur de nous ?

Au mot de peur, j'avais mis la main à la garde de mon épée, mais le Bohémien me dit affectueusement en me tendant la main :

miens avaient placé leur camp à quelque distance du château. Les inexplicables Bohémiennes ne parurent point. La nuit vint, je me retirai chez moi. J'attendis longtemps Rébecca. Elle ne vint point et je m'endormis.

Fin du premier décaméron.

— Pardon, Seigneur cavalier, je n'ai pas voulu vous offenser. J'en suis si éloigné que je vous prie de passer quelques jours avec moi. Venez dans ma tente, elle sera votre demeure comme la meilleure que nous ayons.

Je ne me fis pas prier, il me présenta ses deux filles, mais, à ma grande surprise, je ne leur vis plus aucune ressemblance avec mes cousines.

Nous nous promenâmes dans le camp jusqu'à ce que l'on vînt nous avertir que le souper était servi. Le couvert avait été mis sous un arbre d'un épais feuillage ; la chère fut bonne, surtout en gibier, le vin délicieux et, voyant le chef en train de causer, je lui témoignai le désir de le connaître plus particulièrement. Il ne fit pas de difficulté de me conter son histoire. Cet homme s'appelait Avadoro, et la première partie de ses aventures a été déjà donnée au public[b].

a. 1814 : *attérées* (sic).

b. Quatre volumes in-12, chez Gide fils, rue Saint-Marc, n° 20. *(Note de l'édition de 1814.)*

DEUXIÈME PARTIE

ONZIÈME JOURNÉE

Je fus réveillé par Rébecca. Lorsque j'ouvris les yeux, la douce Israélite était déjà établie sur mon lit et tenait une de mes mains.

— Brave Alphonse, me dit-elle, vous avez voulu, hier, surprendre les deux Bohémiennes, mais la grille du torrent était fermée. Je vous en apporte la clef. Si elles approchent aujourd'hui du château, je vous prie de les suivre, même jusqu'à leur camp. Je vous assure que vous ferez grand plaisir à mon frère de lui en donner des nouvelles. Quant à moi, ajouta-t-elle d'un ton mélancolique, je dois m'éloigner. Mon sort le veut ainsi, mon sort bizarre. Ah ! mon père, que ne m'avez-vous laissé une destinée commune. J'aurais su aimer en réalité, et non pas dans un miroir.

— Que voulez-vous dire par ce miroir ?

— Rien, rien, répliqua Rébecca, vous le saurez un jour. Adieu, adieu.

La Juive s'éloigna avec l'air fort ému, et je ne pus m'empêcher de songer qu'elle aurait de la peine à se conserver pure pour les Gémeaux célestes dont elle devait être l'épouse, à ce que m'avait dit son frère.

J'allai sur la terrasse. Les Bohémiens s'étaient encore plus éloignés que la veille. Je pris un livre dans la bibliothèque, mais je lus peu. J'étais distrait et préoccupé. Enfin on se mit à table. La conversation roula comme à l'ordinaire sur les esprits, les spectres et les vampires. Notre hôte dit que l'antiquité en avait eu des idées confuses sous les noms d'empuses, larves et lamies, mais que les cabalistes anciens valaient bien les modernes, bien qu'ils ne fussent connus que sous le nom de philosophes, qui leur était commun avec beaucoup de gens qui n'avaient aucune teinture des sciences hermétiques. L'ermite parla de Simon le Magicien, mais Uzeda soutint qu'Apollonius de Thyane devrait être regardé comme le plus grand cabaliste de ces temps-là, puisqu'il avait pris un empire extraordinaire sur tous les êtres du monde pandémoniaque. Et là-dessus, étant allé chercher un *Philostrate* de l'édition de Morel, 1608, il jeta les yeux sur le texte grec ; et sans paraître éprouver le moindre embarras à le bien comprendre il lut en espagnol ce que je vais raconter.

HISTOIRE DE MÉNIPPE DE LYCIE

— Il y avait, à Corinthe, un Lycien nommé Ménippe. Il était âgé de vingt-cinq ans, spirituel et bien fait. On racontait dans la ville qu'il était aimé d'une femme étrangère, belle et très riche, et dont il ne devait la connaissance qu'au hasard. Il l'avait rencontrée sur le chemin qui mène à Kenchrée, où elle l'aborda d'un air charmant et lui dit :

« — Ô Ménippe, je vous aime depuis longtemps. Je suis phénicienne et je demeure à l'extrémité du faubourg de Corinthe le plus prochain. Si vous venez chez moi, vous m'entendrez chanter. Vous boirez d'un vin tel que vous n'en avez jamais bu. Vous n'aurez aucun rival à craindre, et vous trouverez toujours en moi autant de fidélité que je vous crois réellement de probité.

» Le jeune homme, d'ailleurs ami de la sagesse, ne sut point résister à ces belles paroles, proférées par une belle bouche, et s'attacha à sa nouvelle maîtresse.

» Lorsque Apollonius vit Ménippe pour la première fois, il se mit à le considérer comme sculpteur, qui eût entrepris de faire son buste. Puis il lui dit :

» — Ô beau jeune homme, vous caressez un serpent et un serpent vous caresse.

» Ménippe fut surpris de ce discours, mais Apollonius ajouta :

» — Vous êtes aimé d'une femme qui ne peut pas être votre épouse. Croyez-vous qu'elle vous aime ?

» — Certainement, dit le jeune homme, elle m'aime beaucoup.

» — L'épouserez-vous ? dit Apollonius.

» — Il me sera bien doux, dit le jeune homme, d'épouser une femme que j'aime.

» — Quand ferez-vous les noces ? dit Apollonius.

» — Peut-être demain, repartit le jeune homme.

» Apollonius fit attention au temps du festin, et lorsque les convives se furent rassemblés il entra dans la salle et dit :

» — Où est la belle qui donne ce festin ?

» Ménippe répondit :

» — Elle n'est pas loin.

» Puis il se leva, un peu honteux.

» Apollonius continua en ces termes :

» — Cet or, cet argent et les autres ornements de cette salle, sont-ils à vous ou à cette femme ?

» Ménippe répondit :

» — Ils sont à cette femme. Pour moi, je ne possède que mon manteau de philosophe.

» Alors Apollonius dit :

» — Avez-vous vu les jardins de Tantale qui sont et ne sont pas ?

» Les convives répondirent :

» — Nous les avons vus dans Homère, car nous ne sommes point descendus aux enfers.

» Alors Apollonius leur dit :

» — Tout ce que vous voyez ici est comme ces jardins. Le tout n'est qu'apparence, sans aucune réalité. Et afin que vous reconnaissiez la vérité de ce que je dis, sachez que cette femme est une de ces empuses, que l'on appelle communément larves ou lamies. Elles sont fort avides non des plaisirs de l'amour, mais de chair humaine. Et c'est par l'appât du plaisir qu'elles attirent ceux qu'elles veulent dévorer.

» La prétendue Phénicienne dit alors :

» — Parlez mieux que vous ne faites.

» Et, se montrant un peu irritée, elle déclama contre les philosophes et les traita d'insensés. Mais, aux paroles que prononça Apollonius, la vaisselle d'or et d'argent disparut. Les échansons, les cuisiniers disparurent également. Alors l'empuse fit semblant de pleurer et pria Apollonius de ne plus la tourmenter. Mais, celui-ci la pressant sans relâche, elle avoua enfin qui elle était, qu'elle avait rassasié Ménippe de plaisirs pour le dévorer ensuite, et qu'elle aimait à manger les plus beaux jeunes gens, parce que leur sang lui faisait beaucoup de bien. »

— Je pense, dit l'ermite, que c'était l'âme de Ménippe

qu'elle voulait dévorer plutôt que son corps, et que cette empuse n'était que le démon de la concupiscence. Mais je ne conçois pas quelles étaient ces paroles qui donnaient un si grand pouvoir à Apollonius. Car enfin il n'était pas chrétien et ne pouvait user des armes terribles que l'Église met entre nos mains ; de plus, les philosophes ont pu usurper quelque puissance sur les démons avant la naissance du Christ, mais la croix qui a fait taire les oracles doit, à plus forte raison, avoir anéanti tout autre pouvoir des idolâtres. Et je pense qu'Apollonius, bien loin de pouvoir chasser le moindre démon, n'en aurait pas imposé au dernier des revenants, puisque ces espèces d'esprits reviennent sur la terre avec la permission divine, et cela toujours pour demander des messes, preuve qu'il n'y en avait pas au temps du paganisme.

Uzeda fut d'un avis différent. Il soutint que les païens avaient été obsédés par les revenants autant que les chrétiens, bien que ce fût sans doute pour d'autres motifs ; et, pour le prouver, il prit un volume des *Lettres*, de Pline, où il lut ce qui suit :

HISTOIRE DU PHILOSOPHE ATHÉNAGORE

— Il y avait à Athènes une maison fort grande et fort logeable, mais décriée et déserte. Souvent, dans le plus profond silence de la nuit, l'on y entendait un bruit de fer qui se choquait contre du fer et, si l'on prêtait l'oreille avec plus d'attention, un bruit de chaînes, qui semblait venir de loin et ensuite s'approcher. Bientôt, on voyait un spectre fait comme un vieillard, maigre, abattu, avec une longue barbe, des cheveux hérissés, et des fers aux pieds et aux mains, qu'il secouait d'une manière effrayante. Cette horrible apparition ôtait le sommeil, et les insomnies occasionnaient des maladies qui finissaient de la façon la plus triste. Car, pendant le jour, bien que le spectre ne parût plus, l'impression qu'il avait faite le remettait toujours devant les yeux, et la frayeur continuait toujours avec la même force, quoique l'objet qui l'avait causée eût disparu. À la fin, la maison fut abandonnée et laissée tout entière au fantôme. On y mit pourtant un écriteau pour avertir qu'elle était à louer ou à vendre, dans la pensée que quelqu'un, peu instruit d'une incommodité si terrible, pourrait y être trompé.

» Le philosophe Athénagore vint alors à Athènes. Il aperçoit l'écriteau, il demande le prix. Sa modicité le met en défiance. Il s'informe. On lui raconte l'histoire qui, loin de lui faire rompre son marché, l'engage à le conclure sans remise. Il se loge dans la maison, et sur le soir il ordonne qu'on lui dresse son lit dans l'appartement sur le devant, qu'on lui apporte ses tablettes et de la lumière, et que ses gens se retirent au fond de la maison. Lui, craignant que son imagination trop libre n'aille, au gré d'une crainte frivole, se figurer de vains fantômes, applique son esprit, ses yeux et sa main à écrire.

» Au commencement de la nuit, le silence régnait dans cette maison, comme partout ailleurs, mais ensuite il entendit des fers s'entrechoquer, des chaînes qui se heurtaient. Il ne lève point les yeux, il ne quitte point sa plume, se rassure et s'efforce, pour ainsi dire, de ne point entendre.

» Le bruit s'augmente. Il semble qu'il se fasse à la porte de la chambre. Enfin, dans la chambre même. Il regarde, il aperçoit le spectre, tel qu'on le lui avait dépeint. Le spectre était debout et l'appelait du doigt. Athénagore lui fait signe de la main de l'attendre un peu et continue à écrire comme si de rien n'était. Le spectre recommence son fracas avec ses chaînes, qu'il fait résonner aux oreilles du philosophe.

» Celui-ci se retourne et voit qu'on l'appelle du doigt encore une fois. Il se lève, prend la lumière et suit le fantôme. Le fantôme marchait d'un pas lent, comme si le poids des chaînes l'eût accablé. Après qu'il fut arrivé dans la cour de la maison, il disparaît tout à coup, et laisse là notre philosophe, qui ramasse des herbes et des feuilles, et les pose à l'endroit où le spectre l'avait quitté, pour pouvoir le reconnaître. Le lendemain, il va trouver les magistrats et les supplie d'ordonner que l'on fouille en cet endroit. On le fait. On trouve des os décharnés, enlacés dans des chaînes. Les chairs ayant été consumées par le temps et l'humidité de la terre, il n'était resté que des os dans des liens. On les rassemble et la ville se charge de les faire ensevelir. Et depuis que l'on eut rendu au mort les derniers devoirs, il ne troubla plus l'ordre de cette maison. »

Après que le cabaliste eut achevé cette lecture, il ajouta :

— Les revenants sont revenus dans tous les temps, comme nous le voyons, mon Révérend Père, par l'histoire de la *Baltoyve* d'Endor, et il a toujours été au pouvoir des cabalistes de les faire revenir. Mais j'avoue qu'il y a eu d'ailleurs de grands changements dans le monde démonagorique. Et les vampires, entre autres, sont une invention nouvelle, si j'ose m'exprimer ainsi. J'en distingue deux espèces : les vampires de Hongrie, et de Pologne, qui sont des corps morts, qui sortent la nuit des tombeaux et vont sucer le sang des hommes ; et les vampires d'Espagne, qui sont des esprits immondes, qui animent le premier corps qu'ils trouvent, lui donnent toutes sortes de formes et...

Voyant où le cabaliste en voulait venir, je me levai de table, peut-être un peu trop brusquement, et j'allai sur la terrasse. Il n'y avait pas encore une demi-heure que j'y étais lorsque j'aperçus mes deux Bohémiennes, qui semblaient prendre le chemin du château et qui, à cette distance, ressemblaient parfaitement à Émina et Zibeddé. Je me proposai aussitôt de faire usage de ma clef. J'allai dans ma chambre chercher ma cape et mon épée, et je descendis en moins de rien jusqu'à la grille. Mais, lorsque je l'eus ouverte, le plus fort n'était pas fait, car j'avais encore le torrent à passer. Pour cela, il fallut suivre le mur de la terrasse, en me cramponnant à des fers qu'on y avait placés à dessein. Enfin, j'arrivai à un lit de pierres et, sautant de l'une à l'autre, je me trouvai de l'autre côté du torrent, et nez à nez avec mes Bohémiennes. Mais ce n'étaient point mes cousines. Elles n'en avaient pas non plus les manières, sans avoir pourtant les façons communes et populaires des femmes de leur nation. Il semblait presque qu'elles jouassent un rôle pour en soutenir le caractère. Elles voulurent d'abord me dire la bonne aventure. L'une m'ouvrit la main et l'autre, faisant semblant d'y voir tout mon avenir, me dit en son patois :

— Ah ! Cavalier, *che vejo en vuestra bast. Dirvanos Kamela, ma por quen, por demonios.*

C'est-à-dire : « Ah ! Cavalier, que vois-je dans votre main ? Beaucoup d'amour, mais pour qui ? Pour des démons ! »

L'on peut bien juger que je n'aurais jamais deviné que *Dirvanos Kamela* voulût dire « beaucoup d'amour » dans le jargon des Bohémiennes. Mais elles prirent la peine de m'expliquer, puis, me prenant chacune par un bras, elles me conduisirent à leur camp, où elles me présentèrent à un vieillard de bonne mine, et encore frais, qu'elles me dirent être leur père. Le vieillard me dit, d'un air un peu malin :

— Saviez-vous bien, Seigneur cavalier, que vous êtes ici au milieu d'une bande dont on dit un peu de mal dans le pays ? N'avez-vous pas un peu peur de nous ?

Au mot de peur, j'avais la main sur la garde de mon épée. Mais le vieux chef me tendit affectueusement la main et me dit :

— Pardon, Seigneur cavalier, je n'ai pas voulu vous offenser, et j'en suis si éloigné que je vous prie même de passer quelques jours avec nous. Si un voyage dans ces montagnes peut vous intéresser, nous promettons de vous faire voir les plus beaux vallons comme les plus affreux, les sites les plus riants et tout à côté ce que l'on appelle de belles horreurs ; et si vous aimez la chasse, vous aurez tout loisir de satisfaire votre goût.

J'acceptait cette offre avec un plaisir d'autant plus grand que je commençais à m'ennuyer un peu des dissertations du cabaliste et de la solitude de son château.

Alors le vieux Bohémien me conduisit à sa tente et me dit :

— Seigneur cavalier, ce pavillon sera votre demeure pendant tout le temps que vous voudrez bien passer avec nous, et je ferai tendre une canonnière tout auprès, dans laquelle je coucherai, pour pouvoir veiller d'autant mieux à votre sûreté.

Je répondis au vieillard qu'ayant l'honneur d'être capitaine aux Gardes wallonnes je ne devais chercher de protection que celle de ma propre épée.

Cette réponse le fit rire, et il me dit :

— Seigneur cavalier, les mousquets de nos bandits tueraient un capitaine aux Gardes wallonnes tout comme un autre ; mais quand ils seront avertis, vous pourrez même vous écarter de notre troupe. Jusque-là, il y aurait de l'imprudence à le tenter.

Le vieillard avait raison et j'eus quelque honte de ma bravade.

Nous passâmes la soirée à rôder dans le camp, à causer avec les jeunes Bohémiennes, qui me parurent les plus folles, mais les plus heureuses femmes du monde. Puis on nous servit à souper. Le couvert fut mis à l'abri d'un caroubier, près de la tente du chef. Nous nous étendîmes sur des peaux de cerfs, et l'on nous servit sur une peau de buffle, passée en façon de maroquin, qui nous tenait lieu de nappe. La chère fut bonne, surtout en gibier. Le vin était versé par les filles du chef, mais je donnai la préférence à l'eau d'une source qui sortait du rocher à deux pas de nous. Le chef lui-même soutint agréablement la conversation. Il paraissait instruit de mes aventures, et m'en présageait des nouvelles.

Enfin, il fallut se coucher. On me fit un lit dans la tente du chef et l'on mit une garde à la porte. Mais, vers le milieu de la nuit, je fus réveillé en sursaut. Puis je sentis que l'on soulevait à la fois les deux côtés de ma couverture, et qu'on venait se presser contre moi. « Bon Dieu, me dis-je, en moi-même, faudra-t-il encore m'éveiller entre les deux pendus ? » Cependant, je ne m'arrêtai point à cette idée. Je m'imaginai que ces manières tenaient à l'hospitalité bohémienne, et qu'il convenait peu à un militaire de mon âge de ne s'y point prêter. Ensuite, je m'endormis avec la ferme persuasion de ne pas être avec les deux pendus.

DOUZIÈME JOURNÉE

Effectivement, je ne me réveillai point sous le gibet de Los Hermanos, mais dans mon lit, au bruit que les Bohémiens faisaient en levant leur camp.

— Levez-vous, Seigneur cavalier, me dit le chef, nous avons une forte traite à faire. Mais vous monterez une mule qui n'a pas sa pareille dans les Espagnes, et vous ne vous sentirez pas aller.

Je m'habillai à la hâte et je montai sur ma mule. Nous prîmes les devants avec quatre Bohémiens, tous bien armés. Le reste de la troupe suivait de loin, ayant en tête les deux jeunes personnes avec qui je croyais avoir passé la nuit. Quelquefois les zigzags que les sentiers faisaient dans les montagnes me faisaient passer à quelques centaines de pieds au-dessus ou au-dessous d'elles. Alors je m'arrêtais à les considérer, et il me semblait que c'étaient mes cousines. Le vieux chef paraissait s'amuser de mon embarras.

Au bout de quatre heures d'une marche assez précipitée, nous arrivâmes à un plateau, sur le haut d'une montagne, et nous y trouvâmes un grand nombre de ballots, dont le vieux chef fit aussitôt l'inventaire. Après quoi, il me dit :

— Seigneur cavalier, voilà des marchandises d'Angleterre et du Brésil, de quoi en fournir les quatre royaumes de l'Andalousie, Grenade, Valence et la Catalogne. Le roi souffre un peu de notre petit commerce, mais cela lui revient d'un autre côté, et un peu de contrebande amuse et console le peuple. D'ailleurs, en Espagne, tout le monde s'en mêle. Quelques-uns de ces ballots seront déposés dans les casernes des soldats, d'autres dans les cellules des moines, et jusque dans les caveaux des morts. Les ballots marqués en rouge sont destinés à être saisis par les alguazils, qui s'en feront un mérite à la douane et n'en seront que plus attachés à nos intérêts.

Après avoir ainsi parlé, le chef Bohémien fit cacher les marchandises en divers trous de rochers. Puis il fit servir dans une grotte, dont la vue s'étendait fort au-delà de la portée de nos sens, c'est-à-dire que l'horizon y était si éloigné qu'il semblait se confondre avec le ciel. Devenant tous les jours plus sensible aux beautés de la nature, cet aspect me plongea dans un véritable ravissement, dont je fus tiré par les deux filles du chef, qui apportèrent le dîner. De près, comme je l'ai dit, elles ne ressemblaient pas du tout à mes cousines. Leurs regards dérobés semblaient me dire qu'elles étaient contentes de moi, mais quelque chose en moi m'avertissait que ce n'étaient pas elles qui étaient venues me trouver la nuit.

Les belles apportèrent cependant une *olle* bien chaude que des gens, envoyés à l'avance, avaient fait mitonner pendant toute la matinée. Nous en mangeâmes copieusement, le vieux chef et moi, avec la différence qu'il entremêlait son manger de fréquentes accolades à une outre remplie de bon vin, tandis que je me contentais de l'eau d'une source voisine.

Lorsque nous eûmes contenté notre appétit, je lui témoignai quelque curiosité de le connaître. Il se défendit, je le pressai ; enfin il consentit à me conter son histoire, qu'il commença en ces termes :

HISTOIRE DE PANDESOWNA, CHEF DES BOHÉMIENS

— Tous les Bohémiens de l'Espagne me connaissent sous le nom de Pandesowna. C'est, dans leur jargon, la traduction de mon nom de famille qui est Avadoro, car je ne suis point né parmi les Bohémiens. Mon père s'appelait Don Phelipe d'Avadoro, et il passait pour l'homme le plus brave et le plus méthodique de son temps. Il l'était même si fort que, si je vous contais l'histoire de l'une de ses journées, vous sauriez aussitôt celle de sa vie entière, ou du moins de tout le temps qui s'est écoulé entre ses deux mariages, le premier, à qui je dois le jour, et le second, qui causa sa mort, par l'irrégularité qu'il mit dans sa manière de vivre.

» Mon père, étant encore dans la maison du sien, s'y prit d'une tendre habitude pour une parente éloignée, qu'il épousa aussitôt qu'il en fut le maître. Elle mourut en me mettant au monde, et mon père, inconsolable de sa perte, se renferma chez lui pendant plusieurs mois, sans vouloir recevoir même ses proches. Le temps, qui adoucit toutes les peines, calma aussi sa douleur, et enfin on le vit ouvrir la porte de son balcon, qui donnait sur la rue de Tolède. Il y respira l'air frais pendant un quart d'heure, et alla ouvrir ensuite une fenêtre qui donnait sur une rue de traverse. Il vit quelques personnes de sa connaissance dans la maison vis-à-vis, et salua d'un air assez gai. On le vit faire les mêmes choses les jours suivants, et ce changement dans sa manière de vivre fut enfin connu de Fra Heronymo Santez, théatin et oncle maternel de ma mère.

» Ce religieux se transporta chez mon père, lui fit compliment sur le retour de sa santé, lui parla peu des consolations que nous offre la religion, mais beaucoup du besoin qu'il avait de se distraire. Il poussa même l'indulgence jusqu'à lui conseiller d'aller à la comédie. Mon père, qui avait la plus grande confiance en Fra Heronymo, alla dès le soir même au théâtre de la Cruz. On y jouait une pièce nouvelle, qui était soutenue par tout le parti des Pollacos, tandis que celui des Sorices cherchait à la faire tomber. Le jeu de ces deux factions intéressa si fort mon père que, depuis lors, il n'a jamais manqué volontairement un seul spectacle. Il s'attacha même particulièrement au parti des Pollacos, et n'allait au théâtre du Prince que lorsque celui de la Cruz était fermé.

» Après le spectacle, il se plaçait au bout de la double haie que les hommes font pour forcer les femmes à défiler une à une, mais il ne le faisait pas comme les autres pour les examiner plus à son aise ; au contraire, il s'y intéressait peu, et dès que la dernière femme était passée il prenait le chemin de la *Croix de Malte*, où il faisait un léger souper avant de rentrer chez lui.

» Le matin, le premier soin de mon père était d'ouvrir le balcon qui donnait sur la rue de Tolède. Il y respirait l'air frais pendant un quart d'heure. Puis il allait ouvrir la fenêtre qui donnait dans la petite rue. S'il y avait quelqu'un à la fenêtre vis-à-vis, il le saluait d'un air gracieux, en lui disant *agour*, et refermait ensuite la fenêtre. Ce mot « agour » était quelquefois le seul qu'il prononçât de toute la journée ; car bien qu'il s'intéressât vivement au succès de toutes les comédies que l'on jouait au théâtre de la Cruz, il ne témoignait cet intérêt qu'en battant des mains et jamais par des paroles. S'il n'y avait personne à [la] fenêtre vis-à-vis, il attendait patiemment que quelqu'un parût pour placer son salut gracieux.

» Ensuite, mon père allait à la messe aux Théatins. À son retour, il trouvait la chambre faite par la servante de la maison et prenait un soin particulier à remettre chaque meuble à la même place où il avait été la veille. Il y mettait une attention extraordinaire, et découvrait à l'instant le moindre brin de paille ou grain de poussière qui avait échappé au balai de la servante.

» Lorsque mon père était satisfait de l'ordre de sa chambre, il prenait un compas et des ciseaux et coupait vingt-quatre morceaux de papier d'une grandeur égale, les remplissait d'une traînée de tabac de Brésil et en faisait vingt-quatre cigares si bien pliés, si unis qu'on pouvait les regarder comme les plus parfaits cigares de toute l'Espagne. Il fumait six de ces chefs-d'œuvre en comptant les tuiles du palais d'Albe, et six en comptant les gens qui entraient par la porte de Tolède. Ensuite, il regardait du côté de la porte de sa chambre jusqu'à ce qu'il vît arriver son dîner.

» Après le dîner, il fumait les douze autres cigares. Puis il fixait ses yeux sur la pendule jusqu'à ce qu'elle sonnât l'heure du spectacle, et, s'il n'y en avait à aucun théâtre, il allait chez le libraire Moreno, où il écoutait parler quelques gens de lettres, qui avaient coutume de s'y rassembler ces jours-là, mais sans jamais se mêler à leurs entretiens. S'il était malade, il faisait chercher chez

Moreno la pièce que l'on jouait au théâtre de la Cruz, et lorsque l'heure du spectacle était arrivée il se mettait à lire la pièce, sans oublier d'applaudir tous les passages que la faction des Pollacos avait coutume de relever.

» Cette vie était fort innocente, cependant mon père, songeant à remplir les devoirs de sa religion, demanda un confesseur aux Théatins. On lui amena mon grand-oncle, Fra Heronymo Santez, qui prit cette occasion de lui rappeler que j'étais au monde, et dans la maison de Doña Felic Dalanosa, sœur de ma défunte mère. Soit que mon père craignît que ma vue ne lui rappelât la personne chérie dont j'avais innocemment causé la mort, ou que peut-être il ne voulût pas que mes cris enfantins troublassent ses habitudes silencieuses, toujours est-il certain qu'il pria Fra Heronymo de ne jamais me rapprocher de lui, mais, en même temps, il pourvut à mon entretien, en m'assignant le revenu d'une *quinta*, ou ferme, qu'il avait dans les environs de Madrid, et il confia ma tutelle au procureur des Théatins.

» Hélas ! il semble que mon père, en m'éloignant ainsi de lui, ait eu quelque pressentiment de la prodigieuse différence que la nature avait mise entre nos caractères. Car vous avez vu combien il était méthodique et uniforme dans sa manière de vivre, et j'ose vous assurer qu'il serait presque impossible de trouver un homme plus inconstant que je l'ai toujours été. J'ai été inconstant jusque dans mon inconstance, car l'idée d'un bonheur tranquille et d'une vie retirée m'a toujours suivi dans mes courses vagabondes, et le goût du changement m'a toujours arraché à la retraite. Si bien que, me connaissant enfin moi-même, j'ai mis fin à ces inquiètes alternatives en me fixant dans cette horde de Bohémiens. C'est bien une espèce de retraite et de vie uniforme, mais au moins n'ai-je pas le malheur d'avoir toujours devant les yeux les mêmes arbres, les mêmes rochers, ou, ce qui me serait encore plus insupportable, les mêmes rues, les mêmes murs et les mêmes toits. »

Ici je pris la parole, et je dis au conteur :

— Seigneur Avadoro, ou Pandesowna, je crois qu'une vie aussi errante a dû vous offrir des aventures bien singulières.

Le Bohémien me répondit :

— Seigneur cavalier, j'ai véritablement vu des choses assez extraordinaires, depuis que je vis dans ce désert. Quant au reste de ma vie, elle n'offre que des événements assez communs, où vous ne trouverez de remarquable que l'engouement dont je me prenais pour tous les états de la vie, sans jamais en suivre aucun plus d'un ou deux ans de suite.

Après m'avoir ainsi répondu, le Bohémien continua en ces termes :

— Je vous ai dit que ma tante Dalanosa m'avait retiré chez elle. Elle-même n'avait point d'enfants et semblait avoir réuni en ma faveur toute l'indulgence des tantes à toute celle des mères ; en un mot, je fus un enfant gâté. Je le fus même tous les jours davantage, car, à mesure que je croissais en force et en intelligence, j'étais aussi plus tenté d'abuser des bontés que l'on avait pour moi. D'un autre côté, n'éprouvant presque jamais d'opposition à mes volontés, j'opposais souvent peu de résistance à celles des autres, ce qui me donnait presque l'air de la docilité ; et ma tante avait aussi un certain sourire tendre et caressant dont elle accompagnait ses ordres, et alors je ne leur résistais jamais. Tel que j'étais enfin, la bonne Dalanosa se persuada que la nature, aidée de ses soins, avait produit en moi un véritable chef-d'œuvre.

Mais un point essentiel manquait à son bonheur, c'était de ne pouvoir rendre mon père témoin de mes prétendus progrès et le convaincre de mes perfections, car il s'obstinait toujours à ne me point voir.

» Mais quelle est l'obstination dont une femme ne viendrait à bout ? Mme Dalanosa agit avec tant de suite et d'efficacité sur son oncle Heronymo que celui-ci se résolut enfin à profiter de la première confession de mon père pour lui faire un cas de conscience de la cruelle indifférence qu'il témoignait à un enfant qui ne pouvait avoir aucun tort avec lui.

» Le père Heronymo le fit comme il l'avait promis à ma tante. Mais mon père ne put, sans le plus grand effroi, songer à me recevoir dans l'intérieur de sa chambre. Le père Heronymo proposa une entrevue au jardin du Buen Retiro ; mais cette promenade n'entrait point dans le plan méthodique et uniforme dont mon père ne s'écartait jamais. Plutôt que de s'en écarter, il consentit à me recevoir chez lui, et le père Heronymo alla annoncer cette bonne nouvelle à ma tante, qui pensa en mourir de joie.

» Je dois vous apprendre que dix années d'hypocondrie avaient fort ajouté aux singularités de la vie casanière de mon père. Entre autres manies, il avait pris celle de faire de l'encre, et voici comment ce goût lui était venu. Un jour qu'il se trouvait chez le libraire Moreno, avec plusieurs des plus beaux esprits de l'Espagne et quelques hommes de loi, la conversation tomba sur la difficulté qu'il y avait à trouver de la bonne encre. Chacun dit qu'il n'y en avait point ou qu'il avait vainement tenté d'en faire. Moreno dit qu'il avait dans son magasin un recueil de recettes, où l'on trouverait sûrement de quoi s'instruire sur ce sujet. Il alla chercher ce volume qu'il ne trouva pas tout de suite, et, lorsqu'il revint, la conversation avait changé d'objet, on s'était animé sur le succès d'une pièce nouvelle et personne ne voulut plus parler d'encre, ni écouter aucune lecture qui y eût trait. Il n'en fut pas de même de mon père. Il prit le livre, trouva tout de suite la composition de l'encre et fut très surpris de comprendre si bien une chose que les plus beaux esprits de l'Espagne regardaient comme très difficile. En effet, il ne s'agissait que de mêler de la teinture de noix de galle avec de la solution de vitriol et d'y ajouter de la gomme. L'auteur avertissait cependant que l'on n'aurait jamais de bonne encre qu'autant que l'on en ferait une grande quantité à la fois, que l'on tiendrait le mélange chaud, et qu'on le remuerait souvent, parce que la gomme, n'ayant aucune affinité avec les substances métalliques, tendait toujours à s'en séparer ; que, de plus, la gomme elle-même tendait à une dissolution putride, qu'on ne pouvait prévenir qu'en y ajoutant une petite dose d'alcool.

» Mon père acheta le livre et se procura dès le lendemain les ingrédients nécessaires : une balance pour les doses, enfin, le plus grand flacon qu'il put trouver dans Madrid, parce que son auteur recommandait de faire l'encre en grande quantité à la fois. L'opération réussit parfaitement. Mon père porta une bouteille de son encre aux beaux esprits rassemblés chez Moreno. Tous la trouvèrent admirable, tous en voulurent avoir.

» Mon père, dans sa vie retirée et silencieuse, n'avait jamais eu l'occasion d'obliger qui que ce fût, et moins encore celle de recevoir des louanges. Il trouva qu'il était doux de pouvoir obliger, plus doux encore d'être loué, et s'attacha singulièrement à la composition qui lui procurait des jouissances aussi agréables. Voyant que les beaux esprits de Madrid avaient, en moins de rien, tari le plus grand flacon qu'il eût pu trouver dans toute la ville, mon père fit venir de Barcelone une dame-jeanne, de celles où les marins de la Méditerranée mettent leurs provisions de vin. Il put faire ainsi tout à la fois vingt bouteilles d'encre, que les beaux esprits épuisèrent, comme ils avaient fait des autres, et toujours en comblant mon père de louanges et de remerciements.

» Mais plus les flacons de verre étaient grands, plus ils avaient d'inconvénients. On ne pouvait y chauffer la composition, et moins encore la bien remuer, et surtout il était difficile de la transvaser. Mon père se décida donc à faire venir du Toboso une de ces grandes jarres de terre dont on se sert pour la fabrication du salpêtre. Lorsqu'elle fut arrivée, il la fit maçonner sur un petit fourneau, dans lequel on entretenait constamment le feu de quelques braises. Un robinet adapté au bas de la jarre servait à en tirer le liquide et, en montant sur le fourneau, l'on pouvait assez commodément le remuer avec un pilon de bois. Ces jarres ont plus de la hauteur d'un homme, ainsi vous pouvez imaginer la quantité d'encre que mon père y fit à la fois ; et il avait soin même d'en ajouter autant qu'il en ôtait. C'était une vraie jouissance pour lui de voir entrer la servante ou le domestique de quelque homme de lettres fameux pour lui demander de l'encre ; et lorsque cet homme publiait quelque ouvrage qui faisait du bruit dans la littérature, et que l'on en parlait chez Moreno, il souriait avec complaisance et comme y ayant contribué en quelque chose. Enfin, pour tout vous dire, mon père ne fut plus connu dans la ville que sous le nom de Don Phelipe del Tintero Largo, ou Don Philippe du Grand Encrier, et son nom d'Avadoro n'était connu que d'un petit nombre de personnes.

» Je savais tout cela, j'avais entendu parler du caractère singulier de mon père, de l'ordre de sa chambre, de sa grande jarre d'encre ; et je brûlais d'en juger par mes yeux. Pour ce qui est de ma tante, elle ne doutait pas que, dès que mon père aurait le bonheur de me voir, il ne manquerait pas de renoncer à toutes ses manies, pour ne plus s'occuper que du soin de m'admirer du matin jusqu'au soir. Enfin le jour de la présentation fut fixé. Mon père se confessait au Père Heronymo tous les derniers dimanches de chaque mois. Le Père devait encore le fortifier dans la résolution de me voir, enfin lui annoncer que je l'attendais chez lui, et l'accompagner jusqu'à son logement. Le Père Heronymo, en nous faisant part de cet arrangement, me recommanda de ne toucher à rien dans la chambre de mon père. Je promis tout ce qu'on voulut, et ma tante promit de me garder à vue.

» Enfin arriva le dimanche tant attendu. Ma tante me fit mettre un habit de *majo* couleur de rose, relevé de franges d'argent, avec des boutons en topazes du Brésil. Elle m'assura que j'avais l'air de l'amour lui-même et que mon père ne manquerait pas de devenir fou de joie en me voyant. Pleins d'espérances et d'idées flatteuses, nous nous acheminâmes gaiement à travers la rue des Ursulines, et nous gagnâmes le Prado, où plusieurs femmes s'arrêtèrent pour me caresser. Enfin nous arrivâmes dans la rue de Tolède, enfin dans la maison de mon père. On nous ouvrit sa chambre et ma tante, qui redoutait ma vivacité, me plaça dans un fauteuil, s'assit vis-à-vis de moi et se saisit des franges de mon écharpe pour m'empêcher de me lever et de toucher à quelque chose.

» Je me dédommageai d'abord de cette contrainte en promenant mes regards dans tous les recoins de la chambre, dont j'admirai l'ordre et la propreté. Le coin destiné à la fabrication de l'encre était aussi propre et bien rangé que le reste : la grande jarre du Toboso en faisait comme un ornement, et, tout à côté, il y avait une grande armoire vitrée où étaient rangés tous les ingrédients et les instruments nécessaires.

» La vue de cette armoire haute et étroite, placée près du fourneau de la jarre, m'inspira un désir aussi soudain qu'irrésistible d'y monter, et il me parut que rien ne serait aussi agréable que de voir mon père me chercher en vain dans toute la chambre et m'apercevoir enfin ainsi caché au-dessus de sa tête. Par un mouvement aussi prompt que la pensée, je me débarrassai de l'écharpe que tenait ma tante, je m'élançai sur le fourneau et de là sur l'armoire.

» D'abord, ma tante ne put s'empêcher d'applaudir à mon adresse. Puis elle me conjura de descendre. Dans ce moment, l'on nous annonça que mon père montait les escaliers. Ma tante se mit à genoux pour me prier de quitter mon poste. Je ne pus résister à ses touchantes supplications. Mais, en voulant descendre sur le fourneau, je sentis que mon pied posait sur les bords de la jarre. Je voulus me retenir, je sentis que j'allais entraîner l'armoire. Je lâchai les mains et je tombai dans la jarre d'encre. Je m'y serais noyé, mais ma tante prit le pilon qui servait à remuer l'encre, en donna un grand coup sur la jarre et la brisa en mille pièces. Mon père entra en ce moment, il vit un fleuve d'encre qui inondait sa chambre et une figure noire qui la faisait retentir des plus affreux hurlements. Il se précipita dans l'escalier, se démit le pied et tomba évanoui.

» Quant à moi, je ne hurlai pas longtemps. L'encre que j'avais avalée me causa un malaise affreux. Je perdis connaissance et je ne la recouvrai entièrement qu'après une longue maladie qui fut suivie d'une assez longue convalescence. Ce qui contribua le plus à ma guérison fut que ma tante m'annonça que nous allions quitter Madrid et nous établir à Burgos. L'idée d'un voyage me transporta au point que l'on craignit que je n'en perdisse la tête. L'extrême plaisir que j'en ressentais fut cependant troublé, lorsque ma tante me demanda si je voulais aller dans sa chaise ou bien être porté dans une litière.

» — Ni l'un ni l'autre, assurément, lui répondis-je avec le plus extrême emportement, je ne suis pas une femme. Je ne veux voyager qu'à cheval, ou du moins sur une mule, avec un bon fusil de Ségovie accroché à ma selle, deux pistolets à ma ceinture et une épée de longueur. Je ne partirai qu'à condition que vous me donnerez toutes ces choses, et il est de votre intérêt de me les donner, puisque c'est à moi de vous défendre.

» Je dis mille folies pareilles qui me paraissaient les choses les plus sensées, et qui véritablement étaient agréables dans la bouche d'un enfant de onze ans.

» Les préparatifs du voyage me fournirent l'occasion de déployer une activité extraordinaire. J'allais, je venais, je montais, je portais, j'ordonnais, enfin j'étais la mouche du coche et j'avais beaucoup à faire, car ma tante, qui allait s'établir à Burgos, y portait tout son mobilier. Enfin arriva le jour fortuné du départ. Nous envoyâmes les gros bagages par la route d'Aranda et nous prîmes celle de Valladolid.

» Ma tante, qui avait d'abord voulu aller en chaise, voyant que j'étais décidé à monter une mule, prit aussi le même parti. On lui fit, au lieu de selle, une petite chaise très commode, montée sur un bât et surmontée d'un parasol. Un *zagal* marchait devant elle, pour ôter jusqu'à l'apparence du danger. Tout le reste de notre train, qui occupait douze mules, avait très bon air. Et moi, qui me regardais comme le chef de cette élégante caravane, j'étais tantôt à la tête, tantôt fermant la marche, et toujours quelqu'une de mes armes à la main, particulièrement à tous les détours du chemin et autres endroits suspects.

» L'on imagine bien qu'il ne se présenta aucune occasion d'exercer ma valeur, et nous arrivâmes heureusement à Alabahos, où nous trouvâmes deux caravanes aussi nombreuses que la nôtre. Les bêtes étaient au râtelier, et les voyageurs à l'autre bout de l'écurie, dans la cuisine, qui n'était séparée de l'écurie que par deux gradins en pierre. Il en était alors de même de presque toutes les auberges de l'Espagne. Toute la maison ne formait qu'une seule pièce fort longue, dont les mules occupaient la meilleure partie et les hommes la plus petite. Mais on n'en était que plus gai. Le *zagal*, tout en étrillant les montures, décochait mille traits malins à l'hôtesse, qui lui répliquait avec la vivacité de son sexe et de son état, jusqu'à ce que l'hôte, interposant sa gravité, interrompît ces combats d'esprit, qui n'étaient suspendus que pour recommencer l'instant d'après. Les servantes faisaient retentir la maison du bruit de leurs castagnettes et dansaient aux rauques chansons du chevrier. Les voyageurs faisaient connaissance, s'invitaient réciproquement à souper. Puis l'on se rassemblait autour de la brasière. Chacun disait qui il était, d'où il venait, et quelquefois racontait toute son histoire. C'était le bon temps. Aujourd'hui, l'on a des meilleurs gîtes, mais la vie sociale et tumultueuse que l'on menait alors en voyage avait des charmes que je ne puis vous peindre. Tout ce que je puis vous en dire, c'est que j'y fus ce jour-là si sensible que je décidai dans mon petit cerveau que je voyagerais toute ma vie, ce que j'ai bien tenu depuis.

» Cependant une circonstance particulière me confirma encore dans cette résolution. Après le souper, lorsque tous les voyageurs se furent rassemblés autour de la brasière, et que chacun eut conté quelque chose sur les pays qu'il avait traversés, l'un d'eux, qui n'avait pas encore ouvert la bouche, dit :

» — Tout ce qui vous est arrivé dans vos voyages est fort intéressant à écouter et à retenir. Quant à moi, je voudrais bien qu'il ne me fût pas arrivé pis, mais, en voyageant dans la Calabre, il m'est arrivé une aventure si extraordinaire, si surprenante, si effrayante, que je ne puis en écarter le souvenir. Il me poursuit, m'obsède, empoisonne toutes les jouissances que je pourrais avoir, et c'est beaucoup si la mélancolie qu'il me donne ne me fait pas perdre la raison.

» Un pareil début excita vivement la curiosité de l'auditoire. On le pressa beaucoup de soulager son cœur en faisant un récit aussi admirable. Il se fit longtemps prier, enfin il commença en ces termes :

HISTOIRE DE GIULIO ROMATI ET DE LA PRINCESSE DE MONT-SALERNO

— Mon nom est Giulio Romati, mon père, appelé Pietro Romati, est le plus illustre des hommes de loi de Palerme et même de la Sicile entière. Il est, comme vous pouvez le croire, fort attaché à une profession qui lui donne une existence honorable. Mais plus attaché encore à la philosophie, il lui consacre tous les moments qu'il peut dérober aux affaires.

» Je puis sans me vanter dire que j'ai marché sur ses traces dans les deux carrières, car j'étais docteur en droit à l'âge de vingt-deux ans. Et, m'étant ensuite appliqué aux mathématiques et à l'astronomie, j'y ai réussi assez pour pouvoir commenter Copernic et Galilée. Je ne vous dis point ces choses pour en tirer vanité, mais parce que ayant à vous entretenir d'une aventure très surprenante je ne veux pas être pris pour un homme crédule et superstitieux. Je suis si éloigné d'un pareil défaut que la théologie est peut-être la seule science que j'aie constamment négligée. Quant aux autres, je m'y adonnais avec le zèle le plus infatigable, ne connaissant de récréation que dans le changement d'études.

» Tant d'application prit sur ma santé ; et mon père, ne connaissant aucun genre de distraction qui pût me convenir, me proposa de voyager et exigea même de moi que je fisse le tour de l'Europe et que je ne revinsse en Sicile qu'au bout de quatre ans.

» J'eus d'abord beaucoup de peine à me séparer de mes livres, de mon cabinet, de mon observatoire. Mais mon père l'exigeait, il fallut obéir. Je ne fus pas plutôt en route qu'il s'opéra en moi un changement très favorable. Je retrouvai mon appétit, mes forces, en un mot toute ma santé. J'avais d'abord voyagé en litière, mais, dès la troisième journée, je pris une mule et je m'en trouvai bien.

» Beaucoup de gens connaissent le monde entier, excepté leur pays. Je ne voulus pas que le mien pût me reprocher un pareil travers, et je commençai mon voyage par voir les merveilles que la nature a répandues dans notre île avec tant de profusion. Au lieu de suivre la côte de Palerme à Messine, je passai par Castro Novo, Caltanizète, et j'arrivai au pied de l'Etna en un village dont j'ai oublié le nom. Là, je me préparai au voyage de la montagne, me proposant d'y consacrer un mois. J'y passai effectivement tout ce temps occupé principalement à vérifier quelques expériences que l'on a faites depuis peu sur le baromètre. La nuit, j'observais les astres, et j'eus le plaisir d'apercevoir deux étoiles qui n'étaient point visibles pour l'observatoire de Palerme parce qu'elles étaient au-dessous de son horizon.

» Ce fut avec un véritable regret que je quittai ces lieux, où je croyais presque participer aux lumières éthérées ainsi qu'à l'harmonie sublime des corps célestes, dont j'avais tant étudié les lois. D'ailleurs, il est certain que l'air raréfié des hautes montagnes agit sur nos corps d'une manière toute particulière, en rendant notre pouls plus fréquent et le mouvement de nos poumons plus rapide. Enfin, je quittai la montagne et je la descendis du côté de Catane.

» Cette ville est habitée par une noblesse aussi illustre et plus éclairée que celle de Palerme. Ce n'est pas que les sciences exactes aient beaucoup d'amateurs à Catane, non plus que dans le reste de notre île. Mais l'on s'y occupait beaucoup des arts, des antiquités, de l'histoire ancienne et moderne, de tous les peuples qui ont occupé la Sicile. Les fouilles surtout, et les belles choses que l'on en obtenait, y faisaient le sujet de toutes les conversations.

» Alors, précisément, l'on venait de tirer du sein de la terre un très beau marbre, chargé de caractères inconnus. L'ayant examiné avec attention, je vis que l'inscription était en langue punique ; et l'hébreu, que je sais assez bien, me donna le moyen de l'expliquer d'une manière qui satisfît tout le monde. Ce succès me valut un accueil flatteur et les plus distingués de la ville voulurent me retenir par des offres de fortune assez séduisantes. Ayant quitté ma famille dans d'autres vues, je les refusai et pris le chemin de Messine. Cette place, fameuse par le commerce qui s'y fait, me retint une semaine entière. Après quoi, je passai le détroit et j'abordai à Reggio.

» Jusque-là mon voyage n'avait été qu'une partie de plaisir, mais à Reggio, l'entreprise devint plus sérieuse. Un bandit, nommé Zoto, désolait la Calabre, et la mer était couverte de pirates tripolins [*sic*]. Je ne savais absolument comment faire pour me rendre à Naples, et si je n'eusse été retenu par je ne sais quelle mauvaise honte je serais retourné à Palerme.

» Il y avait déjà huit jours que j'étais arrêté à Reggio et livré à ces incertitudes, lorsqu'un jour, après m'être assez longtemps promené sur le port, je m'assis sur des pierres, du côté de la plage où il y avait le moins de monde. Là, je fus abordé par un homme d'une figure avantageuse et couvert d'un manteau écarlate. Il s'assit à côté de moi sans faire de compliments ; puis il me parla ainsi :

» — Le seigneur Romati est-il occupé de quelque problème d'algèbre ou d'astronomie ?

» — Point du tout, lui répondis-je, le seigneur Romati voudrait seulement aller de Reggio à Naples, et le problème qui l'embarrasse en cet instant est de savoir comment il échappera à la bande du seigneur Zoto.

» Alors l'inconnu, prenant un air fort sérieux, me dit :

» — Seigneur Romati, vos talents font déjà honneur à

votre pays, vous lui en ferez encore plus lorsque les voyages que vous entreprenez auront étendu la sphère de vos connaissances. Zoto est trop galant homme pour vouloir vous arrêter dans une aussi noble entreprise. Prenez ces aigrettes rouges, mettez-en une à votre chapeau ; donnez les autres à vos gens, et partez hardiment. Quant à moi, je suis ce Zoto que vous craignez tant, et pour que vous n'en doutiez pas je vais vous montrer les instruments de ma profession.

» En même temps, il ouvrit son manteau et me fit voir une ceinture de pistolets et de poignards. Puis il me serra affectueusement la main et disparut. »

Ici j'interrompis le chef des Bohémiens pour lui dire que j'avais entendu parler de ce Zoto, et que je connaissais ses deux frères.

— Je les connais aussi, reprit Pandesowna. Ils sont, ainsi que moi, au service du grand cheik des Gomélez.

— Quoi ? Vous aussi à son service ! m'écriai-je avec le plus grand étonnement.

En ce moment, un Bohémien vint parler à l'oreille du chef, qui se leva aussitôt et me laissa le temps de m'occuper de ce qu'il venait de m'apprendre. « Quelle est donc, me dis-je en moi-même, quelle est cette puissante association qui paraît n'avoir d'autre but que de cacher je ne sais quel secret, ou de me fasciner les yeux par des prestiges dont je devine quelquefois une partie, tandis que d'autres circonstances ne tardent pas à me replonger dans le doute. Il est clair que je fais moi-même partie de cette chaîne invisible. Il est clair que l'on veut m'y retenir encore plus étroitement. » Mes réflexions furent interrompues par les deux filles du chef, qui vinrent me proposer une promenade. J'acceptai et les suivis ; la conversation fut en bon espagnol et sans aucun mélange de hérigonze (ou jargon bohémien) ; leur esprit était cultivé et leur caractère gai et ouvert. Après la promenade, on soupa et l'on fut se coucher. Mais, la nuit, point de cousines.

TREIZIÈME JOURNÉE

Le chef des Bohémiens me fit apporter un ample déjeuner et me dit :

— Seigneur cavalier, les ennemis approchent, c'est-à-dire les gardes de la douane. Il est juste de leur céder le champ de bataille. Ils y trouveront les ballots qui leur sont destinés, le reste est déjà en sûreté. Déjeunez à votre aise, et puis nous partirons.

Comme l'on voyait déjà les gardes de la douane de l'autre côté du vallon, je déjeunai à la hâte, tandis que le gros de la troupe prenait les devants. Nous errâmes de montagne en montagne, nous enfonçant toujours davantage dans les déserts de la Sierra Morena. Enfin, nous nous arrêtâmes dans une vallée fort profonde, où déjà l'on nous attendait, et l'on avait préparé notre repas. Après qu'il fut terminé, je priai le chef de continuer l'histoire de sa vie, ce qu'il fit en ces termes :

SUITE DE L'HISTOIRE DE PANDESOWNA

— Vous m'avez laissé, écoutant de toutes mes oreilles, le récit admirable de Giulio Romati. Voici donc, à peu près, comment il s'exprima :

SUITE DE L'HISTOIRE DE GIULIO ROMATI

» Le caractère connu de Zoto me fit prendre une confiance entière aux assurances qu'il m'avait données. Je retournai très satisfait à mon auberge et je fis chercher des muletiers. Il s'en offrit plusieurs, car les bandits ne leur faisaient aucun mal non plus qu'à leurs bêtes. Je choisis l'homme qui jouissait parmi eux de la meilleure réputation. Je pris une mule pour moi, une pour mon domestique et deux pour mon bagage. Le muletier en chef avait aussi sa mule et deux valets qui suivaient à pied.

» Je partis le lendemain à la pointe du jour et je ne fus pas plus tôt en chemin que je vis des partis de la bande de Zoto qui semblaient me suivre de loin et se relayaient de distance en distance. Vous jugez bien que de cette manière il ne pouvait m'arriver aucun mal.

» Je fis un voyage fort agréable, pendant lequel ma santé se raffermissait de jour en jour. Je n'étais plus qu'à deux journées de Naples, lorsque l'idée me vint de me détourner de mon chemin pour passer à Salerne. Cette curiosité était fort naturelle. Je m'étais beaucoup attaché à l'histoire de la renaissance des arts, dont l'école de

Salerne avait été le berceau en Italie. Enfin, je ne sais quelle fatalité m'entraînait à ce funeste voyage.

» Je quittai le grand chemin à Monte-Brugio, et, conduit par un guide du village, je m'enfonçai dans le pays le plus sauvage qu'il soit possible d'imaginer. Sur le midi, nous arrivâmes à une masure toute ruinée que le guide m'assura être une auberge, mais je ne m'en aperçus pas à la réception que me fit l'hôte. Car, bien loin de m'offrir quelques provisions, il me demanda en grâce de lui faire part de celles que je pourrais avoir avec moi. J'avais effectivement quelques viandes froides, que je partageai avec lui, avec mon guide et mon valet, car les muletiers étaient restés à Monte-Brugio.

» Je quittai ce mauvais gîte, vers les deux heures après midi ; et bientôt après je découvris un château très vaste situé sur le haut d'une montagne. Je demandai à mon guide comment ce lieu s'appelait et s'il était habité. Il me répondit que dans le pays on appelait ce lieu simplement « Lo Monte » ou bien « Lo Castello » ; que le château était entièrement désert et ruiné, mais que dans l'intérieur on avait bâti une chapelle, avec quelques cellules, où les franciscains de Salerne entretenaient habituellement cinq ou six religieux, et il ajouta avec beaucoup de naïveté :

» — On fait bien des histoires sur ce château, mais je ne puis vous en dire aucune, car dès que l'on commence à en parler je m'enfuis de la cuisine et je m'en vais chez ma belle-sœur la Pepa, où je trouve toujours quelque père franciscain qui me donne son scapulaire à baiser.

» Je demandai à ce garçon si nous passerions près de ce château. Il me répondit que nous passerions à mi-côte de la montagne sur laquelle il était bâti.

» Sur ces entrefaites, le ciel se chargea de nuages, et

vers le soir un orage affreux vint à fondre sur nos têtes. Nous étions alors sur un dos de montagne qui n'offrait aucun abri. Le guide dit qu'il savait une caverne où nous pourrions nous mettre à couvert, mais que le chemin en était difficile. Je m'y hasardai, mais à peine étions-nous engagés entre les rochers que le tonnerre tomba tout auprès de nous. Ma mule s'abattit, et je roulai de la hauteur de quelques toises. Je m'accrochai à un arbre, et lorsque je sentis que j'étais sauvé j'appelai mes compagnons de voyage, mais aucun ne me répondit.

» Les éclairs se succédaient avec tant de rapidité qu'à leur lumière je pus distinguer les objets qui m'environnaient et changer de place avec quelque sûreté. J'avançai en me tenant aux arbres, et j'arrivai ainsi à une petite caverne qui, n'aboutissant à aucun chemin frayé, ne pouvait être celle où le guide voulait me conduire.

» Les averses, les coups de vent, les coups de tonnerre se succédaient sans interruption. Je grelottais dans mes habits mouillés, et il me fallut rester plusieurs heures dans cette situation fâcheuse. Tout à coup, je crois entrevoir des flambeaux errants dans le creux du vallon, j'entends des voix. Je pense que ce sont mes gens. J'appelle, on me répond.

» Bientôt, je vois arriver un jeune homme de bonne mine, suivi de quelques valets, dont les uns portaient des flambeaux, d'autres des paquets de hardes. Le jeune homme me salua très respectueusement et me dit :

» — Seigneur Romati, nous appartenons à Mme la Princesse de Mont-Salerno. Le guide que vous avez pris à Monte-Brugio nous a dit que vous vous étiez égaré dans ces montagnes, et nous vous cherchons par ordre de la Princesse. Prenez ces habits et suivez-nous au château.

» — Quoi, lui répondis-je, vous voulez me conduire à ce château inhabité qui est au haut de la montagne ?

» — Point du tout, reprit le jeune homme, vous verrez un palais superbe, et nous n'en sommes qu'à deux cents pas.

» Je jugeai qu'effectivement quelque Princesse du pays avait une habitation dans les environs. Je m'habillai et suivis le jeune homme. Bientôt, je me trouvai devant un portail de marbre noir et, comme les flambeaux n'éclairaient point le reste de l'édifice, je ne pus en porter aucun jugement. Nous entrâmes. Le jeune homme me quitta au bas de l'escalier et, lorsque j'en eus monté la première rampe, je trouvai une Dame d'une beauté peu commune qui me dit :

» — Monsieur Romati, Mme la Princesse de Mont-Salerno m'a chargée de vous faire voir les beautés de ce séjour.

» Je lui répondis qu'en jugeant de la Princesse par ses Dames d'honneur l'on en prenait déjà une assez haute idée.

» En effet, la Dame qui devait me conduire était, comme je l'ai dit, d'une beauté parfaite, et elle avait l'air si grand que ma première idée fut de la prendre pour la Princesse elle-même. Je remarquai aussi qu'elle était mise à peu près comme nos portraits de famille faits dans le siècle dernier. Mais j'imaginai que c'était là le costume des Dames de Naples et qu'elles avaient repris d'anciennes modes.

» Nous entrâmes d'abord dans une salle où tout était d'argent massif. Le parquet était en carreaux d'argent, les uns mats, les autres polis. La tapisserie, aussi d'argent massif, imitait un damas dont le fond eût été poli et les ramages en argent mat. Le plafond était ciselé comme les menuiseries des anciens châteaux. Enfin, les lambris, les bords de la tapisserie, les lustres, les tables étaient du travail d'orfèvrerie le plus admirable.

» — Monsieur Romati, me dit la prétendue Dame d'honneur, toute cette vaisselle vous arrête bien longtemps. Ce n'est ici que l'antichambre où se tiennent les valets de pied de Mme la Princesse.

» Je ne répondis rien, et nous entrâmes dans une pièce à peu près semblable à la première, si ce n'est que tout y était en vermeil avec des ornements de cet or nuancé qui était fort à la mode il y a quelque cinquante ans.

» — Cette pièce, dit la Dame, est l'antichambre où se tiennent les gentilshommes d'honneur, le Majordome et les autres officiers de la maison. Vous ne verrez ni or ni argent dans les appartements de la Princesse. La simplicité a seule le droit de lui plaire. Vous en pouvez juger par cette salle à manger.

» Alors, elle ouvrit une porte latérale. Nous entrâmes dans une salle dont les murs étaient revêtus en marbre de couleur, ayant pour frise un magnifique bas-relief en marbre blanc qui régnait tout autour. L'on y voyait aussi de magnifiques buffets couverts de vases en cristal de roche et de jattes de la plus belle porcelaine des Indes.

» Puis, nous rentrâmes dans l'antichambre des officiers, d'où nous passâmes dans le salon de compagnie.

» — Par exemple, dit la Dame, je vous permets d'admirer cette pièce.

» Je l'admirai en effet. Mon premier étonnement fut pour le parquet. Il était en lapis-lazuli incrusté de pierres dures en mosaïques de Florence, dont une table coûte plusieurs années de travail. Le dessin avait une intention générale et présentait l'ensemble le plus régulier. Mais, lorsque l'on en examinait les divers compartiments, l'on voyait que la plus grande variété dans les détails n'ôtait rien de l'effet que produit la symétrie. En effet, quoique ce fût toujours le même dessin, ici, il offrait l'assemblage des fleurs les mieux nuancées ; là, c'étaient les coquillages les mieux émaillés ; plus loin, des papillons ; ailleurs, des colibris. Enfin les plus belles pierres du monde étaient employées à l'imitation de ce que la nature a de plus beau. Au centre de ce magnifique parquet était représenté un écrin composé de toutes les pierres de couleur, entouré de fils de grosses perles. Le tout paraissait en relief et réel comme dans les tables de Florence.

» — Monsieur Romati, me dit la Dame, si vous vous arrêtez à tout, nous n'en finirons point.

» Je levai donc les yeux et ils tombèrent d'abord sur un tableau de Raphaël, qui paraissait être la première idée de son *École d'Athènes*, et qui était plus beau par le coloris, d'autant qu'il était peint à l'huile.

» Ensuite je remarquai un *Hercule aux pieds d'Omphale*. La figure de l'Hercule était de Michel-Ange, et l'on reconnai[*ssai*]t le pinceau du Guide dans la figure de la femme. En un mot, chacun des tableaux de ce salon était plus parfait que tout ce que j'avais vu jusqu'alors. La tapisserie n'était que d'un velours vert tout uni, dont la couleur faisait ressortir les peintures.

» Aux deux côtés de chaque porte étaient des statues un peu plus petites que nature. Il y en avait quatre. L'une était le célèbre *Amour* de Phidias, dont Phryné[1] exigea le sacrifice ; la seconde, le *Faune* du même artiste ; la troisième, la véritable *Vénus* de Praxitèle, dont celle des Médicis n'est qu'une copie ; la quatrième, un *Antinoüs*

1. *Pythagore* (1813).

de la première beauté. Il y avait encore des groupes dans chaque fenêtre.

» Tout autour du salon étaient des commodes à tiroirs, qui, au lieu d'être ornées en bronze, l'étaient du plus beau travail de joaillerie qui servait à enchâsser des camées ; tels que l'on en trouve que dans les cabinets des rois. Les commodes renfermaient une suite de médailles d'or du plus grand module.

» — C'est ici, me dit la Dame, que la Princesse passe ses après-dîners ; et l'examen de cette collection donne lieu à des entretiens aussi instructifs qu'intéressants. Mais vous avez encore bien des choses à voir. Ainsi, suivez-moi.

» Alors, nous entrâmes dans la chambre à coucher. Cette pièce était octogone. Elle avait quatre alcôves et autant de lits d'une grandeur extraordinaire. On n'y voyait ni lambris, ni tapisserie, ni plafond. Tout était couvert de mousselines des Indes drapées avec un goût merveilleux, brodées avec un art surprenant, et d'une telle finesse qu'on les eût prises pour quelque brouillard qu'Arachné elle-même aurait trouvé moyen d'enfermer dans une légère broderie.

» — Pourquoi quatre lits ? demandai-je à la Dame.

» — C'est, me répondit-elle, pour en changer lorsqu'on se trouve échauffé et que l'on ne peut dormir.

» — Mais, ajoutai-je, pourquoi ces lits sont-ils si grands ?

» — C'est, répliqua la Dame, parce que la Princesse y admet quelquefois ses femmes, lorsqu'elle veut causer avant de s'endormir. Mais, passons à la chambre des bains.

» C'était une rotonde tapissée en nacre et les bordures en burgos. Au lieu de draperies, le haut des parois était garni d'un filet de perles à grosses mailles, avec une frange de perles, toutes de la même grandeur et de la même eau. Le plafond était fait d'une seule glace, à travers laquelle on voyait nager des poissons dorés de la Chine. Au lieu de baignoire, il y avait un bassin circulaire autour duquel régnait un cercle de mousse artificielle où l'on avait rangé les plus belles coquilles de la mer des Indes.

» Ici, je ne pus plus renfermer en moi-même les témoignages de mon admiration, et je dis :

» — Ah ! Madame, le Paradis n'est pas un plus beau séjour.

» — Le Paradis, s'écria la Dame avec l'air de l'égarement et du désespoir, le Paradis. N'a-t-il pas parlé du Paradis ? Monsieur Romati, je vous en prie, ne vous exprimez plus de cette manière. Je vous en prie sérieusement. Suivez-moi.

» Nous passâmes alors dans une volière remplie de tous les oiseaux du tropique et de tous les aimables chanteurs de nos climats. Nous y trouvâmes une table servie pour moi seul.

» — Ah ! Madame, dis-je à ma belle conductrice, comment songe-t-on à manger dans un séjour aussi divin ? Je vois que vous ne voulez pas vous mettre à table, et je ne saurais me résoudre à m'y mettre seul, à moins que vous ne daigniez m'entretenir de la Princesse qui possède tant de merveilles.

» La Dame sourit obligeamment, me servit, s'assit et commença en ces termes :

» — Je suis fille du dernier prince de Mont-Salerno.

» — Qui ? vous, Madame ?

» — Je voulais dire la Princesse de Mont-Salerno. Mais [*ne*] m'interrompez plus.

HISTOIRE DE LA PRINCESSE DE MONT-SALERNO

» — Le Prince de Mont-Salerno, qui descendait des anciens ducs de Salerne, était grand d'Espagne, connétable, grand Amiral, grand Écuyer, grand Maître de la Maison, grand Veneur, enfin il réunissait en sa personne toutes les grandes charges du royaume de Naples. Mais, bien qu'il fût au service de son roi, il avait lui-même une maison composée de gentilshommes parmi lesquels il y en avait plusieurs de titrés. Au nombre de ceux-ci se trouvait le Marquis de Spinaverde, premier gentilhomme du Prince, et possédant toute sa confiance, qu'il partageait cependant avec sa femme, la Marquise de Spinaverde, première Dame d'atour de la Princesse.

» J'avais dix ans... Je voulais dire que la fille unique du Prince de Mont-Salerno avait dix ans lorsque sa mère mourut. À cette époque, les Spinaverde quittèrent la maison du Prince, le mari pour prendre la régie de tous les fiefs, la femme pour prendre soin de mon éducation. Ils laissèrent à Naples leur fille aînée, appelée Laure, qui eut auprès du Prince une existence un peu équivoque. Sa mère et la jeune Princesse vinrent résider à Mont-Salerno.

» On s'occupait peu de l'éducation d'Elfrida, mais beaucoup de celle de ses entours. On leur enseignait à courir au-devant de mes moindres désirs.

» — De vos moindres désirs... dis-je à la Dame.

» — Je vous avais prié de ne point m'interrompre, reprit-elle avec un peu d'humeur[1].

1. *Avec beaucoup d'humeur* (1813).

» Après quoi elle continua en ces termes :

» — Je me plaisais à mettre la soumission de mes femmes à toutes sortes d'épreuves. Je leur donnais des ordres contradictoires dont elles ne pouvaient jamais exécuter que la moitié, et je les en punissais soit en les pinçant, soit en leur enfonçant des épingles dans les bras et les cuisses. Elles me quittèrent. La Spinaverde m'en donna d'autres, qui me quittèrent aussi.

» Sur ces entrefaites, mon père devint malade, et nous allâmes à Naples. Je le voyais peu, mais les Spinaverde ne le quittaient pas d'un moment. Enfin, il mourut après avoir fait un testament par lequel il nommait Spinaverde seul tuteur de sa fille et administrateur des fiefs et autres biens.

» Les funérailles nous occupèrent plusieurs semaines, après lesquelles nous retournâmes à Mont-Salerno, où je recommençai à pincer mes femmes de chambre. Quatre années s'écoulèrent dans ces innocentes occupations, qui m'étaient d'autant plus douces que la Spinaverde m'assurait tous les jours que j'avais raison, que tout le monde était fait pour m'obéir, et que ceux qui ne m'obéissaient pas assez tôt ou assez bien méritaient toutes sortes de punitions.

» Un jour, pourtant, toutes mes femmes me quittèrent l'une après l'autre, et je me vis sur le point d'être réduite le soir à me déshabiller moi-même. J'en pleurai de rage, et je courus chez la Spinaverde, qui me dit :

» — Chère et douce Princesse, essuyez vos beaux yeux. Je vous déshabillerai ce soir, et demain je vous amènerai six femmes de chambre, dont sûrement vous serez contente.

» Le lendemain, à mon réveil, la Spinaverde me présenta six jeunes filles très belles, dont la première vue me causa une sorte d'émotion. Elles-mêmes paraissaient émues. Je fus la première à me remettre de mon trouble. Je sautai de mon lit tout en chemise. Je les embrassai les unes après les autres et les assurai que jamais elles ne seraient ni grondées ni pincées. En effet, soit qu'elles fissent quelque gaucherie en m'habillant, soit qu'elles osassent me contrarier, je ne me fâchai jamais.

» — Mais, Madame, dis-je à la Princesse, ces jeunes filles étaient peut-être des garçons déguisés.

» La Princesse prit un air de dignité et me dit :

» — Monsieur Romati, je vous avais prié de ne pas m'interrompre.

» Ensuite, elle reprit ainsi le fil de son discours :

» — Le jour où j'achevai seize ans, l'on m'annonça une visite illustre. C'était un secrétaire d'État, l'Ambassadeur d'Espagne et le Duc de Guadarrama. Celui-ci venait me demander en mariage. Les deux autres n'y étaient que pour appuyer sa demande. Le jeune Duc avait la meilleure mine qu'on puisse imaginer, et je ne puis nier qu'il n'ait fait quelque impression sur moi.

» Le soir, on proposa une promenade au parc. À peine y eûmes-nous fait quelques pas qu'un taureau furieux s'élança du milieu d'un bouquet d'arbres et vint fondre sur nous. Le Duc courut à sa rencontre, son manteau dans une main et son épée dans l'autre. Le taureau s'arrêta un instant, s'élança sur le Duc, s'enferra lui-même dans son épée et tomba à ses pieds. Je me crus redevable de la vie à la valeur et à l'adresse du Duc. Mais le lendemain j'appris que le taureau avait été aposté exprès par l'écuyer du Duc, et que son maître avait fait naître cette occasion de me faire une galanterie à la manière de son pays. Alors, bien loin de lui en savoir quelque gré, je ne pus lui pardonner la peur qu'il m'avait faite, et je refusai sa main.

» La Spinaverde me sut gré de mon refus. Elle saisit cette occasion de me faire connaître tous mes avantages et combien je perdrais à changer d'état et à me donner un maître. Quelque temps après, le même secrétaire d'État vint encore me voir, accompagné d'un autre ambassadeur, ainsi que du Prince régnant de Noudel-Hansberg. Ce souverain était un grand, gros, gras, blond, blanc, blafard, qui voulut m'entretenir des majorats qu'il avait dans les États héréditaires ; mais en parlant italien il avait l'accent du Tyrol. Je me mis à parler comme lui ; et, tout en le contrefaisant, je l'assurai que sa présence était très nécessaire dans ses majorats des États héréditaires. Il s'en alla un peu piqué. La Spinaverde me mangea de caresses, et, pour me retenir plus sûrement à Mont-Salerno, elle a fait exécuter toutes les belles choses que vous voyez.

» — Ah ! m'écriai-je, elle a parfaitement réussi. Ce beau lieu peut être appelé un Paradis sur la terre.

» À ces mots, la Princesse se leva avec indignation et me dit :

» — Romati, je vous avais prié de ne plus vous servir de cette expression.

» Puis elle se mit à rire d'un air convulsif et affreux en répétant toujours :

» — Oui, le Paradis, le Paradis, il a bonne grâce de parler du Paradis.

» Cette scène devenait pénible. La Princesse reprit enfin son sérieux, me regarda d'un air sévère et m'ordonna de la suivre.

» Alors elle ouvrit une porte, et nous nous trouvâmes dans des voûtes souterraines, au-delà desquelles on apercevait comme un lac d'argent, et qui effectivement était de vif-argent[1]. La Princesse frappa dans ses mains, et l'on vit paraître une barque conduite par un nain jaune. Nous montâmes dans la barque, et je m'aperçus que le nain avait le visage d'or, les yeux de diamant, la bouche de corail. En un mot, c'était un automate qui, au moyen de petits avirons, fendait l'argent vif avec beaucoup d'adresse et faisait avancer la barque. Ce cocher d'une espèce nouvelle nous conduisit au pied d'un roc qui s'ouvrit et nous entrâmes encore dans un souterrain où mille automates nous offrirent le spectacle le plus singulier. Des paons faisant la roue étalèrent une queue émaillée et couverte de pierreries. Des perroquets, dont le plumage était d'émeraude, volaient sur nos têtes. Des nègres d'ébène nous présentaient des plats d'or remplis de cerises de rubis et de raisins de saphir. Mille autres objets surprenants remplissaient ces voûtes merveilleuses, dont l'œil n'apercevait pas la fin.

» Alors, je ne sais pourquoi, je fus encore tenté de répéter ce mot de Paradis, pour voir l'effet qu'il ferait sur la Princesse. Je cédai à cette fatale curiosité, et je lui dis :

» — En vérité, Madame, on peut dire que vous avez le Paradis sur la terre.

» La Princesse me sourit le plus agréablement du monde et me dit :

» — Pour que vous jugiez d'autant mieux des agréments de ce séjour, je vais vous présenter mes six femmes de chambre.

» Elle prit une clef d'or pendue à sa ceinture et alla ouvrir un grand coffre couvert de velours noir et garni en argent massif.

1. *D'argent vif* (1813).

» Lorsque le coffre fut ouvert, j'en vis sortir un squelette qui s'avança vers moi d'un air menaçant. Je tirai mon épée. Le squelette, s'arrachant à lui-même son bras gauche, s'en servit comme d'une arme et m'assaillit avec beaucoup de fureur. Je me défendis assez bien, mais un autre squelette sortit du coffre, arracha une côte au premier squelette et m'en donna un coup sur la tête. Je le saisis à la gorge, il m'entoura de ses bras décharnés et voulut me jeter à terre. Je m'en débarrassai, mais un troisième squelette sortit du coffre et se joignit aux deux premiers. Les trois autres parurent aussi. Ne pouvant espérer de me tirer d'un combat aussi inégal, je me jetai à genoux et je demandai grâce à la Princesse.

» La Princesse ordonna aux squelettes de rentrer dans le coffre, puis elle me dit :

» — Romati, rappelez-vous toute votre vie de ce que vous avez vu ici.

» En même temps, elle me saisit le bras, je le sentis brûlé jusqu'à l'os et je m'évanouis.

» Je ne sais combien de temps je restai dans cet état. Enfin je me réveillai et j'entendis psalmodier assez près de moi. Je vis que j'étais au milieu de vastes ruines. Je voulus en sortir et j'arrivai dans une cour intérieure, où je vis une chapelle et des moines qui chantaient matines. Lorsque leur service fut fini, le Supérieur m'invita à entrer dans sa cellule. Je l'y suivis, et, tâchant de rassembler mes esprits, je lui racontai ce qui m'était arrivé. Lorsque j'eus achevé mon récit, le Supérieur me dit :

» — Mon enfant, ne portez-vous pas quelque marque au bras que la Princesse a saisi ?

» Je relevai ma manche, et je vis effectivement mon bras tout brûlé et les marques des cinq doigts de la Princesse.

» Alors le Supérieur ouvrit un coffre qui était près de son lit, et en tira un vieux parchemin :

» — Voilà, me dit-il, la bulle de notre fondation, elle pourra vous éclairer sur ce que vous avez vu.

» Je déroulai le parchemin et j'y lus ce qui suit :

En l'année du Seigneur 1503, neuvième année de Frédéric, Roi de Naples et Sicile, Elfrida de Mont-Salerno, poussant l'impiété jusqu'à l'excès, se vantait hautement de posséder le véritable paradis et de renoncer volontairement à celui que nous attendons dans la vie éternelle. Mais, dans la nuit du jeudi au vendredi saint, un tremblement de terre abîma son palais, dont les ruines sont devenues un séjour de Satan, où l'ennemi du genre humain établit maint et maint démons qui ont longtemps obsédé et obsèdent encore par mille fascinations ceux qui osent approcher du Mont-Salerno, et même les bons chrétiens qui habitent dans les environs. C'est pourquoi, Nous, Pie Troisième[1]*, serviteur des serviteurs, etc., Nous autorisons la fondation d'une chapelle dans l'enceinte même des ruines, etc.*

» Je ne me rappelle plus le reste de la bulle. Ce dont je me rappelle, c'est que le Supérieur m'assura que les obsessions étaient devenues beaucoup plus rares, mais qu'elles se renouvelaient néanmoins quelquefois et particulièrement dans la nuit du jeudi au vendredi saint. En même temps, il me conseilla de faire dire des messes pour le repos de la Princesse et d'y assister moi-même. Je suivis son conseil, et puis je partis pour continuer mes voyages. Mais ce que j'ai vu dans cette nuit fatale m'a laissé une impression mélancolique que rien ne peut effacer, et de plus je souffre beaucoup de mon bras. »

1. *Alexandre VI* (1813).

En disant cela, Romati releva sa manche et nous fit voir son bras, où l'on distinguait la forme des doigts [1] de la Princesse et comme des marques de brûlures.

Ici j'interrompis le chef pour lui dire que j'avais feuilleté chez le cabaliste les relations variées de Hapelius, et que j'y avais trouvé une histoire à peu près semblable.

— Cela peut être, reprit le chef, peut-être Romati a-t-il pris son histoire dans ce livre. Peut-être l'a-t-il inventée. Toujours est-il sûr que son récit contribua beaucoup à me donner le goût des voyages, et même un espoir vague de trouver des aventures merveilleuses que je ne trouvais jamais. Mais telle est la force des impressions que nous recevons dans notre enfance, que cet espoir extravagant troubla longtemps ma tête, et que je ne m'en suis jamais bien guéri.

— Monsieur Pandesowna, dis-je alors au chef bohémien, ne m'avez-vous pas fait entendre que depuis que vous viviez dans ces montagnes vous y aviez vu des choses que l'on peut appeler merveilleuses ?

— Cela est vrai, me répondit-il, j'ai vu des choses qui m'ont rappelé l'histoire de Romati...

En ce moment, un Bohémien vint nous interrompre [2].

....

Un Bohémien vint nous interrompre. Après qu'il eut entretenu son chef en particulier, celui-ci me dit :

1. *Dîges (sic)*. Éd. de Saint-Pétersbourg.

2. C'est ici que se raccorde le texte de Saint-Pétersbourg avec l'histoire de Rébecca dans les *Dix Journées d'Alphonse van Worden,* où elle succède presque sans transition à celle d'Orlandine. La page 48 et dernière de l'édition de Saint-Pétersbourg contient encore les trois lignes suivantes. La phrase, brusquement interrompue, devait continuer sur la page 49, probablement jamais composée :

« Puis l'on dîna, et comme le chef avait encore des occupations, je pris mon fusil et j'allai chasser. Je gravis quelques sommets et ayant jeté les yeux sur la vallée... »

— Il ne convient pas que nous nous établissions ici. Demain, de grand matin, nous quitterons ces lieux.

Nous nous séparâmes pour regagner nos tentes. Mon sommeil ne fut point interrompu comme il l'avait été la nuit précédente.

QUATORZIÈME JOURNÉE [1]

Nous fûmes à cheval longtemps avant l'aurore, et nous nous enfonçâmes dans les vallons déserts de la Sierra Morena. Au lever du soleil, nous nous trouvâmes sur un sommet élevé, d'où je découvris le cours du Guadalquivir, et plus loin le gibet de Los Hermanos. Cette vue me fit tressaillir, en me rappelant une nuit délicieuse et les horreurs dont mon réveil avait été suivi. Nous descendîmes de ce sommet dans une vallée assez riante, mais très solitaire, où nous devions nous arrêter. On planta le piquet, on déjeuna à la hâte, et puis, je ne sais pourquoi, je voulus revoir de près le gibet, et savoir si les frères Zoto y étaient. Je pris mon fusil. L'habitude que j'avais de m'orienter fit que je trouvai aisément le chemin, et j'arrivai à la demeure patibulaire en peu de temps. La porte était ouverte ; les deux cadavres se voyaient étendus sur la terre : entre eux, une jeune fille que je reconnus pour Rébecca.

1. Cette indication est évidemment restituée. Dans le texte parisien de 1814, cet ultime récit conclut la dernière des *Dix Journées de la Vie d'Alphonse van Worden.*

Je l'éveillai le plus doucement qu'il me fut possible ; cependant la surprise que je ne pus lui sauver entièrement la mit dans un état cruel. Elle eut des convulsions, pleura et s'évanouit. Je la pris dans mes bras et la portai à une source voisine. Je lui jetai de l'eau au visage et la fis insensiblement revenir. Je n'aurais point osé lui demander comment elle était venue sous cette potence, mais elle m'en parla elle-même.

—Je l'avais bien prévu, me dit-elle, que votre discrétion me serait funeste. Vous n'avez pas voulu nous conter votre aventure, et je suis devenue, comme vous, la victime de ces maudits vampires dont les ruses détestables ont anéanti, en un clin d'œil, les longues précautions que mon père avait prises pour m'assurer l'immortalité. J'ai peine à me persuader les horreurs de cette nuit : je vais cependant tâcher de me les rappeler et de vous en faire le récit ; mais, pour que vous me compreniez mieux, je reprendrai d'un peu plus haut l'histoire de ma vie.

HISTOIRE DE RÉBECCA

— Mon frère, en vous contant son histoire, vous a dit une partie de la mienne. On lui destinait pour épouses les deux filles de la reine de Saba, et l'on prétendit me faire épouser les deux génies qui président à la constellation des Gémeaux. Flatté d'une alliance aussi belle, mon frère redoubla d'ardeur pour les sciences cabalistiques. Ce fut le contraire chez moi : épouser deux génies me parut une chose effrayante ; je ne pus prendre sur moi de composer deux lignes de cabale. Chaque jour, je remettais l'ouvrage au lendemain, et je finis par oublier presque cet art, aussi difficile que dangereux.

» Mon frère ne tarda pas à s'apercevoir de ma négligence ; il m'en fit d'amers reproches, me menaça de se plaindre à mon père. Je le conjurai de m'épargner. Il promit d'attendre jusqu'au samedi suivant, mais ce jour-là, comme je n'avais encore rien fait, il entra chez moi à minuit, m'éveilla, et me dit qu'il allait évoquer l'ombre terrible de Mamoun. Je me précipitai à ses genoux ; il fut inexorable. Je l'entendis proférer la formule, jadis inventée par la Baltoyve d'Endor. Aussitôt mon père m'apparut assis sur un trône d'ivoire ; un œil menaçant m'inspirait la terreur : je craignis de ne pas survivre au premier mot qui sortirait de sa bouche. Je l'entendis cependant, il parla, Dieu d'Abraham ! il prononça des imprécations épouvantables. Je ne vous répéterai pas ce qu'il me dit... »

Ici la jeune Israélite couvrit son visage de ses deux mains et parut frémir à la seule idée de cette scène cruelle. Elle se remit cependant et continua en ces termes :

— Je n'entendis pas la fin du discours de mon père ; j'étais évanouie avant qu'il fût achevé. Revenue à moi, je vis mon frère qui me présentait le livre des Séfiroth. Je pensai m'évanouir de nouveau ; mais il fallut se soumettre. Mon frère, qui se doutait bien qu'il faudrait avec moi en revenir aux premiers éléments, eut la patience de les rappeler peu à peu à ma mémoire. Je commençai par la composition des syllabes ; je passai à celle des mots et des formules. Enfin je finis par m'attacher à cette science sublime. Je passais les nuits dans le cabinet qui avait servi d'observatoire à mon père, et j'allais me coucher lorsque la lumière du jour venait troubler mes opérations. Alors je tombais de sommeil. Ma mulâtresse Zulica me déshabillait presque sans que je m'en aperçusse ; je dormais quelques heures, et puis je retournais à des occupations pour lesquelles je n'étais point faite, comme vous l'allez voir.

» Vous connaissez Zulica, et vous avez pu faire quelque attention à ses charmes, elle en a infiniment : ses yeux ont l'expression de la tendresse, sa bouche s'embellit par le sourire ; son corps a des formes parfaites. Un matin, je revenais de l'observatoire. J'appelai pour me déshabiller ; elle ne m'entendit pas. J'allai à sa chambre qui est à côté de la mienne. Je la vis à sa fenêtre, penchée en dehors, à demi nue, faisant des signes de l'autre côté du vallon, et soufflant sur sa main des baisers que son âme entière semblait suivre. Je n'avais aucune idée de l'amour : l'expression de ce sentiment frappait, pour la première fois, mes regards. Je fus tellement émue et surprise que j'en restai aussi immobile qu'une statue. Zulica se retourna, un vif incarnat perçait à travers la couleur noisette de son sein, et se répandit sur toute sa personne. Je rougis aussi, puis je pâlis. J'étais prête à défaillir. Zulica me reçut dans ses bras, et son cœur, que je sentis palpiter contre le mien, y fit passer le désordre qui régnait dans ses sens.

» Zulica me déshabilla à la hâte. Lorsque je fus couchée, elle parut se retirer avec plaisir et fermer sa porte avec plus de plaisir encore. Bientôt après, j'entendis les pas de quelqu'un qui entrait dans sa chambre. Un mouvement aussi prompt qu'involontaire me fit courir à sa porte et attacher mon œil au trou de la serrure. Je vis le jeune mulâtre Tanzaï ; il apportait une corbeille remplie des fleurs qu'il venait de cueillir dans la campagne. Zulica courut au-devant de lui, prit les fleurs à poignée et les pressa contre son sein. Tanzaï s'approcha pour respirer leur parfum qui s'exhalait avec les soupirs de sa maîtresse. Je vis distinctement Zulica éprouver dans tous ses membres un frémissement qu'il me parut ressentir avec elle. Elle tomba dans les bras de Tanzaï, et j'allai dans mon lit cacher ma faiblesse et ma honte.

» Ma couche fut inondée de mes larmes. Les sanglots m'étouffaient, et, dans l'excès de ma douleur, je m'écriai :

» — Ô ! ma cent et douzième aïeule, de qui je porte le nom, douce et tendre épouse d'Isaac, si du sein de votre beau-père, du sein d'Abraham, si vous voyez l'état où je suis, apaisez l'ombre de Mamoun, et dites-lui que sa fille est indigne des honneurs qu'il lui destine.

» Mes cris avaient éveillé mon frère. Il entra chez moi et, me croyant malade, il me fit prendre un calmant. Il revint à midi, me trouva le pouls agité, et s'offrit à continuer pour moi mes opérations cabalistiques. J'acceptai, car il m'eût été impossible de travailler. Je m'endormis vers le soir, et j'eus des rêves bien différents de ceux que j'avais eus jusqu'alors. Le lendemain, je rêvais tout éveillée, ou du moins j'avais des distractions qui auraient pu le faire croire. Les regards de mon frère me faisaient rougir sans que j'en eusse de motif. Huit jours se passèrent ainsi.

» Une nuit, mon frère entra dans ma chambre. Il avait sous le bras le livre des Séfiroth, et dans sa main un bandeau constellé, où se voyaient écrits les soixante-douze noms que Zoroastre a donnés à la constellation des Gémeaux.

» — Rébecca, me dit-il, Rébecca, sortez d'un état qui vous déshonore. Il est temps que vous essayiez votre pouvoir sur les peuples élémentaires. Et cette bande constellée vous garantira de leur pétulance. Choisissez sur les monts d'alentour le lieu que vous croirez le plus propre à votre opération. Songez que votre sort en dépend.

» Après avoir ainsi parlé, mon frère m'entraîna hors de la porte du château et ferma la grille sur moi.

» Abandonnée à moi-même, je rappelai mon courage. La nuit était sombre. J'étais en chemise, nu-pieds, les cheveux épars, mon livre dans une main et mon bandeau magique dans l'autre. Je dirigeai ma course vers la montagne qui était la plus proche. Un pâtre voulut mettre la main sur moi, je le repoussai avec le livre que je tenais, et il tomba mort à mes pieds. Vous n'en serez pas surpris, lorsque vous saurez que la couverture du livre était faite avec du bois de l'arche, dont la propriété était de faire périr tout ce qui la touchait.

» Le soleil commençait à paraître lorsque j'arrivai sur le sommet que j'avais choisi pour mes opérations. Je ne pouvais les commencer que le lendemain à minuit. Je me retirai dans une caverne ; j'y trouvai une ourse avec ses petits. Elle se jeta sur moi, mais la reliure de mon livre fit son effet, et le furieux animal tomba à mes pieds. Ses mamelles gonflées me rappelèrent que je mourais d'inanition, et je n'avais encore aucun génie à mes ordres, pas même le moindre esprit follet. Je pris le parti de me jeter à terre à côté de l'ourse, et de sucer son lait. Un reste de chaleur que l'animal conservait encore rendait ce repas moins dégoûtant, mais les petits oursons vinrent me le disputer. Imaginez, Alphonse, une fille de seize ans, qui n'avait jamais quitté les lieux de sa naissance, et dans cette situation. J'avais en main des armes terribles, mais je ne m'en étais jamais servie, et la moindre inattention pouvait les tourner contre moi.

» Cependant, l'herbe se desséchait sous mes pas, l'air se chargeait d'une vapeur enflammée, et les oiseaux expiraient au milieu de leur vol. Je jugeai que les démons avertis commençaient à se rassembler. Un arbre s'alluma de lui-même ; il en sortit des tourbillons de fumée qui, au lieu de s'élever, environnèrent ma caverne et me plongèrent dans les ténèbres. L'ourse étendue à mes pieds parut se ranimer ; ses yeux étincelèrent d'un feu qui, pour un instant, dissipa l'obscurité. Un esprit malin sortit de sa gueule sous la forme d'un serpent ailé. C'était Nemraël, démon du plus bas étage, que l'on destinait à me servir. Mais bientôt après j'entendis parler la langue des Égrégores, les plus illustres des anges tombés. Je compris qu'ils me feraient l'honneur d'assister à ma réception dans le monde des êtres intermédiaires. Cette langue est la même que celle que nous avons dans le livre d'Énoch, ouvrage dont j'ai fait une étude particulière.

» Enfin Semiaras, prince des Égrégores, voulut bien m'avertir qu'il était temps de commencer. Je sortis de ma caverne, j'étendis en cercle ma bande constellée, j'ouvris mon livre et je prononçai à haute voix les formules terribles que, jusqu'alors, je n'avais osé lire que des yeux... Vous jugez bien, seigneur Alphonse, que je ne puis vous dire ce qui se passa en cette occasion, et vous ne pourriez le comprendre. Je vous dirai seulement que j'acquis un assez grand pouvoir sur les esprits, et qu'on m'enseigna les moyens de me faire connaître des Gémeaux célestes. Vers ce temps-là, mon frère aperçut le bout des pieds des filles de Salomon. J'attendis que le soleil entrât dans le signe des Gémeaux et j'opérai à mon tour. Je ne négligeai rien pour obtenir le succès complet et, pour ne point perdre le fil de mes combinaisons, je prolongeai mon travail si avant dans la nuit qu'enfin, vaincue par le sommeil, je fus obligée de lui céder.

» Le lendemain, devant mon miroir, j'aperçus deux figures humaines qui semblaient être derrière moi. Je me retournai et je ne vis rien. Je regardai dans le miroir, et je les revis encore. Au reste, cette apparition n'avait rien d'effrayant. Je vis deux jeunes gens dont la stature était un peu au-dessus de la taille humaine ; leurs épaules avaient aussi plus de largeur, mais une rondeur qui tenait de celle de notre sexe. Leurs poitrines s'élevaient aussi comme celles des femmes, mais leurs seins étaient comme ceux des hommes. Leurs bras arrondis et parfaitement formés étaient couchés sur leurs hanches, dans l'attitude que l'on voit aux statues égyptiennes. Leurs cheveux, d'une couleur mêlée d'or et d'azur, tombaient en grosses boucles sur leurs épaules. Je ne vous parle pas des traits de leurs visages ; vous pouvez imaginer si des demi-dieux sont beaux ; car enfin, c'étaient là les Gémeaux célestes. Je les reconnus aux petites flammes qui brillaient sur leurs têtes.

— Comment ces demi-dieux étaient-ils habillés ? demandai-je à Rébecca.

— Ils ne l'étaient pas du tout, me répondit-elle. Chacun avait quatre ailes, dont deux étaient couchées sur leurs épaules, et deux autres se croisaient autour de leurs ceintures. Ces ailes étaient à la vérité aussi transparentes que des ailes de mouche, mais des parties de pourpre et d'or, mêlées à leur tissu diaphane, cachaient tout ce qui aurait pu être alarmant pour la pudeur.

» Les voilà donc, dis-je en moi-même, les époux célestes auxquels je suis destinée. Je ne pus m'empêcher de les comparer intérieurement au jeune mulâtre qui adorait Zulica. J'eus honte de cette comparaison. Je regardai dans le miroir, je crus voir que les demi-dieux me jetaient un regard plein de courroux, comme s'ils eussent lu dans mon âme et qu'ils se trouvassent offensés de ce mouvement involontaire.

» Je fus plusieurs jours sans oser lever les yeux sur la glace. Enfin, je m'y hasardai. Les divins Gémeaux avaient les mains croisées sur la poitrine ; leur air plein de douceur m'ôta ma timidité. Je ne savais cependant que leur dire. Pour sortir d'embarras, j'allai chercher un volume des ouvrages d'Édris, que vous appelez Atlas ; c'est ce que nous avons de plus beau en fait de poésie. L'harmonie des vers d'Édris a quelque ressemblance avec celle des corps célestes. Comme la langue de cet auteur ne m'est pas très familière, craignant d'avoir mal lu, je portais à la dérobée les yeux dans la glace, pour y voir l'effet que je faisais sur mon auditoire : j'eus tout lieu d'en être contente. Les Thamims se regardaient l'un l'autre et semblaient m'approuver, et quelquefois ils jetaient dans le miroir des regards que je ne rencontrais pas sans émotion.

» Mon frère entra, et la vision s'évanouit. Il me parla des filles de Salomon, dont il avait vu le bout des pieds. Il était gai : le partageai sa joie. Je me sentais pénétrée d'un sentiment qui, jusqu'alors, m'avait été inconnu. Le saisissement intérieur que l'on éprouve dans les opérations cabalistiques faisait place à je ne sais quel doux abandon, dont, jusqu'alors, j'avais ignoré les charmes.

» Mon frère fit ouvrir la porte du château ; elle ne l'avait pas été depuis mon voyage à la montagne. Nous goûtâmes le plaisir de la promenade ; la campagne me parut émaillée des plus belles couleurs. Je trouvai aussi dans les yeux de mon frère je ne sais quel feu très différent de l'ardeur qu'on a pour l'étude. Nous nous enfonçâmes dans un bosquet d'orangers. J'allai rêver de mon côté, lui du sien, et nous rentrâmes encore tout remplis de nos rêveries.

» Zulica, pour me coucher, m'apporta un miroir. Je vis que je n'étais pas seule ; je fis emporter la glace, me persuadant, comme l'autruche, que je ne serais pas vue dès que je ne verrais pas. Je me couchai et m'endormis, mais bientôt des rêves bizarres s'emparèrent de mon imagination. Il me sembla que je voyais dans l'abîme des cieux deux astres brillants qui s'avançaient majestueusement dans le zodiaque. Ils s'en écartèrent tout à coup, et puis revinrent, ramenant avec eux la petite nébuleuse du pied d'Auriga.

» Ces trois corps célestes continuèrent ensemble leur route éthérée ; et puis ils s'arrêtèrent et prirent l'apparence d'un météore igné. Ensuite ils m'apparurent sous la forme de trois anneaux lumineux qui, après avoir tourbillonné quelque temps, se fixèrent à un même centre. Alors ils s'échangèrent en une sorte de gloire ou d'auréole, qui environnait un trône de saphir. Je vis les Gémeaux me tendant les bras et me montrant la place que je devais occuper entre eux. Je voulus m'élancer, mais, dans ce moment, je crus voir le mulâtre Tanzaï qui m'arrêtait en me saisissant par le milieu du corps. Je fus, en effet, fort saisie, et je m'éveillai en sursaut.

» Ma chambre était sombre et je vis, par les fentes de la porte, que Zulica avait chez elle de la lumière. Je l'entendis se plaindre et la crus malade ; j'aurais dû l'appeler, je ne le fis point. Je ne sais quelle étourderie me fit encore avoir recours au trou de la serrure. Je vis le mulâtre Tanzaï prenant avec Zulica des libertés qui me glacèrent d'horreur. Mes yeux se fermèrent et je tombai évanouie.

» Lorsque je revins à moi, j'aperçus près de mon lit

mon frère avec Zulica. Je jetai sur celle-ci un regard foudroyant et lui ordonnai de ne plus se présenter devant moi. Mon frère me demanda le motif de ma sévérité. Je lui contai, en rougissant, ce qui m'était arrivé pendant la nuit. Il me répondit qu'il les avait mariés la veille, mais qu'il en était fâché, n'ayant pas prévu ce qui venait d'arriver. Il n'y avait eu, à la vérité, que ma vue de profanée ; mais l'extrême délicatesse des Thamims lui donnait de l'inquiétude. Pour moi, j'avais perdu tout sentiment, excepté celui de la honte, et je serais morte plutôt que de jeter les yeux sur un miroir.

» Mon frère ne connaissait pas le genre de mes relations avec les Thamims : mais il savait que je ne leur étais plus inconnue et, voyant que je me laissais aller à une sorte de mélancolie, il craignit que je ne négligeasse les opérations que j'avais commencées. Le soleil était prêt à sortir du signe des Gémeaux, et il crut devoir m'en avertir. Je me réveillai comme d'un songe. Je tremblai de ne plus revoir les Thamims, et de me séparer d'eux pour onze mois sans savoir comment j'étais dans leur esprit, et même tremblante de m'être rendue tout à fait indigne de leur attention.

» Je pris la résolution d'aller dans une salle haute du château qui est ornée d'une glace de Venise de douze pieds de haut. Mais, pour avoir une contenance, je pris avec moi le volume d'Édris, où se trouve son poème sur la création du monde. Je m'assis très loin du miroir et me mis à lire tout haut. Ensuite, m'interrompant et élevant la voix, j'osai demander aux Thamims s'ils avaient été témoins de ces merveilles. Alors la glace de Venise quitta la muraille et se plaça devant moi. J'y vis les Gémeaux me sourire avec un air de satisfaction et baisser tous les deux la tête pour me témoigner qu'ils avaient réellement assisté à la création du monde, et que tout s'y était passé comme le dit Édris. Je m'enhardis davantage ; je fermai mon livre et je confondis mes regards avec ceux de mes divins amants. Cet instant d'abandon pensa me coûter cher. Je tenais encore de trop près à l'humanité pour pouvoir soutenir une communication aussi intime. La flamme qui brillait dans leurs yeux pensa me dévorer ; je baissai les miens et, m'étant un peu remise, je continuai ma lecture. Je tombai précisément sur le second chant d'Édris, où ce premier des poètes décrit les amours des fils d'Élohim avec les filles des hommes. Il est impossible de se faire aujourd'hui, une idée de la manière dont on aimait dans ce premier âge du monde. Les exagérations que je ne comprenais pas bien moi-même me faisaient souvent hésiter. Dans ces moments-là, mes yeux se tournaient involontairement vers le miroir ; et il me semble voir que les Thamims prenaient un plaisir toujours plus vif à m'entendre. Ils me tendaient les bras ; ils s'approchèrent de ma chaise. Je les vis déployer les brillantes ailes qu'ils avaient aux épaules ; je distinguai même un léger flottement dans celles qui leur servaient de ceinture. Je crus qu'ils allaient aussi les déployer, et je mis une main sur mes yeux. Au même instant, je la sentis baiser, ainsi que celle dont je tenais mon livre. Au même instant aussi j'entendis que le miroir se brisait en mille éclats. Je compris que le soleil était sorti du signe des Gémeaux, et que c'était un congé qu'ils prenaient de moi.

» Le lendemain, j'aperçus encore, dans un autre miroir, comme deux ombres, ou plutôt comme une légère esquisse des deux formes célestes. Le surlendemain, je ne vis plus rien du tout. Alors, pour charmer les ennuis de l'absence, je passais les nuits à l'observatoire et, l'œil collé au télescope, je suivais mes amants jusqu'à leur coucher. Ils étaient déjà sous l'horizon, et je croyais les voir encore. Enfin, lorsque la queue du Cancer disparaissait à ma vue, je me retirais, et souvent ma couche était baignée de pleurs involontaires, et qui n'avaient aucun motif.

» Cependant, mon frère, plein d'amour et d'espérance, s'adonnait plus que jamais à l'étude des sciences occultes. Un jour, il vint chez moi et me dit qu'à certains signes qu'il avait aperçus dans le ciel il jugeait qu'un fameux adepte devait passer à Cordoue le 23 de notre mois Thybi, à minuit et quarante minutes. Ce célèbre cabaliste vivait depuis deux cents ans dans la pyramide de Saophis, et son intention était de s'embarquer pour l'Amérique. J'allai le soir à l'observatoire. Je trouvai que mon frère avait raison, mais mon calcul me donna un résultat un peu différent du sien. Mon frère soutint que le sien était juste et, comme il est fort attaché à ses opinions, il voulut aller lui-même à Cordoue, pour me prouver que la raison était de son côté. Il aurait pu faire son voyage en aussi peu de temps que je mets à vous le raconter, mais il voulut jouir du plaisir de la promenade, et suivre la pente des coteaux, choisissant la route où de beaux sites contribueraient le plus à l'amuser et à le distraire. Il arriva ainsi à la Venta Quemada. Il s'était fait accompagner par le petit Nemraël, cet esprit malin qui m'avait apparu dans la caverne. Il lui ordonna de lui apporter à souper, Nemraël enleva le souper d'un prieur de bénédictins et l'apporta dans la venta. Ensuite mon frère me renvoya Nemraël comme n'en ayant plus besoin. J'étais dans cet instant à l'observatoire et je vis dans le ciel des choses qui me firent trembler pour mon frère. J'ordonnai à Nemraël de retourner à la venta et de ne plus quitter son maître. Il y alla et revint un instant après me dire qu'un pouvoir supérieur au sien l'avait empêché de pénétrer dans l'intérieur du cabaret. Mon inquiétude fut à son comble. Enfin je vous vis arriver avec mon frère. Je démêlai dans vos traits une assurance et une sérénité qui me prouvèrent que vous n'étiez pas cabaliste. Mon père avait prédit que j'aurais beaucoup à souffrir d'un mortel, et je craignis que vous ne fussiez ce mortel. Bientôt d'autres soins m'occupèrent. Mon frère me conta l'histoire de Pascheco, et ce qui lui était arrivé à lui-même, mais il ajouta, à ma grande surprise, qu'il ne savait pas à quelle espèce de démons il avait eu affaire. Nous attendîmes la nuit avec la plus extrême impatience et nous fîmes les plus épouvantables conjurations. Ce fut en vain : nous ne pûmes rien savoir sur la nature des deux êtres, et nous ignorions si mon frère avait réellement perdu avec eux ses droits à l'immortalité. Je crus pouvoir tirer de vous quelques lumières. Mais, fidèle à je ne sais quelle parole d'honneur, vous ne voulûtes rien nous dire.

» Alors, pour servir et tranquilliser mon frère, je résolus de passer moi-même une nuit à la Venta Quemada. Je suis partie hier, et la nuit était avancée lorsque j'arrivai à l'entrée du vallon. Je rassemblai quelques vapeurs dont je composai un feu follet, et je lui ordonnai de me conduire à la venta. C'est un secret qui s'est conservé dans notre famille, et c'est par un moyen pareil que Moïse, propre frère de mon soixante-troisième aïeul, composa la colonne de feu qui conduisit les Israélites dans le désert.

» Mon feu follet s'alluma très bien et se mit à marcher devant moi ; mais il ne prit pas le plus court chemin. Je m'aperçus bien de son infidélité, mais je n'y fis pas assez d'attention.

» Il était minuit lorsque j'arrivai. En entrant dans la cour de la venta, je vis qu'il y avait de la lumière dans la chambre du milieu et j'entendis une musique fort harmonieuse. Je m'assis sur un banc de pierre. Je fis quelques opérations cabalistiques qui ne produisirent aucun effet. Il est vrai que cette musique me charmait et me distrayait au point qu'à l'heure qu'il est je ne puis vous dire si mes opérations étaient bien faites, et je soupçonne y avoir manqué en quelque point essentiel. Mais alors je crus avoir procédé régulièrement, et, jugeant qu'il n'y avait dans l'auberge ni démons ni esprits, j'en conclus qu'il n'y avait que des hommes, et je me livrai au plaisir de les entendre chanter. C'étaient deux voix, soutenues d'un instrument à cordes, mais elles étaient si mélodieuses, si bien d'accord, qu'aucune musique sur la terre ne peut entrer en comparaison.

» Les airs que ces voix faisaient entendre inspiraient une tendresse si voluptueuse que je ne puis en donner aucune idée. Longtemps je les écoutai, assise sur mon banc, mais, enfin, je me déterminai à entrer, puisque je n'étais venue que pour cela. Je montai donc, et je trouvai dans la chambre du milieu, deux jeunes gens, grands, bien faits, assis à table, mangeant, buvant et chantant de tout leur cœur. Leur costume était oriental ; ils étaient coiffés d'un turban, la poitrine et les bras nus, et de riches armes à leur ceinture.

» Ces deux inconnus, que je pris pour des Turcs, se levèrent, m'approchèrent une chaise, remplirent mon assiette et mon verre, et se mirent à chanter, en s'accompagnant d'un théorbe, dont ils jouaient tour à tour.

» Leurs manières libres avaient quelque chose de

communicatif. Ils ne faisaient point de façons, je n'en fis point. J'avais faim, je mangeai. Il n'y avait point d'eau, je bus du vin. Il me prit envie de chanter avec les jeunes Turcs, qui parurent charmés de m'entendre. Je chantai une seguedille espagnole. Ils répondirent sur les mêmes rimes. Je leur demandai où ils avaient appris l'espagnol.

» L'un deux me répondit :

» — Nous sommes nés en Morée et, marins de profession, nous avons facilement appris la langue des ports que nous fréquentions. Mais laissons là les seguedilles, écoutez les chansons de notre pays.

» Leurs chants avaient une mélodie qui faisait passer l'âme par toutes les nuances du sentiment et, lorsqu'on était à l'excès de l'attendrissement, des accents inattendus vous ramenaient à la plus folle gaieté.

» Je n'étais point dupe de tout ce manège. Je fixais attentivement les prétendus matelots, et il me semblait trouver à l'un et à l'autre une extrême ressemblance avec mes divins Gémeaux.

» — Vous êtes turcs, leur dis-je, et nés en Morée ?

» — Point du tout, me répondit celui qui n'avait point encore parlé. Nous sommes grecs, nés à Sparte. Ah ! divine Rébecca, pouvez-vous me méconnaître, je suis Pollux et voici mon frère !

» La frayeur m'ôta l'usage de la voix, les Gémeaux prétendus déployèrent leurs ailes, et je me sentis enlever dans les airs. Par une heureuse inspiration, je prononçai un nom sacré, dont mon frère et moi sommes seuls dépositaires. À l'instant même, je fus précipitée sur la terre, et tout à fait étourdie de ma chute. C'est vous, Alphonse, qui m'avez rendu l'usage de mes sens ; un sentiment interne m'avertit que je n'ai rien perdu de ce qu'il m'importe de conserver, mais je suis lasse de tant de merveilles ; je sens que je suis née pour rester simple mortelle. »

Rébecca termina là son récit. Mais il ne fit pas sur moi l'effet qu'elle en attendait. Tout ce que j'avais vu et entendu d'extraordinaire pendant les dix jours qui venaient de s'écouler ne m'empêcha pas de croire qu'elle avait voulu se moquer de moi. Je la quittai assez brusquement [et, me mettant à réfléchir sur ce qui m'était arrivé depuis mon départ de Cadix, je me rappelai alors quelques mots échappés à Don Emmanuel de Sa, gouverneur de cette ville, qui me firent penser qu'il n'était pas tout à fait étranger à la mystérieuse existence des Gomélez. C'était lui qui m'avait donné mes deux valets, Lopez et Moschito. Je me mis dans la tête que c'était par son ordre qu'ils m'avaient quitté à l'entrée désastreuse de Los Hermanos. Mes cousines, et Rébecca elle-même, m'avaient souvent fait entendre que l'on voulait m'éprouver. Peut-être m'avait-on donné, à la venta, un breuvage pour m'endormir, et ensuite rien n'était plus aisé que de me transporter pendant mon sommeil sous le fatal gibet. Pascheco pouvait avoir perdu un œil par un tout autre accident que par sa liaison amoureuse avec les deux pendus, et son effroyable histoire pouvait être un conte. L'ermite, qui avait cherché toujours à surprendre mon secret, était sans doute un agent des Gomélez, qui voulait éprouver ma discrétion. Enfin Rébecca, son frère, Zoto et le chef des Bohémiens, tous ces gens-là s'entendaient peut-être pour ébranler mon courage[1]].

1. Ce passage figure déjà au début de la Dixième Journée (voir p. 191). Il ne semble avoir été transporté ici que pour préparer l'annonce qui la suit immédiatement.

Ces réflexions, comme on le sent bien, me décidèrent à attendre, de pied ferme, la suite des aventures auxquelles j'étais destiné, et que le lecteur connaîtra s'il accueille favorablement la première partie de cette histoire [1].

1. Par « la première partie de cette histoire », il va de soi qu'il faut entendre ici les *Dix Journées de la Vie d'Alphonse van Worden*, c'est-à-dire les Journées 1 à 10 et la Journée 14 de l'ouvrage complet.

II

Récits tirés de Avadoro, histoire espagnole

I

HISTOIRE DU TERRIBLE PÈLERIN HERVAS ET DE SON PÈRE, L'OMNISCIENT IMPIE

« Une connaissance approfondie de cent sciences différentes paraîtra, à quelques personnes, devoir surpasser les forces accordées à une tête humaine : il est certain cependant que Hervas écrivit, sur chacune, un volume qui commençait par l'histoire de la science et finissait par des vues pleines de sagacité sur les moyens d'y ajouter et, pour ainsi dire, de reculer dans tous les sens les bornes du savoir.

» Hervas suffisait à tout au moyen de l'économie du temps et d'une grande régularité dans sa distribution. Il se levait avant le soleil et se préparait au travail du bureau par des réflexions analogues aux opérations qu'il y devait effectuer. Il se rendait chez le ministre une demi-heure avant tout le monde et attendait que l'heure du bureau sonnât, ayant la plume en main et la tête dégagée de toute idée relative à son ouvrage. Au moment où l'heure sonnait, il commençait ses calculs et les expédiait avec une célérité surprenante. Après cela, il passait chez le libraire Moreno, dont il avait su gagner la confiance, prenait les livres qui lui étaient nécessaires et les portait chez lui. Il ressortait encore pour prendre un léger repas, rentrait avant une heure et travaillait jusqu'à huit heures du soir. Après quoi, il jouait à la *pelota* avec des petits garçons du voisinage, rentrait, prenait une tasse de chocolat et s'allait coucher. Les dimanches, il passait toute la journée hors de chez lui et méditait le travail de la semaine suivante. Hervas pouvait ainsi consacrer environ trois mille heures par an à la confection de son œuvre universelle, ce qui ayant fait, au bout de quinze ans, quarante-cinq mille heures, cette surprenante composition se trouva réellement achevée, sans que personne, à Madrid, s'en doutât ; car Hervas n'était nullement communicatif et ne parlait à personne de son ouvrage, voulant étonner le monde en lui montrant tout à la fois ce vaste amas de science. L'ouvrage de Hervas se trouva donc fini comme lui-même finissait sa trente-neuvième année, et il se félicitait d'entrer dans la quarantième avec une grande réputation toute prête d'éclore. Mais, en même temps, il avait dans l'âme une sorte de tristesse ; car l'habitude du travail, soutenu par l'espérance, avait été, pour lui, comme une société agréable qui remplissait tous les moments de sa journée. Il avait perdu cette société ; et l'ennui, qu'il n'avait jamais connu, commençait à se faire sentir. Cet état, si nouveau pour Hervas, le sortit tout à fait de son caractère. Bien loin qu'il recherchât la solitude, on le voyait dans tous les lieux publics. Là, il avait l'air d'accoster tout le monde ; mais, ne connaissant personne et n'ayant point l'habitude de la conversation, il passait sans mot dire ; cependant il songeait en lui-même que bientôt tout Madrid le connaîtrait, le rechercherait, et que son nom serait sur les lèvres de tout le monde.

» Tourmenté par le besoin de la distraction, Hervas eut l'idée de revoir le lieu de sa naissance, bourgade obscure, qu'il espérait illustrer. Depuis quinze ans, il ne s'était permis d'autre amusement que de jouer à la *pelota* avec les garçons du voisinage, et il se promettait un délicieux plaisir d'y jouer dans les lieux où s'était passée sa première enfance.

» Hervas voulut, avant de partir, jouir du spectacle de ses cent volumes rangés sur une seule tablette. Il remit ses manuscrits à un relieur en lui recommandant bien que le dos de chaque volume portât, dans sa longueur, le nom de la science et le numéro du tome, depuis le premier, qui était la Grammaire universelle, jusqu'à l'Analyse, qui était le centième. Le relieur apporta l'ouvrage au bout de trois semaines. La tablette qui devait le recevoir était déjà préparée. Hervas y plaça cette imposante série, et fit un feu de joie de tous les brouillons et copies partielles. Après quoi il ferma, à double tour, la porte de sa chambre, y apposa son cachet et partit pour les Asturies.

» L'aspect des lieux de sa naissance donna réellement à Hervas tout le plaisir qu'il s'en promettait. Mille souvenirs, innocents et doux, lui arrachaient des larmes de joie, dont vingt ans des plus arides conceptions avaient, pour ainsi dire, tari les sources. Notre polygraphe eût volontiers passé le reste de ses jours dans sa bourgade native ; mais les cent volumes le rappelaient à Madrid. Il reprend le chemin de la capitale : il arrive chez lui, trouve bien entier le cachet apposé sur la porte. Il ouvre !... et voit les cent volumes mis en pièces, dépouillés de reliure, toutes les feuilles éparses et confondues sur le parquet ! Cet aspect affreux trouble ses sens ; il tombe au milieu des débris de ses livres et perd jusqu'au sentiment de son existence.

» Hélas ! voici quelle était la cause de ce désastre.

Hervas ne mangeait jamais chez lui. Les rats, si nombreux dans toutes les maisons de Madrid, se gardaient bien de fréquenter la sienne ; ils n'y auraient trouvé à ronger que quelques plumes ; mais il n'en fut pas de même lorsque cent volumes, chargés de colle toute fraîche, furent apportés dans la chambre, et que cette chambre fut, dès le même jour, abandonnée par son maître. Les rats, attirés par l'odeur de la colle, encouragés par la solitude, se rassemblèrent en foule, culbutèrent, rongèrent, dévorèrent... Hervas, reprenant ses sens, vit un de ces monstres, tirant, dans un trou, les derniers feuillets de son Analyse. La colère n'était, peut-être, jamais entrée dans l'âme de Hervas : il en ressentit le premier accès, se précipita sur le ravisseur de sa géométrie transcendante ; sa tête porta contre le mur et il retomba évanoui.

» Hervas reprit une seconde fois ses esprits, ramassa les lambeaux qui couvraient le parquet de sa chambre et les jeta dans un coffre. Puis il s'assit sur le coffre et se livra aux plus tristes pensées. Bientôt après, il fut saisi d'un frisson qui, dès le lendemain, dégénéra en une fièvre bilieuse, comateuse et maligne.

» Hervas, privé de sa gloire par les rats, abandonné des médecins, ne fut pas délaissé par sa garde-malade. Elle lui continua ses soins et, bientôt, une crise heureuse sauva ses jours. Cette garde était une fille de trente ans, appelée Marica ; elle était venue le soigner par amitié, parce qu'il causait quelquefois les soirs avec son père, qui était un cordonnier du voisinage. Hervas, convalescent, sentit tout ce qu'il devait à cette bonne fille.

» — Marica, lui dit-il, vous avez sauvé mes jours et vous adoucissez mon retour à la vie. Que puis-je faire pour vous ?

» — Monsieur, lui répondit cette fille, vous pourriez faire mon bonheur, mais je n'ose vous dire comment.

» — Dites, dites et soyez sûre que, si la chose est en mon pouvoir, je la ferai.

» — Mais, si je vous demandais de m'épouser ?

» — Je le veux bien, et de grand cœur. Vous me nourrirez quand je me porterai bien, vous me soignerez quand je serai malade, et vous me défendrez des rats quand je serai absent. Oui, Marica, je vous épouserai du moment où vous le voudrez, et le plus tôt sera le mieux.

» Hervas n'étant pas encore bien guéri ouvrit le coffre qui renfermait les débris de sa poly-mathésis. Il essaya d'en rassembler les feuillets et eut une récidive qui lui laissa beaucoup de faiblesse. Lorsqu'il fut en état de sortir, il alla chez le ministre des Finances, représenta qu'il avait travaillé quinze ans et formé des élèves en état de le remplacer ; que sa santé était détruite, et il demanda sa retraite, avec une pension équivalente à la moitié de son traitement. En Espagne, ces sortes de grâces ne sont pas très difficiles à obtenir ; on accorda à Hervas ce qu'il demandait, et il épousa Marica.

» Alors notre savant changea sa manière de vivre. Il prit un logement dans un quartier solitaire et se proposa de ne point sortir de chez lui qu'il n'eût rétabli le manuscrit de ses cent volumes. Les rats avaient rongé tout le papier qui tenait au dos des livres et n'avaient laissé subsister que l'autre moitié de chaque feuillet, encore ces moitiés étaient-elles déchirées. Cependant, elles servirent à Hervas pour lui rappeler le texte entier. Ce fut ainsi qu'il se mit à refaire tout l'ouvrage. En même temps, il en produisit un d'un genre tout différent. Marica me mit au monde, moi, pécheur et réprouvé. Ah ! sans doute, le jour de ma naissance fut une fête aux enfers ; les feux éternels de cet affreux séjour brillèrent d'un nouvel éclat, et les démons ajoutèrent aux supplices des damnés pour mieux jouir de leurs hurlements.

» Je vins au monde, et ma mère ne survécut que quelques heures à celle de ma naissance. Hervas n'avait jamais connu l'amour ni l'amitié que par une définition de ces deux sentiments qu'il avait placée dans son soixante-septième volume. La perte de son épouse lui prouva qu'il avait été fait pour sentir l'amitié et l'amour ; elle l'accabla plus que la perte de ses cent tomes in-octavo dévorés par les rats. La maison de Hervas était petite, et retentissait tout entière à chaque cri que je faisais : il était impossible de m'y laisser. Je fus recueilli par mon grand-père, le cordonnier Maragnon, qui parut très flatté d'avoir dans sa maison son petit-fils, fils d'un contador et gentilhomme.

» Mon grand-père, dans son humble état, jouissait de beaucoup d'aisance. Il m'envoya aux écoles dès que je fus en état de les fréquenter. Lorsque j'eus atteint seize ans, il m'habilla avec élégance et me donna les moyens de promener mon oisiveté dans Madrid. Il se croyait bien payé de ses frais lorsqu'il pouvait dire : *My nieto el hijo del contador*, mon petit-fils, le fils du contador. Mais venons à mon père et à sa triste destinée, qui n'est que trop connue : puisse-t-elle servir de leçon et d'épouvante aux impies !

» Diègue Hervas passa huit ans à réparer le dommage que lui avaient fait les rats. Son ouvrage était presque refait, lorsque des journaux étrangers, qui tombèrent entre ses mains, lui prouvèrent que les sciences avaient fait, à son insu, des progrès remarquables. Hervas soupira de cet accroissement de peines ; cependant, ne voulant pas laisser son ouvrage imparfait, il ajouta à chaque science les découvertes qu'on y avait faites. Ceci lui prit encore quatre ans. Ce fut donc douze années entières qu'il passa sans sortir de chez lui, et presque toujours collé sur son ouvrage. Cette vie sédentaire acheva de détruire sa santé. Il eut une sciatique obstinée ; des maux de reins, du sable dans la vessie, et tous les symptômes avant-coureurs de la goutte. Mais, enfin, la poly-mathésis en cent volumes était achevée. Hervas fit venir chez lui le libraire Moreno, fils de celui qui avait mis en vente sa malheureuse analyse.

» — Monsieur, lui dit-il, voici cent volumes qui renferment tout ce que les hommes savent aujourd'hui. Cette poly-mathésis fera honneur à vos presses et, j'ose le dire, à l'Espagne. Je ne demande rien pour moi, ayez seulement la charité de m'imprimer, et que ma peine mémorable ne soit pas entièrement perdue.

» Moreno ouvrit tous les volumes, les examina avec soin, et lui dit :

» — Monsieur, je me charge de l'ouvrage, mais il faut vous résoudre à le réduire à vingt-cinq volumes.

» — Laissez-moi, lui répondit Hervas avec l'indignation la plus profonde, laissez-moi ; retournez à votre magasin imprimer les fatras romanesques ou pédantesques qui font la honte de l'Espagne. Laissez-moi, Monsieur, avec ma gravelle et mon génie, qui, s'il eût été mieux connu, m'eût mérité l'estime générale. Mais je n'ai plus rien à demander aux hommes, et moins encore aux libraires ; laissez-moi.

» Moreno se retira, et Hervas tomba dans la plus noire mélancolie ; il avait sans cesse sous les yeux ses cent volumes, enfants de son génie, conçus avec délices, enfantés avec une peine qui avait aussi ses plaisirs, et maintenant plongés dans l'oubli. Il voyait sa vie entière perdue, son existence anéantie dans le présent comme dans l'avenir. Alors aussi, son esprit, exercé à pénétrer tous les mystères de la nature, se tourna malheureusement vers l'abîme des misères humaines. À force d'en mesurer la profondeur, il vit le mal partout, il ne vit plus que le mal, et dit dans son cœur :

» — Auteur du mal, qui êtes-vous ?

» Lui-même eut horreur de cette idée et voulut examiner si le mal, pour être, devait nécessairement avoir été créé. Ensuite, il examina la même question sous un point de vue plus étendu. Il s'attacha aux forces de la nature, attribuant à la matière une énergie qui lui parut propre à tout expliquer, sans avoir recours à la création.

» Pour ce qui est de l'homme et des animaux, selon lui, ils devaient l'existence à un acide générateur, lequel, faisant fermenter la matière, lui donnait des formes constantes, à peu près comme les acides cristallisent les bases alcalines et terreuses en polyèdres toujours semblables. Il regardait les substances fougueuses que produit le bois humide, comme le chaînon qui lie la cristallisation des fossiles à la reproduction des végétaux et des animaux, et qui en indique, sinon l'identité, au moins l'analogie.

» Savant comme l'était Hervas, il n'eut pas de peine à étayer son faux système de preuves sophistiques faites pour égarer les esprits. Il trouvait, par exemple, que les mulets, qui tiennent de deux espèces, pouvaient être comparés aux sels à base mêlée dont la cristallisation est confuse. L'effervescence de quelques terres avec les acides lui parut se rapprocher de la fermentation des végétaux muqueux, et celle-ci lui parut être un commencement de vie qui n'avait pu se développer faute de circonstances favorables.

» Hervas avait observé que les cristaux, en se formant, s'amassaient dans les parties les plus éclairées du vase, et se formaient difficilement dans l'obscurité ; et, comme la lumière est également favorable à la végétation, il considéra le fluide lumineux comme un des éléments dont se composait l'acide universel qui animait la nature ; d'ailleurs il avait vu la lumière rougir à la longue les papiers teints en bleu, et c'était aussi un motif de la regarder comme un acide [1].

» Hervas savait que dans les hautes latitudes, dans le voisinage du pôle, le sang, faute d'une chaleur suffisante, était exposé à une alcalescence qui ne pouvait être arrêtée que par l'usage intérieur des acides. Il en conclut que la chaleur pouvant, en quelques occasions, être suppléée par un acide, devait être elle-même une espèce d'acide, ou du moins un des éléments de l'acide universel.

» Hervas savait qu'on avait vu le tonnerre aigrir et faire fermenter les vins. Il avait lu dans Sanchoniaton qu'au commencement du monde les êtres destinés à vivre avaient été comme réveillés à la vie par de violents coups de tonnerre, et notre infortuné savant n'avait pas craint de s'appuyer de cette cosmogonie païenne pour affirmer que la matière de la foudre avait pu donner un premier développement à l'acide générateur, infiniment varié, mais constant dans la reproduction des mêmes formes.

» Hervas, cherchant à pénétrer les mystères de la création, devait en rapporter la gloire au créateur ; et plût au ciel qu'il l'eût fait ! Mais son bon ange l'avait aban-

1. Hervas est mort vers l'an 1660 ; ses connaissances en physique ne pouvaient être que très bornées ; on reconnaît ici l'acide principe de Paracelse. *(Note de l'édition de 1813.)*

donné, et son esprit, égaré par l'orgueil du savoir, le livra sans défense aux prestiges des esprits superbes, dont la chute entraîna celle du monde. Hélas ! tandis que Hervas élevait ses coupables pensées au-dessus des sphères de l'intelligence humaine, sa dépouille mortelle était menacée d'une prochaine dissolution. Pour l'accabler, plusieurs maux aigus se joignirent aux maladies chroniques. Sa sciatique, devenue douloureuse, lui ôtait l'usage de la jambe droite ; le sable de ses reins, devenu graveleux, déchirait sa vessie ; l'humeur arthritique avait courbé les doigts de sa main gauche et menaçait les jointures de la droite ; enfin, la plus sombre hypocondrie détruisait les forces de son âme en même temps que celles de son corps. Il craignit d'avoir des témoins de son abattement et finit par repousser mes soins et refuser de me voir.

» Un vieil invalide composait tout son domestique et mettait, à le servir, tout ce qui lui restait de forces. Mais lui-même tomba malade, et mon père fut alors forcé de me souffrir près de lui. Mon grand-père Maragnon fut bientôt après attaqué de la fièvre chaude. Il ne fut malade que cinq jours. Sentant sa fin approcher, il me fit venir et me dit :

» — Blaz, mon cher Blaz, reçois ma dernière bénédiction. Tu es né d'un père savant et plût au ciel qu'il le fût moins ! Heureusement pour toi, ton grand-père est un homme simple dans sa foi et ses œuvres et il t'a élevé dans la même simplicité : ne te laisse point entraîner par ton père. Depuis quelques années, il a fait peu d'actes de religion et ses opinions sont telles que des hérétiques en auraient honte. Blaz, défie-toi de la sagesse humaine. Dans quelques instants, j'en saurai plus que tous les philosophes. Blaz, Blaz, je te bénis, j'expire.

» Il mourut en effet. Je lui rendis les derniers devoirs et je retournai chez mon père, où je n'avais pas été depuis quatre jours. Pendant ce temps, le vieil invalide était aussi mort, et les confrères de la charité s'étaient chargés de l'ensevelir. Je savais que mon père était seul, et je voulais me consacrer à le servir, mais, en entrant chez lui, un spectacle extraordinaire frappa mes regards, et je restai dans la première chambre, frappé d'horreur.

» Mon père avait ôté ses habits et s'était revêtu d'un drap de lit en forme de linceul. Il était assis et regardait le soleil couchant. Après une assez longue contemplation, il éleva la voix et dit :

» — Astre dont les derniers rayons ont frappé mes yeux pour la dernière fois, pourquoi avez-vous éclairé le jour de ma naissance ? Avais-je demandé à naître ? Et pourquoi suis-je né ? Les hommes m'ont dit que j'avais une âme, et je m'en suis occupé aux dépens même de mon corps. J'ai cultivé mon esprit, mais les rats l'ont dévoré ; les libraires l'ont dédaigné. Rien ne restera de moi ; je meurs tout entier, aussi obscur que si je n'étais pas né. Néant, reçois donc ta proie.

» Hervas resta quelques instants livré à de sombres réflexions : ensuite, il prit un gobelet qui me sembla plein de vin vieux ; il leva les yeux au ciel et dit :

» — Ô mon Dieu, s'il y en a un, ayez pitié de mon âme, si j'en ai une.

» Ensuite il vida le gobelet et le posa sur la table, puis il mit la main sur son cœur, comme s'il y ressentait quelque angoisse. Hervas avait préparé une autre table ; il y avait mis des coussins : il se coucha dessus, croisa ses mains sur sa poitrine et ne proféra plus une parole.

» Vous serez étonné que, voyant tous ces apprêts de suicide, je ne me sois pas jeté sur le verre, ou que je n'aie pas appelé du secours ; j'en suis surpris moi-même, ou plutôt je suis très sûr qu'un pouvoir surnaturel me retenait à ma place, sans me laisser la liberté d'aucun mouvement ; mes cheveux se dressèrent sur ma tête.

» Les confrères de la charité, qui avaient enterré notre invalide, me trouvèrent dans cette situation ; ils virent mon père étendu sur la table, couvert d'un linceul, et ils demandèrent s'il était mort. Je répondis que je n'en savais rien. Ils me demandèrent qui lui avait mis ce linceul. Je répondis que lui-même s'en était revêtu. Ils examinèrent le corps et le trouvèrent sans vie. Ils virent le verre avec un reste de liquide et le prirent pour l'examiner. Puis ils s'en allèrent en donnant des signes de mécontentement, et me laissèrent dans un abattement extrême. Ensuite vinrent les gens de la paroisse. Ils me firent les mêmes questions et ils s'en allèrent en disant :

» — Il est mort comme il a vécu ; ce n'est pas à nous de l'enterrer.

» Je restai seul avec le mort. Mon découragement allait au point que j'en avais perdu la faculté d'agir et même de penser. Je me jetai dans le fauteuil où j'avais vu mon père et je retombai dans mon immobilité.

» La nuit vint ; le ciel se chargea de nuages : un tourbillon soudain ouvrit ma fenêtre ; un éclair bleuâtre sembla parcourir ma chambre et la laissa ensuite plus sombre qu'elle n'était auparavant. Au milieu de cette obscurité, je crus distinguer quelques formes fantastiques ; ensuite il me sembla entendre mon père pousser un long gémissement, que les échos lointains répétèrent à travers l'espace de la nuit. Je voulus me lever, mais j'étais retenu à ma place et dans l'impossibilité de faire aucun mouvement. Un froid glacial pénétra mes membres ; j'eus le frisson de la fièvre ; mes visions devinrent des rêves, et le sommeil s'empara de mes sens.

» Je me réveillai en sursaut : je vis six grands cierges jaunes allumés près du corps de mon père et un homme assis vis-à-vis de moi, qui semblait guetter l'instant de mon réveil. Sa figure était majestueuse et imposante ; il était grand de taille ; ses cheveux noirs, un peu crépus, tombaient sur son front ; son regard était vif et pénétrant, mais en même temps doux et séducteur : du reste, il portait la fraise et le manteau gris, à peu près comme les gentilshommes s'habillent à la campagne.

» Lorsque l'inconnu vit que j'étais réveillé, il me sourit d'un air affable et me dit :

» — Mon fils (je vous appelle ainsi, parce que je vous considère comme si vous m'apparteniez déjà), vous êtes abandonné de Dieu et des hommes, et la terre s'est fermée devant les restes de ce sage qui vous donna le jour ; mais nous ne vous abandonnerons pas.

» — Monsieur, lui répondis-je, vous disiez, je crois, que j'étais abandonné de Dieu et des hommes. Quant aux hommes, cela est vrai, mais je ne pense pas que Dieu puisse jamais abandonner une de ses créatures.

» — Votre observation, dit l'inconnu, est juste, à certains égards ; ce que je vous expliquerai quelque autre fois. Cependant, pour vous convaincre de l'intérêt que nous prenons à vous, je vous offre cette bourse ; vous y trouverez mille pistoles : un jeune homme doit avoir des passions et les moyens de les satisfaire, n'épargnez pas cet or et comptez toujours sur nous.

» Ensuite l'inconnu frappa dans ses mains. Six hommes masqués parurent et enlevèrent le corps de Hervas ; les cierges s'éteignirent et l'obscurité fut profonde. Je n'y restai pas longtemps : je pris à tâtons le chemin de la porte ; je gagnai la rue et, lorsque je vis le ciel étoilé, il me sembla que je respirais plus librement. Les mille pistoles que je sentais dans ma poche contribuaient aussi à élever mon courage. Je traversai Madrid ; j'arrivai au bout du Prado, à l'endroit où l'on a placé, depuis, une statue colossale de Cybèle ; là je me couchai sur un banc et ne tardai pas à m'endormir.

» Le soleil était déjà assez haut lorsque je m'éveillai, et ce qui m'éveilla fut, je crois, un léger coup de mouchoir que je reçus dans le visage ; car, en m'éveillant, je vis une jeune fille qui, se servant de son mouchoir comme d'un chasse-mouches, écartait celles qui eussent pu troubler mon sommeil. Mais ce qui me parut le plus singulier, c'est que ma tête reposait très mollement sur les genoux d'une autre jeune fille, dont je sentais la douce haleine se jouer dans mes cheveux. Je n'avais fait en m'éveillant presque aucun mouvement ; j'étais libre de prolonger cette situation en feignant de dormir encore. Je refermai donc les yeux et, bientôt après, j'entendis une voix un peu grondeuse, mais sans aigreur, qui, s'adressant à mes berceuses, leur dit :

» — Célia, Zorilla, que faites-vous ici ? Je vous croyais à l'église, et voilà que je vous trouve dans une belle dévotion.

» — Mais, maman, répondit la jeune fille qui me servait d'oreiller, ne m'avez-vous pas dit que les œuvres avaient leur mérite, aussi bien que la prière ? Et n'est-ce pas là une œuvre de charité que de prolonger le sommeil de ce pauvre jeune homme qui doit avoir passé une bien mauvaise nuit ?

» — Assurément, répliqua la voix plus riante que grondeuse, assurément cela est très méritoire, et voilà une idée qui prouve sinon votre dévotion, au moins votre innocence ; mais à présent, ma charitable Zorilla, posez-moi bien doucement la tête de ce jeune homme et rentrons.

» — Ah ! ma bonne maman, reprit la jeune fille, voyez comme il dort doucement ; au lieu de l'éveiller, vous devriez bien, maman, défaire sa fraise qui l'étouffe.

» — Oui-da, dit la maman, vous me donnez là une belle commission ; mais voyons un peu : en vérité, il a l'air bien doux.

» En même temps, la main de la maman passa doucement sous mon menton et défit ma fraise.

» — Il est encore mieux comme cela, dit Célia, qui n'avait pas encore parlé, et il respire plus librement : je vois qu'il y a de la douceur à faire de bonnes actions.

» — Cette réflexion, dit la mère, montre beaucoup de jugement ; mais il ne faut pas pousser la charité trop loin. Allons, Zorilla, posez doucement cette jeune tête sur ce banc et retirons-nous.

» Zorilla passa doucement ses deux mains sous ma tête et retira ses genoux. Je crus alors qu'il était inutile de faire plus longtemps l'endormi : je me mis sur mon séant et j'ouvris les yeux : la mère poussa un cri ; les filles voulurent fuir ; je les retins.

» — Célia ! Zorilla ! leur dis-je, vous êtes aussi belles qu'innocentes, et vous, qui n'avez l'air de leur mère que parce que vos charmes sont plus formés, permettez qu'avant de vous quitter je puisse donner quelques instants à l'admiration que vous m'inspirez toutes les trois.

» Tout ce que je leur disais était la vérité : Célia et Zorilla eussent été des beautés parfaites, sans leur extrême jeunesse, qui ne leur avait pas donné le temps de se développer, et leur mère, qui n'était pas âgée de trente ans, n'en paraissait pas avoir vingt-cinq.

» — Seigneur cavalier, me dit celle-ci, si vous avez seulement feint de dormir, vous avez dû vous convaincre de l'innocence de mes filles et prendre une bonne opinion de leur mère. Je ne crains donc point de perdre dans votre esprit en vous priant de m'accompagner chez moi. Une connaissance commencée aussi singulièrement semble faite pour devenir plus intime.

» Je les suivis. Nous arrivâmes à leur maison, qui donnait sur le Prado. Les filles allèrent présider au chocolat. La mère, m'ayant fait asseoir auprès d'elle, me dit :

» — Vous voyez une maison un peu plus étoffée qu'il ne convient à notre situation présente. Je l'avais prise en des temps plus heureux. Aujourd'hui, je voudrais bien sous-louer le bel étage, mais je n'ose le faire ; les circonstances où je me trouve exigent une sévère réclusion.

» — Madame, lui répondis-je, j'ai aussi des raisons de vivre très retiré et, si cela vous arrangeait, je m'accommoderais volontiers du quarto principal (ou bel appartement).

» En disant ces mots, je tirai ma bourse, et la vue de l'or écarta toutes les objections que la dame eût pu me faire. Je payai d'avance trois mois de loyer et autant de pension. Il fut convenu qu'on me porterait à dîner dans ma chambre, et que je serais servi par un valet affidé, qui devait aussi faire mes commissions au-dehors. Zorilla et Célia, ayant reparu avec le chocolat, furent informées des conditions du marché, et leur regard parut prendre possession de ma personne ; mais les yeux de leur mère semblaient vouloir la leur disputer. Ce petit combat de coquetterie ne m'échappa point ; j'en remis l'issue à la destinée et je songeai à m'arranger dans ma nouvelle habitation. Elle ne tarda pas à se trouver garnie de tout ce qui pouvait contribuer à me la rendre agréable et commode. Tantôt, c'était Zorilla qui m'apportait une écritoire, ou bien Célia venait garnir ma table d'une lampe ou de quelques livres. Rien n'était oublié. Les deux belles venaient séparément et, lorsqu'elles se rencontraient chez moi, c'étaient des rires qui ne finissaient pas. La mère avait son tour : elle s'occupa surtout de mon lit, y fit mettre des draps de toile de Hollande, une belle couverture de soie et une pile de coussins. Ces arrangements m'occupèrent la matinée. Midi vint : on mit le couvert dans ma chambre ; j'en fus charmé : j'aimais voir trois personnes charmantes chercher à me plaire et solliciter quelque part à ma bienveillance. Mais il y a temps pour tout ; j'étais bien aise de me livrer à mon appétit sans trouble et sans distraction.

» Je dînai donc. Ensuite je pris ma cape et mon épée et j'allai me promener en ville. Jamais je n'y avais eu autant de plaisir ; j'étais indépendant, j'avais les poches pleines d'or, j'étais plein de santé, de vigueur et, grâce aux caresses des trois dames, rempli d'une haute opinion de moi-même, car il est ordinaire aux jeunes gens de s'estimer ce que le beau sexe les apprécie.

» J'entrai chez un joaillier et j'achetai quelques bijoux. Ensuite je fus au théâtre et je finis par revenir chez moi. Je trouvai les trois dames assises à la porte de leur maison. Zorilla chantait en s'accompagnant de la guitare, les deux autres faisaient de la résille ou filet.

» — Seigneur cavalier, me dit la mère, vous vous êtes logé chez nous et vous nous témoignez beaucoup de confiance, sans savoir seulement qui nous sommes. Il serait cependant convenable de vous en informer. Vous saurez donc, Seigneur cavalier, que je m'appelle Inez Santarez, veuve de Don Juan Santarez, corrégidor de La Havane. Il m'avait prise sans bien, il m'a laissée de même, avec les deux filles que vous voyez. J'étais même très embarrassée de mon veuvage et de ma pauvreté, lorsque je reçus très inopinément une lettre de mon père. Vous me permettrez de taire son nom. Hélas ! il avait aussi, toute sa vie, lutté contre l'infortune ; mais enfin, ainsi que me l'apprenait sa lettre, il se trouvait dans un poste brillant, étant trésorier de la guerre. Sa lettre contenait une remise de deux mille pistoles et l'ordre de venir à Madrid. J'y vins, en effet, mais ce fut pour apprendre que mon père était accusé de concussion, même de haute trahison, et détenu au château de Ségovie. Cependant, cette maison avait été louée pour nous. Je m'y suis donc logée et j'y vis dans une grande retraite, ne recevant absolument personne, à l'exception d'un jeune homme, employé dans les bureaux de la guerre : il vient me rapporter ce qu'il peut apprendre touchant le procès de mon père. Lui excepté, personne ne sait nos relations avec l'infortuné détenu.

» En achevant ces mots, Mme Santarez versa quelques larmes.

» — Ne pleure pas, maman, lui dit Célia, il y a un terme à tout, et sans doute il doit y en avoir aux peines. Voilà déjà un jeune cavalier qui a une physionomie très heureuse, et sa rencontre me paraît d'un augure favorable.

» — En vérité, dit Zorilla, depuis qu'il est ici, notre solitude me semble n'avoir plus rien de triste.

» Mme Santarez me jeta un regard où je démêlai de la tristesse et de la tendresse. Les filles me regardèrent aussi, puis baissèrent les yeux, rougirent, se troublèrent et furent rêveuses : j'étais donc aimé de trois personnes charmantes ; cet état me semblait délicieux.

» Sur ces entrefaites, un jeune homme grand et bien fait s'approcha de nous, il prit Mme Santarez par la main, la conduisit à quelques pas de nous et eut avec elle un long entretien ; ensuite elle me l'amena et me dit :

» — Seigneur cavalier, voici Don Cristophe Sparadoz, dont je vous ai parlé, et qui est le seul homme que nous voyions à Madrid. Je voudrais aussi lui procurer l'avantage de votre connaissance ; mais, quoique nous habitions la même maison, je ne sais à qui j'ai l'honneur de parler.

» — Madame, lui dis-je, je suis noble et asturien ; mon nom est Leganez.

» Je crus devoir lui taire le nom de Hervas, qui pouvait être connu.

» Le jeune Sparadoz me toisa d'un air arrogant et sembla même vouloir me refuser le salut. Nous entrâmes dans la maison, et Mme Santarez fit servir une collation de fruits et de pâtes légères. J'étais encore le centre principal de toutes les attentions des trois belles, mais je m'aperçus pourtant bien des regards et des mines qui s'adressaient au nouveau venu. J'en fus blessé et, voulant tout ramener à moi, je fus aimable et brillant autant que possible.

» Au milieu de mon triomphe, Don Cristophe croisa son pied droit sur son genou gauche et, regardant la semelle de son soulier, il dit :

» — En vérité, depuis la mort du cordonnier Maragnon, il n'est plus possible d'avoir à Madrid un soulier bien fait.

» Ensuite il me regarda d'un air goguenard et méprisant.

» Le cordonnier Maragnon était précisément mon grand-père maternel, qui m'avait élevé, et je lui avais les plus grandes obligations ; mais il déparait fort mon arbre généalogique, du moins cela me parut ainsi. Il me sembla que je perdrais beaucoup dans l'esprit des trois dames si elles venaient à savoir que j'avais eu un grand-père cordonnier. Toute ma gaieté disparut ; je jetai à Don Cristophe des regards tantôt courroucés, tantôt fiers et méprisants. Je me proposai de lui défendre de mettre le pied dans la maison. Il s'en alla ; je le suivis dans l'intention de le lui signifier ; je l'atteignis au bout de la rue et lui fis le compliment désobligeant que j'avais préparé. Je crus qu'il allait se fâcher. Il affecta au contraire un air gracieux, me prit sous le menton comme pour me caresser, mais tout à coup il me souleva de manière à me faire quitter la terre ; ensuite il me donna un coup de pied, de ceux qu'on appelle crocs-en-jambe, et me fit tomber le nez dans le ruisseau. Étourdi du coup, je me relevai couvert de boue ; et, plein de rage, je regagnai le logis. Les dames étaient couchées. Je me mis au lit, mais je ne pus dormir : deux passions, l'amour et la haine, me tenaient éveillé ; celle-ci était toute concentrée sur Don Cristophe. Il n'en était pas de même de l'amour, mon cœur en était rempli, mais il n'était point fixé. Célia, Zorilla et leur mère m'occupaient tour à tour ; leurs images flatteuses se confondant dans mes rêves m'obsédèrent le reste de la nuit.

» Je m'éveillai fort tard. En ouvrant les yeux, je vis Mme Santarez assise au pied de mon lit : elle semblait avoir pleuré.

» — Mon jeune cavalier, me dit-elle, je suis venue me réfugier chez vous, j'ai là-haut des gens qui me demandent de l'argent, et je n'en ai pas à leur donner. Je dois, hélas ! mais ne fallait-il pas habiller et nourrir ces pauvres enfants ? Elles n'ont que trop de privations.

» Ici Mme Santarez se mit à sangloter, et ses yeux, remplis de larmes, se tournaient involontairement vers ma bourse, qui était à côté de moi sur ma table de nuit. Je compris ce langage muet. Je versai l'or sur ma table ; j'en fis à l'œil deux parts égales et j'en offris une à Mme Santarez : elle ne s'attendait point à ce trait de générosité. D'abord elle en parut comme immobile de surprise ; ensuite elle prit mes mains, les baisa avec transport, les pressa contre son cœur, puis elle ramassa l'or, en disant ;

» — Oh ! mes enfants, mes chers enfants !

» Les filles vinrent ensuite, elles baisèrent aussi mes mains. Tous ces témoignages de reconnaissance achevèrent de brûler mon sang déjà trop allumé par mes songes.

» Je m'habillai à la hâte et voulus prendre l'air sur une terrasse de la maison ; passant devant la chambre des jeunes filles, je les entendis sangloter et s'embrasser en pleurant. Je prêtai l'oreille un instant et puis j'entrai. Célia me dit :

» — Écoutez-moi, hôte trop cher et trop aimable ; vous nous trouvez dans la plus extrême agitation ; depuis que nous sommes au monde, aucun nuage n'avait troublé le sentiment que nous avons l'une pour l'autre et nous étions unies par la tendresse, plus encore que par le sang ; il n'en était plus de même depuis que vous êtes ici : la jalousie s'était glissée dans nos âmes, et peut-être en serions-nous venues à nous haïr ; le bon naturel de Zorilla a prévenu ce malheur affreux. Elle s'est jetée dans mes bras, nos larmes se sont confondues et nos cœurs se sont rapprochés. À présent, notre cher hôte, c'est à vous de nous réconcilier tout à fait ; promettez-nous de ne pas aimer l'une plus que l'autre ; et si vous avez quelques caresses à nous faire, partagez-les bien également.

» Qu'avais-je à répondre à cette invitation vive et pressante ? Je les serrai tour à tour dans mes bras ; j'essuyai leurs pleurs, et leur tristesse fit place à de tendres folies.

» Nous passâmes ensemble sur la terrasse, et Mme Santarez nous y vint trouver. Le bonheur d'avoir payé ses dettes l'enivrait de joie. Elle me pria à dîner et me demanda de lui accorder toute cette journée. Notre repas eut un air de confiance et d'intimité. Les domestiques furent écartés ; les deux filles servirent tour à tour. Mme Santarez, épuisée par les émotions qu'elle avait éprouvées, but deux verres d'un vin généreux de Rotha. Ses yeux, un peu troublés, n'en furent que plus brillants. Elle s'anima beaucoup, et il n'eût tenu qu'à ses filles d'avoir encore de la jalousie ; mais elles respectaient trop leur mère pour que l'idée leur en pût venir. Celle-ci, trahie par un sang que le vin avait exalté, était néanmoins fort éloignée de tout libertinage.

» De mon côté, j'étais loin de songer à des projets de séduction. Le sexe et l'âge étaient nos séducteurs. Les douces impulsions de la nature répandaient sur notre commerce un charme inexprimable ; nous avions de la peine à nous quitter. Le soleil couchant nous eût enfin séparés, mais j'avais commandé des rafraîchissements chez un limonadier voisin ; leur apparition fit plaisir, parce qu'elle était un prétexte de rester réunis : tout allait bien jusque-là. Nous étions à peine à table que nous vîmes arriver Cristophe Sparadoz. J'éprouvai une sensation fâcheuse à son aspect ; mon cœur avait pris une sorte de possession de ces dames, et mes droits compromis me causaient une véritable douleur.

» Don Cristophe n'y fit aucune attention, non plus qu'à ma personne. Il salua les dames, conduisit Mme Santarez au bout de la terrasse, eut avec elle une longue conversation et puis vint se mettre à table sans que personne l'y invitât. Il mangeait, buvait et ne disait mot ; mais la conversation étant tombée sur les combats de taureaux, il poussa son assiette, donna un coup de poing sur la table et dit :

» Ah ! par saint Cristophe, mon patron, pourquoi faut-il que je sois commis dans les bureaux du ministre ? J'aimerais mieux être le dernier torero de Madrid que président de tous les Cortès de la Castille.

» En même temps, il tendit le bras comme pour percer un taureau et nous fit admirer l'épaisseur de ses muscles. Ensuite, pour montrer sa force, il plaça les trois dames dans un fauteuil, passa sa main sous le fauteuil et le porta par toute la chambre. Don Cristophe trouvait tant de plaisir à ces jeux qu'il les prolongea le plus qu'il put ; ensuite il prit sa cape et son épée pour s'en aller. Jusque-là, il n'avait fait aucune attention à moi. Mais alors, m'adressant la parole, il dit :

» — Mon ami le gentilhomme, depuis la mort du cordonnier Maragnon, qui est-ce qui fait les meilleurs souliers ?

» Ce propos ne parut aux dames qu'une absurdité telle que Don Cristophe en proférait assez souvent. Quant à moi, j'en fus très irrité : j'allai chercher mon épée et je courus après Don Cristophe ; je l'atteignis au bout d'une rue de traverse ; je me mis devant lui et, tirant mon épée, je lui dis :

» — Insolent, tu vas me payer tant de lâches affronts.

» Don Cristophe mit la main sur la garde de son épée ; mais, ayant aperçu à terre un bout de bâton, il le ramassa, en donna un coup sec sur la lame de mon épée et la fit sauter de ma main ; ensuite il s'approcha de moi, me prit par le chignon, me porta jusqu'au ruisseau et m'y jeta comme il avait fait la veille, mais si rudement que j'en fus plus longtemps étourdi.

» Quelqu'un me donna la main pour me relever ; je reconnus le gentilhomme qui avait fait enlever le corps de mon père et m'avait donné mille pistoles. Je me jetai à ses pieds ; il me releva avec bonté et me dit de le suivre. Nous marchâmes en silence et arrivâmes au pont du Mançanarez, où nous trouvâmes deux chevaux noirs, sur lesquels nous galopâmes une demi-heure le long du rivage. Nous arrivâmes à une maison solitaire, dont les portes s'ouvrirent d'elles-mêmes ; la chambre où nous entrâmes était tapissée de serge brune et ornée de flambeaux d'argent et d'une brasière de même métal. Nous nous assîmes auprès, dans deux fauteuils, et l'inconnu me dit :

» — Seigneur Hervas, voilà comme va le monde, dont l'ordre, tant admiré, ne brille pas par la justice distributive ; les uns ont reçu de la nature une force de huit cents livres, d'autres de soixante. Il est vrai qu'on a inventé la trahison, qui remet un peu le niveau.

» En même temps, l'inconnu ouvrit un tiroir, en tira un poignard et me dit :

» — Voyez cet instrument ; le bout, contourné en olive, est terminé par une pointe plus affilée qu'un cheveu ; mettez-le à votre ceinture. Adieu, mon cavalier ; souvenez-vous toujours de votre bon ami, Don Belial de Gehenna. Quand vous aurez besoin de moi, venez, après minuit, au pont du Mançanarez ; frappez trois fois dans vos mains et vous verrez arriver les chevaux noirs. À propos, j'oubliais l'essentiel ; voici une seconde bourse ; ne vous en faites pas faute.

» Je remerciai le généreux Don Belial ; je remontai sur mon cheval noir ; un nègre monta sur l'autre ; nous arrivâmes au pont où il fallut descendre, et je gagnai mon logis.

» Rentré chez moi, je me couchai et m'endormis ; mais j'eus des songes pénibles. J'avais mis le poignard sous mon chevet ; il me parut qu'il sortait de sa place et m'entrait dans le cœur. Je voyais aussi Don Cristophe qui m'enlevait les trois dames de la maison.

» Mon humeur, le matin, était sombre ; la présence des jeunes filles ne me calma point. Les efforts qu'elles firent pour m'égayer produisirent un effet différent, et mes caresses eurent moins d'innocence. Quand j'étais seul, j'avais mon poignard à la main et j'en menaçais Don Cristophe, que je croyais voir devant moi.

» Ce redoutable personnage parut encore dans la soirée et ne fit pas à ma personne la plus légère attention ; mais il fut pressant avec les femmes. Il les lutina les unes après les autres, les fâcha et puis les fit rire. Sa balourdise finit par plaire plus que ma gentillesse.

» J'avais fait apporter un souper plus élégant que copieux. Don Cristophe le mangea presque à lui seul ; ensuite il reprit sa cape pour s'en aller. Avant de partir, il se tourna brusquement de mon côté et me dit :

» — Mon gentilhomme, qu'est-ce que ce poignard que je vois à votre ceinture ? Vous feriez mieux d'y mettre une alène de cordonnier.

» Là-dessus, il partit d'un grand éclat de rire et nous quitta. Je le suivis et, l'atteignant au détour d'une rue, je passai à sa gauche et lui donnai un coup de poignard de toute la force de mon bras. Mais je me sentis repoussé avec autant de force que j'en avais mis à frapper ; et Don Cristophe, se retournant avec beaucoup de sang-froid, me dit :

» — Faquin, ne sais-tu pas que je porte une cuirasse ?

» Ensuite, il me prit par le chignon et me jeta dans le ruisseau. Mais, pour cette fois, je fus charmé d'y être et qu'on m'eût épargné un assassinat. Je me relevai avec une sorte de contentement. Ce sentiment m'accompagna jusqu'à mon lit, et ma nuit fut plus tranquille que la précédente.

» Le matin, les dames me trouvèrent plus calme que je n'avais été la veille et m'en firent compliment ; mais je n'osai passer la soirée avec elles ; je craignais l'homme que j'avais voulu assassiner et je pensais que je n'oserais le regarder en face. Je passai la soirée à me promener dans les rues, enrageant de bon cœur lorsque je songeais au loup qui s'était introduit dans mon bercail.

» À minuit, j'allai au pont : je frappai dans mes mains ; les chevaux noirs parurent ; je montai sur celui qui m'était destiné et suivis mon guide jusqu'à la maison de Don Belial. Les portes s'ouvrirent d'elles-mêmes ; mon protecteur vint à ma rencontre et me conduisit à la brasière où nous avions été la veille.

» — Eh bien ! me dit-il d'un ton un peu moqueur, eh bien ! mon cavalier, l'assassinat n'a pas réussi : c'est égal, on vous tiendra compte de l'intention ; au surplus, nous avons songé à vous débarrasser d'un rival aussi fâcheux. On a dénoncé les indiscrétions dont il se rendait coupable, et il est aujourd'hui dans la même prison que le père de Mme Santarez. Il ne tiendra donc qu'à vous de mettre votre bonne fortune à profit, un peu mieux que vous ne l'avez fait jusqu'à présent. Agréez le cadeau de cette bonbonnière, elle contient des pastilles d'une composition excellente ; offrez-les à vos dames et mangez-en vous-même.

» Je pris la bonbonnière, qui répandait un parfum agréable, et puis je dis à Don Belial :

» — Je ne sais pas trop ce que vous appelez *mettre ma bonne fortune à profit.* Je serais un monstre si je pouvais abuser de la confiance d'une mère et de l'innocence de ses filles ; je ne suis point aussi pervers que vous paraissez le supposer.

» — Je ne vous suppose, dit Don Belial, ni plus ni moins méchant que ne le sont tous les enfants d'Adam. Ils ont des scrupules avant de commettre le crime, et des remords après ; par là, ils se flattent de tenir encore un peu à la vertu ; mais ils pourraient s'épargner ces sentiments fâcheux s'ils voulaient examiner ce que c'est que la vertu, qualité idéale dont ils admettent l'existence sans examen ; et cela même doit la ranger au nombre des préjugés qui sont des opinions admises sans jugement préalable.

» — Seigneur Don Belial, répondis-je à mon protecteur, mon père avait mis entre mes mains son soixante-sixième volume, qui traitait de la morale. Le préjugé, selon lui, n'était pas une opinion admise sans jugement préalable, mais une opinion déjà jugée avant que nous fussions au monde et transmise comme par héritage. Ces habitudes de l'enfance jettent dans notre âme cette première semence, l'exemple la développe, la connaissance des lois la fortifie ; en nous y conformant, nous sommes des honnêtes gens ; en faisant plus que les lois n'ordonnent, nous sommes des hommes vertueux.

» — Cette définition, dit Don Belial, n'est pas mauvaise et fait honneur à votre père ; il écrivait bien et pensait encore mieux, peut-être ferez-vous comme lui. Mais revenons à votre définition. Je conviens avec vous que les préjugés sont des opinions déjà jugées ; mais ce n'est pas une raison pour ne pas les juger encore, lorsque le jugement est formé. Un esprit curieux d'approfondir les choses soumettra les préjugés à l'examen et il examinera même si les lois sont également obligatoires pour tout le monde. En effet, vous observerez que l'ordre légal semble avoir été imaginé pour le seul avantage de ces caractères froids et paresseux qui attendent leurs plaisirs de l'hymen, et leur bien-être de l'économie et du travail. Mais les beaux génies, les caractères ardents, avides d'or et de jouissances, qui voudraient dévorer leurs années, qu'est-ce que l'ordre social a fait pour eux ? Ils passeraient leur vie dans les cachots et la termineraient dans les supplices. Heureusement, les institutions humaines ne sont pas réellement ce qu'elles paraissent. Les lois sont des barrières : elles suffisent pour détourner les passants ; mais ceux qui ont bien envie de les franchir passent par-dessus ou par-dessous. Ce sujet me mènerait trop loin ; il se fait tard. Adieu, mon cavalier ; faites usage de ma bonbonnière et comptez toujours sur ma protection.

» Je pris congé du seigneur Don Belial et retournai chez moi. On m'ouvrit la porte ; je gagnai mon lit et tâchai de m'endormir. La bonbonnière était sur une table de nuit ; elle répandait un parfum délicieux. Je ne pus résister à la tentation : je mangeai deux pastilles, je m'endormis et j'eus une nuit très agitée.

» Mes jeunes amies vinrent à l'heure accoutumée. Elles me trouvèrent dans le regard quelque chose d'extraordinaire : véritablement, je les voyais avec d'autres yeux ; tous leurs mouvements me semblaient des agaceries faites à dessein de me plaire ; je prêtais le même sens à leurs discours les plus indifférents ; tout en elles attirait mon attention et me faisait imaginer des choses auxquelles je n'avais pas songé auparavant.

» Zorilla trouva ma bonbonnière ; elle mangea deux

pastilles, et en offrit à sa sœur. Bientôt, ce que j'avais cru voir acquit quelque réalité : les deux sœurs furent dominées par un sentiment intérieur et s'y livraient sans le connaître ; elles-mêmes en furent effrayées et me quittèrent avec un reste de timidité qui avait quelque chose de farouche.

» Leur mère entra : depuis que je l'avais sauvée de ses créanciers, elle avait pris avec moi des manières affectueuses ; ses caresses me calmèrent quelques instants : mais, bientôt, je la vis des mêmes yeux que je voyais ses filles. Elle s'aperçut de ce qui se passait en moi et en éprouva de la confusion. Ses regards, en évitant les miens, tombèrent sur la bonbonnière fatale ; elle y prit quelques pastilles et s'en alla. Bientôt elle revint, me caressa encore, m'appela son fils et me serra dans ses bras. Elle me quitta avec un sentiment de peine et de grands efforts sur elle-même. Le trouble de mes sens alla jusqu'à l'emportement : je sentais le feu circuler dans mes veines, je voyais à peine les objets environnants, un nuage couvrait ma vue.

» Je pris le chemin de la terrasse : la porte des jeunes filles était entrouverte, je ne pus me défendre d'entrer : le désordre de leurs sens était plus excessif que le mien ; il m'effraya. Je voulus m'arracher de leurs bras, je n'en eus pas la force. Leur mère entra ; le reproche expira sur sa bouche : bientôt elle perdit le droit de nous en faire [1].

» Ma bonbonnière était vide ; mes pastilles épuisées : mais nos regard et nos soupirs semblaient encore vouloir

1. Ici se place dans l'édition de 1813 une courte interruption du récit : le conteur et l'auditeur se donnent rendez-vous pour le jour prochain.

ranimer nos flammes éteintes. Nos pensées se nourrissaient de souvenirs criminels et nos langueurs avaient leurs coupables délices.

» C'est le propre du crime d'étouffer les sentiments de la nature. Mme Santarez, livrée à des désirs effrénés, oubliait que son père languissait dans un cachot et que, peut-être, son arrêt de mort était prononcé. Si elle n'y pensait guère, moi j'y pensais encore moins.

» Mais, un soir, je vis entrer chez moi un homme soigneusement enveloppé dans son manteau, ce qui me causa quelque frayeur, et je ne fus pas trop rassuré lorsque je vis que, pour mieux se déguiser, il avait même pris un masque. Le mystérieux personnage me fit signe de m'asseoir, s'assit lui-même, et me dit :

» — Seigneur Hervas, vous me paraissez lié avec Mme Santarez ; je veux m'ouvrir à vous sur ce qui la concerne : l'affaire étant sérieuse, il me serait pénible d'en traiter avec une femme. Mme Santarez avait donné sa confiance à un étourdi, nommé Cristophe Sparadoz. Il est aujourd'hui dans la même prison où se trouve le sieur Goranez, père de ladite dame. Ce fou-là croyait avoir le secret de certains hommes puissants ; mais, ce secret, c'est moi qui en suis le dépositaire et le voici en peu de mots. D'aujourd'hui en huit jours, une demi-heure après le soleil couché, je passerai devant cette porte et je dirai trois fois le nom du détenu, *Goranez, Goranez, Goranez*. À la troisième fois, vous me remettrez un sac de trois mille pistoles. M. Goranez n'est plus à Ségovie, mais dans une prison de Madrid. Son sort sera décidé avant le milieu de la même nuit. Voilà ce que j'avais à dire ; ma commission est finie.

» En même temps, l'homme masqué se leva et partit.

» Je savais ou je croyais savoir que Mme Santarez

n'avait aucun moyen pécuniaire. Je me proposai donc d'avoir recours à Don Belial. Je me contentai de dire à ma charmante hôtesse que Don Cristophe ne venait plus chez elle parce qu'il était devenu suspect à ses supérieurs ; mais que j'avais moi-même des intelligences avec les bureaux, et que j'avais tout lieu d'espérer un entier succès. L'espoir de sauver son père remplit Mme Santarez de la joie la plus vive. Elle ajouta la reconnaissance à tous les sentiments que je lui inspirais déjà. L'abandon de sa personne lui parut moins criminel. Un bienfait aussi grand paraissait devoir l'absoudre. Des délices nouvelles occupèrent encore tous nos moments. Je m'en arrachai une nuit pour aller voir Don Belial.

» — Je vous attendais, me dit-il, je savais bien que vos scrupules ne dureraient guère et vos remords encore moins. Tous les fils d'Adam sont faits de la même pâte ; mais je ne m'attendais pas que vous seriez si tôt las de plaisirs, tels que ne les ont jamais goûtés les rois de ce petit globe, qui n'avaient pas ma bonbonnière.

» — Hélas ! seigneur Belial, lui répondis-je, une partie de ce que vous dites n'est que trop véritable ; mais il ne l'est point que mon état me lasse : je crains, au contraire, que, s'il venait à finir, la vie n'eût plus de charmes pour moi.

» — Cependant, vous êtes venu me demander trois mille pistoles pour sauver le sieur Goranez, et, dès que celui-ci sera justifié, il prendra chez lui sa fille et ses petites-filles : il a déjà disposé de leur main en faveur de deux commis de son bureau. Vous verrez dans les bras de ces heureux époux deux objets charmants qui vous avaient sacrifié leur innocence et qui, pour prix d'une telle offrande, ne demandaient qu'une part aux plaisirs dont vous étiez le centre. Plutôt inspirées par l'émulation que par la jalousie, chacune d'elles était heureuse du bonheur qu'elle vous avait donné et jouissait sans envie de celui que vous deviez à l'autre. Leur mère, plus savante et non moins passionnée, pouvait, grâce à ma bonbonnière, voir sans humeur le bonheur de ses filles. Après de tels moments, que ferez-vous le reste de votre vie ? Irez-vous rechercher es légitimes plaisirs de l'hymen ou soupirer le sentiment près d'une coquette, qui ne pourra même vous promettre l'ombre des voluptés qu'aucun mortel avant vous n'avait connues.

» Ensuite, Don Belial, changeant de ton, me dit :

» — Mais non, j'ai tort ; le père de Mme Santarez est réellement innocent, et il est en votre pouvoir de le sauver ; le plaisir de faire une bonne action doit l'emporter sur tous les autres.

» — Monsieur, vous parlez bien froidement des bonnes actions et bien chaudement des plaisirs qui, après tout, sont ceux du péché. On dirait que vous voulez mon éternelle perdition. Je suis tenté de croire que vous êtes...

» Don Belial ne me laissa point achever.

» — Je suis, me dit-il, l'un des principaux membres d'une association puissante dont le but est de rendre les hommes heureux, en les guérissant de vains préjugés qu'ils sucent avec le lait de leur nourrice et qui les gênent ensuite dans tous leurs désirs. Nous avons publié de très bons livres où nous prouvons admirablement que l'amour de soi est le principe de toutes les actions humaines, et que la douce pitié, la piété filiale, l'amour brûlant et tendre, la clémence dans les rois sont autant de raffinements de l'égoïsme. Or, si l'amour de soi-même est le mobile de toutes nos actions, l'accomplissement de nos propres désirs en doit être le but naturel. Les législateurs l'ont bien senti. Ils ont écrit les lois de manière qu'elles pussent être éludées, et les intéressés n'y manquent guère.

» — Eh quoi ! lui dis-je, seigneur Belial, ne regardez-vous pas le juste et l'injuste comme des qualités réelles ?

» — Ce sont des qualités relatives. Je vous le ferai comprendre avec le secours d'un apologue.

» Des insectes très petits rampaient sur le sommet de hautes herbes. L'un d'eux, dit aux autres : « Voyez ce tigre couché près de nous ; c'est le plus doux des animaux, jamais il ne nous fait de mal. Le mouton, au contraire, est un animal féroce ; s'il en venait un, il nous dévorerait avec l'herbe qui nous sert d'asile : mais le tigre est juste, il nous vengerait. »

» Vous pouvez en conclure, seigneur Hervas, que toutes les idées du juste et de l'injuste, du bien et du mal, sont relatives et nullement absolues ou générales. Je conviens avec vous qu'il y a une sorte de satisfaction niaise, attachée à ce qu'on appelle les bonnes actions. Vous en trouverez sûrement à sauver le bon M. Goranez, qui est accusé injustement. Vous ne devez pas hésiter à le faire si vous êtes las de vivre avec sa famille. Faites vos réflexions, vous en avez le temps. L'argent doit être remis samedi, une demi-heure après le coucher du soleil. Soyez ici dans la nuit du vendredi au samedi, les trois mille pistoles seront prêtes à minuit précis. Adieu, agréez encore cette bonbonnière.

» Je retournai chez moi et, chemin faisant, je mangeai quelques pastilles. Mme Santarez et ses filles m'attendaient et ne s'étaient pas couchées. Je voulus parler du prisonnier : on ne m'en donna pas le temps... Mais, pourquoi révélerais-je tant de forfaits honteux ? Il vous suffira de savoir qu'abandonnés à des désirs sans frein il n'était plus en notre pouvoir de mesurer le temps et de compter les jours ; le prisonnier fut entièrement oublié.

» La journée du samedi allait finir : le soleil, couché derrière des nuages, me parut jeter dans le ciel des reflets couleur de sang. Des éclairs soudains me faisaient tressaillir : je cherchais à me rappeler ma dernière conversation avec Don Belial. Tout à coup, j'entends une voix creuse et sépulcrale répéter trois fois : *Goranez, Goranez, Goranez.*

» — Juste ciel ! s'écria Mme Santarez, est-ce un esprit du ciel ou de l'enfer ; il m'avertit que mon père n'est plus.

» J'avais perdu connaissance ; lorsque je l'eus retrouvée, je pris le chemin de Mançanarez, pour faire une dernière tentative auprès de Don Belial. Des alguazils m'arrêtèrent et me conduisirent dans un quartier que je ne connaissais pas du tout, et dans une maison que je ne connaissais pas davantage, mais que je reconnus bientôt pour une prison. On me mit des fers et l'on me fit entrer dans un obscur caveau.

» J'entendis près de moi un bruit de chaînes.

» — Es-tu le jeune Hervas ? me demanda le compagnon de mon infortune.

» — Oui, lui dis-je, je suis Hervas, et je reconnais au son de ta voix que tu es Cristophe Sparadoz. As-tu des nouvelles de Goranez ? Était-il innocent ?

» — Il était innocent, dit Don Cristophe ; mais son accusateur avait ourdi sa trame avec un art qui mettait dans ses mains sa perte ou son salut. Il lui demandait trois mille pistoles : Goranez n'a pu se les procurer et vient de s'étrangler en prison. On m'a donné aussi le droit de m'étrangler ou de passer le reste de mes jours au château de Laroche, sur la côte d'Afrique. J'ai choisi le dernier parti et je me propose de m'échapper dès que je pourrai et de me faire mahométan. Quant à toi, mon ami, tu vas avoir la question extraordinaire pour te faire avouer des choses dont tu n'as aucune idée : mais ta liaison avec Mme Santarez fait supposer que tu es instruit et complice de son père.

» Qu'on se représente un homme dont le corps et l'âme étaient également amollis dans la volupté ; et cet homme menacé des horreurs d'un supplice cruellement prolongé. Je crus déjà ressentir les douleurs de la torture, mes cheveux se dressèrent sur ma tête ; le frisson de la terreur pénétra mes membres ; ils n'obéirent plus à ma volonté, mais aux mouvements soudains d'impulsions convulsives.

» Un geôlier entra dans la prison et vint chercher Sparadoz. Celui-ci, en s'en allant, me jeta un poignard ; je n'eus pas la force de le saisir, encore moins aurais-je eu celle de me poignarder. Mon désespoir était de telle nature que la mort elle-même ne pouvait me rassurer.

» — Ô Belial, m'écriai-je, Belial, je sais bien qui tu es, et pourtant je t'invoque !

» — Me voici, s'écria l'esprit immonde ; prends ce poignard ; fais couler ton sang et signe le papier que je te présente.

» — Ah ! mon bon ange, m'écriai-je alors, m'avez-vous tout à fait abandonné ?

» — Tu l'invoques trop tard, s'écria Satan, grinçant les dents et vomissant la flamme.

» En même temps, il imprima sa griffe sur mon front. J'y sentis une douleur cuisante et je m'évanouis, ou plutôt je tombai en extase. Une lumière soudaine éclaira la prison ; un chérubin, aux ailes brillantes, me présenta un miroir et me dit :

» — Vois sur ton front le *Thau* renversé ; c'est le signe de réprobation ; tu le verras à d'autres pécheurs, tu en ramèneras douze dans la voie du salut et tu y rentreras toi-même : prends cet habit de pèlerin et suis-moi.

» Je me réveillai, ou je crus me réveiller : et réellement je n'étais plus dans la prison, mais sur le grand chemin qui va en Galice ; j'étais vêtu en pèlerin.

» Bientôt après, une troupe de pèlerins vint à passer. Ils allaient à Saint-Jacques-de-Compostelle : je me joignis à eux, et je fis le tour de tous les lieux saints de l'Espagne. Je voulais passer en Italie et visiter Lorette. J'étais dans les Asturies, je pris ma route par Madrid. Arrivé dans cette ville, j'allai au Prado et je cherchai la maison de Mme Santarez. Je ne pus la retrouver, bien que je reconnusse toutes celles du voisinage. Ces fascinations me prouvèrent que j'étais encore sous la puissance de Satan. Je n'osai pousser plus loin mes recherches.

» Je visitai quelques églises, puis j'allai au Buen-Retiro. Ce jardin était absolument désert. Je n'y vis qu'un seul homme, assis sur un banc. La grande croix de Malte, brodée sur son manteau, me prouva qu'il était un des principaux membres de l'ordre. Il paraissait rêveur, et même comme immobile, à force d'être plongé dans sa rêverie.

» En l'approchant de plus près, il me parut voir sous ses pieds un abîme dans lequel sa figure se peignait renversée comme dans l'eau ; mais, ici, l'abîme paraissait rempli de feu.

» Lorsque j'approchai davantage, l'illusion n'eut plus lieu ; mais, en observant cet homme, je vis qu'il avait au front le *Thau* renversé, ce signe de réprobation que le chérubin m'avait fait voir dans le miroir, sur mon propre front.

» Il me fut aisé de comprendre que je voyais un des douze pécheurs qui devaient être par moi ramenés dans la voie du salut. Je cherchai à gagner la confiance de celui-ci : je l'obtins, lorsqu'il fut convaincu que mon motif n'était point une vaine curiosité. Il était nécessaire qu'il me fît son histoire. Je la lui demandai, et il la commença en ces termes :

II

HISTOIRE DU COMMANDEUR DE TORALVA

— Je suis entré dans l'ordre de Malte avant d'être sorti de l'enfance, ayant été reçu, comme l'on dit, « de pagerie ». Les protections que j'avais en cour m'obtinrent de tenir galère à vingt-cinq ans ; et le grand maître étant l'année suivante entré en « donnaison » me conféra la meilleure commanderie de la langue d'Aragon. Je pouvais donc, et je puis encore, prétendre aux premières dignités de l'ordre. Mais comme on n'y parvient que dans un âge avancé, et qu'en attendant je n'avais absolument rien à faire, je suivis l'exemple de nos premiers baillis, qui, peut-être, eussent dû m'en donner un meilleur. En un mot, je m'occupais à faire l'amour, ce que je regardais alors comme un péché des plus véniels ; et plût au ciel que je n'en eusse point commis de plus grave ! Celui que j'ai à me reprocher est un emportement coupable, qui m'a fait braver ce que notre religion a de plus sacré ; je n'y pense qu'avec effroi ; mais n'anticipons point.

» Vous saurez donc que nous avons à Malte quelques familles nobles de l'île qui n'entrent point dans l'ordre et n'ont aucune relation avec les chevaliers, de quelque rang que ce soit, ne reconnaissant que le grand maître, qui est leur souverain, et le chapitre, qui est son conseil.

» Après cette classe, il en vient une mitoyenne, qui exerce les emplois et recherche la protection des chevaliers. Les dames de cette classe se donnent à elles-mêmes et sont désignées par le titre d'« honorate », qui, en italien, veut dire honorées. Et sûrement elles le méritent par la décence qu'elles mettent dans leur conduite, et, s'il faut tout vous dire, par le mystère qu'elles mettent dans leurs amours.

» Une longue expérience a prouvé aux dames « honorate » que le mystère était incompatible avec le caractère des chevaliers français, ou du moins qu'il était infiniment rare de leur voir réunir la discrétion à toutes les belles qualités qui les distinguent. Il en est résulté que les jeunes gens de cette nation, accoutumés en tous pays à de brillants succès près du sexe, doivent, à Malte, se borner à des prostituées.

» Les chevaliers allemands, d'ailleurs peu nombreux, sont ceux qui plaisent le mieux aux « honorate », et je crois qu'ils le doivent à leur teint blanc et rosé. Après eux, ce sont les Espagnols, et je crois que nous le devons à notre caractère, qui passe avec raison pour être honnête et sûr.

» Les chevaliers français, mais surtout les Caravanistes, se vengent des « honorate » en les raillant de toutes manières, surtout en dévoilant leurs intrigues secrètes. Mais, comme ils font bande à part et qu'ils négligent d'apprendre l'italien, qui est la langue du pays, tout ce qu'ils disent ne fait pas grande sensation.

» Nous vivions donc en paix, ainsi que nos « honorate », lorsqu'un vaisseau de France nous amena le commandeur de Foulequère, de l'ancienne maison des sénéchaux de Poitou, issus des comtes d'Angoulême. Il avait été autrefois à Malte, et toujours il y avait eu des affaires d'honneur. À présent, il venait solliciter le généralat des galères. Il avait plus de trente-cinq ans ; en conséquence, on s'attendait à le trouver plus rassis. En effet, le commandeur n'était pas querelleur et tapageur comme il l'avait été ; mais il était hautain, impérieux, et même facétieux, prétendant à plus de considération que le grand maître lui-même.

» Le commandeur ouvrit sa maison : les chevaliers français s'y rendaient en foule. Nous y allions peu, et nous finîmes par n'y pas aller du tout, parce que nous y trouvions la conversation établie sur des sujets qui nous étaient désagréables, entre autres sur les « honorate », que nous aimions et respections.

» Lorsque le commandeur sortait, on le voyait entouré de jeunes Caravanistes. Souvent il les menait dans la « Rue étroite », leur montrait les endroits où il s'était battu et leur racontait toutes les circonstances de ses duels. — Il est bon de vous dire que, selon nos usages, le duel est défendu à Malte, excepté dans la « Rue étroite », qui est une ruelle où nulle fenêtre ne donne ; elle n'a de largeur qu'autant qu'il en faut pour que deux hommes puissent se mettre en garde et croiser leurs fers. Ils ne peuvent reculer. Les adversaires se mettent en large de la rue : leurs amis arrêtent les passants et empêchent qu'on ne les trouble. Cet usage a été autrefois introduit pour empêcher les assassinats ; car l'homme qui croit avoir un ennemi ne passe pas par la « Rue étroite » ; et si l'assassinat était commis ailleurs, on ne pouvait plus le faire passer pour une rencontre. D'ailleurs, il y a peine de mort pour qui viendrait dans la « Rue étroite » avec un poignard. Le duel est donc non seulement toléré à Malte, mais même permis. Cependant cette permission est pour ainsi dire tacite, et, loin d'en abuser, on en parle avec une sorte de honte, comme d'un attentat contraire à la charité chrétienne et malséant dans le chef-lieu d'un ordre monastique.

» Les promenades du commandeur dans la « Rue étroite » étaient tout à fait déplacées. Elles eurent le mauvais effet de rendre les Caravanistes français très querelleurs, et d'eux-mêmes ils y étaient assez portés.

» Ce mauvais ton alla en augmentant. Les chevaliers espagnols augmentèrent aussi de réserve ; enfin ils se rassemblèrent chez moi et me demandèrent ce qu'il y avait à faire pour arrêter une pétulance qui devenait tout à fait intolérable. Je remerciai mes compatriotes de l'honneur qu'ils me faisaient en m'accordant leur confiance : je leur promis d'en parler au commandeur, en lui représentant la conduite des jeunes gens français comme une sorte d'abus dont lui seul pouvait arrêter les progrès, par la grande considération et le respect qu'on avait pour lui dans les trois langues de sa nation. Je me promettais de mettre dans cette explication tous les égards dont elle était susceptible ; mais je n'espérais pas qu'elle pût finir sans un duel : cependant, comme le sujet de ce combat singulier me faisait honneur, je n'étais pas trop fâché de l'avoir. Enfin, je crois que je me laissai aller à une sorte d'antipathie que j'avais pour le commandeur.

» Nous étions alors dans la semaine sainte, et il fut convenu que mon entrevue avec le commandeur, n'aurait lieu que dans une quinzaine de jours. Je crois qu'il eut connaissance de ce qui s'était passé chez moi et qu'il voulait me prévenir en me faisant une querelle.

» Nous arrivâmes au vendredi saint : vous savez que,

selon l'usage espagnol, si l'on s'intéresse à une femme, on la suit ce jour-là d'église en église, pour lui présenter l'eau bénite. On le fait un peu par jalousie, crainte qu'un autre ne la présente et ne prenne cette occasion de lier connaissance. Cet usage espagnol s'était introduit à Malte. Je suivais donc une jeune « honorate » à qui j'étais attaché depuis plusieurs années ; mais, dès la première église où elle entra, le commandeur l'aborda avant moi, se plaça entre nous, me tournant le dos, et reculant quelquefois pour me marcher sur les pieds, ce qui fut remarqué.

» Au sortir de l'église, j'abordai mon homme d'un air indifférent et comme pour lui parler de nouvelles. Je lui demandai ensuite dans quelle église il comptait aller : il me la nomma. Je m'offris de lui montrer le chemin le plus court : je le menai, sans qu'il s'en aperçût, dans la « Rue étroite ». Lorsque nous y fûmes, je tirai l'épée, bien sûr que personne ne nous troublerait en un jour comme celui-là, où tout le monde est aux églises.

» Le commandeur tira aussi son épée, mais il en baissa la pointe :

» — Eh quoi ! me dit-il, un vendredi saint !

» Je ne voulus rien entendre.

» — Écoutez, me dit-il, il y a plus de six ans que je n'ai fait mes dévotions : je suis épouvanté de l'état de ma conscience. Dans trois jours...

» Je suis d'un naturel paisible, et vous savez que les gens de ce caractère, une fois irrités, n'entendent plus raison. Je forçai le commandeur à se mettre en garde ; mais je ne sais quelle terreur se peignait dans ses traits. Il se mit contre le mur, comme si, prévoyant qu'il serait renversé, il cherchât déjà un appui. En effet, dès le premier coup, je lui passai mon épée au travers du corps. Il baissa sa pointe, s'appuya contre la muraille, et dit, d'une voix mourante :

» — Je vous pardonne ; puisse le Ciel vous pardonner ! Portez mon épée à Tête-Foulque, et faites dire cent messes dans la chapelle du château.

» Il expira. Je ne fis pas, dans le moment, une grande attention à ses dernières paroles, et si je les ai retenues, c'est que je les ai entendu répéter depuis. Je fis ma déclaration dans la forme usitée. Je puis dire que, devant les hommes, mon duel ne me fit aucun tort : Foulequère était détesté, et l'on trouva qu'il avait mérité son sort ; mais il me parut que, devant Dieu, mon action était très coupable, surtout à cause de l'omission des sacrements, et ma conscience me faisait de cruels reproches. Ceci dura huit jours.

» Dans la nuit du vendredi au samedi, je fus réveillé en sursaut et, regardant autour de moi, il me parut que je n'étais pas dans ma chambre, mais au milieu de la « Rue étroite » et couché sur le pavé. Je m'étonnais d'y être, lorsque je vis distinctement le commandeur, appuyé contre le mur. Le spectre eut l'air de faire un effort pour parler, et me dit :

» — Portez mon épée à Tête-Foulque et faites dire cent messes dans la chapelle du château.

» À peine eus-je entendu ces paroles que je tombai dans un sommeil léthargique. Le lendemain, je m'éveillai dans ma chambre et mon lit, mais j'avais parfaitement conservé le souvenir de ma vision.

» La nuit d'après, je fis coucher un valet dans ma chambre et je ne vis rien, non plus que les nuits suivantes. Mais, dans la nuit du vendredi au samedi, j'eus encore la même vision, avec la différence que je vis mon valet couché sur le pavé à quelques pas de moi. Le spectre du commandeur m'apparut et me dit les mêmes choses. La même vision se répéta ensuite tous les vendredis. Mon valet alors rêvait qu'il était couché dans la « Rue étroite » ; mais, d'ailleurs, il ne voyait ni n'entendait le commandeur.

» Je ne savais d'abord ce que c'était que Tête-Foulque où le commandeur voulait que je portasse son épée : des chevaliers poitevins m'apprirent que c'était un château situé à trois lieues de Poitiers, au milieu d'une forêt ; qu'on en racontait dans le pays bien des choses extraordinaires et qu'on y voyait aussi bien des objets curieux, tels que l'armure de Foulque-Taillefer et les armes des chevaliers qu'il avait tués ; et que c'était même un usage, dans la maison des Foulequère, d'y déposer les armes qui leur avaient servi, soit à la guerre, soit dans les combats singuliers. Tout ceci m'intéressait ; mais il fallait songer à ma conscience.

» J'allai à Rome et me confessai au grand pénitencier. Je ne lui cachai pas ma vision, dont j'étais toujours obsédé. Il ne me refusa pas l'absolution, mais il me la donna conditionnellement après ma pénitence faite. Les cent messes au châtel de Tête-Foulque en faisaient partie ; mais le ciel accepta l'offrande, et, dès le moment de la confession, je cessai d'être obsédé par le spectre du commandeur. J'avais apporté de Malte son épée et je pris, aussitôt que je le pus, le chemin de la France.

» Arrivé à Poitiers, je trouvai qu'on y était informé de la mort du commandeur et qu'il n'y était pas plus regretté qu'à Malte. Je laissai mon équipage en ville ; je pris un habit de pèlerin et un guide ; il était convenable d'aller à pied à Tête-Foulque, et d'ailleurs le chemin n'était pas praticable pour les voitures.

» Nous trouvâmes la porte du donjon fermée ; nous

sonnâmes longtemps au beffroi ; enfin le châtelain parut : il était le seul habitant de Tête-Foulque, avec un ermite qui desservait la chapelle, et que nous trouvâmes faisant sa prière. Lorsqu'il eut fini, je lui dis que j'étais venu lui demander cent messes. En même temps, je déposai mon offrande sur l'autel. Je voulus y laisser aussi l'épée du commandeur, mais le châtelain me dit qu'il fallait la mettre dans « l'armerie », ou salle des armes, avec toutes les épées des Foulquère tués en duel, et de ceux qu'ils avaient tués ; que tel était l'usage consacré. Je suivis le châtelain dans « l'armerie », où je trouvai, en effet, des épées de toutes tailles ainsi que des portraits, à commencer par le portrait de Foulque-Taillefer, comte d'Angoulême, lequel fit bâtir Tête-Foulque pour un sien fils manzier (c'est-à-dire bâtard), lequel fut sénéchal de Poitou et souche des Foulquère de Tête-Foulque.

» Les portraits du sénéchal et de sa femme étaient, aux deux côtés d'une grande cheminée, placés dans l'angle de « l'armerie ». Ils étaient d'une grande vérité. Les autres portraits étaient également bien peints, quoique dans le style du temps. Mais aucun n'était aussi frappant que celui de Foulque-Taillefer. Il était peint en buffle, l'épée à la main et saisissant sa rondache que lui présentait un écuyer. La plupart des épées étaient attachées au bas de ce portrait, où elles formaient une sorte de faisceau.

» Je priai le châtelain de faire du feu dans cette salle et d'y porter mon souper.

» — Quant au souper, me répondit-il, je le veux bien, mais, mon cher pèlerin, je vous engage à venir coucher dans ma chambre.

» Je demandai le motif de cette précaution.

» — Je m'entends, répondit le châtelain, et je vais toujours vous faire un lit auprès du mien.

» J'acceptai sa proposition avec d'autant plus de plaisir que nous étions au vendredi, et que je craignais un retour de ma vision,

» Le châtelain alla s'occuper de mon souper, et je me mis à considérer les armes et les portraits. Ceux-ci, comme je l'ai dit, étaient peints avec beaucoup de vérité. À mesure que le jour baissait, les draperies, d'une sombre couleur, se confondirent dans l'ombre avec le fond obscur du tableau ; et le feu de la cheminée ne faisait distinguer que les visages : ce qui avait quelque chose d'effrayant, ou peut-être cela me parut ainsi, parce que l'état de ma conscience me donnait un effroi habituel.

» Le châtelain apporta mon souper, qui consistait en un plat de truites, pêchées dans un ruisseau voisin. J'eus aussi une bouteille de vin assez bon. Je voulais que l'ermite se mît à table avec moi, mais il ne vivait que d'herbes cuites à l'eau.

» J'ai toujours été exact à lire mon bréviaire, qui est d'obligation pour les chevaliers profès, du moins en Espagne. Je le tirai donc de ma poche, ainsi que mon rosaire, et je dis au châtelain que, n'ayant point encore sommeil, je resterais à prier, jusqu'à ce que la nuit fût plus avancée, et qu'il eût seulement à me montrer ma chambre.

» — À la bonne heure, me répondit-il ; l'ermite, à minuit, viendra faire sa prière dans la chapelle attenante ; alors vous descendrez ce petit escalier, et vous ne pourrez manquer ma chambre, dont je laisserai la porte ouverte. Ne restez pas ici après minuit.

» Le châtelain s'en alla. Je me mis à prier et, de temps

en temps, à mettre quelque bûche dans le feu. Mais je n'osais trop regarder dans la salle, car les portraits me semblaient s'animer. Si j'en regardais un pendant quelques instants, il me paraissait cligner les yeux et tordre la bouche, surtout le sénéchal et sa femme, qui étaient des deux côtés de la cheminée. Je crus voir qu'ils me jetaient des regards pleins de courroux et qu'ensuite ils se regardaient l'un l'autre. Un coup de vent ajouta à mes terreurs, car non seulement il ébranla les fenêtres, mais il agita les faisceaux d'armes et leur cliquetis me faisait tressaillir. Cependant, je priais avec ferveur.

» Enfin j'entendis l'ermite psalmodier et, lorsqu'il eut fini, je descendis l'escalier pour gagner la chambre du châtelain. J'avais en main un bout de chandelle, le vent l'éteignit, je remontai pour l'allumer. Mais quel fut mon étonnement de voir le sénéchal et la sénéchale descendus de leurs cadres et assis au coin du feu. Ils causaient familièrement, et l'on pouvait entendre leurs discours.

» — Ma mie, disait le sénéchal, que vous semble d'icelui Castillan, qui a occis le commandeur sans lui octroyer confession ?

» — Me semble, répondit le spectre féminin, me semble mamour avoir en ce fait félonie et mauvaiseté. Ainsi cuidai-je, messire Taillefer ne laissera le Castillan partir du châtel, sans le gant lui jeter.

» Je fus très effrayé et me jetai dans l'escalier ; je cherchai la porte du châtelain et ne pus la trouver à tâtons. J'avais toujours en main ma chandelle éteinte. Je songeai à la rallumer et me rassurai un peu ; je tâchai de me persuader à moi-même que les deux figures que j'avais vues à la cheminée n'avaient existé que dans mon imagination. Je remontai l'escalier et, m'arrêtant à la porte de « l'armerie », je vis qu'effectivement les deux figures n'étaient point auprès du feu, où j'avais cru les voir. J'entrai donc hardiment, mais à peine avais-je fait quelques pas que je vis au milieu de la salle messire Taillefer en garde et me présentant la pointe de son épée. Je voulus retourner à l'escalier, mais la porte était occupée par une figure d'écuyer, qui me jeta un gantelet. Ne sachant plus que faire, je me saisis d'une épée, que je pris dans un faisceau d'armes, et je tombai sur mon fantastique adversaire. Il me parut l'avoir pourfendu en deux ; mais aussitôt je reçus au-dessous du cœur un coup de pointe qui me brûla comme eût fait un fer rouge. Mon sang inonda la salle et je m'évanouis.

» Je me réveillai le matin dans la chambre du châtelain. Ne me voyant pas venir, il s'était muni d'eau bénite et était venu me chercher. Il m'avait trouvé étendu sur le parquet, sans connaissance, mais sans aucune blessure. Celle que j'avais cru recevoir n'était qu'une fascination. Le châtelain ne me fit pas de question et me conseilla seulement de quitter le châtel.

» Je partis et pris le chemin de l'Espagne. Je mis huit jours jusqu'à Bayonne. J'y arrivai un vendredi et me logeai dans une auberge. Au milieu de la nuit, je m'éveillai en sursaut et je vis devant mon lit messire Taillefer, qui me menaçait de son épée. Je fis le signe de la croix, et le spectre parut se fondre en fumée. Mais je sentis le même coup d'épée que j'avais cru recevoir au châtel de Tête-Foulque. Il me parut que j'étais baigné dans mon sang. Je voulus appeler et quitter mon lit, l'un et l'autre m'étaient impossibles. Cette angoisse inexprimable dura jusqu'au premier chant du coq. Alors, je me rendormis ; mais le lendemain je fus malade et dans un état à faire pitié. J'ai eu la même vision tous les vendredis. Les actes de dévotion n'ont pu m'en délivrer. La mélancolie me conduira au tombeau, et j'y descendrai avant d'avoir pu me délivrer de la puissance de Satan. Un reste d'espoir en la miséricorde divine me soutient encore et me fait supporter mes maux. »

» Le commandeur de Toralva était un homme religieux. Quoiqu'il eût manqué à la religion en se battant sans permettre à son adversaire de mettre ordre à sa conscience, je lui fis aisément comprendre que, s'il voulait réellement se délivrer des obsessions de Satan, il fallait visiter les saints lieux, que le pécheur ne va jamais chercher sans y trouver les consolations de la grâce.

» Toralva se laissa facilement persuader. Nous avons visité ensemble les lieux saints de l'Espagne. Ensuite, nous avons passé en Italie : nous avons vu Lorette et Rome. Le grand pénitencier lui a donné non plus l'absolution conditionnelle, mais générale, et accompagnée de l'indulgence papale. Toralva, complètement délivré, est allé à Malte, et je suis venu à Salamanque.

III

HISTOIRE DE LÉONORE ET DE LA DUCHESSE D'AVILA

» Le chevalier de Tolède, devenu grand bailli et sous-prieur de Castille, quitta Malte, revêtu de ses nouveaux honneurs, et m'engagea à faire avec lui le tour de l'Italie ; j'y consentis de grand cœur. Nous nous embarquâmes pour Naples, où nous arrivâmes sans accident. Nous n'en serions pas aisément partis, si l'aimable Tolède eût été aussi facile à retenir qu'il était aisé à se prendre dans les lacs des belles dames ; mais son art suprême était de quitter les belles, sans même qu'elles eussent le courage de s'en fâcher. Il quitta donc ses amours de Naples pour essayer de nouvelles chaînes, et successivement à Florence, Milan, Venise et Gênes. Nous n'arrivâmes que l'année suivante à Madrid.

» Tolède, dès le jour de son arrivée, alla faire sa cour au roi ; ensuite il prit le plus beau cheval de l'écurie du duc de Lerme, son frère ; on m'en donna un qui n'était guère moins beau, et nous allâmes nous mêler à la troupe qui caracolait aux portières des dames dans le Prado.

» Un superbe équipage frappa nos regards : c'était un carrosse ouvert, occupé par deux dames en demi-deuil.

Tolède reconnut la fière duchesse d'Avila et s'empressa de lui faire sa cour. L'autre dame se retourna ; il ne la connaissait pas et parut frappé de sa beauté.

» Cette inconnue n'était autre que la belle duchesse de Sidonia, qui venait de quitter sa retraite et de rentrer dans le monde : elle reconnut son ancien prisonnier et mit un doigt sur sa bouche pour me recommander le silence ; ensuite elle tourna ses beaux yeux sur Tolède, qui fit voir, dans les siens, je ne sais quelle expression sérieuse et timide que je ne lui avais vue près d'aucune femme. La duchesse de Sidonia avait déclaré qu'elle ne se remarierait plus, la duchesse d'Avila qu'elle ne se marierait jamais : un chevalier de Malte était précisément ce qu'il fallait pour leur société : elles firent des avances à Tolède, qui s'y prêta de la meilleure grâce du monde. La duchesse de Sidonia, sans faire voir qu'elle me connût, sut me faire agréer de son amie : nous formâmes une sorte de quadrille, qui se retrouvait toujours au milieu du tumulte des fêtes. Tolède, aimé pour la centième fois de sa vie, aimait pour la première. J'essayai d'offrir un respectueux hommage à la duchesse d'Avila : mais, avant de vous entretenir de mes relations avec cette dame, je dois dire quelques mots sur la situation où elle se trouvait alors.

» Le duc d'Avila, son père, était mort pendant notre séjour à Malte ; la fin d'un ambitieux fait toujours un grand effet parmi les hommes : c'est une grande chute ; ils en sont émus et surpris. À Madrid, on se rappela l'infante Béatrice, son union secrète avec le duc. On reparla d'un fils sur qui reposaient les destinées de cette maison. On s'attendait que le testament du défunt donnerait des éclaircissements : cette attente fut trompée ; le testament n'éclaircit rien. La cour n'en parla plus ;

mais l'altière duchesse d'Avila rentra dans le monde, plus hautaine, plus dédaigneuse et plus éloignée du mariage qu'elle ne l'avait jamais été.

» Je suis né très bon gentilhomme ; mais, dans les idées de l'Espagne, aucune sorte d'égalité ne pouvait exister entre la duchesse et moi, et si elle daignait me rapprocher d'elle, ce ne pouvait être que comme un protégé dont elle voulait faire la fortune. Tolède était le chevalier de la douce Sidonia ; j'étais comme l'écuyer de son amie.

» Ce degré de servitude ne me déplaisait point : je pouvais, sans trahir ma passion, voler au-devant des désirs de Béatrice, exécuter ses ordres, enfin me dévouer à toutes ses volontés. Tout en servant ma souveraine, je prenais bien garde qu'aucun mot, aucun regard, aucun soupir ne trahît les sentiments de mon cœur ; la crainte de l'offenser et, plus encore, celle d'être banni d'auprès d'elle me donnaient la force de surmonter ma passion. Pendant le cours de ce doux servage, la duchesse de Sidonia ne manqua point les occasions de me faire valoir auprès de son amie ; mais les faveurs qu'elle obtenait pour moi allaient, tout au plus, à quelque sourire affable qui n'exprimait que la protection.

» Tout cela dura plus d'un an : je voyais la duchesse à l'église, au Prado ; je prenais ses ordres pour la journée, mais je n'allais pas chez elle. Un jour, elle me fit appeler ; elle était entourée de ses femmes et travaillait au métier. Elle me fit asseoir et, prenant un air altier, elle me dit :

« — Seigneur Avadoro, je ferais peu d'honneur au sang dont je sors si je n'employais le crédit de ma famille à récompenser les respects que vous me rendez tous les jours : mon oncle Sorriente m'en a fait lui-même l'observation et vous offre un brevet de colonel dans le régiment de son nom : lui ferez-vous l'honneur d'accepter ? Faites-y vos réflexions.

» — Madame, lui répondis-je, j'ai attaché ma fortune à celle de l'aimable Tolède et je ne demande que les emplois qu'il obtiendra pour moi. Quant aux respects que j'ai le bonheur de vous rendre tous les jours, leur plus douce récompense serait la permission de les continuer.

» La duchesse ne répondit point et me donna, par une légère inclination de tête, le signal du départ.

» Huit jours après, je fus encore appelé chez l'altière duchesse ; elle me reçut comme la première fois et me dit :

» — Seigneur Avadoro, je ne puis souffrir que vous vouliez vaincre en générosité les d'Avila, les Sorriente et tous les grands dont le sang coule dans mes veines ; j'ai à vous faire de nouvelles propositions, avantageuses pour votre fortune : un gentilhomme, dont la famille nous est attachée, a fait une grande fortune au Mexique ; il n'a qu'une fille, dont la dot est d'un million...

» Je ne laissai point la duchesse achever sa phrase et, me levant avec quelque indignation, je lui dis :

» — Madame, quoique le sang des d'Avila et des Sorriente ne coule pas dans mes veines, le cœur qu'elles nourrissent est placé trop haut pour qu'un million y puisse atteindre.

» J'allais me retirer, la duchesse me pria de me rasseoir ; ensuite elle ordonna à ses femmes de passer dans l'autre chambre et de laisser la porte ouverte, puis elle me dit :

» — Seigneur Avadoro, il ne me reste plus à vous offrir qu'une seule récompense, et votre zèle pour mes intérêts me fait espérer que vous ne me refuserez pas : c'est de me rendre un service essentiel.

» — En effet, lui répondis-je, le bonheur de vous servir est la seule récompense que je vous demanderai de mes services.

» — Approchez, me dit la duchesse, on pourrait nous entendre de l'autre chambre. Avadoro, vous savez sans doute que mon père a été, en secret, l'époux de l'infante Béatrice, et peut-être vous aura-t-on dit, en grand secret, qu'il en avait eu un fils ; effectivement, mon père en avait fait courir le bruit, mais c'était pour mieux dérouter les courtisans. La vérité est qu'il en avait une fille, et qu'elle vit encore ; on l'a élevée dans un couvent près de Madrid ; mon père, en mourant, m'a révélé le secret de sa naissance, qu'elle ignore elle-même ; il m'a aussi expliqué les projets qu'il avait faits pour elle ; mais sa mort a tout détruit. Il serait impossible aujourd'hui de renouer le fil des ambitieuses intrigues qu'il avait ourdies à ce sujet ; l'entière légitimation de ma sœur serait, je crois, impossible à obtenir, et la première démarche que nous ferions entraînerait peut-être l'éternelle réclusion de cette infortunée. J'ai été la voir : Léonore est une bonne fille, simple, gaie, et je me suis senti pour elle une tendresse véritable ; mais l'abbesse a tant dit qu'elle me ressemblait que je n'ai pas osé y retourner. Cependant, je me suis déclarée sa protectrice et j'ai laissé croire qu'elle était un des fruits des innombrables amours que mon père a eues dans sa jeunesse. Depuis peu, la cour a fait prendre dans le couvent des informations qui me donnent de l'inquiétude, et je suis résolue de la faire venir à Madrid.

» J'ai, dans la rue Retrada, une maison de peu d'apparence : j'ai fait louer une maison vis-à-vis ; je vous prie de vous y loger et de veiller sur le dépôt que je vous confie : voici l'adresse de votre nouveau logement, et voici une lettre que vous présenterez à l'abbesse des ursulines del Pegnon ; vous prendrez quatre hommes à cheval et une chaise à deux mules ; une duègne viendra avec ma sœur et restera près d'elle : c'est à elle seule que vous aurez affaire. Vous n'aurez pas les entrées de la maison : la fille de mon père et d'une infante doit avoir au moins une réputation sans tache.

» Après avoir ainsi parlé, la duchesse fit cette légère inclination de tête qui, chez elle, était le signal du départ ; je la quittai donc et j'allai d'abord voir mon nouveau logement. Il était commode et bien garni : j'y laissai deux domestiques affidés, et je gardai le logement que j'avais chez Tolède.

» Je vis aussi la maison de Léonore : j'y trouvai deux femmes destinées à la servir, et un ancien domestique de la maison d'Avila, qui n'avait pas la livrée ; la maison était abondamment et élégamment pourvue de tout ce qui est nécessaire à un ménage bourgeois.

» Le lendemain, je pris quatre hommes à cheval et j'allai au couvent del Pegnon. On m'introduisit au parloir de l'abbesse. Elle lut ma lettre, sourit et soupira :

» — Doux Jésus ! dit-elle, il se commet dans le monde bien des péchés : je me félicite bien de l'avoir quitté. Par exemple, mon cavalier, la demoiselle que vous venez chercher ressemble à la duchesse d'Avila ; mais elle lui ressemble ; deux images du doux Jésus ne se ressemblent pas davantage. Et qui sont les parents de la demoiselle ? On n'en sait rien. Le feu duc d'Avila (Dieu puisse avoir son âme)...

» Il est probable que l'abbesse n'eût pas sitôt fini son bavardage, mais je lui représentai que j'étais pressé de remplir ma commission. L'abbesse branla la tête, proféra bien des *hélas !* et des *doux Jésus*, puis elle me dit d'aller parler à la tourière.

» J'y allai : la porte du cloître s'ouvrit ; il en sortit deux dames très exactement voilées ; elles montèrent en voiture sans mot dire ; je me mis à cheval et les suivis en silence. Lorsque nous fûmes près de Madrid, je pris le devant et reçus les dames à la porte de leur maison. Je ne montai point ; j'allai dans mon logement vis-à-vis, d'où je les vis prendre possession du leur.

» Léonore me parut effectivement avoir beaucoup de ressemblance avec la duchesse ; mais elle avait le teint plus blanc, ses cheveux étaient très blonds, et elle paraissait avoir plus d'embonpoint ; c'est ainsi que j'en jugeais de ma fenêtre, mais Léonore ne se tenait pas assez tranquille pour que je pusse bien distinguer ses traits. Peu de temps après, la gouvernante fit mettre les jalousies, les ferma à clef et je ne vis plus rien.

» Dans l'après-dînée, j'allai chez la duchesse et lui rendis compte de ce que j'avais fait.

» — Monsieur Avadoro, me dit-elle, Léonore est destinée au mariage. Dans nos mœurs, vous ne pouvez pas être admis chez elle ; cependant, je dirai à la duègne de laisser ouverte une jalousie du côté où sont vos fenêtres ; mais j'exige que vos jalousies soient fermées. Vous avez à me rendre compte de ce que fait Léonore. Il serait peut-être dangereux pour elle de vous connaître, surtout si vous avez pour le mariage l'éloignement que vous m'avez montré l'autre jour.

» — Madame, lui répondis-je, je vous disais seulement que l'intérêt ne me déterminerait pas dans le mariage ; cependant, vous avez raison, je ne compte pas me marier.

» Je quittai la duchesse ; je fus chez Tolède, à qui je

ne fis point part de nos secrets, puis j'allai à mon logement de la rue Retrada. Les jalousies de la maison vis-à-vis, et même les fenêtres, étaient ouvertes. Le vieux laquais Androdo jouait de la guitare ; Léonore dansait le *bolero* avec une vivacité et des grâces que je n'eusse point attendues d'une pensionnaire des carmélites, car elle y avait été élevée et n'était entrée aux ursulines que depuis la mort du duc. Léonore fit mille folies, voulant faire danser sa duègne avec Androdo. Je ne pouvais assez m'étonner de voir que la sérieuse duchesse d'Avila eût une sœur d'une humeur aussi gaie. D'ailleurs, la ressemblance était frappante ; j'étais, au fond, très amoureux de la duchesse, et sa vive image ne pouvait manquer de m'intéresser beaucoup : je me laissais aller au plaisir de la contempler, lorsque la duègne ferma la jalousie.

» Le lendemain, j'allai chez la duchesse, je lui rendis compte de ce que j'avais vu. Je ne lui cachai point l'extrême plaisir que m'avaient fait les naïfs amusements de sa sœur. J'osai même attribuer l'excès de mon ravissement à son grand air de famille.

» Comme ceci ressemblait de loin à une espèce de déclaration, la duchesse eut l'air de s'en fâcher : son sérieux s'en accrut.

» — Monsieur Avadoro, me dit-elle, quelle que soit la ressemblance entre les deux sœurs, je vous prie de ne les point confondre dans les éloges que vous voudrez bien en faire ; cependant, venez demain ; j'ai un voyage à faire et je désire vous voir avant mon départ.

» — Madame, lui dis-je, dût votre courroux m'anéantir, vos traits sont empreints dans mon âme comme y serait l'image de quelque divinité : vous êtes trop au-dessus de moi pour que j'ose élever jusqu'à vous une pensée amoureuse ; mais, aujourd'hui, vos traits divins je les retrouve dans une jeune personne gaie, franche, simple, naturelle, qui me préservera de vous aimer en elle.

» À mesure que je parlais, la figure de la duchesse devenait plus sévère : je m'attendais à être banni de sa présence. Je ne le fus point ; elle me répéta simplement de revenir le lendemain.

» Je dînai chez Tolède et, le soir, je retournai à mon poste. Les fenêtres de la maison vis-à-vis étaient ouvertes, et je voyais jusqu'au fond de l'appartement. Léonore, avec de grands éclats de rire, couvrait elle-même une table d'une nappe très blanche et de deux simples couverts ; elle était en simple corset, les manches de sa chemise relevées jusqu'aux épaules.

» On ferma les fenêtres et les jalousies ; mais ce que j'avais vu avait fait sur moi une forte impression ; et quel est le jeune homme qui puisse voir de sang-froid l'intérieur d'un jeune ménage !

» Je ne sais trop ce que je balbutiai le lendemain à la duchesse ; elle parut craindre que ce ne fût une déclaration et, se hâtant de prendre la parole, elle me dit :

» — Seigneur Avadoro, je dois partir, comme je vous l'ai dit hier. Je vais passer quelque temps à mon duché d'Avila : j'ai permis à ma sœur de se promener après le soleil couché, sans trop s'écarter de sa maison : si alors vous voulez l'aborder, la duègne est prévenue et vous laissera causer autant que vous voudrez. Tâchez de connaître l'esprit et le caractère de cette jeune personne : vous m'en rendrez compte à mon retour.

» Ensuite un signe de tête m'avertit de prendre congé. Il m'en coûta de quitter la duchesse ; j'étais réellement amoureux d'elle : son extrême fierté ne me décourageait pas ; je pensais, au contraire, que, si elle se décidait à prendre un amant, elle le choisirait au-dessous d'elle, ce qui, en Espagne, n'est pas très rare ; enfin quelque chose me disait que la duchesse pourrait m'aimer un jour ; mais je ne sais, en vérité, d'où me venait ce pressentiment ; sûrement sa conduite avec moi ne pouvait y donner lieu. Je pensai à la duchesse tout ce jour-là ; mais, vers le soir, je recommençai à penser à sa sœur : j'allai dans la rue Retrada. Il faisait un beau clair de lune : je reconnus Léonore et sa duègne, assises sur un banc près de leur porte. La duègne me reconnut aussi, vint au-devant de moi et m'invita à m'asseoir près de sa pupille ; elle-même s'éloigna.

» Après un moment de silence, Léonore me dit :

» — Vous êtes donc ce jeune homme qu'il m'est permis de voir ? Aurez-vous de l'amitié pour moi ?

» Je lui répondis que j'en avais déjà beaucoup.

» — Eh bien ! faites-moi le plaisir de me dire comment je m'appelle.

» — Vous vous appelez Léonore.

» — Ce n'est pas ce que je vous demande ; je dois avoir un autre nom. Je ne suis plus aussi simple que je l'étais aux carmélites : je croyais alors que le monde n'était peuplé que de religieuses et de confesseurs ; mais, à présent, je sais qu'il y a des maris et des femmes qui ne se quittent ni jour ni nuit, et que les enfants portent le nom de leur père : c'est pour cela que je veux savoir mon nom.

» Comme les carmélites, dans quelques couvents surtout, ont une règle très sévère, je ne fus pas surpris de voir que Léonore eût conservé tant d'ignorance jusqu'à l'âge de vingt ans ; je lui répondis que je ne la connaissais que sous le nom de Léonore. Je lui dis ensuite que je l'avais vue danser dans sa chambre et que sûrement elle n'avait pas appris à danser aux carmélites.

» — Non, me répondit-elle, c'est le duc d'Avila qui m'avait mise aux carmélites. Après sa mort, je suis entrée aux ursulines, où une pensionnaire m'apprenait à danser, une autre à chanter ; pour ce qui est de la manière dont les maris vivent avec leurs femmes, toutes les pensionnaires des ursulines m'en ont parlé, et ce n'est point un secret parmi elles. Quant à moi, je voudrais bien avoir un nom et, pour cela, il faudrait me marier.

» Ensuite Léonore me parla de la comédie, des promenades, des combats de taureaux, et témoigna beaucoup de désir de voir toutes ces choses. J'eus encore quelques entretiens avec elle et toujours les soirs. Au bout de huit jours, je reçus de la duchesse une lettre ainsi conçue :

» *En vous rapprochant de Léonore, j'espérais qu'elle prendrait de l'inclination pour vous. La duègne m'assure que mes vœux sont accomplis. Si le dévouement que vous avez pour moi est véritable, vous épouserez Léonore ; songez qu'un relus m'offenserait.*

» Je répondis en ces termes :

» *Madame,*

» *Mon dévouement pour votre grandeur est le seul sentiment qui puisse occuper mon âme : ceux que l'on doit à une épouse, peut-être, n'y trouveraient plus de place. Léonore mérite un époux qui ne soit occupé que d'elle.*

» Je reçus la réponse suivante :

» *Il est inutile de vous le cacher plus longtemps, vous êtes dangereux pour moi, et le refus que vous faites de la main de*

Léonore m'a donné le plus vif plaisir que j'aie ressenti en ma vie : mais je suis résolue de me vaincre ; je vous donne donc le choix d'épouser Léonore ou d'être à jamais banni de ma présence, peut-être même des Espagnes. Mon crédit à la cour ira bien jusque-là. Ne m'écrivez plus. La duègne est chargée de mes ordres.

» Quelque amoureux que je fusse de la duchesse, tant de hauteur eut le droit de me déplaire : je fus un moment tenté de tout avouer à Tolède et de me mettre sous sa protection ; mais Tolède, toujours amoureux de la duchesse de Sidonia, était très attaché à son amie et ne m'eût pas servi contre elle ; je pris donc le parti de me taire et, le soir, je me mis à la fenêtre pour voir ma future épouse.

» Les fenêtres étaient ouvertes, je voyais jusqu'au fond de la chambre. Léonore était au milieu de quatre femmes, occupées à la parer. Elle avait un habit de satin blanc brodé d'argent, une couronne de fleurs, un collier de diamant. Par-dessus tout cela, on lui mit un voile blanc qui la couvrait de la tête aux pieds.

» Tout ceci me surprenait un peu. Bientôt ma surprise augmenta. On porta une table dans le fond de la chambre, on la para comme un autel. On y mit des bougies, un prêtre parut, accompagné de deux gentilshommes qui paraissaient n'y être que comme témoins ; le marié manquait encore. J'entendis frapper à ma porte. La duègne parut.

» — On vous attend, me dit-elle. Penseriez-vous résister aux volontés de la duchesse ?

» Je suivis la duègne. La mariée n'ôta point son voile ; on mit sa main dans la mienne : en un mot, on nous maria.

» Les témoins me firent compliment, ainsi qu'à mon épouse dont ils n'avaient pas vu le visage et se retirèrent. La duègne nous conduisit à une chambre faiblement éclairée des rayons de la lune et ferma la porte sur nous.

» La manière dont je vécus avec ma femme répondit à ce mariage bizarre. Après le coucher du soleil, sa jalousie s'ouvrait, et je voyais tout l'intérieur de son appartement ; elle ne sortait plus la nuit, et je n'avais pas les moyens de l'aborder. Vers minuit, la duègne venait me chercher et me ramenait chez moi avant le jour.

» Au bout de huit jours, la duchesse revint à Madrid, je la revis avec quelque sorte de confusion : j'avais profané son culte et me le reprochais. Elle, au contraire, me traitait avec une extrême amitié. Sa fierté disparaissait dans le tête-à-tête ; j'étais son frère et son ami.

» Un soir que je rentrais chez moi, comme je fermais ma porte, je me sentis arrêté par la basque de mon habit. Je me retournai et je reconnus Busqueros.

» Ah ! ah ! je vous y prends, me dit-il. Monseigneur de Tolède m'a dit qu'il ne vous voyait plus et que vous aviez des allures dont il n'était pas informé. Je ne lui ai demandé que vingt-quatre heures pour les découvrir et j'y ai réussi. Ah ! çà, mon garçon, tu me dois du respect, car j'ai épousé ta belle-mère.

» Ce peu de mots me rappela combien Busqueros avait contribué à la mort de mon père. Je ne pus m'empêcher de lui montrer de la malveillance et je m'en débarrassai.

» Le lendemain, j'allai chez la duchesse et lui parlai de cette fâcheuse rencontre. Elle en parut très affectée.

» — Busqueros, me dit-elle, est un furet auquel rien n'échappe : il faut soustraire Léonore à sa curiosité. Dès aujourd'hui, je la fais partir pour Avila. Ne m'en voulez pas, Avadoro, c'est pour assurer votre bonheur.

» — Madame, lui dis-je, l'idée du bonheur semble supposer l'accomplissement des désirs, et je n'ai jamais désiré être l'époux de Léonore. Cependant il est véritable qu'à présent je me suis attaché à elle, et je l'aime tous les jours davantage, si toutefois cette expression m'est permise, car je ne la vois point le jour.

» Le même soir, j'allai à la rue Retrada, mais je n'y trouvai personne : la porte et les volets étaient fermés.

» Quelques jours après, Tolède me fit appeler dans son cabinet et me dit :

» — Avadoro, j'ai parlé de vous au roi. Sa Majesté vous donne une commission pour Naples. Temple, cet aimable Anglais, m'a fait faire des ouvertures ; il désire me voir à Naples, et, si je n'y peux aller, il veut que ce soit vous. Le roi ne juge point à propos que je fasse ce voyage et veut vous y envoyer. Mais, ajouta Tolède, vous ne me paraissez pas trop flatté de ce projet.

» — Je suis très flatté des bontés de Sa Majesté, mais j'ai une protectrice et je ne voudrais rien faire sans son approbation.

» Tolède sourit et me dit :

» — J'ai parlé à la duchesse ; allez la voir ce matin.

» J'y allai. La duchesse me dit :

» — Mon cher Avadoro, vous connaissez la position actuelle de la monarchie espagnole ; le roi est proche de sa fin et avec lui finit la ligne autrichienne ; en des circonstances aussi critiques, tout bon Espagnol doit s'oublier lui-même et, s'il peut servir son pays, il n'en doit pas manquer les occasions. Votre femme est en sûreté ; elle ne vous écrira point. Je lui servirai de secrétaire. Si j'en crois la duègne, je serai dans le cas de vous annoncer bientôt des choses qui vous attacheront encore plus à Léonore

» En disant ces mots, la duchesse baissa les yeux, rougit, puis elle me fit signe de me retirer.

» Je pris mes instructions chez le ministre. Elles concernaient la politique extérieure et s'étendaient aussi à l'administration du royaume de Naples, qu'on voulait, plus que jamais, rattacher à l'Espagne. Je partis dès le lendemain et fis le voyage avec toute la diligence possible.

» Je mis, à remplir ma commission, le zèle qu'on a pour un premier travail. Mais, dans les intervalles de mes occupations, les souvenirs de Madrid reprenaient un grand empire sur mon âme. La duchesse m'aimait, malgré qu'elle en eût ; elle m'en avait fait l'aveu. Devenue ma belle-sœur, elle s'était guérie de ce que ce sentiment pouvait avoir de passionné ; mais elle m'avait conservé un attachement dont elle me donnait mille preuves. Léonore, mystérieuse déesse de mes nuits, m'avait, par les mains de l'hymen, offert la coupe des voluptés ; son souvenir régnait sur mes sens autant que sur mon cœur ; mes regrets, pour elle, se tournaient presque en désespoir ; ces deux femmes exceptées, le sexe m'était indifférent.

» Les lettres de la duchesse m'arrivaient dans le pli du ministre. Elles n'étaient point signées et l'écriture en était contrefaite. J'appris ainsi que Léonore avançait dans sa grossesse, mais qu'elle était malade et surtout languissante. Ensuite je sus que j'étais père, et que Léonore avait beaucoup souffert. Les nouvelles qu'on me donnait de sa santé semblaient conçues de manière à en préparer de plus tristes encore.

» Enfin, je vis arriver Tolède au moment ou je m'y attendais le moins. Il se jeta dans mes bras.

» — Je viens, me dit-il, pour les intérêts du roi ; mais ce sont les duchesses qui m'envoient.

» En même temps, il me remit une lettre. Je l'ouvris en tremblant ; j'en pressentis le contenu. La duchesse m'annonçait la fin de Léonore et m'offrait toutes les consolations de la plus tendre amitié.

» Tolède qui, depuis longtemps, avait sur moi le plus grand ascendant, en usa pour rendre le calme à mes esprits. Je n'avais, pour ainsi dire, point connu Léonore ; mais elle était mon épouse, et son idée s'identifiait au souvenir des délices de notre courte union. Il me resta de ma douleur beaucoup de mélancolie et d'abattement.

» Tolède prit sur lui le soin des affaires, et, lorsqu'elles furent terminées, nous retournâmes à Madrid. Près des portes de la capitale, il me fit descendre et, prenant des chemins détournés, il me conduisit au cimetière des carmélites : là, il me fit voir une urne de marbre noir ; on lisait sur sa base : *Léonore Avadoro.* Ce monument fut baigné de mes pleurs ; j'y retournai plusieurs fois avant de voir la duchesse. Elle ne m'en sut point mauvais gré : bien au contraire, la première fois que je la vis, elle me témoigna une affection qui tenait de la tendresse. Enfin elle me conduisit dans l'intérieur de son appartement et me fit voir un enfant au berceau : mon émotion était à son comble. Je mis un genou en terre ; la duchesse me tendit la main pour me relever. Je la baisai : elle me fit signe de me retirer.

» Le lendemain, je me rendis chez le ministre et, avec lui, chez le roi. Tolède, en m'envoyant à Naples, avait voulu un prétexte de me faire accorder des grâces ; je fus fait chevalier de Calatrava. Cette décoration, sans me mettre au niveau des premiers rangs, m'en rapprochait néanmoins. Je fus, avec Tolède et les deux duchesses, sur un pied qui ne tenait plus en rien de l'infériorité ; d'ailleurs, j'étais leur ouvrage, et ils paraissaient se plaire à me relever.

» Bientôt après, la duchesse d'Avila me chargea de suivre une affaire qu'elle avait au conseil de Castille ; j'y mis le zèle qu'on peut imaginer et une prudence qui ajouta à l'estime que j'avais inspirée à ma protectrice. Je la voyais tous les jours et toujours plus affectueuse. Ici commence le merveilleux de mon histoire.

» À mon retour d'Italie, j'avais repris mon logement chez Tolède ; mais la maison que j'avais rue Retrada était restée à ma charge. J'y faisais coucher un domestique appelé Ambrosio. La maison vis-à-vis, qui était celle où je m'étais marié, appartenait à la duchesse. Elle était fermée, et personne ne l'habitait. Un matin, Ambrosio vint me prier de mettre quelqu'un à sa place, surtout quelqu'un de brave, vu qu'après minuit il n'y faisait pas bon, non plus que dans la maison de l'autre côté de la rue.

» Je voulus me faire expliquer de quelle nature étaient les apparitions ; Ambrosio m'avoua que la peur l'avait empêché de rien distinguer. Au surplus, il était décidé à ne plus coucher dans la rue Retrada, ni seul, ni en compagnie. Ces propos piquèrent ma curiosité. Je me décidai à tenter l'aventure dès la même nuit. La maison était restée garnie de quelques meubles. Je m'y transportai après le souper. Je fis coucher un valet dans l'escalier et j'occupai la chambre qui donnait sur la rue et faisait face à l'ancienne maison de Léonore. Je pris quelques tasses de café pour ne point m'endormir et j'entendis sonner minuit. Ambrosio m'avait dit que c'était l'heure du revenant. Pour que rien ne l'effarouchât, j'éteignis ma bougie. Bientôt je vis de la lumière dans la maison vis-à-vis. Elle passa d'une chambre et d'un étage dans l'autre ; les jalousies m'empêchaient de voir d'où provenait cette lumière. Le lendemain, je fis demander, chez la duchesse, les clefs de la maison et je m'y transportai. Je la trouvai entièrement vide et m'assurai qu'elle n'était point habitée. Je décrochai une jalousie à chaque étage et puis j'allai vaquer à mes affaires.

» La nuit suivante, je repris mon poste, et, minuit sonnant, la même lumière se fit voir. Mais, pour le coup, je vis bien d'où elle provenait. Une femme, vêtue de blanc et tenant une lampe, traversa lentement toutes les chambres du premier étage, passa au second et disparut. La lampe l'éclairait trop faiblement pour que je pusse distinguer ses traits ; mais sa blonde chevelure me fit reconnaître Léonore.

» J'allai voir la duchesse dès qu'il fit jour. Elle n'y était pas ; je me transportai vers mon enfant. Je trouvai, parmi les femmes, du mouvement et de l'inquiétude. D'abord on ne voulut pas s'expliquer. Enfin la nourrice me dit qu'une femme, toute vêtue de blanc, était entrée la nuit, tenant une lampe à la main, qu'elle avait longtemps regardé l'enfant, l'avait béni et s'était en allée.

» La duchesse rentra. Elle me fit appeler et me dit :

» — J'ai des raisons de désirer que votre enfant ne soit plus ici. J'ai donné des ordres pour qu'on lui prépare la maison de la rue Retrada : il y demeurera avec sa nourrice et la femme qui passe pour être sa mère. Je vous proposerais bien d'y demeurer aussi, mais cela pourrait avoir des inconvénients.

» Je lui répondis que je garderais la maison vis-à-vis et que j'y coucherais quelquefois.

» On se conforma aux vues de la duchesse ; j'eus soin

de faire coucher mon enfant dans la chambre qui donnait sur la rue et de ne point faire remettre la jalousie.

» Minuit sonna. Je me mis à la fenêtre. Je vis, dans la chambre vis-à-vis, l'enfant endormi, ainsi que la nourrice. La femme, vêtue de blanc, parut, une lampe à la main. Elle s'approcha du berceau, regarda longtemps l'enfant, le bénit. Puis elle vint à la fenêtre et regarda longtemps de mon côté. Ensuite elle sortit de la chambre, et je vis de la lumière dans l'étage supérieur. Enfin la même femme parut sur le toit, en parcourut légèrement l'arête, passa sur un toit voisin et disparut à mes yeux.

» J'étais confondu, je l'avoue. Je dormis peu et, le lendemain, j'attendis minuit avec impatience. Minuit sonna, je fus à ma fenêtre. Bientôt je vis entrer, non pas la femme blanche, mais une sorte de nain, qui avait le visage bleuâtre, une jambe de bois et une lanterne à la main. Il s'approcha de l'enfant, le regarda attentivement, puis il alla à la fenêtre, s'y assit, les jambes croisées, et se mit à me considérer avec attention. Ensuite il sauta de la fenêtre dans la rue ou, plutôt, il eut l'air de glisser et vint frapper à ma porte. De la fenêtre, je lui demandai qui il était. Au lieu de répondre, il me dit :

» — Juan Avadoro, prends ta cape et ton épée et suis-moi.

» Je fis ce qu'il me disait, je descendis dans la rue et le vis le nain à une vingtaine de pas de moi, clopinant sur sa jambe de bois et me montrant le chemin avec sa lanterne. Après avoir fait une centaine de pas, il prit à gauche et me conduisit dans ce quartier désert qui s'étend entre la rue Retrada et le Mançanarez. Nous passâmes sous une voûte et nous entrâmes dans un *patio* planté de quelques arbres (on appelle, en Espagne, *patio*, des cours intérieures où les voitures n'entrent point). Au bout du patio était une petite façade gothique qui paraissait être le portail d'une chapelle. La femme blanche en sortit. Le nain éclaira mon visage avec sa lanterne.

» — C'est lui, s'écria-t-elle, c'est lui-même, mon époux, mon cher époux !

» — Madame, lui dis-je, j'ai cru que vous étiez morte.

» — Je suis vivante !

» Et, effectivement, c'était bien elle. Je la reconnaissais au son de sa voix et, mieux encore, à l'ardeur de ses transports légitimes. Leur vivacité ne me laissa pas le loisir de faire des questions sur ce que notre situation avait de merveilleux : je n'en eus même pas le temps. Léonore s'échappa de mes bras et se perdit dans l'obscurité. Le nain boiteux m'offrit le secours de sa petite lanterne. Je le suivis à travers des ruines et des quartiers tout à fait déserts. Tout à coup, la lanterne s'éteignit. Le nain, que je voulus rappeler, ne répondit point à mes cris ; la nuit était tout à fait noire. Je pris le parti de me coucher à terre et d'attendre ainsi le jour. Je m'endormis. Lorsque je m'éveillai, il faisait grand jour. Je me trouvai couché près d'une urne de marbre noir. J'y lus, en lettres d'or : *Léonore Avadoro.* En un mot, j'étais près du tombeau de ma femme. Je me rappelai alors les événements de la nuit, et je fus troublé de leur souvenir. Je n'avais, de longtemps, approché du tribunal de la pénitence. J'allai aux Théatins et demandai mon grand-oncle, le père Heronymo : il était malade. Il se présenta un autre confesseur. Je lui demandai s'il était possible que des démons pussent revêtir des formes humaines.

» — Sans doute, me répondit-il, les succubes sont formellement mentionnés dans la Somme de saint Thomas, et c'est un cas réservé. Lorsqu'un homme est longtemps sans participer aux sacrements, les démons prennent sur lui un certain empire. Ils se font voir sous la figure de femmes et induisent en tentation. Si vous croyez, mon fils, avoir rencontré des succubes, ayez recours au grand pénitencier. Hâtez-vous, ne perdez point de temps.

» Je répondis qu'il m'était arrivé une aventure singulière où j'avais été abusé par des illusions. Je lui demandai la permission d'interrompre ma confession.

» J'allai chez Tolède. Il me dit qu'il me mènerait dîner chez la duchesse d'Avila, et que la duchesse de Sidonia y serait aussi. Il me trouva l'air préoccupé, et m'en demanda le motif. J'étais effectivement rêveur et je ne pouvais fixer mes idées à rien de raisonnable. Je fus encore triste au dîner des duchesses ; mais leur gaieté était si vive, et Tolède y répondait si bien, que je finis par la partager.

» Pendant le dîner, j'avais observé des signes d'intelligence et des rires qui semblaient avoir rapport à moi. On quitta la table, et notre partie carrée, au lieu d'aller au salon, prit le chemin des appartements intérieurs. Lorsque nous y fûmes, Tolède ferma la porte à clef et me dit :

» — Illustre chevalier de Calatrava, mettez-vous aux genoux de la duchesse. Elle est votre femme depuis plus d'un an. N'allez pas nous dire que vous vous en doutiez. Les gens à qui vous raconterez votre histoire la devineront peut-être, mais le grand art est d'empêcher le soupçon de naître, et c'est ce que nous avons fait. À la vérité, les mystères de l'ambitieux d'Avila nous ont bien servis. Il avait véritablement un fils qu'il comptait faire reconnaître. Ce fils est mort, et alors il a exigé de sa fille qu'elle ne se mariât point, afin que les fiefs revinssent aux Sorriente, qui sont une branche des d'Avila. La fierté de notre duchesse lui faisait désirer de n'avoir point de maître. Mais, depuis notre retour de Malte, cette fierté ne savait pas trop où elle en était et courait risque de faire un fameux naufrage. Heureusement pour la duchesse d'Avila, elle a une amie, qui est aussi la vôtre, mon cher Avadoro. Elle lui a fait une pleine confidence, et nous nous sommes concertés sur des intérêts aussi chers. Nous avons alors inventé une Léonore, fille du duc et de l'infante, qui n'était que la duchesse elle-même, coiffée d'une perruque blonde et légèrement fardée. Mais vous n'aviez garde de reconnaître votre fière souveraine dans la naïve pensionnaire des carmélites. J'ai assisté à quelques répétitions de ce rôle, et je vous assure que j'y eusse été trompé comme vous.

» La duchesse, voyant que vous refusiez les plus brillants partis pour le seul désir de lui rester attaché, s'est décidée à vous épouser. Vous êtes mariés devant Dieu et l'Église, mais vous ne l'êtes point devant les hommes, ou du moins vous chercheriez en vain les preuves de votre mariage. Ainsi la duchesse ne manque point aux engagements contractés.

» Vous vous êtes donc mariés, et les suites en ont été que la duchesse a dû passer quelques mois dans ses terres pour se soustraire aux regards des curieux. Busqueros venait d'arriver à Madrid. Je l'ai mis à votre piste et, sous prétexte de dérouter le furet, nous avons fait partir Léonore pour la campagne. Ensuite il nous a convenu de vous faire partir pour Naples, car nous ne savions plus que vous dire au sujet de Léonore, et la duchesse ne voulait se faire connaître à vous que lorsqu'un gage vivant de votre amour ajouterait à vos droits.

» Ici, mon cher Avadoro, j'implore de vous mon pardon. J'ai plongé le poignard dans votre sein en vous annonçant la mort d'une personne qui n'avait jamais existé. Mais votre sensibilité n'a point été perdue : la duchesse est touchée de voir que vous l'ayez si parfaitement aimée sous deux formes si différentes. Depuis huit jours, elle brûle de se déclarer. Ici, c'est encore moi qui suis le coupable : je me suis obstiné à faire revenir Léonore de l'autre monde. La duchesse a bien voulu faire la femme blanche, mais ce n'est pas elle qui a couru si légèrement sur l'arête du toit voisin ; cette Léonore n'était qu'un petit ramoneur de cheminée.

» Le même drôle est revenu la nuit suivante, habillé en diable boiteux ; il s'est assis sur la fenêtre et s'est glissé dans la rue le long d'une corde attachée à l'avance. Je ne sais ce qui s'est passé dans le *patio* de l'ancien couvent des carmélites ; mais ce matin je, vous ai fait suivre et j'ai su que vous vous étiez longuement confessé. Je n'aime point avoir affaire à l'Église, et j'ai craint les suites d'une plaisanterie qu'on pousserait trop loin. Je ne me suis donc plus opposé au désir de la duchesse, et nous avons décidé que la déclaration se ferait aujourd'hui.

» Tel fut à peu près le discours de l'aimable Tolède. Mais je ne l'écoutais guère : j'étais aux pieds de Béatrice ; une aimable confusion se peignait dans ses traits. Ils exprimaient l'entier aveu de sa défaite. Ma victoire n'avait et n'eut jamais que deux témoins : elle ne m'en fut pas moins chère. »

DU MÊME AUTEUR

Aux Éditions Gallimard

MANUSCRIT TROUVÉ À SARAGOSSE (L'Imaginaire n° 463)

Chez d'autres éditeurs

ŒUVRES, *Peeters*

LA COUR DU MAROC, *Magellan & Cie*

VOYAGE DANS L'EMPIRE DU MAROC, *Éditions du Jasmin*

VOYAGE EN TURQUIE ET EN ÉGYPTE, *Éditions du Jasmin*

DÉDALE, *Maisonneuve et Larose*

LE VOYAGE DE HAFEZ : récit oriental, *Novetlé*

ÉCRITS POLITIQUES, *H. Champion*

L'IMAGINAIRE

GALLIMARD

Axée sur les constructions de l'imagination, cette collection vous invite à découvrir les textes les plus originaux des littératures romanesques française et étrangères.

Volumes parus

202. Daniel Boulanger : *L'autre rive.*
203. Maurice Blanchot : *Le Très-Haut.*
204. Paul Bowles : *Après toi le déluge.*
205. Pierre Drieu la Rochelle : *Histoires déplaisantes.*
206. Vincent Van Gogh : *Lettres à son frère Théo.*
207. Thomas Bernhard : *Perturbation.*
208. Boris Pasternak : *Sauf-conduit.*
209. Giuseppe Bonaviri : *Le tailleur de la grand-rue.*
210. Jean-Loup Trassard : *Paroles de laine.*
211. Thomas Mann : *Lotte à Weimar.*
212. Pascal Quignard : *Les tablettes de buis d'Apronenia Avitia.*
213. Guillermo Cabrera Infante : *Trois tristes tigres.*
214. Edmond Jabès : *Le Livre des Questions*, II.
215. Georges Perec : *La disparition.*
216. Michel Chaillou : *Le sentiment géographique.*
217. Michel Leiris : *Le ruban au cou d'Olympia.*
218. Danilo Kiš : *Le cirque de famille.*
219. Princesse Marthe Bibesco : *Au bal avec Marcel Proust.*
220. Harry Mathews : *Conversions.*
221. Georges Perros : *Papiers collés*, II.
222. Daniel Boulanger : *Le chant du coq.*
223. David Shahar : *Le jour de la comtesse.*
224. Camilo José Cela : *La ruche.*
225. J.M.G. Le Clézio : *Le livre des fuites.*
226. Vassilis Vassilikos : *La plante.*
227. Philippe Sollers : *Drame.*
228. Guillaume Apollinaire : *Lettres à Lou.*
229. Hermann Broch : *Les somnambules.*

230. Raymond Roussel : *Locus Solus.*
231. John Dos Passos : *Milieu de siècle.*
232. Elio Vittorini : *Conversation en Sicile.*
233. Édouard Glissant : *Le quatrième siècle.*
234. Thomas De Quincey : *Les confessions d'un mangeur d'opium anglais* suivies de *Suspiria de profundis* et de *La malle-poste anglaise.*
235. Eugène Dabit : *Faubourgs de Paris.*
236. Halldor Laxness : *Le Paradis retrouvé.*
237. André Pieyre de Mandiargues : *Le Musée noir.*
238. Arthur Rimbaud : *Lettres de la vie littéraire d'Arthur Rimbaud.*
239. Henry David Thoreau : *Walden ou La vie dans les bois.*
240. Paul Morand : *L'homme pressé.*
241. Ivan Bounine : *Le calice de la vie.*
242. Henri Michaux : *Ecuador (Journal de voyage).*
243. André Breton : *Les pas perdus.*
244. Florence Delay : *L'insuccès de la fête.*
245. Pierre Klossowski : *La vocation suspendue.*
246. William Faulkner : *Descends, Moïse.*
247. Frederick Rolfe : *Don Tarquinio.*
248. Roger Vailland : *Beau Masque.*
249. Elias Canetti : *Auto-da-fé.*
250. Daniel Boulanger : *Mémoire de la ville.*
251. Julian Gloag : *Le tabernacle.*
252. Edmond Jabès : *Le Livre des Ressemblances.*
253. J.M.G. Le Clézio : *La fièvre.*
254. Peter Matthiessen : *Le léopard des neiges.*
255. Marquise Colombi : *Un mariage en province.*
256. Alexandre Vialatte : *Les fruits du Congo.*
257. Marie Susini : *Je m'appelle Anna Livia.*
258. Georges Bataille : *Le bleu du ciel.*
259. Valery Larbaud : *Jaune bleu blanc.*
260. Michel Leiris : *Biffures* (*La règle du jeu*, I).
261. Michel Leiris : *Fourbis* (*La règle du jeu*, II).
262. Marcel Jouhandeau : *Le parricide imaginaire.*
263. Marguerite Duras : *India Song.*
264. Pierre Mac Orlan : *Le tueur n° 2.*
265. Marguerite Duras : *Le théâtre de l'Amante anglaise.*
266. Pierre Drieu la Rochelle : *Beloukia.*
267. Emmanuel Bove : *Le piège.*

268. Michel Butor : *Mobile. Étude pour une représentation des États-Unis.*
269. Henri Thomas : *John Perkins* suivi de *Un scrupule.*
270. Roger Caillois : *Le fleuve Alphée.*
271. J.M.G. Le Clézio : *La guerre.*
272. Maurice Blanchot : *Thomas l'Obscur.*
273. Robert Desnos : *Le vin est tiré...*
274. Michel Leiris : *Frêle bruit* (*La règle du jeu*, IV).
275. Michel Leiris : *Fibrilles* (*La règle du jeu*, III).
276. Raymond Queneau : *Odile.*
277. Pierre Mac Orlan : *Babet de Picardie.*
278. Jacques Borel : *L'Adoration.*
279. Francis Ponge : *Le savon.*
280. D.A.F. de Sade : *Histoire secrète d'Isabelle de Bavière, Reine de France.*
281. Pierre Drieu la Rochelle : *L'homme à cheval.*
282. Paul Morand : *Milady* suivi de *Monsieur Zéro.*
283. Maurice Blanchot : *Le dernier homme.*
284. Emmanuel Bove : *Départ dans la nuit* suivi de *Non-lieu.*
285. Marcel Proust : *Pastiches et mélanges.*
286. Bernard Noël : *Le château de Cène* suivi de *Le château de Hors. L'outrage aux mots. La pornographie.*
287. Pierre Jean Jouve : *Le monde désert.*
288. Maurice Blanchot : *Au moment voulu.*
289. André Hardellet : *Le seuil du jardin.*
290. André Pieyre de Mandiargues : *L'Anglais décrit dans le château fermé.*
291. Georges Bataille : *Histoire de l'œil.*
292. Henri Thomas : *Le précepteur.*
293. Georges Perec : *W ou le souvenir d'enfance.*
294. Marguerite Yourcenar : *Feux.*
295. Jacques Audiberti : *Dimanche m'attend.*
296. Paul Morand : *Fermé la nuit.*
297. Roland Dubillard : *Olga ma vache. Les Campements. Confessions d'un fumeur de tabac français.*
298. Valery Larbaud : *Amants, heureux amants...* précédé de *Beauté, mon beau souci...* suivi de *Mon plus secret conseil.*
299. Jacques Rivière : *Aimée.*
300. Maurice Blanchot : *Celui qui ne m'accompagnait pas.*
301. Léon-Paul Fargue : *Le piéton de Paris* suivi de *D'après Paris.*

302. Joë Bousquet : *Un amour couleur de thé.*
303. Raymond Queneau : *Les enfants du limon.*
304. Marcel Schwob : *Vies imaginaires.*
305. Guillaume Apollinaire : *Le flâneur des deux rives* suivi de *Contemporains pittoresques.*
306. Arthur Adamov : *Je... Ils...*
307. Antonin Artaud : *Nouveaux écrits de Rodez.*
308. Max Jacob : *Filibuth ou La montre en or.*
309. J.M.G. Le Clézio : *Le déluge.*
310. Pierre Drieu la Rochelle : *L'homme couvert de femmes.*
311. Salvador Dali : *Journal d'un génie.*
312. D.A.F. de Sade : *Justine ou les malheurs de la vertu.*
313. Paul Nizan : *Le cheval de Troie.*
314. Pierre Klossowski : *Un si funeste désir.*
315. Paul Morand : *Les écarts amoureux.*
316. Jean Giono : *Rondeur des jours (L'eau vive I).*
317. André Hardellet : *Lourdes, lentes...*
318. Georges Perros : *Papiers collés, III.*
319. Violette Leduc : *La folie en tête.*
320. Emmanuel Berl : *Sylvia.*
321. Marc Bernard : *Pareils à des enfants...*
322. Pierre Drieu la Rochelle : *Rêveuse bourgeoisie.*
323. Eugène Delacroix : *Lettres intimes.*
324. Raymond Roussel : *Comment j'ai écrit certains de mes livres.*
325. Paul Gadenne : *L'invitation chez les Stirl.*
326. J.M.G. Le Clézio : *Voyages de l'autre côté.*
327. Gaston Chaissac : *Hippobosque au Bocage.*
328. Roger Martin du Gard : *Confidence africaine.*
329. Henri Thomas : *Le parjure.*
330. Georges Limbour : *La pie voleuse.*
331. André Gide : *Journal des faux-monnayeurs.*
332. Jean Giono : *L'oiseau bagué (L'eau vive II).*
333. Arthur Rimbaud : *Correspondance (1888-1891).*
334. Louis-René Des Forêts : *Les mendiants.*
335. Joë Bousquet : *Traduit du silence.*
336. Pierre Klossowski : *Les lois de l'hospitalité.*
337. Michel Leiris : *Langage tangage ou Ce que les mots me disent.*
338. Pablo Picasso : *Le désir attrapé par la queue.*
339. Marc Bernard : *Au-delà de l'absence.*
340. Jean Giono : *Les terrasses de l'île d'Elbe.*

341. André Breton : *Perspective cavalière.*
342. Rachilde : *La Marquise de Sade.*
343. Marcel Arland : *Terres étrangères.*
344. Paul Morand : *Tendres stocks.*
345. Paul Léautaud : *Amours.*
346. Adrienne Monnier : *Les gazettes (1923-1945).*
347. Guillaume Apollinaire : *L'Arbre à soie et autres Échos du* Mercure de France *(1917-1918).*
348. Léon-Paul Fargue : *Déjeuners de soleil.*
349. Henri Calet : *Monsieur Paul.*
350. Max Jacob : *Le terrain Bouchaballe.*
351. Violette Leduc : *La Bâtarde.*
352. Pierre Drieu la Rochelle : *La comédie de Charleroi.*
353. André Hardellet : *Le parc des Archers* suivi de *Lady Long Solo.*
354. Alfred Jarry : *L'amour en visites.*
355. Jules Supervielle : *L'Arche de Noé.*
356. Victor Segalen : *Peintures.*
357. Marcel Jouhandeau : *Monsieur Godeau intime.*
358. Roger Nimier : *Les épées.*
359. Paul Léautaud : *Le petit ami.*
360. Paul Valéry : *Lettres à quelques-uns.*
361. Guillaume Apollinaire : *Tendre comme le souvenir.*
362. J.M.G. Le Clézio : *Les Géants.*
363. Jacques Audiberti : *Les jardins et les fleuves.*
364. Louise de Vilmorin : *Histoire d'aimer.*
365. Léon-Paul Fargue : *Dîner de lune.*
366. Maurice Sachs : *La chasse à courre.*
367. Jean Grenier : *Voir Naples.*
368. Valery Larbaud : *Aux couleurs de Rome.*
369. Marcel Schwob : *Cœur double.*
370. Aragon : *Les aventures de Télémaque.*
371. Jacques Stephen Alexis : *Les arbres musiciens.*
372. André Pieyre de Mandiargues : *Porte dévergondée.*
373. Philippe Soupault : *Le nègre.*
374. Philippe Soupault : *Les dernières nuits de Paris.*
375. Michel Leiris : *Mots sans mémoire.*
376. Daniel-Henry Kahnweiler : *Entretiens avec Francis Crémieux.*
377. Jules Supervielle : *Premiers pas de l'univers.*
378. Louise de Vilmorin : *La lettre dans un taxi.*
379. Henri Michaux : *Passages.*

380. Georges Bataille : *Le Coupable* suivi de *L'Alleluiah.*
381. Aragon : *Théâtre/Roman.*
382. Paul Morand : *Tais-toi.*
383. Raymond Guérin : *La tête vide.*
384. Jean Grenier : *Inspirations méditerranéennes.*
385. Jean Tardieu : *On vient chercher Monsieur Jean.*
386. Jules Renard : *L'œil clair.*
387. Marcel Jouhandeau : *La jeunesse de Théophile.*
388. Eugène Dabit : *Villa Oasis ou Les faux bourgeois.*
389. André Beucler : *La ville anonyme.*
390. Léon-Paul Fargue : *Refuges.*
391. J.M.G. Le Clézio : *Terra Amata.*
393. Jean Giraudoux : *Les contes d'un matin.*
394. J.M.G. Le Clézio : *L'inconnu sur la terre.*
395. Jean Paulhan : *Les causes célèbres.*
396. André Pieyre de Mandiargues : *La motocyclette.*
397. Louis Guilloux : *Labyrinthe.*
398. Jean Giono : *Cœurs, passions, caractères.*
399. Pablo Picasso : *Les quatre petites filles.*
400. Clément Rosset : *Lettre sur les Chimpanzés.*
401. Louise de Vilmorin : *Le lit à colonnes.*
402. Jean Blanzat : *L'Iguane.*
403. Henry de Montherlant : *Les Bestiaires.*
404. Jean Prévost : *Les frères Bouquinquant.*
405. Paul Verlaine : *Les mémoires d'un veuf.*
406. Louis-Ferdinand Céline : *Semmelweis.*
407. Léon-Paul Fargue : *Méandres.*
408. Vladimir Maïakovski : *Lettres à Lili Brik (1917-1930).*
409. Unica Zürn : *L'Homme-Jasmin.*
410. V.S. Naipaul : *Miguel Street.*
411. Jean Schlumberger : *Le lion devenu vieux.*
412. William Faulkner : *Absalon, Absalon !*
413. Jules Romains : *Puissances de Paris.*
414. Iouri Kazakov : *La petite gare et autres nouvelles.*
415. Alexandre Vialatte : *Le fidèle Berger.*
416. Louis-René des Forêts : *Ostinato.*
417. Edith Wharton : *Chez les heureux du monde.*
418. Marguerite Duras : *Abahn Sabana David.*
419. André Hardellet : *Les chasseurs I et II.*
420. Maurice Blanchot : *L'attente l'oubli.*

421. Frederic Prokosch : *La tempête et l'écho.*
422. Violette Leduc : *La chasse à l'amour.*
423. Michel Leiris : *À cor et à cri.*
424. Clarice Lispector : *Le bâtisseur de ruines.*
425. Philippe Sollers : *Nombres.*
426. Hermann Broch : *Les Irresponsables.*
427. Jean Grenier : *Lettres d'Égypte, 1950,* suivi de *Un été au Liban.*
428. Henri Calet : *Le bouquet.*
429. Iouri Tynianov : *Le Disgracié.*
430. André Gide : *Ainsi soit-il* ou *Les jeux sont faits.*
431. Philippe Sollers : *Lois.*
432. Antonin Artaud : *Van Gogh, le suicidé de la société.*
433. André Pieyre de Mandiargues : *Sous la lame.*
434. Thomas Hardy : *Les petites ironies de la vie.*
435. Gilbert Keith Chesterton : *Le Napoléon de Notting Hill.*
436. Theodor Fontane : *Effi Briest.*
437. Bruno Schulz : *Le sanatorium au croque-mort.*
438. André Hardellet : *Oneïros* ou *La belle lurette.*
439. William Faulkner : *Si je t'oublie, Jérusalem. Les palmiers sauvages.*
440. Charlotte Brontë : *Le professeur.*
441. Philippe Sollers : *H.*
442. Louis-Ferdinand Céline : *Ballets sans musique, sans rien*, précédé de *Secrets dans l'île* et suivi de *Progrès.*
443. Conrad Aiken : *Au-dessus de l'abysse.*
444. Jean Forton : *L'épingle du jeu.*
446. Edith Wharton : *Voyage au Maroc.*
447. Italo Svevo : *Une vie.*
448. Thomas de Quincey : *La nonne militaire d'Espagne.*
449. Anne Brontë : *Agnès Grey.*
450. Stig Dagerman : *Le serpent.*
451. August Strindberg : *Inferno.*
452. Paul Morand : *Hécate et ses chiens.*
453. Theodor Francis Powys : *Le Capitaine Patch.*
454. Salvador Dali : *La vie secrète de Salvador Dali.*
455. Edith Wharton : *Le fils et autres nouvelles.*
456. John Dos Passos : *La belle vie.*
457. Juliette Drouet : *« Mon grand petit homme... ».*
458. Michel Leiris : *Nuits sans nuit.*
459. Frederic Prokosch : *Béatrice Cenci.*

460. Leonardo Sciascia : *Les oncles de Sicile.*
461. Rabindranath Tagore : *Le Vagabond et autres histoires.*
462. Thomas de Quincey : *De l'Assassinat considéré comme un des Beaux-Arts.*
463. Jean Potocki : *Manuscrit trouvé à Saragosse.*
464. Boris Vian : *Vercoquin et le plancton.*
465. Gilbert Keith Chesterton : *Le nommé Jeudi.*
466. Iris Murdoch : *Pâques sanglantes.*
467. Rabindranath Tagore : *Le naufrage.*
468. José Maria Arguedas : *Les fleuves profonds.*
469. Truman Capote : *Les Muses parlent.*
470. Thomas Bernhard : *La cave.*
471. Ernst von Salomon : *Le destin de A.D.*
472. Gilbert Keith Chesterton : *Le Club des Métiers bizarres.*
473. Eugène Ionesco : *La photo du colonel.*
474. André Gide : *Le voyage d'Urien.*
475. Julio Cortázar : *Octaèdre.*
476. Bohumil Hrabal : *La chevelure sacrifiée.*
477. Sylvia Townsend Warner : *Une lubie de Monsieur Fortune.*
478. Jean Tardieu : *Le Professeur Frœppel.*
479. Joseph Roth : *Conte de la 1002ᵉ nuit.*
480. Kôbô Abe : *Cahier Kangourou.*
481. Rainer Maria Rilke, Boris Pasternak, Marina Tsvétaïeva : *Correspondance à trois.*
482. Philippe Soupault : *Histoire d'un blanc.*
483. Malcolm de Chazal : *La vie filtrée.*
484. Henri Thomas : *Le seau à charbon.*
485. Flannery O'Connor : *L'habitude d'être.*
486. Erskine Caldwell : *Un pauvre type.*
487. Florence Delay : *Minuit sur les jeux.*
488. Sylvia Townsend Warner : *Le cœur pur.*
489. Joao Ubaldo Ribeiro : *Sergent Getulio.*
490. Thomas Bernhard : *Béton.*
491. Iris Murdoch : *Le prince noir.*
492. Christian Dotremont : *La pierre et l'oreiller.*
493. Henri Michaux : *Façons d'endormi, Façons d'éveillé.*
494. Meša Selimović : *Le derviche et la mort.*
495. Francis Ponge : *Nioque de l'avant-printemps.*
496. Julio Cortázar : *Tous les feux le feu.*
497. William Styron : *Un lit de ténèbres.*

498. Joseph Roth : *La toile d'araignée.*
499. Marc Bernard : *Vacances.*
500. Romain Gary : *L'homme à la colombe.*
501. Maurice Blanchot : *Aminadab.*
502. Jean Rhys : *La prisonnière des Sargasses.*
503. Jane Austen : *L'Abbaye de Northanger.*
504. D.H. Lawrence : *Jack dans la brousse.*
505. Ivan Bounine : *L'amour de Mitia.*
506. Thomas Raucat : *L'honorable partie de campagne.*
507. Frederic Prokosch : *Hasards de l'Arabie heureuse.*
508. Julio Cortázar : *Fin de jeu.*
509. Bruno Schulz : *Les boutiques de cannelle.*
510. Pierre Bost : *Monsieur Ladmiral va bientôt mourir.*
511. Paul Nizan : *Le cheval de Troie.*
512. Thomas Bernhard : *Corrections.*
513. Jean Rhys : *Voyage dans les ténèbres.*
514. Alberto Moravia : *Le quadrille des masques.*
515. Hermann Ungar : *Les hommes mutilés.*
516. Giorgi Bassani : *Le héron.*
517. Marguerite Radclyffe Hall : *Le puits de solitude.*
518. Joyce Mansour : *Histoires nocives.*
519. Eugène Dabit : *Le mal de vivre.*
520. Alberto Savinio : *Toute la vie.*
521. Hugo von Hofmannsthal : *Andréas et autres récits.*
522. Charles-Ferdinand Ramuz : *Vie de Samuel Belet.*
523. Lieou Ngo : *Pérégrinations d'un clochard.*
524. Hermann Broch : *Le tentateur.*
525. Louis-René des Forêts : *Pas à pas jusqu'au dernier.*
526. Bernard Noël : *Le 19 octobre 1977.*
527. Jean Giono : *Les trois arbres de Palzem.*
528. Amos Tutuola : *L'ivrogne dans la brousse.*
529. Marcel Jouhandeau : *De l'abjection.*
530. Raymond Guérin : *Quand vient la fin.*
531. Mercè Rodoreda : *La place du diamant.*
532. Henry Miller : *Les livres de ma vie.*
533. R. L. Stevenson : *Ollala des montagnes.*
534. Ödön von Horváth : *Un fils de notre temps.*
535. Rudyard Kipling : *La lumière qui s'éteint.*
536. Shelby Foote : *Tourbillon.*
537. Maurice Sachs : *Alias.*

Composition I.G.S. Charente Photogravure.
Impression Bussière
à Saint-Amand (Cher), le 2 avril 2007.
Dépôt légal : avril 2007.
1er dépôt légal : mai 2002.
Numéro d'imprimeur : 070681/4.
ISBN 978-2-07-078456-1./Imprimé en France.

150434